한 번
해도
될까요?

한 번
해도
될까요?

세선, 이 남자가 사랑하는 법

셰릴 코헨 그린·로나 가라노 지음

이병무·조윤정 옮김

다반
일상의 책

AN INTIMATE LIFE: Sex, Love, and My Journey as a Surrogate Partner
by Cheryl T. Cohen-Greene and Lorna Garano

Copyright © 2012 by Cheryl T. Cohen Green with Lorna Garano
Origianlly Published by Soft Skull Press, an imprint of Counterpoint.
All rights reserved.
Korean translation rights © 2013 DAVAN.
Korean translation rights are arranged with Counterpoint through Amo Agency Korea.

나의 남편 밥에게

이 책은 당신의 사랑과 도움 덕분에 나올 수 있었습니다.

사랑해요!

머리말

대리 파트너 요법에는 세 사람이 참여한다. 의뢰인과 대리 파트너, 그리고 이 두 사람을 엮어 주는 '상담' 치료사가 그 세 사람이다. 나는 바로 상담 치료사이다. 선택된 의뢰인들에게 대리 파트너 요법을 추천하는 것이 내가 하는 일 중의 하나이다.

일단 과정이 시작되면 대리 파트너와 나는 대리인과 의뢰인 간의 미팅이 끝날 때마다 만나 회의를 하고 다음번 계획을 짠다. 그리고 나서 의뢰인은 대리 파트너와 함께한 경험을 '상담' 치료 시간에 나와 함께 정리한다. 셰릴과 나는 무엇인가가 나아지기를 바라는 의뢰인들의 성적 여행을 백 번도 넘게 함께하며 이야기를 나누었다.

30년 동안 셰릴과 함께 의뢰인들을 치료하면서 나는 많은 것을 배웠다. 그중에서도 가장 중요한 것 세 가지가 있다. 섹스 치료는 삶과 마찬가지로 일직선으로 나아가는 것이 결코 아니어서, 여분의 에너지를 비축해 두는 것이 언제나 훌륭한 전략이 된다는 것이 그 하나이다. 열린 마음의 대리 파트너는 잡지 표지 모델 같은 것과는 전혀 거리가 멀게 생긴 사람에게서도 진정한 성적 매력을 발견해 낸다는 것이 그다음이다. 그리고 마지막으로, 에이즈의 시대에도 뛰어난 대리 파트너는 자신의 일을 그만두지 않는다는 것이다.

셰릴은 독보적인 존재이다. 성을 주제로 한 회의가 열리면 그녀 옆자리에 앉아 발표된 연구와 그것이 그녀의 작업에 어떤 의미를 갖는지에 대한 그녀의 독특한 의견을 경청하고 싶어지는, 그녀는 그런 사람이다. 그녀는 성에 대해서 거리낌도 숨김도 없지만, 낙관주의와 거의 끝을 알 수 없는 연민이 그러한 거침없는 태도를 포근히 감싸고 있다.

그녀에게는 연민이 많을 수밖에 없다. 진실하게 공감할 줄 모르고서야 누군가와 둘 다 벌거벗은 채로 애무를 주고받는 방법에 대해 솔직히 이야기를 나눌 수는 없으니까 말이다. 미래의 섹스 파트너를 위해 성 위생이 너무도 중요하다는 사실을 설명할 때에도 공감의 능력은 필요하다. 대리 파트너는 진실되지 않고서는 현실 세계에서 제대로 효과를 발휘하는 성적 교감의 롤모델이 될 수 없다. 그 오랜 세월 동안 그렇게 벌거벗은 채로 얼굴과 눈을 마주하고 앉아 의뢰인을 상대하면서, 셰릴은 독특하면서도 무척이나 보람 있는 경력을 쌓았다.

대리 파트너들은 그들의 의뢰인들에게 교육자이자 '정상으로 되돌려 주는 사람'이다. 많은 의뢰인들이 아무 도움도 희망도 얻을 수 없을 것이라고 생각하면서 거의 손을 쓸 수 없는 저마다의 문제들을 안고 성 치료의 문을 두드린다. 내가 셰릴에게 소개해 준 의뢰인들 중 많은 이들이 '한쪽 신발이 바닥에 못 박힌 것 같은' 심정으로 내 사무실을 찾는다. 그들은 아무것도 바꾸지도 못하고 '고민거리' 주위를 끝없이 맴돌면서 자신들의 성적 문제에 붙들려 버린다. 대리인 요법을 주된 요법으로 의뢰인에게 시행할 때는 우선 신을 바닥에 못 박은 일련의 생각들에서 벗어나게 하는 것이 급선무이다.

섹스에 대해 고정된 생각을 갖는 것은 비단 의뢰인들만이 아니다. 예전에 성을 주제로 한 어느 회의에 참석한 적이 있는데, 셰릴도 이 회의에 참석했다. 때는 1985년이었다. 성적 접촉에는 항상 에이즈의 공포가 뒤따르던 시기였다. 성 치료사, 연구자, 교육가들로 이루어진 청중이 객석에 앉아 성행위를 통해 전염되어 목숨까지 위협하는 심각한 질병이 발생한 이 시기에 대리 파트너는 어떻게 활동해야 하는가에 대한 셰릴의 강연을 목 빠지게 기다리고 있었다. 이를테면 대리 파트너는 발기부전인 남성에게 과연 어떻게 콘돔을 쓰게 할 수 있을까?

호텔에서 열리는 회의들이 대부분 그러하듯이, 회의장 뒤편에는 유럽식 아침 식사가 차려진 식탁이 놓여 있었다. 셰릴은 강연 중 콘돔 사용법에 대한 대목에 이르자 청중 중에 누군가 식탁에서 바나나를 하나 가져다 달라고 부탁했다. 회의장에 가벼운 웃음이 번졌다. 한 사람이 자청하여 바나나를 가져오자 셰릴은 그에게 바나나를 먹어 달라고 부탁했다. 다시 웃음소리가 터져 나왔다. 이어서 셰릴은 바나나를 다 먹은 자원자에게 바나나 껍질을 달라고 했다. 바로 그곳, 회의실을 가득 채운 사람들 앞에서 셰릴은 콘돔 포장지를 뜯더니 한 손에 바나나 껍질을 쥐고 다른 손으로 약 3초 만에 바나나 껍질에 콘돔을 솜씨 좋게 씌웠다. 빈 바나나 껍질은 누가 보아도 축 늘어진 성기를 연상시켰다. 설명 끝.

많은 의뢰인들이 자신에게 성적 매력이 있는지 의심한다. 한번은 셰릴에게 내가 소개해 준 한 남성과 어떻게 되어 가고 있는지 물어본 적이 있다. 그 남성이 성적으로 성장하려면 자기가 여자를 흥분시킬 수 있다는 사실을 스스로 믿어야 한다는 것을 우리 둘 다 알고 있었다. 나는 셰릴에게 그 부분과 관련해 어떻게 작업을 하고 있는지 물었다. 셰릴은 강한 보스턴식 억양으로 곧바로 대답했다. "아, 그 사람은 귀하고 목이 정말 멋있어요. 아주 섹시하더라고요." 바로 이런 것이 이 책의 첫 장인 마크의 놀라운 이야기가 그토록 진실한 울림을 주는 이유이다. 매력이라고는 좀처럼 찾아볼 수 없는 사람이 있다면, 마크가 바로 그런 사람이었다.

이 일을 그렇게나 오래 했으니 셰릴이 의뢰인들에게 약간 싫증이 나거나 똑같은 내용을 가르치고 또 가르치는 데 심드렁해졌을 것이라고 생각하는 분도 있을지 모른다. 하지만 그렇지 않다. 우리가 함께 돌보는 의뢰인과의 최근 세션에 관해 회의를 할 때마다 셰릴은 고객에게 해 준 말을 하나하나 그대로 내게 이야기한다. 마치 내가 처음 듣거나 또는 자기가 처음 말하는 것처럼 말이다. 그런 활력은 짐짓 꾸미려 해도 꾸밀 수가 없는 것이니, 그것이야말로 그녀가 일흔 가까운 나이에도 그처럼 즐거움과 투철한 목적의식으로 자신의 일을 할 수 있는 이유이다.

우리는 학술대회에서 나란히 앉아 자료를 함께 나누어 보는 사이이고, 서로의 삶에서 중요한 순간들을 지켜보았으며, 성에 대한 인식을 계몽하려는 바람에서 다양한 미디어 촬영장에 함께 출연하기도 했다. 때로는 요상한 편집 탓에 우리의 교육적 의도는 온데간데없어지곤 했지만 말이다. 이처럼 손에 땀을 쥐게 하는 책의 머리말을 쓰게 되다니 영광이 아닐 수 없다. 여기 나온 사연들의 우여곡절과 여러 등장인물들, 그리고 이야기의 결말 등등을 나는 대부분 알고 있지만 그래도 흥미진진한 것은 여전하다. 이 책을 읽는 독자 분들도 나처럼 그녀의 생각을 귀담아들을 수 있는 것이 얼마나 값진 일인지 알게 되기를 바란다.

루앤 콜 웨스턴 박사

들어가며

지금까지 내가 상대한 섹스 파트너는 9백 명이 넘는다. 그들 모두와는 아니지만 대부분과 성행위를 했다. 때때로 이런 사실을 강연 등에서 밝히는데, 상상이 되겠지만 돌아오는 반응은 격렬하다. 나는 청중에게 이 수치를 들으면 어떤 단어가 떠오르느냐고 자주 묻는다. 흔히 나오는 단어 중 몇 가지는 이런 것들이다. 창녀, 걸레, 화냥년. 미안하지만 나는 이 중 어떤 것도 아니다. 분명 수긍하지 않을 사람들도 있겠지만 말이다. 나는 대리 파트너이다. 요즈음에는 사람들이 이 명칭을 들으면 내가 하는 일이 불임 부부를 위해 아이를 가져 주는, 뭐 그런 종류의 일이 아닌가 생각한다. 그런 이들에게 성적으로 곤란을 겪는 사람들에게 직접 실습으로 문제를 극복하게 도와주는 것이 내 일이라고 설명하면 알쏭달쏭한 표정을 지으며 돌아선다. 그건 성매매 아냐? 그들은 그렇게 생각하며, 그런 의문을 대놓고 말하는 이들도 간혹 있다.

성매매가 세계에서 가장 오래된 직업 중 하나라면, 대리 파트너는 가장 최근에 생긴 직업 중 하나이다. 의뢰인들은 언제나 상담 치료사들의 소개를 받아 나를 찾는다. 이들은 발기부전이나 조루, 성과 관련된 근심들, 성 경험이 거의 또는 전혀 없는 것, 소통 장애, 자신의 신체에 대한 자신감 결여 등으로 고생하고 이런 문제들이 다양하게 결합되어 나타나기도 한다. 사실상 내가 만나는 남성들(때로는 여성들) 모두가 침실에서나 침실 밖에서 좀 더 친밀하고 애정 어린 관계를 갈망한다. 대리 파트너가 하는 일은 이들에게 건강하고 사랑 넘치는 관계를 형성하는 데 반드시 필요한 도구를 주는 것이다.

대리 파트너로서 나에게는 의뢰인들이 문제를 해결하고 그들의 목표를 달성하도록 돕는 데 사용하는 일련의 훈련들이 있다. 또한 상당한 시간을 이들에게 몸과 성에 대해 교육하는 데 쓴다. 의뢰인을 내게 보낸 치료사들과는 매 세션이 끝날 때마다 의뢰인의 진도를 의논하는 등 긴밀한 관계를 유지하며 작업한다. 의뢰인들은 대개 여섯 내지 여덟 번의 세션을 통해 나와 만난다. 대리 파트너가 하는 일에 대한 가장 큰 오해 중 하나가 이 세션들 동안 얼마나 많은 성교가 이루어지는가 하는 것이다. 내가 대부분의 의뢰인들과 섹스를 나누는 것은 사실이지만, 그것은 의뢰인들로 하여금 몸에 대해 더 잘 알고 자기 몸에 대해 자신감을 가지며 긴장을 풀고 소통 기술을 연마하게 하는 여러 훈련들을 모두 거친 후에야 이루어진다. 그러니까 보통은 세션 말기에 가서야 섹스를 하는 것이다. 내가 '대리 파트너'이지 '섹스 대리인'이 아니라는 사실을 주목할 필요가 있다. 나의 궁극적인 목표는 의뢰인에게 건강하고 친밀한 관계의 모델을 만들어 주는 것으로, 성교는 그중 아주 작은 일부일 뿐이다.

내 의뢰인들은 인종도 다양하고 사회 경제적 배경도 각양각색이다. 나를 찾은 의뢰인들 중 가장 젊은 사람은 18세였고 가장 나이 든 분은 89세였다. CEO가 있는가 하면 트럭 운전사, 변호사, 목수도 있었다. 섹시하고 멋진 남자들도 있는가 하면 그냥 평범한 외모를 지닌 사람들도 있었다. 숫총각인 70대 노인, 조루 증상이 있는 대학생도 의뢰인으로 맞아 보았고, 섹스에 대해 어떻게 의사소통을 해야 하는지 알지 못하는 온갖 나이대의 남성들과도 일해 보았다.

***

내가 이 일을 시작한 것은 1973년으로, 이 직업을 향한 나의 여정은 우리 사회의 성혁명, 그리고 나 자신의 성혁명과 궤를 같이한다. 나는 40년대와 50년대에 성장기를 보냈는데, 이 시기는 성교육이라는 것이 — 완곡하게 말해서 — 부족하던 시대였다. 스스로 찾아 배우는 동안 나는 성에 대해 이제껏 배운 것이 대부분 왜곡되거나 틀린 것이라는 사실을 알게 되었다. 그런 가르침들은 놀이터와 교회, 미디어에서 나왔다. 내 부모님은 성에 대해 말씀하시는 일이 거의 없었고, 내게 성에 관한 지식을 알려 주시는 일은 더더구나 없었다. 불행히도 오늘날의 많은 부모들 역시 반세기 전의 내 부모님만큼이나 신뢰할 만하고 함부로 재단하지 않는 성교육을 자녀에게 해줄 능력이 없다. 나는 부모들이 자녀들과 성에 관해 솔직하고 나이에 어울리는 대화를 나눌 수 있는 지식과 기술을 갖는다면 우리 아이들이 얼마나 더 현명하고 건강하고 행복해

질까 자주 생각하곤 한다.

성혁명의 그 즐거움 넘치던 시절에 나를 비롯해 많은 사람들이 가졌던 희망도 무색하게, 여전히 많은 이들이 성과 우리 몸에 대해 그릇된 인식을 갖고 있다. 시계를 거꾸로 돌리고 싶어 하는 사람들이 사실에 근거한 성교육에 퍼붓는 비난과 24시간 내내 나오는 방송에서 쏟아 내는 그릇된 지식들 탓에 많은 사람들이 아직도 미혹되어 있는 것이다. 우리는 성을 갖고 농담도 하고 매도하기도 하며 부적절한 성관계를 가진 사람들을 까발리기도 하고, 또한 내가 처음으로 이런 말을 하는 것은 아니지만, 껌에서 SUV 차량에 이르기까지 온갖 것들을 판매하는 데 성을 이용하기도 한다. 하지만 정말로 문제가 되는 것은 우리가 성에 대해 솔직하고 성숙하며 심판하려 들지 않는 대화를 공개적으로 하지 못한다는 사실이다.

내 이야기를 사람들에게 들려주어야겠다고 마음먹은 것은 이미 오래전의 일인데, 해가 지날수록 내 동기는 점점 발전하고 확장되었다. 변하지 않은 한 가지는 우리에게 영감을 주고 우리를 자극하는 이야기의 힘에 대한 나의 믿음이다. 나의 인생은 여러 면에서 시대의 거울 같은 것이었다. 내가 성장기를 보낸 시절은 여성의 성에 대한 강고한 도그마가 지배하던 시대였다. 그 도그마는 종교와 세속 모두에서 비롯된 것이었다. 지나온 삶을 돌아보노라면, 가장 자연스럽고 건강한 인간의 충동들 중 하나에 어째서 그리도 강한 수치와 죄책감을 느껴야 했는지, 어린 시절에 그것이 나에게 얼마나 큰 영향을 주었는지 놀랍기만 하다. 하지만 나는 베이비붐 세대이다. 나의 젊은 시절은 두 시대에 걸쳐 있었다. 1960년대에 나는 20대였다. 그 시대에 불어 닥치던 사회적 변화의 바람에 힘입어 나는 예전에 배웠던 거의 모든 것에 의문을 던지고 다시 생각해 볼 수 있었다. 한낮의 환한 빛에 비추자 어린 시절 귀에 못이 박이게 듣고 자랐던 성에 관한 믿음 중 많은 것들이 흔적도 없이 사라져 버렸다. 이런 과정을 거쳐 나는 결국 대리 파트너라는 직업을 선택하게 되었다.

나 자신에 대한 이야기에 더하여 내 의뢰인들의 여러 이야기를 소개할까 하는데, 그 이야기들이 성과 성을 완성하는 데 필요한 주제들에 대해 많은 가르침을 준다고 믿기 때문이다. 이들의 경험은 진정 무엇이 성적 문제들을 야기하거나 치유하는지 알 수 있게 해주는 흔치 않은 기회가 된다.

이쯤 해도 아직 명확히 드러나지 않았다면, 내가 이 책을 쓴 데는 한 가지 목표가 있다는 사실을 내 입으로 이야기해야겠다. 나는 이 책이 성에 대한 개방적이고 솔직한 대화가 가능해지는 데 조금이나마 이바지했으면 한다. 또한 어느 나이 대에 있든 독자들이 이 책을 읽고 자신의 성을 주장할 줄 알고 또한 자랑스럽게 여기게 되었으면 좋겠다. 누구나 만족스럽고 애정 어린 성을 누릴 권리가 있으며, 내 경험상 그러한 성은 강한 교감과 자존감, 탐색의 의지가 있을 때 가능한 경우가 많다. 이 세 가지로 이어질 수 있는 솔직하고도 과감한 의식을 일깨우는 것, 그것이 나의 목표이다.

목차

머리말(루앤 콜 웨스턴) ... 7

들어가며 ... 12

힘겨운 호흡, 마크 ... 19

이불 밑의 죄 ... 53

메울 수 없는 차이, 브라이언 ... 64

색마 ... 90

마법은 없다, 조지 ... 109

성모 마리아가 아니다 ... 116

늦더라도 하지 않는 것보다는 낫다, 래리 ... 127

서부로 가다 ... 139

과거 완료, 메리 앤 ... 172

대리 파트너가 되다 ... 190

의뢰인 이상의 남자, 밥 ... 214

두 번째 가족 ... 230

나에게 벌어질 수 있던 일, 브래들리 ... 252

새로 출현한 무서운 병 ... 260

우리가 오럴을 할 때, 케빈 ... 270

자네 딸 아닌가? ... 281

상상을 좇는 남자, 데릭 ... 302

무슈 리퍼 ... 314

섹스와 노년, 에스더 ... 336

여전히 요리 중 ... 344

감사의 말 ... 373

힘겨운 호흡, 마크

마크 오브라이언은 입을 살짝 벌리며 가볍게 딸꾹질을 했다. 나는 보조인이 침대 머리판에 고정시켜 놓은 휴대용 인공호흡기에서 마치 플라스틱 덩굴처럼 뻗어 나와 있는 튜브를 거머쥐었다. 튜브를 마크 입으로 가져오려고 일어나 앉을 때 내 젖가슴이 그의 뺨을 스쳐 우리 두 사람은 빙그레 웃었다. 마크가 튜브에 달린 납작한 마우스피스를 물고 입술에 힘을 주자 안도감을 주는 쉭 소리와 함께 공기가 그의 폐를 채웠다. 그는 눈을 감았다. 그러고는 우리 대부분이 당연히 여기는 그 산소를 천천히 음미했다. 기계가 깜빡거리면서 째깍거리는 소리를 크게 냈다. 그는 입술에 힘을 빼고 눈을 떴다. 나는 조심스레 튜브를 빼내어 그의 머리 주위에 초승달 모양으로 나 있는 땀자국을 피해 베개 위에 올려놓았다. "기분이 어때요?" 내가 물었다. "좋아요, 셰릴. 생각했던 것만큼 겁나진 않았어요. 아니, 겁이 났던 것도 같은데 그래도 할 수 있어서 기뻐요." 그러고는 그는 소년처럼 환한 미소를 지었다.

때는 1986년으로 내가 대리 파트너로 일한 지 13년째가 되던 해였다. 장애를 지닌 의뢰인들과 일한 적은 전에도 있었지만 마크만큼 중증인 사람은 없었다. 36세인 마크는 6살 때 소아마비를 앓은 뒤 생의 대부분을 철제 호흡 보조기 안에서 살았다. 그가 스스로 호흡을 할 수 있는 것은 아주 짧은 시간 동안뿐이고, 우리의 첫 번째 세션을 위해 그가 빌린 버클리의 널찍한 집에서 두어 시간 동안 나와 함께 있을 수 있었던 것도 인공호흡기의 도움 덕분이었다.

철제 호흡 보조기는 기본적으로 호흡 기계이다. 모습은 레버와 다이얼들이 달린 넓은 파이프같이 생겼는데 그것이 머리만 남기고 그의 온몸을 감싸고 있었다. 이 기계는 몇 초마다 한 번씩 부분적으로 진공 상태를 만들어 가슴을 부풀게 하여 폐에 공기가 들어오게 하는 방식으로 작동했다. 마크는 철제 호흡 보조기 안에서 자기 때문에 침대가 없었다. 다행히도 헌신적인 그의 친구 한 사람이 자기 침대를 우리에게 기꺼이 빌려 주겠다고 나섰다.

손가락과 발가락 몇 개를 꼼지락거리고 입과 눈을 움직일 수 있는 것을 빼고는 마크는 소아마비로 온몸을 움직일 수 없게 되었다. 또한 소아마비 때문에 몸이 뒤틀려 왼쪽 엉덩이가 오른쪽으로 비틀어져 있어서 두 다리가 마치 녹아 엉겨 붙은 것처럼 보일 정도로 한데 몰려 있었다. 그의 목과 머리는 오른쪽을 향한 채 굳어 버려 언제까지나 옆만 바라볼 수 있다. 몸을 씻기거나 옷을 갈아입히기 위해 또는 의사가 검진할 수 있도록 간병인이 몸을 뒤집을 때를 제외하고는 그는 평생을 등을 대고 누운 채 지냈다. 다른 모든 의뢰인들과 마찬가지로 마크는 치료사의 소개로 나를 만나게 되었다. 대부분의 의뢰인들처럼 그 역시 첫 번째 세션에서 초조해했다. "마크한테는 엄청난 날이에요." 내가 그날 아침 침실이 하나 딸린 그 집에 도착했을 때 그의 간병인 중 한 사람인 베라는 그렇게 말했다. 집주인인 친구 역시 장애가 있는 사람이어서 현관에는 휠체어용 경사로가 갖추어져 있고 부엌 찬장과 문손잡이들이 낮은 위치에 달려 있었다.

베라는 바닥에 서가가 빙 둘러져 있는 거실을 지나 흑백 풍경 사진들이 벽에 한 줄로 걸려 있는 복도로 나를 데려갔다. 그녀는 복도 끝에 있는 침실의 문을 두드렸다. "마크, 셰릴이 왔어요. 우리 들어갈게요." 천천히 문을 열기 전에 그녀는 그렇게 큰 소리로 말했다. 그리고 나보고 먼저 들어가라는 몸짓을 했다. 마크는 넓은 4주식 침대에 뺨까지 모포를 끌어 올려 덮은 채 누워 있었다. 마크의 치료사인 손드라는 마크의 체격이 왜소해서 키가 140센티미터에 몸무게는 32킬로그램 정도 나간다고 미리 일러 주었는데, 그것이 실제로 얼마나 작은 것인지를 두 눈으로 보고 나는 잠시 놀라지 않을 수 없었다. 담요는 밑에 마치 아무것도 없는 것처럼 별로 솟아올라 있지도 않았다. "안녕하세요, 마크." 나는 인사를 했다. "만나서 정말 반가워요." "반갑습니다, 셰릴." 쿨럭이는 목소리로 그가 말했다. 그는 수레국화처럼 파란 눈을 좀체 치켜들지 못했다.

"인공호흡기를 어떻게 사용하는지 알려드릴게요. 그런 다음에 두 분만 계시게 해드리죠." 베라가 말했다. 그녀는 산소가 흐르게 할 때 켜는 작은 스위치를 가리키고는 호흡용 튜브를 마크의 입 속에 넣었다. "아시겠어요?" 나는 고개를 끄덕였다. 마크는 숨을 몇 번 들이마시고 입술에 힘을 뺐다. "다 되면 마크가 알려드릴 거예요." 그녀는 튜브를 마크의 입에서 꺼내면서 말했다. "두 분, 이따가 봬요."

마크가 내 이름을 셰-릴이라고 발음하는 것을 듣고 나는 우리 두 사람에게 공통점이 있다는 것을 깨달았다. 우리 둘 다 타지에 정착한 뉴잉글랜드 사람이었던 것이다. 나는 내가 보스턴 외곽의 세일럼 출신이고 그곳의 꽤 큰 프랑스계 캐나디인 마을에서 태어났다고 마크에게 말해 주었다. 내 처녀 적 이름은 테리오('테리-오'라고 발음된다), "… 또는 '테-레-올트'예요. 초등학교 시절 아일랜드 가톨릭 수녀님들이 그렇게 불렀죠."

"가톨릭 신자세요?" 그가 물었다.

"옛날에요." 나는 그렇게 말하고 미소를 지었다.

"전 지금도요." 그가 말했다. "전 하느님을 믿을 필요가 있어요. 누군가한텐가는 고래고래 고함을 질러야 하거든요."

내가 웃음을 터뜨리자 마크의 눈이 반짝거렸다.

나는 5월 중순의 이렇게 따뜻한 날에는 사실 입을 필요가 없는 재킷을 벗고 방 한구석에 있던 의자를 끌어와 침대 옆에 앉았다. "앞으로 같이 어떻게 할지 잠깐 얘기해요." 마치 모든 것을 다 아는 것처럼 나는 말했다. 치료사들과 마찬가지로 대리 파트너들도 의뢰인들이 그들 자신과 자신의 삶에 변화를 일으킬 수 있도록 돕는 나름의 치료 계획안과 훈련 목록이 있다. 이 계획안과 훈련 목록은 마크의 경우에는 조정이 불가피한 것이 분명했고, 그 조정이 어떤 것이어야 하는지 나는 완벽히 안다고 자신할 수가 없었다. "진도는 당신한테 맞출 거예요. 오늘은 당신에 대해 좀 더 알고 싶어요. 그리고 괜찮으시면 몸을 인식하는 연습부터 시작할까 해요." 나는 그렇게 말했다.

나는 마크에게 그의 가족과 어린 시절에 대해 조금 얘기해 달라고 했다. 그는 보스턴의 도체스터 지구에서 태어났고 16세 때 가족과 함께 캘리포니아의 새크라멘토로 이사했다.

그는 4남매 중 맏이였다. 소아마비에 걸리기 전의 시절을 약간 기억하고 있었다. 매일 아침 눈을 뜨면 신이 나서 밖으로 달려 나가 뛰어놀았던 기억이 있었다. 그는 집 밖에서 동네 아이들과 노는 것을 무척이나 좋아했다.

1955년에 병이 찾아왔을 때 마크는 6살이었고 가족, 특히 어머니의 관심이 온통 그에게 집중되었다. 어머니는 그에게 늘 헌신적이었다. 어린 시절 내내 그의 어머니는 인내와 자애로움으로 그를 돌보았다.

병이 나고 몇 년 뒤 마크의 여동생 캐런이 폐렴으로 사망했는데, 그때부터 그는 괜한 죄책감에 시달렸다. 그는 부모님, 특히 어머니가 자기에게 지나치게 매달리는 바람에 캐런에게 도움이 필요하다는 사실을 너무 늦게야 알게 되었다고 믿었다. 그것은 근거 없는 믿음이었지만, 마크는 여전히 죄책감으로 괴로워했다. 그는 다른 일들에 대해서도 죄책감을 느꼈다.

마크는 가끔씩 일어날 때 사타구니가 정액으로 끈적하게 젖어 있곤 했다. 12살 무렵쯤의 어느 날 아침 그런 그를 씻기던 어머니의 얼굴에서 역겹다는 표정이 얼핏 스쳤던 것을 그는 기억했다. 그는 왼쪽 다리를 오른쪽 다리 위로 조금 더 움직여 성기를 허벅지 사이에 끼게 하는 것으로 성적 자극을 받을 수 있었고, 몇 번인가는 간병인에게 이런 자세로 만들어 달라고 부탁한 일도 있었다. 마크는 이런 사실을 우연히 알게 되었는데, 언젠가 보조원이 그를 목욕시키는 동안 잠깐 동안 그런 자세로 놓아두었던 것이다. 마크를 전통적인 가톨릭 신자라고 부르긴 어려울지 몰라도 그는 성에 대해 수치심을 느꼈고, 그것을 그는 종교적인 훈육 탓이라고 여겼다. 누이동생의 죽음에 대한 죄책감과 마찬가지로 그 역시 근거 없는 믿음일 수 있었지만, 그에게는 거의 생의 대부분을 들어가 보내야 하는 호흡 보조기만큼이나 현실적으로 여겨졌다.

그의 부모님은 성에 대한 얘기는 입 밖에 꺼낸 적이 없었고 그를 돌보았던 여러 의사와 치료사들 또한 평생 단 한 번도 그에게 성에 대해 가르쳐 준 적이 없었다. 다른 많은 장애인들과 마찬가지로 마크 역시 성욕을 인정받지 못한 채로 살았다. 대부분의 사람들은 장애 탓에 마크에게는 신체적 접촉이나 성행위에 대한 욕구가 없을 것이라고 생각했다. 온갖 신체상의 어려움에도 불구하고 마크는 캘리포니아 대학 버클리에서 영문학 학사학위를 받았고 시집을 출간한 시인이자 저널리스트가 되었다. 그는 입으로 막대기를 물고 워드프로세서의 자판을 눌러 글을 썼다. 저널리즘학 석사 학위를 준비하던 중 소아마비 후 증후군이 발병하여 근육을 쓸 수 없고 헤어날 길 없는 피로에 시달리는 증상이 계속되면서 학업을 중도에 포기해야만 했다. 그는 캠퍼스 근처에 살면서 모터로 움직이는 바퀴 달린 들것처럼 생긴 눕이형 휠체어를 타고 학교와 집을 오갔다. 휠체어는 완전히 드러눕거나 약간 등받이를 올려서 탔다. 척추가 너무 굽어 일반적인 휠체어는 탈 수가 없었다.

마크는 늘 외롭고 소외된 기분이었던 것으로 기억했다. 한없이 뻗어 있는 적막한 길처럼 그의 앞에 드리운 외로움은 끝이 없을 것만 같았다. 성경험이라고 해야 간호사들의 은밀한 손길이 몇 번 닿았던 것과 간병인이 목욕을 시켜 줄 때 갑자기 흥분을 느꼈던 것이 고작이었다. 그런 다음에는 언제나 당혹감이 뒤따랐다. "언젠가 좋은 사람을 만날지도 모른다는 생각을 멋대로 해볼 때도 가끔 있지만, 사실은 가망 없는 일이라고 생각해요. 마치 근사한 레스토랑 밖에서 창문으로 사람들이 나는 맛도 보지 못할 온갖 산해진미를 먹는 모습을 바라보는 것 같은 기분이 들어요." 그가 말했다.

나는 오랫동안 대리 파트너이자 인간의 성을 공부하는 학생으로 살아온 터라, 매력이라는 것은 여러 요소를 포함하고 있으며 애정 어린 관계나 열정적인 성생활을 하기 위해 반드시 연예인처럼 잘 빠진 몸매를 지녀야 하는 것은 아니라는 사실을 알고 있었다. 내가 아는 다른 장애인 중에도 애정관계와 성생활을 모두 충분히 누리는 사람이 있었다. 하지만 그 사람이 파트너를 찾을 가망성이 없는 상황이었던가? 나는 이리저리 생각해 보지 않을 수 없었다. 이제 막 만났지만 나는 마크에게 진정한 애정을 느꼈다. 그는 위트 있고 똑똑하고 용감했지만, 이토록 심한 신체적 장애가 있는 사람이 현실적으로 파트너를 만나기를 바랄 수 있을까? 그와 계속 만나야 할까, 혹시 내가 지나친 걱정을 하는 것일까? 훈련도 되어 있는 데다 기질적으로도 그래서, 나는 아무리 어려운 상황에서도 가능성과 잠재력을 보고 사람들을 돕고 용기를 주는 편이다. 나는 마크에게 짝을 만나게 될 거라고 안심시켜 주고 싶었지만 한편으로는 그에게 헛된 희망을 심어 주는 것은 아닌지 걱정이 되었다.

"마크, 나는 미래를 예언할 수는 없어요. 하지만 대리 파트너로서 내가 할 일 중 하나가 바로 당신이 연분을 만났을 때 애정 넘치고 행복한 관계를 만들어 갈 수 있도록 준비시켜 드리는 거예요." 나는 말했다. "당신이 이 치료과정에서 얻고 싶은 것이 무언지 더 얘기를 나눠 보죠. 그리고 당신 몸이 무엇을 할 수 있는지 좀 더 알아보기로 해요." 아마 그 때 그렇게 말한 것은 마크에게 솔직해지려고 했기 때문이기도 하고 대리 파트너로서 내가 할 수 있는 것과 없는 것이 무엇인지 스스로 상기하려고 그랬던 것도 같다.

"당신 마음에 딱 드는 누군가를 내일 만난다고 해봐요. 기분이 어떨 것 같아요?"

"글쎄요, 기분이 복잡하겠죠. 걱정도 되고, 흥분되기도 하고, 안심도 되고."

"뭐가 걱정될까요?"

마크는 잠시 아무 말도 않다가 산소 튜브를 가져다 달라고 부탁했다. 일어나서 인공호흡기가 있는 곳으로 몇 걸음 걷자 삼나무로 된 마룻바닥이 삐거덕거렸다. 몇 초 뒤 그가 입술에 힘을 빼자 나는 호흡용 튜브를 입 안에서 꺼내 주었다.

"내가 그러니까… 숫총각이라는 게 드러나고, 그 여자가 좀 더 경험 많고 능력 있는 사람을 원하지 않을까 하는 거요."

"좋아요. 그러니까 당신에게는 약간의 경험을 쌓는 일이 중요하군요. 그건 자연스러운 거예요. 많은 사람들이 파트너를 즐겁게 해줄 만큼 준비를 못 하지 않을까 걱정해요."

"섹스 한 번도 못 해보고 평생을 살고 싶지는 않아요."

"그럴 리가요. 우리 둘이 노력하면 그렇게는 안 될 거예요."

마크 같은 사람에게 자신이 바라는 일은 성취될 수 있고 자신이 고민하는 것은 다른 많은 사람들이 고민하는 것과 다르지 않다는 말을 듣는 것은 적잖이 안심되는 일이다. 마크가 겪고 있는 것과 같은 신체적 어려움으로 고생하는 사람이 아니더라도 자신과 같은 불안과 걱정을 갖고 있는 사람이 자기 말고도 많이 있다는 것을 알게 되면 안심이 되는 경우가 많다. 마크는 주변인으로, 또한 특별한 배려와 시설이 필요한 사람으로 취급받는 데 너무도 익숙해져 있어서 이런 말을 듣는 것이 마치 칭찬처럼 느껴졌을 것이다.

마크와 나는 한 시간 가까이 이야기를 나누었고, 이제 마크만 준비되면 몸으로 실습을 시작할 시간이었다.

"이제 몸을 좀 탐사해 보는 건 어떻겠어요?"

"좋아요, 그러니까, 네, 그러고 싶어요."

이제 우리 두 사람이 옷을 벗을 차례였는데, 그것은 곧 내가 마크의 옷을 벗기고 처음으로 그의 몸을 보게 된다는 것을 뜻했다. 갑자기 나는 덜컥 겁이 났다. 그는 너무도 연약했다. 그를 다치게 하면 어쩌지? 이 사람 몸을 제대로 다루지 못하면 어떡하지? 천천히 하자, 천천히, 천천히. 나는 속으로 되뇌었다.

"마크, 내가 하는 행동이 기분에 거슬리면 언제든 말해 줘요. 이건 우리 둘이 하는 작업에만 중요한 게 아니라, 당신이 앞으로 파트너에게 좋고 싫은 걸 분명히 표현하는 법을 배우는 데에도 중요해요. 뭔가 기분이 안 좋거나 불편하면 바로 그만하라고 하세요, 알겠죠?"

"알겠어요." 약간 걱정스러운 표정으로 그가 말했다.

"다시 한 번 말하지만 모든 것을 당신한테 맞출 거예요. 그러니까 좀 더 천천히 하라거나 그만하라고 하고 싶을 때는 언제든 나한테 말만 하면 돼요."

나는 마크가 덮고 있는 담요를 천천히 걷어 올렸다. 소매가 긴 빨간색 단추 셔츠와 검은색 스웨트 팬츠를 입은 앙상한 그의 몸이 드러났다. 천천히 부드럽게, 천천히 부드럽게, 나는 마치 주문을 외우듯 속으로 중얼거렸다. "셔츠부터 벗어요." 나는 첫 번째 단추를 풀고는 이어서 나머지 단추들도 풀어 내려갔다. 앞섶의 단추를 다 풀고 나서 왼쪽 소매 단추를 끌렀다. 그러고 나서 셔츠를 팔 위로 한껏 접어 올렸다. 칼라가 어깨 위에 놓였다. 밖에서 지내는 시간이 거의 없었기 때문에 마크의 피부는 파리했다. 셔츠의 빨간색과 대비되어 소금처럼 새하얗게 보일 정도였다. 나는 두 손을 싹싹 비벼서 따뜻하게 만든 다음 한 손을 셔츠 밑으로 집어넣었다. 마크의 섬세한 팔을 조심스레 내 쪽으로 끌어당기면서 셔츠를 조금씩 어깨에서 벗겨 냈다. 셔츠를 벗기는 동안 팔을 다시 침대 위에 올려놓았다. 셔츠를 거의 다 벗기려는 순간 갑자기 마크가 큰 소리로 비명을 질렀다. 오, 맙소사! 어디를 다치게 한 걸까?

"무슨 일이에요?" 나는 애써 침착한 목소리로 말했다.

"손톱이오. 셔츠에 손톱이 걸렸어요." 그가 말했다.

"알았어요, 알았어요 … 어디 봐요." 나는 손 있는 부근에서 뭉쳐져 있는 셔츠에서 손가락을 풀어냈다.

잊지 말고 베라한테 이 사람 손톱을 깎아 주라고 해야겠어, 하고 혼자 생각했다.

"마크, 뭔가 기분이 안 좋으면 내가 바로 알아야 하지만, 고함지르는 건 별로 섹시하지 않아요. 당신 몸을 아주 조심해서 다루어야 한다는 건 알아요. 불편하거나 아플 것 같아 걱정이 되어도 얘기하지 말라는 게 아니라, 좀 조용한 목소리로 하시라는 거예요. 기억하세요. 지금 우리가 하는 일 중에는 앞으로 파트너와 어떻게 의사소통을 해야 하는지 미리 익히는 것도 있다는 걸요. 아까처럼 했다가는 상대가 겁을 먹어서 분위기가 엉망이 될 수도 있어요." 나는 팔에 소름이 돋아 있는 것을 마크가 알아채지 못했으면 했다. "본격적으로 시작하기 전에 산소를 좀 마실래요?" 놀랍게도 마크는 필요 없다고 했다. 왼쪽 반신에서 셔츠를 다 벗겨 내자 나는 오른쪽으로 옮겨 똑같은 작업을 했다.

이제 바지를 벗기기 시작했다. 마크의 왼쪽 엉덩이는 마치 뼈로 된 덮개처럼 툭 튀어나와 있고 왼쪽 궁둥이가 살짝 드러나 있었다. 몸무게가 32킬로그램이니 그가 침대에 꼼짝 않고 누워 있는 동안 나 혼자서도 충분히 고무 밴드로 된 허리 부분을 잡고 바지와 내의를 벗겨 내려갈 수 있었다. 발 부분까지 내려왔을 때 나는 바지를 살짝 잡아당겨 완전히 벗겨 냈다. 그리하여 나는 그의 부서질 듯 연약한 나신을 보게 되었다.

"어때요 마크? 춥진 않아요?"

"예." 그는 나지막한 목소리로 말했다.

이제 내가 옷을 벗을 차례였다. 나는 마크가 지켜보는 앞에서 블라우스와 청바지를 벗은 다음 브래지어의 고리를 풀고 속옷과 양말을 벗고는 벗은 옷가지들을 의자 위에 걸쳐 놓았다.

"버-버-벗은 여-여-여자하고 함께 있는 건 처음이에요."

몸은 뼈만 앙상했지만 마크의 얼굴은 통통한 편이었는데, 그 통통한 얼굴이 분홍빛으로 물들었다.

"그러려고 제가 여기 있는 거예요." 나는 그를 진정시켰다.

나는 침대에 올라 그의 옆으로 갔다.

"의뢰인들은 대부분 이 단계에서 정말로 초조해요." 내가 말했다. "만족스러운 섹스를 하는 데 가장 중요한 부분은 이완할 줄 아는 것이고, 그래서 거기에 도움이 되는 훈련을 소개하려고 해요."

우리의 공동 작업에서 마크와 내가 와 있는 지점은 보통은 내가 의뢰인들에게 깊은 횡경막 호흡을 하는 법을 가르치는 부분이었다. 이 호흡을 할 때는 배가 볼록해질 정도로 숨을 오래 끝까지 들이쉬고 이어서 바로 천천히 내쉬되, 그러는 내내 오로지 호흡에만 집중하도록 노력해야 한다. 이 단계에서는 대개 의뢰인들에게 긴장을 모두 풀고 자기 몸을 샅샅이 살펴보도록 유도하기도 한다. 그러나 마크는 호흡을 깊이 할 수 없기 때문에 얕은 숨이더라도 그냥 호흡 하나하나에 집중하도록 했다. "눈을 감고 호흡 말고 다른 건 모두 마음속에서 지우도록 하세요." 나는 그렇게 말했다.

우리는 몇 분 동안 눈을 감고 나란히 누워 호흡을 단련했다. 나는 몸을 돌려 옆으로 누워서 마크에게 바싹 다가갔다. 가슴과 허벅지로 그의 따뜻한 체온이 전해졌다. 키가 140센티미터인 그의 옆에 있으니 마치 내가 아마조네스 여전사라도 된 것 같았다.

"아주 잘하는데요." 내가 말했다. 나는 체중이 온전히 실리지 않도록 팔에 조금 힘을 주며 그의 허리에 부드럽게 손을 얹었다.

첫 번째 세션에서 나는 보통 '감각 터치'라고 불리는 훈련을 한다. 의뢰인의 몸을 자세히 파악할 수 있는 훈련이라고 나는 생각한다. 발가락부터 머리끝까지 손으로 의뢰인의 몸을 탐색하며 신체상의 특징들을 모두 알아내는 것이다. 나는 피부의 탄력과 체온, 주근깨, 흉터 그리고 각각의 몸을 독특한 것으로 만들어 주는 다른 특성들을 살펴본다. 감각 터치로 의뢰인들은 자신의 몸에서 어떤 부분이 가장 민감하게 반응하는지 알기 시작하는 기회를 얻는다. 의뢰인들은 성기 외의 부분들에서 나의 손길에 쾌감을 느끼거나 기분이 좋아지는 것을 깨닫고 놀라는 경우가 많다. 예를 들어 뒷무릎 부분이 특히나 민감한 부위라고 말하는 의뢰인이 한두 명이 아니다.

나는 감각 터치가 어떤 것인지 마크에게 설명했다. 비록 몸은 마비되었지만 그는 여전히 몸 전체에 감각이 있었고 그래서 내 손이 이리저리 오가는 것을 느낄 수 있을 것이다. 보통 나는 의뢰인의 몸 앞뒤를 모두 탐색하지만 마크는 취할 수 있는 자세가 제한되어 몸 앞부분과 몸 뒤의 왼쪽 부분만을 탐색할 수 있었다. 나는 마크에게 별다른 것 없는 느낌, 점점 달아오르는 느낌, 관능적 느낌, 성적 느낌 등 일반적인 네 가지 반응을 느껴 보라고 권했다. "관능은 쾌감을 주지만 반드시 성적으로 흥분하게 되는 건 아니에요. 성적 느낌이 흥분을 일으키죠. 여기에는 단

두 가지 규칙이 있어요. 최선을 다해 당신의 몸과 그 순간에 집중할 것, 그리고 뭔가 느낌이 좋지 않으면 나한테 말할 것. 정신이 다른 데 팔리는 것 같은 생각이 들면 얼른 마음을 당신 몸으로 돌려서 내 손길이 가 닿는 곳에 집중하세요."

나는 손으로 마크의 머리를 쓰다듬으며 감촉이 얼마나 부드럽고 좋은지 얘기해 주었다.

나는 천천히 일어나 침대 끝 쪽으로 갔다. 그러고는 그의 발을 손에 쥐었다. 발은 가늘고 조금 축축했으며 발톱이 약간 너무 길게 자라 있었다. 나는 다시 한 번 속으로 베라에게 발톱도 깎아 달라고 해야겠다고 다짐했다. 엄지손가락으로 발가락들을 가볍게 문지르자 그는 발을 꼼지락거렸다.

"간지러워요?"

"아뇨, 기분 좋아요." 마크가 대답했다.

나는 계속해서 발등과 발목, 그리고 옅은 갈색의 솜털이 드문드문 나 있는 정강이로 올라가며 그의 발을 주물렀다. 그리고 천천히 내 허벅지를 손으로 쓸어내리며 조금씩 조금씩 그의 사타구니 쪽으로 올라갔다. 마크의 성기는 벌써 딱딱해졌고 음낭은 불거져 나와 짙은 갈색을 띠는 붉은색으로 변해 있었다. 나는 부드럽게 그의 성기를 쥐고 손가락 끝으로 가볍게 어루만졌다. 성기를 놓아 주고 배 쪽으로 손을 옮기려고 할 때 마크가 나지막한 신음을 내지르며 사정했다. "젠장." 그는 눈을 질끈 감으며 작은 소리로 내뱉었다. 그러고는 말했다. "미안해요." "신경 쓰지 말아요. 괜찮아요." 내가 말했다.

사정을 늦추려면 마크에게는 약간의 도움이 필요하리라는 것이 분명했고, 이것을 좋은 기회 삼아 나는 인간의 성적 반응의 주기와 단계별 자극의 강도에 대해 설명해 주었다.

"인간의 성적 반응 주기에는 네 단계가 있어요. 첫 번째가 '흥분'인데 최초의 짜릿한 자극으로 시작돼요. 발기 같은 신체적 신호가 나타날 때의 단계이죠. 그다음에 '안정기'가 찾아와요. 이것은 계속 지속될 수 있는 아주 강렬한 단계예요. 이 단계에서 자극을 한껏 느끼게 되죠. 사정하기 전에 나오는 맑은 액체가 조금 나올 수도 있고, 보통은 근육이 얼마간 긴장하고 심박수가 높아지죠. 세 번째 단계가 '오르가슴'이에요. 그리고 마지막이 '해소기'로 몸이 자극되기 전 상태로 돌아가는 단계죠." 나는 마크에게 '안정기'를 지속시키는 연습을 할 거라고 말해줬다.

안정기에 좀 더 오래 있기 위해서는 단계별 자극의 강도 역시 이해할 필요가 있었다. "자극의 정도로 당신이 안정기 중 어디에 있는지 알 수 있어요. 강도는 1부터 10까지로 나눌 수 있죠. 1은 자극이 막 시작되는 것이고 10은 오르가슴이에요. 처음에는 어느 단계인지를 인식하기가 쉽지 않지만 연습하면 쉬워질 기고, 자극을 지속하는 데는 아주 훌륭한 도구가 되어 줘요." 내가 말했다.

나는 핸드백에서 화장지를 몇 장 꺼내 마크의 성기와 그 주변 부분에 묻은 정액을 부드럽게 닦아 냈다. 이제는 감각 터치를 마무리해야 할 시간이었다.

내 손은 마크의 배에서 시작해 가슴으로, 다시 목으로 더듬어 올라갔다. 나는 손가락 끝으로 그의 목울대와 왼쪽 턱뼈를 어루만졌다. 이어서 눈을 가볍게 문지른 다음 코와 뺨으로 내려갔다. 나의 손길은 조심스레 다시 그의 발로 향했다.

마크의 몸 앞부분에 대한 탐사를 끝내자 나는 침대 머리맡으로 가서 드러나 있는 등 왼쪽에 대한 탐사를 시작했다. 나는 손가락으로 어깨뼈의 윤곽선을 더듬어 팔까지 내려왔다. 이어서 다시 등으로 돌아와 왼쪽 엉덩이 근처에 살포시 올려놓았다.

그런 다음 나는 침대로 돌아왔다. "몸에서 어디가 제일 느낌이 많이 왔는지 말해 줄 수 있겠어요?" 내가 물었다.

"정강이하고 얼굴을 만져 줄 때 기분이 말할 수 없이 좋았어요. 하지만 솔직히 말해서 어디를 만지든 대부분 성적인 느낌이 왔어요." 별로 놀랄 일도 아니었다. 누군가의 친밀한 손길에 간절히 목말라 있고, 성욕 같은 것은 없는 것처럼 치부되던 사람은 너무나 민감해져서 아무 데나 손길이 닿아도 자극을 느낄 수 있다. 내 생각으로는 마크가 신체 접촉에 조금 더 익숙해지면 그의 몸이 좀 더 복잡하고 미묘하게 반응할 것 같았다.

마크는 내 젖가슴에 입을 맞추어도 되겠느냐고 물었다. 나는 옆으로 누워서 왼쪽 젖가슴을 가만히 그의 입으로 가져갔다.

"자, 이제 다른 쪽이오." 나는 짐짓 진지한 목소리로 말했다.

마크가 오른쪽 젖가슴에 입 맞출 수 있도록 나는 몸을 기울였다.

그때 그가 숨을 헐떡이는 시늉을 했다. 공기가 필요하다는 뜻이었다. 나는 팔꿈치에 기대 몸을 일으키고는 호흡용 튜브를 그의 입에 넣어 주었다. 그는 미소를 지으며 몇 차례 숨을 들이쉬었다.

***

3주 후에 가진 다음 세션에서 마크의 모습 중 제일 먼저 눈에 띈 것은 머리가 이전보다 조금 더 자란 것이다. "지난번에 하신 말씀 때문에 머리를 안 잘랐어요." 그가 말했다. 머릿결이 정말 부드럽다고 말해 주었던 기억이 났다. 나는 그의 머리를 쓰다듬으며 말했다. "그때나 지금이나 감촉이 정말 좋아요."

침실 창문으로는 봄기운에 이제 막 꽃피기 시작한 수선화 화단이 보여서, 블라인드를 내려 창문을 가릴 때에는 약간 아쉬운 감정마저 들었다.

마크는 이번에는 좀 더 침착해 보였고 솔직히 말해서 나 역시 그랬다. 우리가 힘써 도달해야 할 목표와 다루어야 할 문제는 우리의 첫 번째 세션 때보다 이제 내게 훨씬 더 명확해졌다. 마크가 총각 딱지를 떼도록 돕고 또한 그가 연분을 만났을 때 행복한 성생활을 할 수 있게 준비시키는 것이 내가 할 일이었다. 마크가 장차 오랜 시간 동안 관계를 지속할 사람을 만날 수 있을지는 나 역시 여전히 자신이 없었지만, 그렇게 될 거라고 그가 자신감을 갖게 도울 수는 있었다.

우리는 지난번 세션이 어땠는지 잠깐 수다를 떨었다. 마크는 대학에 간 일하고 약간 비슷했다고 말했다. 할 수 없는 이유를 한 백 가지는 댈 수 있었지만 어쨌든 해냈고, 그래서 행복했다는 점에서 말이다. 또 지금 자서전을 쓰고 있는데 우리가 함께한 시간에 대해서도 쓸 계획이라고 말해 주었다. 그러더니 이번 세션에서는 뭔가 새로운 것을 시도해 보고 싶다고 선언했다.

"당신을 즐겁게 할 뭔가를 하고 싶어요."

"뭐, 안 될 것도 없죠."

의뢰인이 내게 쾌감을 주고 싶어 하는 것은 드문 일이 아니다. 그것은 자연스러운 충동이다. 대부분의 사람들은 그저 수동적으로 받기만 하는 사람이 되고 싶어 하지 않는다. 쾌감을 받는 만큼 자기도 주고 싶어 하는 것이다. 일반적으로 나는 썩 유쾌하지 않은 것이거나 작업의 목표에 방해되는 것이 아니라면 의뢰인이 요청할 때 나를 만지도록 허락해 주는 것을 규칙으로 삼고 있다. 만약 의뢰인이 파트너가 좋아하는 것이 무엇인지 소통하는 데 어려움을 겪고 있다면, 좋고 싫은 것에 대한 대화를 나누는 법의 본보기를 보여 주는 데 그만한 것이 없다.

옷을 벗기기도 전에 마크는 이미 발기되어 있었다. 바지를 벗길 때 딱딱하게 일어선 그의 성기에 바지가 걸려서, 허리의 고무 밴드를 잡아당겨 늘려서 빼내야 했다. 나도 옷을 벗고 막 침대에 오르려는데 마크가 "안 돼, 안 돼, 안 돼" 하고 울부짖더니 사정을 했다.

마크는 마치 뺨 밑에서 양귀비 꽃망울이라도 터진 것처럼 얼굴이 새빨개졌다. "괜찮아요, 마크. 정말로요." 나는 옆에 누워 잠시 동안 팔로 그를 감싸 주었다. 빠르게 쿵쾅거리는 심장 고동을 느낄 수 있었다. "지난번에 호흡 훈련했던 거 기억나요?" 우리는 잠시 눈을 감고 호흡에 정신을 집중했다. 마크의 맥박이 얼마간 느려지는 것이 느껴졌다.

나는 마크의 팔을 쓰다듬었다.

"나를 즐겁게 해주고 싶다고 그랬죠." 내가 말했다.

마크는 희미하게 미소 지었다. 당황했던 마음이 가라앉은 것 같았다. "당신 젖꼭지가 좋아요. 입으로 빨아도 될까요?"

사실 나는 그렇게 하는 것을 좋아하지만 잠시 장난삼아 안 된다고 하며 그를 놀렸다. 겁이 났던 것은 내 가슴을 빨다가 숨이라도 멎으면 어떡하나 하는 것이었다. 타블로이드 신문에 이런 기사 제목이 대문짝만 하게 뜨겠지. "가슴에 숨 막혀 질식사." 그런 생각이 휙 머리를 스치고 지나갔다. 나는 인공호흡기와 그의 입술 근처에 놓여 있는 호흡용 튜브를 물끄러미 바라보았다. 해도 되겠다 싶었다. 해야지. "좋아요." 나는 그렇게 말하고 자그마한 마크의 몸 위에 올라앉아 양팔을 그의 머리맡에 받치고 몸을 기울였다. 내 가슴을 마크의 입에 닿게 하려면 마치 팔굽혀 펴기를 하듯이 자세를 취해야 할 것 같았다. 나는 체중을 전부 왼손에 싣고 여차하면 바로 튜브를 줄 수 있도록 오른손을 들어 올린 채 몸의 균형을 잡았다.

"이런 걸로 숨이 막히면 그나마 다행이죠." 마크가 말했다.

천천히 나는 팔을 구부리면서 왼쪽 엉덩이의 위치를 옮겨 오른쪽 젖꼭지를 마크가 물 수 있게 낮추었다. 마크는 촉촉한 입술로 젖꼭지를 조이며 물었다.

"정말 좋아요."

몇 초 뒤에 나는 가슴을 입에서 빼내면서 공기가 필요한 건 아니냐고 물었다.

"아뇨. 젖꼭지가 필요해요."

이번에는 왼쪽 가슴을 낮추어 마크의 입에 물려 주자 마크는 정신없이 젖꼭지를 빨았는데, 내가 본 바로는 산소도 그렇게 열심히 빨아들이지는 않았던 것 같다.

입에서 가슴을 빼내는데 마크가 고환 뒤쪽을 간질여 줄 수 있느냐고 물었다. 나는 손을 그의 아랫도리로 가져가면서 정확히 어디를 만져 주기를 원하는지 말해 달라고 했다. 내 손가락이 항문과 음낭 사이의 회음부에 가 닿았을 때 그가 "거기요"라고 말했다. 그곳을 가볍게 간질여 주자 마크는 "더 세게요"라고 했다. 조금 더 힘을 주자 그는 쾌감으로 신음했다.

마크의 턱과 어깨 사이에 얼마 동안 얼굴을 묻고 있는데, 그가 섹스를 나눌 수 있는지 물었다.

나는 마크더러 잠깐 동안 호흡을 살펴보자고 했다. 그러고는 지갑에서 콘돔을 꺼내 재빨리 그의 성기에 씌웠다. 나는 마크 위에 올라앉은 다음 아랫도리를 낮추어 불두덩으로 그의 성기를 문질렀다. 하지만 내 안으로 들어오게 하기 전에 마크가 다시 사정을 해버렸다.

"괜찮아요, 괜찮아요." 내가 먼저 그를 달랬다.

마크는 눈을 감고 입술을 깨물었다. 뺨이 발갛게 물들었다.

"괜찮아요." 다시 내가 말했다.

내가 그의 머리카락을 쓸어 넘기자 그가 눈을 뜨고 빙그레 웃었다.

그러고는 눈꺼풀이 감기더니 마치 꿈꾸는 듯한 얼굴이 되었다. 나중에 알게 되었지만 오르가슴을 느낀 뒤에는 언제나 짓는 표정이었다.

나는 의뢰인과 함께 있을 때는 항상 그 순간에 집중하도록 최선을 다한다. 하지만 그날 마크 옆에 누워 있으면서는 다음 세션이 너무 걱정이 되어 온전히 정신을 집중할 수가 없었다. 왜냐하면 세 번째 세션에서는 으레 거울 훈련을 하기 때문이었다. 이 훈련은 대리 파트너 작업에서 가장 효과가 큰 훈련 중 하나로, 의뢰인이 전신 거울 앞에 서서 자신의 몸을 보고 어떤 느낌이 드는지 이야기하는 과정이 포함되어 있다. 마크와 아무 말 없이 나란히 누워 있으면서 나는 이 훈련을 마크에게 어떻게 적용하면 좋을지 골똘히 생각하기 시작했다. 그가 어떤 반응을 보일지가 걱정이었다. 이 훈련을 할 준비가 되어 있을까? 그런 얘기를 어렵사리 꺼내려는데 갑자기 마크가 셰익스피어의 '소네트 18번'을 읽어 본 적이 있느냐고 물었다.

"여러 해 전에 학교 다닐 때 읽어 봤어요."

"음, 제가 한번 암송해 드릴게요."

"그대를 여름날에 비할 수 있을까요?" 그는 암송을 시작했다.

"공기를 좀." 첫 행을 마치고는 그가 말했다. 내가 호흡용 튜브를 입에 물려 주자 그는 폐 속으로 산소를 들여보냈다. 그가 입술을 벌리는 것을 보고 나는 튜브를 빼내 주었다.

"그대는 그보다 더 사랑스럽고 그보다 더 온화합니다 / 거센 바람이 탐스런 5월의 꽃망울들을 흔들고 / 여름날은 너무나 짧습니다…"

의뢰인들이 감사의 표시를 한 적은 전에도 있었지만 여러 세기 동안 사람들의 마음을 울려온 사랑의 시로 고마움을 표시한 사람은 이제껏 없었다. 나는 그에게 몸을 바짝 붙였다. 그리고 그가 앞으로 짝을 만나 언젠가 그 여인 옆에 누워서 바로 이 시를 암송해 주기를 간절히 바랐다.

대리 파트너 일을 할 때는 경계가 불분명해질 수 있다. 치료 과정의 하나라고는 해도 섹스를 나눈 뒤에는 어김없이 서로 간에 애착이 생기기 십상이다.

이 길로 들어선 초기에는 직업인으로서 어떻게 의뢰인과 적절한 거리를 유지해야 하는지 고민했는데, 지금은 친밀감을 형성하려고 한다. 친밀감은 대리 파트너 치료 과정에 결정적으로 중요한 요소이기 때문이다. 균형을 잡기가 여간 까다로운 일이 아닐 수 있는데, 우리의 중요한 목표 중 하나가 의뢰인들이 '현실' 세계에서 건강한 관계를 이루어 낼 수 있도록 돕는 것인 만큼 나는 이들이 나와 유대감을 형성할 수 있도록 신경을 쓴다. 만약 이 일을 시작한 지 얼마 안 되었을 때 마크를 만났다면, 아마 이 사람이 내게 병적으로 가까워지는 것은 아닌지 걱정했을 것이다. 하지만 13년 동안 경험을 쌓고 보니 감사의 표현은 대개 의뢰인이 진지하게 고마움을 나타내고 싶어 하는 것 이상은 아니라는 사실을 알게 되었다.

"사람들이 숨 쉴 수 있고 볼 수 있는 눈을 가진 한 / 이 시는 영원히 살아서 그대에게 생명을 줄 것입니다." 마크는 암송을 마쳤다.

"마크, 정말 아름다워요. 당신을 알게 되어 얼마나 기쁜지, 함께 이 일을 하는 게 얼마나 행복한지 아셨으면 좋겠어요."

나는 손가락으로 그의 엉덩이 선을 따라 다리까지 훑어 내려갔다. 우리가 함께 있었던 그 어느 때보다도 더 흥분이 올라오는 느낌이었다.

의뢰인과 함께 실습할 때 나 역시 흥분을 느끼는 일은 드물지 않다. 하지만 그렇다고 해서 반드시 섹스를 나누는 데까지 진전된다든지, 흥분된 상태에서 다른 행동을 취한다든지 하지는 않는다. 대리 파트너 요법에서 중심이 되는 것은 어디까지나 의뢰인이며, 신체적 상호작용은 의뢰인의 목표를 달성하는 데 적합하도록 계획된다.

흥분을 느끼는 한편으로 격한 슬픔이 몰려왔다. 마크는 그토록 감수성이 풍부한 사람이었고 누군가에게 정말로 멋진 연인이 될 수 있었다. 그런데 그런 기회가 그에겐 오지 않으리라는 생각을 떨칠 수가 없었다. 그 감동과 다정함을 다시 음미하고 싶었지만 이제는 거울 훈련에 대해 이야기를 나누어야 할 시간이었다.

소아마비로 뒤틀린 몸을 생각하면, 그가 성인이 되어 자신의 성기를 제대로 본 적이 과연 있을지 알 수 없었다. 그가 어떤 반응을 보일지 걱정이 되긴 했지만, 그래도 그가 자신의 전신을 보는 것이 중요하다고 나는 믿었다.

"다음 세션에 대해 이야기를 나누었으면 해요." 내가 말했다. "거울을 하나 가져와서 당신이 정말로 자기 몸 전체를 볼 수 있게 하려고 해요. 어때요?"

마크는 망설였다. 나는 그의 몸이 전하는 신호들에 익숙해지는 중이어서, 그의 피부가 달아오르면서 내 몸을 따뜻하게 하는 것을 느낄 수 있었다. 충분히 이해할 수 있는 일이지만, 이것은 그에게는 대단히 민감한 문제였다.

"모르겠어요. 궁금하긴 하지만 어떤 모습을 보게 될지 겁이 나요."

"당신 몸을 보는 게 뭐가 겁이 나죠?"

"나는 내 고추를 실제로 본 적이 한 번도 없어요." 그가 말했다. "기형으로 생겼으면 어쩌죠?"

"당신 성기는 완벽하게 정상이에요. 곧 보게 될 거예요."

내가 걱정한 것은 성기를 보고 보일 마크의 반응이 아니라, 몸의 나머지 부분들에 대한 반응이었다. 소아마비로 뒤틀린 벌거벗은 몸을 어른이 되어 처음 보면서 충격을 받지는 않을까?

나는 그의 얼굴을 잡고 이마에 입을 맞추었다. 그때 마크가 입술을 벌리면서 목울대가 아래위로 떨렸다. 공기가 필요하다는 신호였다. 나는 인공호흡기의 산소 스위치를 켜고 호스를 그의 입에 가져다주었다. 그는 불투명하고 골 진 호흡용 튜브로 깊이 숨을 들이마셨다.

"고마워요, 셰릴." 튜브를 입에서 빼내 줄 때 그가 그렇게 말했다.

그날 밤 집으로 운전을 하는 동안 다음 세션에 대해 걱정이 덜 되기 시작했다. 전에 같이 실습했던 다른 많은 장애인들과 마찬가지로 마크는 용기 있고 회복력이 강했다. 자신의 전신을 본다 해도 마음을 추스를 수 있으리라. 어쩌면 생각했던 것보다는 괜찮아서 행복해할지도 모른다. 가톨릭 집안에서 자란 것과 뉴잉글랜드 출신이라는 점 말고도 우리에게는 공통점이 하나 더 있었다. 나 또한 마크처럼 성인이 될 때까지 내 성기를 본 적이 없었던 것이다.

***

1970년대가 저물 무렵 나는 샌프란시스코 만 지역에 살았고, 다른 많은 사람들과 마찬가지로 내가 배웠던 모든 것에 대해 필사적으로 의문을 제기하고 있었다. 당시 나는 자위행위에 대한 워크숍에 참여하고 있었는데, 지도교수는 그저 감탄스러울 따름인 베티 앤 도슨Betty Ann Dodson 박사님(가끔 우리는 애칭으로 배드BAD 박사님이라고 부르기도 했다)으로 연구사에 한 획을 그은『해방하는 자위행위: 자기애에 대한 성찰』(후에『혼자를 위한 섹스』로 제목이 바뀌었다)과『두 사람을 위한 오르가슴』의 저자이기도 하다.

그날은 식료품점에 다녀오는 것으로 시작되었다. 베티 박사님은 워크숍에 참가한 스무 명 남짓 되는 여자들을 농산물 코너로 데리고 가더니 각자 호박을 하나씩 골라 오도록 시켰다. 그런 다음 우리는 빵빵하게 속을 채운 베개가 줄지어 놓여 있는 교실로 돌아왔다. 베티 박사님이 손거울을 하나 들고 왔고 우리는 돌아가면서 베개 몇 개에 기대어 자신의 외음부를 자세히 들여다보았다. 박사님은 학생들에게 서로의 외음부를 관찰해 보라고 권하기도 했다. 베티 박사님은 서로의 외음부를 더 잘 볼 수 있게 손전등을 가지고 왔는데, 누구 손전등을 들고 있어 줄 사람 없느냐고 묻기에 내가 번쩍 손을 들었다. 이렇게 많은 여성들의 성기를 볼 수 있는 기회는 다시 없으리라는 생각에 냉큼 자원하고 나섰던 것이다. 자기 외음부를 보여 줄 마음을 먹은 학생이 있으면 나는 손전등을 그곳에 비추어 다른 학생들이 똑똑히 볼 수 있도록 해주었다. 결국 안 된다고 빼는 학생은 한 사람도 없어서, 스무 명의 여성이 자신의 외음부를 학급 전체와 공유한 셈이 되었다. 많은 여성들이 여성의 성기가 얼마나 아름다우며 사람마다 어떻게 같으면서도 다른지를 깨닫고 놀랐다. 이어서 각자가 골라 온 호박의 크기를 점검하면서 그것이 남자 물건의 크기가 얼마만 하기를 바라는지를 암시한다고 해서 요란한 웃음이 터져 나왔다. 그러고 나서 자위행위를 하는 방법에 대한 토론이 이어졌다. 어떤 학생들은 진동 기구나 모조 음경을 사용했고 다른 학생들은 간단히 손으로 해결했다. 대부분이 질에 들어갈 물건의 크기에는 관심이 덜했고, 어떻게 자극을 받고 애무받는지에 더 관심이 있었다. 그 방을 채우고 있던 열기를 나는 아직도 기억한다. 그렇게 많은 여성들이 자신의 성기가 얼마나 아름다운지를 깨닫는 현장을 두 눈으로 보았던 것을 나는 결코 잊지 못할 것이다.

거울 훈련을 할 때 가끔 남성 의뢰인들이 베티 교수님의 학생들이 보인 것과 비슷한 반응을 보이는 것을 목격하기도 한다. 이것이 바로 내가 이 훈련이 그토록 중요하고 괄목할 만한 것이라고 생각하는 이유 중하나이다. 어떤 사람들은 이 훈련을 통해 처음으로 자신의 몸을 찬찬히 바라보는 경험을 한다. 나는 마크의 반응이 적어도 그날 베티 교수님의 수업에서 내가 보였던 것과 비슷하기를 간절히 바랐다.

***

처음 두 번의 세션에서 우리가 만났던 집을 사용할 수 없게 되어, 세 번째 세션을 위해 마크는 다른 친구의 집을 빌렸다.

마크의 또 다른 간병인인 딕시는 나를 집 안으로 맞으면서 아파트 뒤편을 가리켰다. 그녀는 내 대형 손가방 밖으로 거울이 비죽이 나와 있는 것을 보았다. 거울에 대해 물어보려는 듯 잠시 머뭇거리던 그녀는 이윽고 그냥 수줍은 미소를 띠며 말했다. "부엌을 쭉 지나서 오른쪽으로 가세요." 빌린 집은 벽 대부분이 페인트가 벗겨진 작은 아파트였다. 부엌 조리대는 바닥과 똑같은 녹색 리놀륨으로 덮여 있었다. 마크가 기다리고 있는 방으로 갈 때 신발이 약간 바닥에 들러붙어서 마치 한 걸음 한 걸음 걸을 때마다 바닥에서 리놀륨을 떼어 내는 것 같은 느낌이었다.

나는 침실의 육중한 참나무 문을 노크했다. "마크, 나예요, 셰릴." 그러고는 천천히 문을 열고 들어갔다. 이번에는 바닥에 매트리스가 깔려 있었다. 방 한구석에는 종이가 어지러이 흩어져 있는 책상이 놓여 있었다. 마크는 파란색 모피를 덮고 있었는데 발이 모포 밖으로 나와 있었다. 달걀 껍데기만큼이나 새하얀 양말을 신고 있었다. 문득 저 발은 한 번도 바닥을 밟아 본 적이 없겠구나 하는 생각이 들자 가슴이 먹먹해졌다. 캘리포니아 대학이 내다보이는 커다란 창문으로 햇살이 흘러 들어왔고 그 빛 속에서 먼지들이 춤을 추었다. 마크가 빙그레 웃었다. "다시 만나게 되어서 정말 반가워요, 셰릴." 그러더니 미처 내가 대답하기도 전에 말을 이었다. "거울을 가져오셨죠."

나는 매트리스 위에 앉아 마크의 입술에 키스했다. 고개를 들 때 내 긴 갈색 머리카락이 그의 가슴을 쓸었다.

"가져왔어요. 조금 있다가 지난번에 얘기했던 훈련을 할 거예요. 알겠죠?"

나는 지난번 세션 뒤에 3주 동안 어떻게 지냈는지 물었다. 글 쓰는 일로 계속 바빴고 지역 신문에 장애인 관련 법에 관한 기사를 연재하기로 했다고 했다. 그는 오늘을 고대했다고 말했다. '정상적인' 사람처럼 섹스를 하고 즐길 수 있을 것 같은 생각이 들기 시작했다는 것이다. 게다가 내게 성적 쾌감을 주기까지 하지 않았던가. 성생활이 잘해야 애로사항으로 취급받는 마크와 같은 사람에게 이것은 그야말로 자신감을 한껏 높여 주는 것이었다. 우리 대부분과 마찬가지로 마크는 침대에서 자신이 상대를 기쁘게 할 수 있다는 사실을 확인하고 싶어 했다.

그의 옷을 벗기고 이어서 나도 옷을 벗었다. 언제나처럼 마크는 침대 왼쪽 끝에 누워 있었다. 고개가 오른쪽으로 돌아간 상태로 굳어 버렸기 때문에 이렇게 해야 내가 옆에 누웠을 때 나를 볼 수 있었다. 나는 매트리스 오른쪽 끝에 앉아 다리를 매트리스 위에 올려놓았다. 그러고는 모로 누워서 옆에서 그를 꼭 껴안았다. 그의 성기는 이미 발기되어 있었다. 나는 그의 정수리에 입을 맞추었다. "이제는 '안정기'에 더 오래 머무를 수 있게 되었어요. 훨씬 좋아진 거죠." 그러고는 그의 얼굴과 가슴을 어루만졌다. 이어서 그의 입술에 입 맞추며 회음부와 음낭을 간질였다. 나는 그의 음낭이 치켜 올라가는 것을 알아챘다. 그가 곧 오르가슴에 이르리라는 신호였다. 나는 어루만지기를 멈추고 그에게 자극 단계를 체크해 보라고 했다. "지금 상태가 1에서 10 중 어디쯤인지 알 수 있겠어요?" 내가 물었다. 그는 7 정도에 와 있는 것 같다고 말했다. 이어서 나는 그에게 내가 가르쳐 준 호흡법을 실행하도록 했다. 그러고는 그의 허벅지에서 성기까지 손으로 더듬어 올라갔다. 그는 쾌감으로 끙끙거리다가 마침내 한 마디 울부짖음을 내뱉으며 사정을 했다.

"아직 이러고 싶지 않았는데…" 마크가 의기소침한 목소리로 말했다.

"괜찮아요. 지난번 기억해요? 아마 다시 오르가슴에 이를 수 있을 거예요."

"오늘은 섹스를 나누면 좋겠어요."

"할 수 있나 없나 한번 봐요."

나는 마크의 몸을 천천히 쓰다듬으며 내려갔다가 다시 쓰다듬으며 올라왔다. 그러고는 그의 얼굴을 잡고 코에 그리고 입에 키스했다. 그런 다음 마크가 내 젖가슴에 쉽게 닿을 수 있도록 다리를 벌리고 그의 몸 위로 올라가 자세를 잡았다. 그는 내 젖꼭지 주위로 혀를 놀리며 젖가슴을 핥았다. 나는 그의 손을 잡고 손가락을 굽혀 주먹을 쥐게 했다. 그런 다음 그의 손을 내 성기 쪽으로 이끌어 손가락 마디 부분으로 내 클리토리스를 부드럽게 문지르게 했다. 그러고는 말했다. "나는 이렇게 만져 주면 정말 좋아요." 나는 다른 여성들은 더 세거나 더 약하게 해주기를 바랄 수도 있으니 처음에는 가볍게 시작해서 더 세게 해주기를 원하는지 물어보는 것이 중요하다고 말해 주었다.

마크가 다시 발기되는 것을 보고 나는 재빨리 성기에 콘돔을 씌웠다. "끝부분만 살짝 내 몸에 넣어 보고 어떻게 되는지 봐요." 나는 그의 성기를 쥐고 내 외음부 부분에 문질렀다. 그런 다음 귀두 부분을 내 안에 삽입시켰다. 그리고 그에게는 자극 정도에 주의를 기울이라고 부탁했다. 나는 처음에는 몸을 움직이지 않다가 허리를 놀려 그의 음경을 쑥 집어넣었다. 1분쯤 지나 그는 오르가슴에 이르렀다.

"오르가슴을 느꼈어요?" 마크가 물었다. 그렇지 않았다고 말하자 그는 실망했다. 하지만 나는 둘이서 다시 시도해 볼 수 있다고 안심시켰다.

"기분은 어땠어요?"

"좋았던 것 같아요. 그런데 너무 빨랐어요."

"그래요, 하지만 내 안에 들어왔잖아요. 엄청난 진전이에요, 마크."

그는 미소를 지어 보이더니 눈을 감고 오르가슴 후에 늘 나타나는 엷은 몽상 상태에 잠시 잠겨 들었다. 그가 다시 정신을 차렸을 때 나는 거울에 비친 자기 몸을 볼 준비가 되었느냐고 물었다. 어른이 되어 처음으로 자신의 성기를 바라보아야 할 시간이었다.

나는 침대 한쪽 끝에 거울을 가로로 길게 받쳐 세우고 그 뒤에 서서 90센티미터 남짓 되는 거울 틀의 중간 부분을 손가락 끝으로 짚고 있었다. 나는 거울을 약간 뒤로 젖혀 마크가 전신을 비춰 볼 수 있게 했다. 그는 잠깐 동안 아무 말이 없었다. 거울 속의 자기 몸을 위아래로 훑어볼 뿐이었다.

"어때요?" 내가 물었다.

"나쁘진 않네요. 상상했던 것보다는 나아요."

나는 안도의 한숨을 내쉬었다.

대리 파트너의 작업에서 성공은 작은 것으로 시작해 점점 커진다. 별 것 아닌 것처럼 보일 수도 있지만 마크는 결정적인 진전을 이루었다. 그는 발기 상태를 조금 더 오래 유지할 수 있게 되었고 자기 자신과 자기 몸을 좀 더 편안하게 여기게 되었다. 손은 내 도움 없이는 사용할 수 없지만 입과 혀로 나에게 쾌감을 선사하는 법을 배웠다. 첫 세션에서는 내 젖가슴을 입에 넣는 것으로 시작하여 마지막 세션에 이르러서는 훨씬 더 진전을 이루었다. 일이 잘되면 이것은 미래의 파트너에게 아주 쓸모가 있을 것이다.

3주 후 7월의 어느 더운 날, 마크와 나는 우리의 마지막 세션을 위해 만났다. 내가 문을 노크하자 딕시가 "들어오세요" 하고 큰 소리로 말하고는 아파트의 다른 침실로 나를 데려다 주었다. 아파트 한구석에는 옷더미가 쌓여 있고, 책상 위에 놓인 가짜 티파니 램프가 반대편을 향해 호박색 빛을 내뿜고 있었다.

"또 거울을 가지고 오셨네요." 빌린 아파트에 딸린 침실들 중 그와 만날 마지막 침실로 들어가자 마크가 말했다.

"딱딱해진 당신 성기를 보여 주고 싶어서요."

나는 마크의 옷을 벗기고 나도 옷을 벗었다. 이번에도 마크의 성기는 이미 발기해 있어서, 나는 거울을 침대 옆으로 가져와 그에게 흥분한 상태의 자신의 모습을 비춰 보게 했다.

그가 이제 그만 보아도 좋겠다는 몸짓을 해서 나는 침대에 올라 그의 옆에 누웠다.

"이번에는 당신 성기를 보니까 어때요?" 내가 물었다.

"괜찮은 것 같아요. 정말로요." 그는 이렇고 말하고 싱긋 웃었다.

나는 몇 분 동안 그를 안고 있었는데, 그가 내 그곳을 맛보아도 되겠느냐고 물었다. 나는 그의 위에서 무릎을 꿇고 천천히 몸을 낮추어 내 외음부를 그의 입 쪽에 가져다 댔다. 그는 부드럽게 입 맞추더니 혀를 집어넣었다. 그러고는 소음순 주위를 정신없이 핥다가 질 속으로 혀를 집어넣었다. 그는 빠르게 혀를 집어넣었다 뺐다 하다가 입술로 빨기 시작했다. 그런 다음 클리토리스에 입을 맞추었다. 황홀했다. 몇 초 뒤에 나는 몸을 뒤로 빼고 호흡용 튜브를 그의 입에 물려 주었다. 나는 흥분한 상태였다. 마크가 이제 되었다는 신호를 보내서 나는 호흡용 튜브를 다시 인공호흡기에 꽂았다. 그러고는 그에게 몸을 밀착시키고 다리로 그의 엉덩이를 쓰다듬었다 그의 성기가 내 허벅지를 찌르는 것이 느껴졌다.

　나는 마크의 성기에 콘돔을 씌우고 손가락으로 귀두 주위를 어루만지고 음경을 가볍게 주물렀다. 그런 다음 다리를 벌려 그의 성기가 내 안으로 들어오게 했다. 그러고는 나른하게 몸을 위아래로 움직였다. 내 질이 바르르 떨리기 시작했다. 그리고 나는 높은 단계의 자극 상태에 올랐다. 마크와 나 두 사람의 '안정기' 상태를 조금 더 오래 지속하기 위해 나는 속도를 늦추었다. 숨을 들이마셨다가 내쉬면서 흥분 상태를 진정시키고 마크에게 지금 자극 단계가 어디쯤인지 물었다. "한 8 정도요." 그가 말했다. 나는 1분 정도 더 가만히 있다가 몸을 들어 올려 그의 성기가 내 질에서 어느 정도 나오게 했다. 마크는 오르가슴에 이르렀다. 그는 이전 어느 세션 때보다도 더 긴 시간 동안 흥분 상태를 유지하며 내 몸 안에 머물 수 있었다. 심지어 사정한 뒤에도 마크는 발기 상태가 계속되어, 내가 몸을 위아래로 움직여서 나 자신도 완전한 오르가슴에 이를 수 있게 해주었다.

그는 거의 즉시 오르가슴을 느꼈는지 물었다. 내가 그렇다고 하자 그는 활짝 웃었다.

"산소가 더 필요하진 않아요?" 내가 물었다.

"아뇨, 정말 괜찮아요." 그가 말했다. "이게 인공호흡 치료로 처리만 돼도 장애인 보조금을 지원받아서 비용을 지불할 수 있을 텐데요." 우리는 둘 다 웃음을 터뜨렸다.

소아마비로 마크의 가슴은 보기 흉하게 뒤틀려 버렸다. 가운데 부분은 조금 솟아올라 있고, 털이 없는 민가슴이었다. 나는 몸을 앞으로 숙여 그 가슴에 부드럽게 입 맞추었다. 마크가 숨을 헐떡이는 것을 보고 나는 호흡용 튜브를 손에 잡았다. "아니에요." 그가 쌕쌕거리며 말했다. 그는 울고 있었다. "내 가슴에 키스해 준 사람은 아무도 없었어요." 그가 말했다. 내 눈은 눈물로 그렁거렸다. "이제부터는 그렇게 될 거예요."

***

마지막 만남 뒤에도 마크는 여러 해 동안 나와 가끔씩 연락을 취했다. 우리가 첫 번째 세션에서 만나고 8년이 지난 1994년, 만나는 사람이 있다는 그의 전화를 받고 나는 뛸 듯이 기뻤다. 수잔은 온라인에서 마크의 시를 읽고 처음 그를 알게 되었다. 그의 시에 너무나 감동한 그녀는 그에게 이메일을 보냈다. 이렇게 하여 온라인으로 관계가 맺어지고 그 관계는 실제 만남으로 이어졌다. 마크는 아무도 만나지 못할지도 모른다는 공포가 그릇된 것이었다는 사실에 기뻐했다. 그리고 얼마간의 경험을 갖추고서 이 관계를 시작할 수 있게 되었다는 사실에 황홀해했다. "숫총각이라고 고백하지 않아도 되게 해줘서 고마워요." 그가 말했다.

이불 밑의 죄

이 일을 하면서 얻는 이야기들은 이 책 한 권만이 아니라 몇 권의 책이라도 채우고 남을 정도이다. 그중 어떤 이야기들은 마크의 경우처럼 예사롭지 않은 삶과 도전을 이어가는 사람들이 주인공이다. 하지만 대개는 발기부전이나 조루와 같은 좀 더 단순한 문제들로 끙끙대는 사람들의 이야기가 대부분이다. 세부적인 요소들과 개인적 특이성들을 걷어 내고 나면, 나는 거의 언제나 이들이 씨름하는 문제들이 가장 깊은 차원에서는 우리 모두에게 결코 낯설지 않은 것들임을 발견하곤 한다. 외로움, 불안, 공포, 죄책감, 성적 느낌에 대한 수치심, 낮은 자존감, 자신의 몸에 대한 불만, 그리고 신체에 대한 무지 등은 내가 매일같이 목격하는 흔하디흔한 문제 더미들 가운데 그저 몇 개에 불과하다.

대리 파트너로서 내 경력은 이제 거의 40년이 되어 가고 의뢰인들도 수백 명에 이른다. 내가 하는 일로 사람들의 삶을 좀 더 낫게 변화시키고 또 그런 사실을 알게 될 때, 나는 이 직업을 찾은 것을 축복으로 여긴다. 참 길고도 보람 있는 세월이었다. 사람들이 이 일을 처음 시작한 것은 언제 어디서냐고 물으면 나는 1973년 샌프란시스코 만 지역에서라고 대답하는데, 사실 완전히 맞는 답은 아니다. 사실 그것은 적어도 그보다 20년 전에 캘리포니아에서 동쪽으로 4천8백 킬로미터 떨어진 곳에서 시작되었다.

매사추세츠의 세일럼 시는 보스턴에서 북쪽으로 25킬로미터 떨어진 해안에 자리하고 있다. 세일럼 지협과 윈터 섬이 마치 손가락 두 개처럼 뻗어 나와 세일럼 해협으로 이어진다. 내가 태어난 1944년 무렵에 세일럼은 여러 민족 출신의 주민들로 나누어져 있었다. 폴란드인, 이탈리아인, 아일랜드인, 프랑스계 캐나다인 공동체들은 대개 19세기에 건너와 이 도시의 방직공장에서 일한 이민자들의 후예들로 이루어져 있었다.

우리 집안은 친가와 외가 모두가 프랑스에서 캐나다로 이민 왔다가 다시 매사추세츠로 건너와서 프랑스어를 쓰고 프랑스식 풍습을 간직하고 있었다. 다행히도 프랑스식 요리법 역시 그대로 이어져 내려왔다. 친가의 증조할머니는 훌륭한 요리사이셨다. 할머니 댁을 찾아갈 때면 현관문을 들어서자마자 군침이 도는 프랑스 요리의 향기가 우리를 반기곤 했다. 그중에는 야채와 고기, 밀가루 반죽을 층층이 쌓아 만드는 캐서롤 요리인 시파테, 돼지고기 파테인 크레통, 뵈프 부르기뇽 등 할머니께서 장기로 하는 특선 요리들도 있었다.

세일럼은 과거와 깊이 연결되어 있으면서 끊임없이 과거를 상기시키는 도시이다. 특히 세일럼의 마녀사냥이 그렇다. 17세기 말 최초로 마녀로 고발된 여성들을 심문하는 임무를 맡았던 판사인 조너선 코윈의 집이었던 '마녀의 집'이 여전히 북 에섹스 거리의 한 모퉁이에 무시무시한 자태로 서 있다. 집단 히스테리와 종교적 근본주의의 그물에 걸려 스무 명 남짓 되는 여성이 교수형을 당했던 갤로우스 힐(교수대 언덕)이 어린 시절의 우리 집에서 멀지 않은 곳에 있었다. 오늘날에야 이 역사로 세일럼 시는 관광 수입을 벌어들이고 곳곳에 싸구려 마술 상품도 넘쳐나지만, 내가 자랄 때만 해도 마녀는 할로윈 데이의 마케팅 술책이 아니었다. 어린 내 마음에 마녀는 실제로 있는 존재였다. 이들은 언제나 하느님 곁에, 아니면 적어도 교회 곁에 있어야지 삿된 길로 빠져서는 안 된다는 경고와도 같았다.

나는 우리 부모님 버지니아 테리오와 로버트 테리오 사이에서 장녀로 태어났다. 거의 2년 뒤에 동생 데이비드가 태어났고, 그로부터 8년 후에는 피터가 태어났다. 뉴잉글랜드 전화 전신 회사에서 일하신 아버지는 수입이 괜찮아서 어머니는 전업주부로만 계셨다. 아버지는 업종별 전화번호부에 실릴 광고를 따오는 판매원으로 시작하여 나중에는 관리자가 되셨다. 관리직에 있는 대부분의 동료들과는 달리 아버지는 대학 학위가 없으셨다. 하지만 아버지는 미술에 타고난 재능이 있고 말재주가 정말 좋으셨다. 이 두 자질은 판매원 시절에 큰 도움이 되었다. 특별한 광고 기회가 있다고 고객을 설득할 때 아버지는 세일즈 방문 때면 늘 가지고 다니는 스케치북에 광고안을 그려 고객 눈앞에 보여 주셨다.

대체로 우리 가족은 열심히 일하는 근면한 사람들이었다. 식구 대부분이 너그러운 편이었고 대개는 대가족의 저녁 식사와 음악, 춤, 이야기하기, 웃음을 즐기는 활기차고 유쾌한 사람들이었다.

자라면서 내게 가장 살가웠던 분은 친할머니이신 나나 푸르니에이다. 할머니는 재미있고 똑똑하시고 친절한 분이셨고, 나를 눈에 넣어도 아프지 않을 정도로 귀여워하셨다. 아주 어린 시절 유모차에서 뛰쳐 내려 활짝 벌린 할머니의 품으로 달려가던 기억이 아직도 남아 있다. 패션 감각도 남다르셨는데, 나이가 좀 들었을 때, 유행에 맞는 차림새를 적절히 조언해 주시는 할머니가 계신 여자애는 내가 알기로 나밖에 없었다.

이처럼 장점이 많았지만 우리 가족은 역시 그 시대의 테두리 안에 있는 사람들이었다. 엄격한 가톨릭 교리가 몸에 배어 있는 것을 물론, 여자가 할 일은 따로 정해져 있다는, 여성운동 이전의 고루한 의식에 젖어 있었다. 이들 생각에 여자가 할 일이란 예쁘게 꾸미고, 건실한 남편을 얻고, 현모양처가 되어 집안을 편안한 안식처로 만드는 것이었다.

어머니는 이 일에 진심으로 온 힘을 기울이셨다. 흠잡을 데 없이 단정하고 날씬하고 머리도 잘 정돈이 되어 있으셨으며 ─ 솔직히 말해서 ─ 외모에 집착하셔서, 한 번도 흐트러진 모습을 보이는 법이 없었다. 또한 집 안을 먼지 하나 없이 쓸고 닦으셨고, 누구 하나라도 그것을 제대로 알아주지 않는다고 느끼시면 몹시 마음 상해하시는 일이 종종 있었다. 이토록 열심이셨지만, 나는 어머니가 가정주부인 것을 즐거워하셨다고는 절대 생각하지 않는다. 어머니는 자주 화를 내셨는데, 지금 생각해 보면 왜 그러셨는지 쉽게 이해가 간다. 고등학교 시절 졸업생 대표까지 맡으셨던 이 총명하고 능력 있는 여인은 끝없이 반복되는 요리와 청소, 육아로 매일매일을 보내는 데 허탈감을 느끼며 남몰래 다른 삶을 꿈꾸었음에 틀림없다. 하지만 당시로서는 내가 아는 것이라곤 당신 자신과 집 안은 어디 하나 흠잡을 데 없는데도 어머니가 늘 불만에 차 있는 것 같아 보인다는 것뿐이었다. "누구 하나 알아보는 사람이 없어…." 마루를 광이 나도록 닦거나 커튼을 빨거나 티도 나지 않는 다른 집안일을 하신 뒤에 어머니는 분에 찬 목소리로 그렇게 말씀하시곤 했다.

성 문제에 관해서는, 당시의 종교적-문화적-사회적 힘들이 연합하여 침묵의 규약을 만들어 내고 이 규약을 깨뜨릴 경우 가혹한 심판과 비난을 퍼부어 댔는데, 그 대상은 주로 어떤 식으로든 굴레를 넘어선 여성인 경우가 많았다. 언젠가 어머니가 마을에 사는 한 여자를 툭하면 입에 올리시곤 했는데, 그 여성은 어머니의 동창생으로 이른바 '헤픈' 여자였다. 어머니의 말투에서 나는 헤픈 것은 굉장히 나쁜 것이라고 어림짐작할 수 있었다. 그게 무슨 뜻인지는 확실히 몰랐지만, 앞으로도 절대로 이런 종류의 여자가 되고 싶지는 않을 것이라는 사실은 알았다.

어머니는 '질'이라는 단어를 입에 담지조차 못했고 그 안에 들어가는 것에 대해서는 더 말할 것도 없었다. 어머니는 그것을 '옥문'이라 불렀고 그것도 정말로 불가피할 때에만 입 밖에 냈다. 성교육 또는 적어도 당시로서는 성교육이라고 할 수 있는 것에 관해서는, 내가 5살 때 입학했던 성모 마리아 무염 시태 초등학교의 수녀님과 선생님들에게 일임했다.

***

　2학년 때 우리 반은 첫 성체 배령을 받을 연습과 첫 고해성사를 할 준비를 하기 시작했다. 볼티모어 교리문답서가 선하고 성스러운 모든 것에 대한 우리의 교본이었다. 이따금씩 나는 표지에 장황한 그림이 그려진 이 신성한 책을 바라보기조차 두려울 때가 있었다. 표지의 예수님은 슬프고 자애로운 눈으로 이 타락한 세상을 바라보고 있었다.

　우리는 용서받을 수 없는 죄와 가벼운 죄의 차이를 배웠고, 나는 불결한 죄라는 것을 처음으로 알게 되었다. '아랫도리의 거기'를 만지는 것은 가장 무거운 대죄 가운데 하나라고 우리는 배웠다. 그것은 신을 크게 모독하는 짓이고, 그런 짓을 하는 자는 육체와 영혼을 더럽히는 것이어서 누구든 영겁의 벌을 받을 각오를 해야 했다. 이런 말은 온갖 종류의 무시무시한 가상들을 떠올리게 했다. 아랫도리의 거기를 만졌다가 고해도 못 하고 죽으면 어떻게 되지? 말할 것도 없이 지옥에 떨어진다. 나는 절대로 불결한 마음으로 내 몸을 만지지 않겠다고 맹세했다. 이 덧없는 세상을 헤쳐 나가더라도 내 영혼은 순결하게 간직하리라.

　학교를 다닌 지 얼마 안 되어, 학습 면에서 내가 어딘가 남과 다르다는 사실이 밝혀졌다. 시간이 훨씬 더 지나 내가 두 아이의 엄마가 되었을 때 나는 난독증이라는 진단을 받게 되는데, 당시에는 내가 읽고 쓰고 수학 문제를 푸는 것을 배우는 데 서툰 것이 고분고분하지 않고 게을러서거나 아니면 그저 멍청해서라는 소리를 들었다.

　같은 반 애들은 거의 아무 노력도 하지 않아도 소리들을 조합하고 단어와 문장을 해석할 수 있었다. 하지만 나는 '개'와 '소' 같은 한 음절 단어에도 쩔쩔맸다.

어머니는 내가 읽는 법을 배우는 것을 도우려고 발 벗고 나서셨다. 곧바로 어머니는 서점으로 달려가 '딕과 제인' 시리즈 책들을 사들고 오셨고, 나는 학교가 끝나고 늘 개인수업을 받았다. 매일 나는 부엌 식탁에 앉아 딕과 제인 그리고 그들의 개 스폿이 벌이는 모험을 읽어 보려고 애를 썼다. 어머니는 내 선생님들만큼이나 난독증이라는 것에 대해 아시는 것이 없었고 인내심은 몇몇 선생님들보다 못하셨다. 그렇게 하면 내가 더 빨리 배울 것이라고 생각하셨는지, 아니면 좌절감을 느끼셨기 때문인지, 그도 아니면 기초적인 개념들을 내가 일부러 잘못 이해하고 있다고 생각하셔서인지 모르지만, 어머니는 걸핏하면 매를 드셨다.

어머니와 함께하는 오후는 무슨 일이 벌어질지 뻔한 무서운 시간의 되풀이가 되고 말았다. 어머니가 단어 하나를 읽어 보라고 하면 나는 그것을 틀리게 읽는다. 그러면 어머니는 "똑바로 읽어봐"라고 하고, 또 다시 내가 틀리게 읽으면 어머니는 있는 힘을 다해 내 팔을 꽉 잡으시는데, 하도 아파 울음을 터뜨린 적도 있었다. 한번은 내가 '캔'을 세 번이나 잘못 읽으니까 화가 치밀어 오른 어머니는 내 팔을 잡고 의자에서 들어 올렸다가 내던지듯 내려놓으신 적도 있었다. 언제인가부터는 지레 겁을 먹어 종이에 있는 단어들이 흐릿하게 보이기 시작했고, 그러다 보니 내 읽기는 더 형편없어지고 어머니의 화는 머리끝까지 올라갔다.

이해가 안 가고 오랜 세월 동안 마음에 사무쳤던 것은 어머니가 다른 때는 무척 동정심이 많은 분이셨다는 사실이다. 이웃에 그레타라는, 정신에 약간 문제가 있는 여자가 있었다. 어머니는 그 여자에게 무척 다정하고 상냥했다. 그리고 항상 그녀를 존중하고 인격적으로 대해야 한다고 말씀하셨다. 비단 그레타만 상냥하게 대하셨던 것도 아니었다. 어머니는 도움이 필요한 사람에게는 언제든지 기꺼이 도움의 손길을 내미는 훌륭한 이웃이었다. 그런 어머니가 왜 내게는 아무런 세심함도 보이지 않으셨을까? 뭔가 내게 잘못이 있는 것을 아셨던 걸까? 나는 내가 근본적으로 사랑스럽지 않고 하나부터 열까지 뜯어 고쳐야 하는 아이임에 틀림없다고 생각했다. 문제는, 아무리 노력해도 하나도 나아지는 것 같지가 않다는 것이었다.

내 자신에 관한 무엇인가를 비밀로 해야 한다고 결심한 것이 아마 3학년 때가 아니었나 싶다. 그때 나는 내가 이른바 '지체아'라고 믿고 있었다. 그레타처럼 겉으로 드러나지만 않을 뿐이었다. 그런 사실을 입 다물고 있지 않으면 나는 친구들과 — 그러니까, 그런 사실을 알고 나서도 친구로 남고 싶어 하는 애가 있다면 말이다 — 같은 반에 있을 수 없을 것이다. 그렇게 되면 사회에서 따돌림을 받고 가족에게는 골칫덩어리가 될 것이다. 할머니는 내 편이 되어 주실 유일한 분이지만 할머니께도 말씀드리지 않을 것이다. 할머니는 여전히 나를 사랑하시겠지만, 그런 사실을 알게 되면 실망이 얼마나 크실 것인가. 소문이 퍼지면 나와 결혼하려는 사람도 하나도 없을 것이 분명했다. 한편으로는 지체아라는 것이 겉으로는 드러나지 않아 얼마나 다행인가 싶었다. 하지만 다른 한편으로는 차라리 그랬으면 속이 시원했을 것 같았다. 그랬다면 적어도 사람들이 기대수준을 낮추었을 것이고 그래서 그들을 실망시킬 일도 없었을 것이다.

매 학년 말이면 유급되었다는 끔찍한 소식을 듣게 되면 어쩌나 하는 걱정이 나를 사로잡았다. 다행히도 그런 일은 일어나지 않았다. 간신히 매년 진학은 할 수 있었다. 학업상의 결함을 보완하려고 그랬는지는 모르지만 나는 곧 심한 익살꾼이 되었는데, 어떨 때는 악동이라고 할 수 있을 정도였다. 나는 누구와도 수다를 떨 수 있었고, 말하는 것을 정말 좋아했다. 천성적으로 나는 낙천가였고 심지어 골목대장 기질도 있었다. 나는 내가 재미있는 사람이고 사람 사귀는 것과 이야기하는 데 재주가 있다는 것을 알게 되었다. 나탈리 우드나 토니 커티스, 또는 당시의 다른 영화 스타 누구라도 목소리를 흉내 내어 대사를 하며 영화 장면을 재연해 낼 수 있어서 반 친구들을 웃겼고, 그래서 아이들은 나를 좋아했다.

***

중학생이 되자 수업을 잘 따라가지 못하는 것을 항상 숨길 수는 없었고, 그러자 친구들이 반에서 너무 뒤처지지 않도록 나를 도와주기 시작했다. 우리는 주로 학교에 가기 전에 성모 마리아 초등학교로 가는 모퉁이 근처에 있는 마사 과자가게에서 만났다. 소다수를 팔고 최신 유행 로큰롤을 틀어 놓는 가게였다. 엘비스, 버디 홀리, 빌 헤일리와 혜성들, 빅 버퍼… 우리는 라임 음료에 잼과 버터를 녹녹하게 바른 잉글리시 머핀을 먹으며 이들의 음악을 넛 놓고 들었다. 내 절친 리사와 나는 거리가 휜히 내다보이는 창가에 나란히 앉아, 리사가 내가 한 숙제를 찬찬히 살피며 틀린 답을 고쳐 주곤 했다.

불행히도 우리의 수다 시간은 8학년의 첫 몇 개월을 넘기지 못하고 끝나고 말았다. 어느 으슬으슬한 아침, 주크박스에서 '샹티 레이스'가 울려 퍼지고 리사와 나는 내 수학 숙제를 급히 해치우고 있을 때였다. 나는 문득 주위를 둘러보다가 시커먼 그림자 두 개가 독특한 분위기를 연기처럼 휘감고 문으로 다가오는 것을 보았다. 그림자가 가까워지면서 그 주인공이 누구인지가 확연해졌다. 내 8학년 담임선생임인 아그네스 수녀님과 앨리스 수녀원장님이셨다. 어떻게인지는 모르지만 두 분은 우리가 등교 전에 마사 과자가게에서 숙제를 교환한다는 사실을 알아내시고 그날로 그것을 금지시키셨다. 이제 어떻게 유급을 면하나 걱정이 되면서도 한편으로는 수녀님들이 끼어드셔서 마음이 놓이기도 했다. 어쨌거나 수다는 죄였으니 말이다. 그런데 이제 그 죄를 지을 틈이 별로 없어졌다. 죄 중에 으뜸가는 죄를 짓기 시작했던 것이다. 바로 자위행위였다.

자존감이라는 개념이 일반적인 문화의 일부로 자리 잡고 훌륭한 선생님들이 행여 무시할까 봐 신경 쓰는 어떤 것이 되는 것은 아직도 먼 훗날의 이야기였기에, 나는 내일은 혹시 어떤 굴욕을 당하게 될까 하는 걱정에 거의 매일 밤을 뜬눈으로 지새웠다. 불행히도 그 불안의 밤을 달래기 위해 찾은 것이 바로 씻을 수 없는 대죄, 바로 자위행위였다.

10살 무렵부터 자위행위를 하기 시작하여, 거의 매일 밤 오르가슴에 이르렀다. 당시 그것은 긴장과 걱정을 줄일 수 있는 유일한 수단이었다. 근심 걱정으로 밤을 맞았다면, 아침은 죄책감과 함께 시작되었다. 귓병이나 치통이 생기거나 어디를 다칠 때마다 나는 그것이 하느님께서 벌을 내리시는 것이라고 믿게 되었다. 나중에 주로 침대에만 누워 있어야 하는 고통스러운 시기들이 찾아왔다. 나는 이것 역시 하느님의 심판이라고 생각했다. 하느님의 눈길과 그분의 분노에서 벗어날 길이 없었다. 내 몸을 만지며 침대 위에서 앞뒤로 움직일 때, 이따금씩 나는 내 수호천사가 멀리서 눈살을 찌푸리며 나를 지켜보고 있을지도 모른다는 상상을 하곤 했다.

나는 하느님과 수호천사의 기분을 상하게 했다. 어머니는 말할 것도 없고 말이다. 어느 날 저녁 나는 자위행위를 하는 현장을 어머니께 들키고 말았다. 어머니는 침실 문 앞에 버티고 서서 고함을 지르셨다. "당장 담요 밑에서 손 꺼내지 못해!"

내가 고해성사를 한 신부님도 어머니 못지않게 충격을 받았다. 내가 이불 밑에서 저지른 죄를 씻어 주리라는 생각으로 매주 토요일 오후마다 '주기도문'과 '성모송'을 끝없이 암송하면서 나는 유혹을 떨쳐 버리겠노라고 몇 번이고 맹세했다. 고해 신부님은 내가 절대로 용납될 수 없는 죄를 저질렀고, 그런 유혹에 싸울 의지가 없다는 것은 곧 예수 그리스도 바로 그분을 저버리는 것과 마찬가지라고 말씀하셨다. 그분들은 내게 실망하고 나를 끔찍스럽게 생각했다. 그런데 그분들이 그렇게 여길 이유가 곧 더 많이 생겨났다.

메울 수 없는 차이, 브라이언

데니스 신부님은 중저음의 목소리가 멋져서, 그분이 말씀하실 때면 마치 하느님의 음성을 듣는 것 같았다. 고해실에서 그 울림 깊은 목소리가 죄 사함을 선언할 때는 구원만이 아니라 비난도 그 안에 함께 담겨 있었고, 나는 그것이 너무도 무서워 죄를 고백할 때 목소리가 하염없이 떨렸다. 고백하는 죄에는 언제나 자위행위가 포함되어 있었다. 하지만 그것은 오래전 일이다. 전능하신 만큼이나 복수심이 강한 신의 감시를 받던 어린 시절의 한 부분일 따름이다. 1976년이면 그런 신을 더는 믿지 않을 때이다. 하지만 가을에 나를 찾아온 의뢰인 브라이언의 이야기를 들을 때 내 머릿속에 떠오른 것은 데니스 신부님의 끝 모를 심연 같은 목소리였다.

그 무렵이면 내가 이 일을 시작하고 3년이 되던 해였고, 이 직업을 가진 사람이 약 1백 명 정도 되던 때였다. 요즈음에는 훈련받은 대리 파트너가 미국에 별로 없다. 국제 전문 대리인 협회International Professional Surrogate Association: IPSA은 현재 대리인 수를 50명으로 파악한다. 가장 많은 대리 파트너가 존재하던 1970년대 말에도 내 생각에 그 수는 2백 명을 넘지 않았을 것이고, 대부분은 해안 지방에 거주하며 일했다.

브라이언은 내가 사무실로 꾸민 침실 하나 딸린 아파트에서 나와 만났다. 나는 거실을 상담실로 쓰고 침실은 의뢰인과 신체적 실습을 하는 곳으로 사용했다. 아파트를 꾸밀 때 나는 의뢰인들이 편안하게 마음을 놓을 수 있는 곳으로 만들기 위해 최선을 다했다. 거실에는 속을 튼실하게 채워 넣은 의자를 가져다 놓고 벽은 부드러운 연분홍색으로 칠했다. 작은 탁자에는 갓 꺾어 온 꽃을 놓아 분위기를 화사하게 하고 군것질거리를 늘 올려 두었다. 의뢰인이 딱딱한 분위기의 진료소에 와 있는 것 같은 기분이 들게 하는 일은 절대 없었으면 했다.

32살이던 브라이언은 발기가 잘 안 되고 지속 시간도 짧은 증세로 고생하고 있었다. 그의 성기는 겨우 몇 분 동안만 부분적으로 발기되었다가 이내 축 늘어지곤 했다. 2년 전 결혼이 깨지고 나서 그는 내내 이런 증상과 씨름 중이었고 원인이 무엇인지는 쉽게 알 수 있었다. 지금은 전처가 된 브라이언의 아내 세실은 독실한 가톨릭 신자였고, 어느 날 오후 그가 침실에서 자위행위를 하는 현장을 목격한 뒤 그것을 이유로 그와 이혼했다. 가톨릭에서 자위행위도 금지하지만 이혼 역시 금지하는 데 그것을 그냥 무시했다는 것이 흥미로웠다. 세실을 만나 보지는 못했지만, 이혼의 죄와 자위행위의 죄를 저울질해 보고 자신의 불멸하는 영혼은 물론 종교적 신념 또한 온전히 지키기 위한 선택을 하며 그녀가 얼마만큼의 고통을 느껴야 했을지 궁금했다. 이 험난한 타협의 과정에서 어느 쪽 악이 더 가벼운 죄로 판정받았는지는 명확했다.

브라이언은 키가 작고 체격이 다부졌다. 자동차 부품 판매소를 운영하며 열심히 일해 사업을 탄탄한 기반 위에 올려놓은 사람이었다. 그는 내 맞은편의 안락의자에 앉아 초조한 듯 다리를 떨었다. 자위행위를 하다가 세실에게 들켜 버린 그날을 회상했다. "아내는 그걸 일주일에 한 번밖에 하고 싶어 하지 않았습니다. 그래서 저는 혼자서 그 짓을 많이 했죠. 주로 샤워실이나 가게에서 직원들이 모두 퇴근한 다음에 했습니다." 그가 말했다. "그런데 그날은 침실에 있었습니다. 일요일이었는데 아내가 정원에 나가 있어서 얼마 동안은 밖에 있겠구나 싶어 안전할 걸로 생각했습니다."

거의 절정에 다다랐을 때 세실이 벌컥 문을 열고 들어오더니 비명을 질렀다. "지금 뭐 하는 거예요?" 브라이언은 성기를 손으로 가리며 허겁지겁 바지를 추켜올렸다. "제가 하고 있던 짓 때문에만 부끄러웠던 게 아니라 벌거벗고 있다는 게 죽도록 창피했던 것 같습니다."

그날 밤 세실은 브라이언을 소파에서 자게 했다. 다음 날 아침 그녀는 그가 하고 있던 행동은 죄이며 변태 짓이라고 그에게 말했다. 그는 결혼한 남자였다. 자위행위를 할 나이는 아니라는 것이다. 만약 자기를 사랑한다면 그런 짓은 하지 않았을 것이라고 그녀는 말했다.

세실은 자위행위에 대한 가톨릭의 도그마에 물들어 있었을 뿐 아니라 더 끈질기게 지속되어 온 신화를 가슴속에 지니고 있었다. 일단 결혼하면 성적으로 '성숙한' 것이므로 자위행위 따위에는 관심을 끊고 성적 에너지를 배우자에게 쏟아야 한다는 것이다. 물론 때는 1976년이라 성혁명의 여파가 아직 남아 있었고, 진보적인 샌프란시스코 만 지역이었지만 이 오랜 신화는 굳건히 살아남아 있었다.

어색한 몇 주가 지난 뒤 세실은 이혼을 원한다고 선언했다. 브라이언은 떠나지 말라고 애걸복걸했다. 다시는 자기 몸에 손대지 않겠노라고 약속도 했다. 그리고 함께 상담을 받아 보자고 제안했다. 하지만 이 모든 말에도 세실은 눈 하나 깜짝하지 않았고, 그해가 다 가기 전에 이혼이 최종 확정되었다.

첫 번째 세션을 진행하는 동안 브라이언은 세실에 대해 많은 이야기를 했다. 그래서 세실이 어떤 생각을 했는지는 잘 알게 되었지만, 브라이언 자신의 생각은 어땠을까? 그도 자신이 죄를 지었다고 생각했던 것일까? "잘 모르겠습니다. 제가 끔찍한 짓만 안 저질렀어도 아내는 저를 떠나지 않았을 거라고 생각합니다." 그가 말했다. "제가 결혼을 망쳤어요. 그… 짓으로 말입니다." 그는 꿀 빛깔의 머리카락을 손으로 쓸어 넘겼다. "아내가 현장을 목격한 뒤로는 제대로 발기가 되지를 않았습니다. 이제 2년이나 지났는데 여전히 좀 달라지기를 바라고만 있는 처지입니다."

"스스로 자기한테 벌을 주시는 것 같은데요." 내가 말했다.

"어쩌면 그럴지도 모르죠." 그가 말했다.

"브라이언, 불행히도 세실이 잘못 알고 있는 게 너무도 많고 언젠가는 좀 더 정확한 지식을 얻게 될지도 모르지만, 당신은 잘못한 게 없어요. 자위행위는 자연스럽고 건강한 거예요."

"결혼한 사람인데도 말입니까?"

"결혼했거나 미혼이거나 이혼했거나 약혼했거나 동거하거나, 다 마찬가지예요. 그래요, 자위행위는 전혀 잘못된 게 아니에요."

나는 브라이언이 마음 어디선가는 이 사실을 알고 있었지만 내 말을 듣고 비로소 자신감이 생겼을 것이라 생각한다. 대리 파트너 일은 사람들에게 성적 충동은 부끄러워할 일이 아니라는 사실을 깨닫게 하는 것으로 시작될 때가 많다. 자신의 행위에 대한 브라이언의 생각은 좋게 말해도 모호하다고 할 수밖에 없었다. 스스로 쾌감을 얻는 행위가 결혼을 망칠 정도의 죄라고는 생각하지 않았지만 그렇다고 아무 거리낌도 느끼지 않는 것은 결코 아니었다. 나는 자위행위를 어떻게 생각하는지, 그리고 그에 대해 어떻게 배웠는지 얘기해 달라고 했다.

"전 가톨릭 집안에서 태어나서 그게 죄라는 얘기를 듣고 자랐습니다. 그걸 믿고 싶지는 않았던 것 같습니다. 집안사람들이건 다른 누구건 거기에 대해 자세히 얘기한 적도 없었고요. 모르겠습니다. 친구들은 대부분 진짜 남자는 여자가 있으니까 그런 짓을 할 필요가 없다고 생각하죠."

나는 브라이언에게 그런 생각도 근거 없는 믿음이라고 단언하고, 자극을 느끼고 자기 몸을 만지기 시작할 때 어떤 일이 벌어지는지 물었다.

"공상을 하기 시작하지만 이러면 안 되지 하면서 곧 그만두게 됩니다. 그리고는 과연 다시 발기가 될까 걱정을 하죠. 아이러니한 건 세실이 떠나고 난 뒤로는 자위행위를 할 수가 없게 되었다는 겁니다."

그는 이혼 이후로 몇 번인가 여자와 잘 기회가 있었는데 '남자 구실을' 할 수가 없어서 당혹감을 느끼며 여자에게 사과하는 것으로 일이 끝나곤 했다고 덧붙였다. 다시는 관계를 가질 수 없을지 모른다는 이 굴욕감과 공포에 그는 치료사를 찾았고 그 치료사가 나를 소개해 주었다.

"당신한테 내드릴 숙제가 있어요." 내가 말했다. "공상하는 것을 스스로에게 허락하세요. 다음 2주 동안 공상을 떠올리도록 노력하시고 그 공상을 도중에 그치지 않아도 된다고 자기 자신에게 말해 보세요. 기억하세요. 그건 그저 공상이니까 당신이 원하는 어떤 것이라도 괜찮아요. 비윤리적이거나 불법적인 것이든, 먹으면 살찌는 것을 맘껏 먹는 공상이든 아무거나 다 괜찮아요."

많은 의뢰인들처럼 브라이언도 곤경에 처해 있었다. 나는 그가 성에 대해 궁금해하며 성에 관한 사실과 허구를 구분하고 싶어 한다는 것을 감지했다. 그러나 다른 한편으로 그는 두려움과 죄책감 탓에 성에 대해 더 알아보는 것조차 잘못된 일로 느끼고 있었다. 나를 찾는 고객들은 흔히 성에 대해 갖가지 의견과 감정, 태도를 지니고 있다. 문제는 이들이 문화적 편견과 미디어로 야기된 고정관념, 옛날부터 전해지는 거짓말들에 넘어가는 경우가 너무도 많다는 것이다. 나는 함부로 심판하지 않는 알찬 교육만 행해지면 침실 생활을 쾌락 대신 갈등의 장으로 만드는 죄책감과 부끄러움을 얼마나 많이 없애 버릴 수 있는지에 늘 놀라고는 한다.

나는 브라이언에게 약간의 신체 연습을 할 준비가 되어 있느냐고 물었다. 그렇다고 대답하기에 우리는 침실로 들어가 옷을 벗었다. 나는 침대에서 누비이불을 걷어 내고 그를 눕게 했다. 그러고는 침대에 올라 그의 옆에 앉았다.

언제나처럼 나는 맨 먼저 브라이언에게 이완 운동을 가르쳐 주었다.

배가 볼록해지도록 숨을 길게, 천천히, 깊이 들이쉰 다음 원래 상태로 돌아올 때까지 끝까지 내쉬도록 했다. 그런 다음 눈을 감게 하고 몸 부분 부분을 지칭해 머리부터 발끝까지 자기 몸을 머릿속으로 훑도록 했다. "계속 숨을 쉬다가 몸에서 긴장이 느껴지는 부분이 있으면 그곳으로 숨을 들여보낸 다음 숨을 내쉴 때 긴장을 함께 내뱉으세요." 내가 말했다. 몸 훑기가 끝나자 나는 다시 다섯 번 깊은 호흡을 하도록 했다. "남아 있는 긴장을 모두 풀도록 하세요." 브라이언에게 기분이 어떤지 묻자 처음 왔을 때보다 훨씬 긴장이 풀어진 것 같다고 대답했다.

이제는 스푼 호흡법에 들어갈 차례였다. 이 훈련은 친밀감을 높여 주고 의뢰인과 내가 접촉할 수 있도록 해준다. 나는 브라이언에게 등이 내 쪽으로 오도록 왼쪽으로 돌아누우라고 했다. 그러고는 몸을 돌려 그에게 몸을 밀착시키고 스푼이 포개지듯 뒤에서 그를 끌어안았다. 나는 팔을 그의 허리에 두르고 무릎을 구부려 그의 뒷무릎에 밀착시켰다. "그냥 자연스럽게 숨 쉬세요." 나는 나직이 말했다. "보통 때처럼 편하게 숨을 쉬세요." 나는 브라이언의 들숨과 날숨에 신경을 집중하고 그의 호흡에 맞추어 숨을 쉬었다. 이내 우리는 함께 숨을 들이쉬고 내쉬었고 신체적-정서적 시너지가 형성되기 시작했다. 나는 브라이언에게 기분이 어떠냐고 묻고는, 준비가 되면 '감각 터치'에 들어가겠다고 했다. 그가 준비가 되었다고 해서 그에게 침대 가운데로 가서 배를 깔고 누워 다리를 V자로 벌리라고 했다. 나는 침대 끝으로 가서 마룻바닥에 무릎을 꿇었다. 그러고는 그에게 숨을 깊이 쉬라고 하고는 그가 숨을 내쉴 때 그의 발과 발목을 탐사하기 시작했다. 발바닥이 평평한 편이고 커다란 발가락들 바깥쪽에 굳은살이 박여 있었다.

나는 침대로 가서 그의 다리 사이에 무릎을 꿇고 앉았다. 다리에 난 털은 머리카락보다 색이 옅어 거의 흰색에 가까웠다. 처음에 그는 몹시 긴장해 허벅지와 등 근육이 마치 밧줄처럼 팽팽했다. 손바닥으로 그의 허벅지를 쓰다듬자 긴장이 얼마간 풀어지는 것을 느낄 수 있었다. 나는 엉덩이에 이어서 등으로 손길을 옮겼다. 떡 벌어진 어깨에는 계피 빛깔의 주근깨가 나 있었다. 내 손은 그의 양쪽 어깨에서 팔로 그리고 손으로 옮겨 갔다. 팽팽하게 긴장되어 있던 근육이 약간 풀어졌다.

내 손은 다시 그의 손에서 팔로, 어깨와 목으로 거슬러 올라가 정수리에 이르렀다. 뺨과 턱을 따라 내려가다가 귀를 살며시 만지며 얼굴을 쓰다듬은 다음 다시 조심스레 내려가 손 전체를 이용해 몸을 어루만졌다. 그러고는 더 밑으로 내려가 마침내 앞꿈치에까지 이르렀다. 나는 앞꿈치를 살짝 누르며 브라이언에게 숨을 깊이 들이쉬라고 했다. 그가 숨을 내뱉을 때 앞꿈치를 놓아주었다. 거의 속삭이다시피 하며 나는 그에게 준비가 되면 위로 돌아누우라고 했다. 이번에는 다리와 사타구니를 어루만지며 그의 몸 앞쪽에서 점차적으로 작업을 진행했다. 성기를 만지자 딱딱해지면서 온몸의 근육이 팽팽히 긴장했다. 나는 그에게 숨을 깊이 들이쉬라고 하고는 불두덩에서 배로, 이어서 가슴으로 손가락을 놀렸다. 내 손가락은 그의 어깨에서 팔로, 손으로 내려갔다가 다시 목과 얼굴로 돌아갔다. 나는 그의 눈 주위를 문질렀다. 이어서 이마와 귀, 입술, 턱을 매만졌다. 그러고는 마지막으로 아래쪽으로 훑어 내려가기 시작했다.

감각 터치를 하는 내내 브라이언의 성기가 완전히 축 늘어진 적은 한 번도 없었다. 그의 성기는 발기되었다가 조금 수축되었다가 다시 발기하곤 했다. 이런 증세를 보이는 의뢰인들을 자주 보았고, 이런 단계에서는 이들과 섹스를 나누는 것은 적절치 않다. 이 직업에 대한 어마어마한 오해 중 하나가 바로 대리 파트너와 의뢰인이 매 세션마다 곧바로 섹스를 한다고 생각하는 것이다. 대리 파트너 요법의 주요 목표 가운데 하나는, 특히 초기 단계에서는, 의뢰인들이 자신의 온몸을 더 잘 알게 되고 몸과 조화를 이루도록 돕는 것이다. 발기가 되었다가 수그러들었다가 다시 일어섰다가 다시 수그러들고 하는 것은 무척 도움이 되는데, 왜냐하면 어떤 것에 흥분을 느끼고 어떤 것에는 그렇지 않은지를 나와 의뢰인 자신에게 알려 주기 때문이다. 섹스는 나중에, 우리가 여러 다른 훈련들을 거치고 서로 간에 친밀감이 점차 더 높아진 다음에야 하게 된다. 지금 단계에서는 의뢰인으로 하여금 어떤 것이 자신을 성적으로 흥분시키는지를 좀 더 잘 알게 하고, 걱정하지 않고 에로틱한 기분에 젖으면 다시 발기가 될 수 있다는 것을 이해하도록 하는 것이 목표이다.

***

2주 뒤, 브라이언은 내 사무실에서 나와 마주 앉았다. 긴장한 듯 어깨에는 잔뜩 힘이 들어가 있고 손가락은 쉴 새 없이 꼼지락거렸다. 그리고 거의 강박적이다시피 커피 테이블 위에 놓인 접시에서 땅콩을 집어 들었다.

"어떻게 지내셨어요?" 내가 물었다.

"잘 모르겠습니다. 숙제 말인데요. 하지 못했습니다. 도무지 정신을 집중할 수가 없어서요."

"괜찮아요. 잊지 마세요. 우린 이제 막 함께 작업을 시작했다는 걸요. 인내심을 가지시고, 또 스스로에게 연민을 가져 보도록 하세요."

"제가 바뀔 수 있을지 자신이 없습니다. 아랫도리가 딱딱해지기 시작했다 싶으면 공포감이 밀려오고, 그러면 사그라져 버리거든요."

"당연히 바뀔 수 있죠. 하지만 하루아침에는 안 돼요. 도움이 되는 기술들을 몸에 익히실 건데, 그러자면 시간이 필요해요. 명심하세요. 스스로에게 인내심을 가져야 한다는 걸."

우리는 조금 더 이야기를 나누었다. 브라이언은 어려서부터 들었던 다른 속설들을 기억해 냈다. 자위행위를 너무 많이 하면 눈이 먼다든지, 자위행위가 정신병의 전조라든지, 위험한 강박증으로 발전할 수 있다든지 하는 것들이었다.

"다 틀린 말들이에요, 브라이언. 자위행위는 자연스럽고 여러 면에서 당신한테 이로운 거예요. 전립선을 강화시켜 주고, 긴장감을 풀어 주고, 또 당신 자신의 성을 더 잘 이해할 수 있게 해주거든요. 오늘은 다른 훈련을 소개할까 하는데, 당신 자신의 몸에 더 잘 적응하는 데 도움이 될 거예요."

케겔 운동은 골반저근을 발달시키고 생식기의 감각을 증대시킨다. 규칙적으로 연습하면 자극과 오르가슴을 더 극대화시킬 수 있다. 아마 케겔 운동은 여성에게 강습되는 경우가 더 많을 텐데, 사실 남성에게도 유용한 운동이다. 대리 파트너 요법에서는 이 운동이 의뢰인들이 '감각 집중', 다시 말해 신체 감각들, 특히 성적 흥분과 함께 찾아오는 근육 긴장을 더 강렬하게 지각하고 거기에 적절히 대응하는 능력을 개발하도록 돕는 데 이용된다. 나는 만약 내가 브라이언의 마음이 몸과 좀 더 조화를 이루도록 도울 수 있다면 그의 마음도 지금과는 다른 메시지를 보낼 것이라고 생각했다.

우리는 상담실에서 나와 침실로 향했다. 침실에서 둘 다 옷을 벗고 침대에 나란히 누웠다. 나는 브라이언에게 케겔 운동에 대해 설명해 주었다. "이 운동은 치골미골근, 일명 PC근육을 탄력 있게 해줘요. 이 근육이 어디 있는지 알아보는 가장 좋은 방법은 다음에 욕실에 있을 때 소변 줄기를 도중에 끊어 보는 거예요. 이럴 때 당신은 PC근육을 사용하고 있는 거예요. 다음에 소변 볼 때 한번 해보세요. 사정할 때면 PC근육이 자기도 모르게 조여져요." 그러고는 훈련하는 방법을 그에게 차근차근 일러 주었다.

"빨대를 힘껏 빤다고 상상해 보세요. 입으로 숨을 길게 들이쉰 다음 셋을 세는데, 그러는 사이 PC 근육을 조이세요. 소변이 마려운데 근처에 화장실이 없다고 상상해 보세요. 셋을 셀 때까지 소변을 참다가 셋 하면 근육을 이완시키세요. 그런 다음 숨을 짧고 빨리 쉬면서 근육을 조일 때는 들이쉬고 풀 때는 내쉬세요. 두 가지 방법을 번갈아 가며 실행하세요. 깊은 숨 쉬기를 스무 번 반복한 다음 빨리 숨 쉬기를 스무 번 하세요."

이 훈련을 몇 번 함께 해본 다음 나는 하루에 60번으로 시작해 20번씩 올려서 나중에는 하루에 100번씩 반복해서 시행할 것을 권했다.

우리는 다시 감각 터치를 시행했는데, 이번에는 브라이언이 좀 더 편안해 보였다. 그의 몸 뒤와 앞을 오르내리며 어루만지는 동안 나는 이전 세션들 때보다 그가 덜 경직되었고 때로는 거의 잠이 든 것처럼 보이기까지 한다는 것을 알았다.

작업이 다 끝났을 때 나는 그에게 어떠냐고 물었다. 그는 어깨와 발이 관능에 민감한 것 같고 등 아랫부분과 생식기 부분이 성적으로 민감한 것 같다고 말했다. 내가 팔과 다리 뒤쪽을 애무할 때는 기분이 좋았고 다른 부분들은 모두 별 감흥이 없었다고 했다.

두 번째 세션에서는 주로 그렇게 하듯이, 내가 브라이언의 몸을 탐사하고 그에 대한 그의 느낌을 들은 다음에는 브라이언이 내 몸을 탐사했다.

나는 몸을 돌려 배를 대고 눕고 브라이언은 바닥에 무릎을 꿇고 앉았다. 그는 내 발가락과 발을 가만히 손에 쥐었다. 거의 그의 손이 닿자마자 나는 그의 손길이 놀라울 정도로 관능적이라는 사실을 알 수 있었다. 그가 내 몸을 훑어 올라가는 것을 보니 내가 그를 어떻게 어루만지는지 자세히 주의를 기울이고 있었음이 분명했다. 그도 손 전체를 이용해 천천히 나를 어루만졌다.

브라이언은 억센 손으로 내 발목과 다리 뒤쪽을 미끄러지듯 훑어 올라갔다. 그러고는 내 엉덩이를 가볍게 어루만지다가 허리 아래쪽으로 손을 옮겼다. 그는 손에 약간 더 힘을 주었고, 내 근육은 그의 손길에 나긋나긋해졌다. 활짝 펼친 그의 손은 등에서 어깨로 올라왔다가 팔로,

손으로 내려갔다. 그러더니 다시 어깨에서 목으로 손길을 옮겼다. 그는 손가락 끝으로 부드럽게 내 이마와 코, 뺨과 입술을 쓸어 내려갔다.

그는 다시 한 번 내 몸을 훑어 내려갔다. 그의 손길이 발에 이르렀을 때 나는 그의 요청에 따라 몸을 뒤집었다. 브라이언의 손이 천천히 내 몸을 따라 올라오는 동안 나는 더 이완되면서 흥분을 느끼기 시작했다. 그는 내 불두덩을 손가락으로 부드럽게 쓰다듬었다. 브라이언은 내 근육이 긴장한 것을 느끼고는 내가 깊은 숨을 들이쉴 때 손바닥으로 내 배를 살짝 눌렀다. 계속해서 더듬어 올라가 젖가슴에 이르자 그는 집게손가락으로 젖꽃판 주위를 원을 그리며 어루만졌다. 얼굴에 이르렀을 때 그의 손길은 한층 더 속도를 늦추었다. 그의 손가락이 내 입술을 가볍게 쓸고 지나갔다. 이어서 그는 코 양옆과 광대뼈를 부드럽게 매만졌다. 그렇게 그의 손은 내 정수리까지 올라갔다가 다시 내 몸을 훑어 내려가며 아까 어루만졌던 모든 곳을 다시 한 번 거닐었다. 그리고 나서 그는 재촉하는 기색도 없이 어땠는지 말해 줄 수 있느냐고 내게 물었다.

나는 브라이언에게 나를 어루만져 주는 동안 거의 내내 기분이 좋았다고 말해 주었다. 허벅지 안쪽과 젖가슴, 얼굴, 목, 엉덩이, 젖꼭지, 팔 안쪽을 만져 줄 때는 성적 흥분을 느꼈다. 다른 부분을 만질 때는 관능적이기도 했고 기분도 좋았다. 감흥이 없을 때는 한 번도 없었다. 이어서 브라이언은 내 옆에 누워 자신과 나의 어깨와 엉덩이를 어루만졌다. 그의 몸이 달아오른 것을 느낄 수 있었다. 우리는 눈을 감고 깊이 숨을 들이쉬기 시작했다. 그렇게 몇 차례를 하고 나서 나는 눈을 떴는데 그의 성기가 더 딱딱해진 것이 보였다.

나는 브라이언과 나 사이에 신뢰감이 깊어진 것을 감지했다. 이제 브라이언에게는 나를 만져 본 경험이 있었고 내가 그것을 좋아한다는 것을 알고 있었다. 이것은 의뢰인이 나와 동등한 입장이라는 느낌을 갖도록 하는 데 도움이 되는 경우가 많다. 우리는 몇 분 동안 계속해서 깊게 숨을 쉬었고, 내가 그에게 말을 하려고 눈을 떴을 때 그의 성기는 힘이 빠져 있었다.

"브라이언, 이제 일어나시겠어요?"

"네." 그가 졸린 듯한 목소리로 말했다.

나는 침대에서 나와 그에게 안아 달라고 했다. 포옹을 풀면서 나는 즐거운 경험을 하게 해주어 고맙다고 했다. 그런 다음 우리는 옷을 입고 복도로 나와 상담실로 돌아왔다. 나는 지난번에 배운 케겔 운동을 꾸준히 연습하라고 다짐시키고 2주 후에 다시 만나기로 약속을 잡았다.

세 번째 세션을 끝마칠 때까지 브라이언은 꾸준한 진전을 보였다. 이제는 내가 가르쳐 준 케겔 운동과 호흡법, 이완 운동을 규칙적으로 연습하고 있었다. 자위행위에 대한 두려움과 죄책감은 줄어들었고 발기 상태를 유지할 수 있는 시간도 5~6분으로 예전보다 거의 두 배나 늘어났다. 그는 공상에 조금 더 빠져들 수 있게 되었고, 사고방식에도 미묘한 변화가 생긴 것을 알게 되었다고 내게 말했다. 예를 들어 아직도 흥분이 오르기 시작하면 자기도 모르게 "그만"이라고 말하기도 했지만, 그 명령을 따라야만 한다는 생각은 없어졌다. 이완 기술을 연습한 것이 발기 시간이 짧아지는 이유였던 자신의 초조함을 인식하고 거기서 벗어나는 데 도움이 되었다. 이만 해도 세 번의 세션 만에 성취한 것치고는 많은 성과였는데, 네 번째 세션에서 브라이언은 정말로 획기적인 전환을 이루었다. 우리가 성과학 훈련을 실습한 때였다.

***

브라이언은 얼굴에 미소를 머금고 네 번째 세션에 나타났다. 그는 스스로 예상했던 것보다 더 크게 호전된 상태였다. 어떤 여성에게 데이트를 신청할까 고려하기까지 했다고 그는 말했다. 잠시 동안 이야기를 나눈 뒤 나는 침실로 브라이언을 안내했다.

"성과학 훈련은 생식기에 초점을 맞춘 훈련이에요." 나는 설명을 시작했다. "우리는 서로를 깊숙이 탐색할 거고 진행하면서 바로 피드백을 줄 거예요. 이 훈련은 두 가지 면에서 도움이 돼요. 먼저 이 훈련을 하면 당신은 당신 생식기 중에서 어떤 부위가 가장 민감하고 자극을 잘 받아들이는지 알게 돼요. 다음으로, 상대와 좀 더 친밀한 수준에서 의사소통을 나눌 수 있게 해줘요. 훈련을 하면서 계속 내게 느낌이 어떤지 말해 주셔야 하고, 제 차례가 되면 저도 똑같이 그럴 거예요. 이것의 목적은 궁극적으로 파트너와 이런 종류의 대화를 나눌 수 있도록 하는 거예요."

브라이언은 약간 긴장했다.

"성과학 훈련은 철저히 임상적인 훈련이에요. 우리가 해야 할 것은 어떤 느낌이 드는지에 세심한 주의를 기울이는 게 다예요. 훈련하는 도중에 제가 계속 느낌이 어떤지 물을 거예요. 맞거나 틀린 느낌 같은 건 없어요. 이건 그저 천천히 정신을 집중해서 하는 탐사일 뿐이에요. 순간순간에, 당신 몸에 집중하도록 하세요. 감각을 활용하세요. 보고 냄새 맡고 맛보고 듣고 느끼는 것들을 진정으로 받아들이세요. 성과학 훈련 중에는 발기가 안 되는 사람들이 많아요. 어떤 사람들은 되기도 하고요. 둘 다 자연스러운 거예요."

나는 침실용 탁자 위에 놓인 램프를 켰다. 그런 다음 벽장에 가서 베개 여섯 개를 꺼냈다. 네 개는 침대 머리맡에 둬서 브라이언이 등을 기대는 데 쓰고 두 개는 침대 중간에서 내가 몸을 받치는 데 쓸 것이었다. 나는 또 침실용 탁자에서 손거울 하나와 휴지, 윤활제를 꺼냈다.

나는 바지를 벗고 셔츠의 단추를 푼 다음 걸리적거리지 않도록 머리카락을 뒤로 넘겨 머리핀으로 고정시켰다. 브라이언이 옷을 벗자 나는 그의 손을 잡고 침대로 이끌었다. 그러고는 그에게 침대 머리맡에 둔 베개에 몸을 기대고 무릎을 구부리고 앉으라고 했다. 나는 침대 중간에서 그의 다리 사이에 앉을 때 등 아랫부분을 기댈 수 있게 베개들의 위치를 조정했다. 나는 다리를 넓게 V자로 뻗고는 브라이언에게도 같은 식으로 다리를 뻗은 다음 내 다리 위에 올려놓으라고 했다. 이렇게 해서 우리의 다리는 다이아몬드 모양을 이루었다.

브라이언의 다리는 근육으로 우람했고, 다리털이 내 무릎을 가볍게 간질였다. 그는 어깨가 떡 벌어지고 손가락이 짧고 이마에 긴 흉터가 나 있었다. 아랫배 한가운데 한 줄로 나 있는 털은 올라갈수록 폭이 좁아지다가 가슴 못 미치는 곳에서 끝났다. 나는 그의 손을 쥐었다. "깊이 숨을 쉬세요." 내가 말했다. 잠시 동안 함께 숨을 들이쉬고 내쉬다가 나는 손가락을 풀고 맞잡은 그의 손을 놓았다.

　브라이언의 성기는 평균 정도의 길이였다. 불두덩에는 금빛 털이 삼
각형 모양으로 무성하게 나 있었다. 그 밑으로 커다란 음낭이 달려 있었
다. "잊지 마세요, 브라이언. 이 훈련을 하는 동안 발기가 되건 안 되건
아무 상관없어요." 내가 말했다. "어떤 식으로 반응하시든 괜찮아요."

　나는 허리를 굽혀 브라이언의 성기를 왼손에 쥐고 오른손으로 길어
지게 만들었다. 그러고는 길어진 성기를 불두덩 위에 가만히 올려놓
았다.

　나는 그의 귀두에 모여 있는 분비선들을 손가락 끝으로 천천히 미끄
러지듯 어루만졌다. 소변구멍이 있는 끝 부분 주위의 오른편으로 따라
올라간 다음 왼편으로 내려왔다.

　그의 다리 근육이 긴장하는 것을 느낄 수 있었다. 다리에 힘을 빼라
고 해주었다. 그의 몸 한 부분이 긴장하는 것을 느낄 때마다 나는 그 부
위에 손을 대며 그에게 긴장을 풀라고 말했다.

　"느낌이 어떤지 말해 주세요. 왼쪽이나 오른쪽, 어느 한쪽이 더 민감
한가요?" 내가 물었다.

　그는 얼굴과 목이 새빨개졌고, 복부 근육이 팽팽해진 모습도 내 눈에
들어왔다.

　"오른쪽이 더 그런 것 같긴 한데, 확실하진 않습니다." 브라이언이 대
답했다. 나는 다시 귀두 부분을 쓰다듬며 이번에는 느낌이 다르냐고
묻고는, 그렇건 안 그렇건 전혀 상관이 없다고 다시 한 번 말해 주었다.

　"아직도 잘 모르겠어요."

"좋아요. 이제 탐사를 계속하죠."

나는 성기의 몸통과 귀두 사이에 있는 삼각형 모양의 부분인 소대에 손길을 준 다음 두 개의 분비선 사이로 손가락을 놀렸다. 그러고는 느낌이 어떤지 물었다.

"좋아요. 정말 좋아요."

나는 다시 귀두 맨 끝 부분을 만지고 앞서 내가 만진 다른 부분과 비교해서 느낌이 어떠냐고 물었다.

"전의 것만큼 민감하지는 않은 것 같습니다."

"소대 부분요?"

"예. 소대 부분이 더 민감해요."

브라이언의 성기가 딱딱해지기 시작했다. 나는 왼손으로 그의 성기를 잡고 귀두 바로 아래쪽의 오른편, 중간, 왼편을 위아래로 어루만졌다. 그런 다음 성기의 중간 부분과 아랫부분도 똑같이 해주었다. 그러고는 브라이언에게 각 부분별로 느낌이 어땠는지 물었고 그는 귀두 바로 아래쪽의 오른편을 만져 줄 때가 가장 기분이 좋았다고 말했다.

나는 음낭의 오른편, 중간, 왼편에도 손길을 준 다음 각각 느낌이 어떤지 물었다. 그리고 이어서 회음부를 손가락으로 쓰다듬었다. 그런 다음 태아의 성이 남성으로 결정될 때 형성되는 것으로, 귀두 바로 밑에서 음낭까지 나 있는 봉합선을 더듬었다. 할례를 받은 다른 많은 남자들처럼 브라이언의 봉합선도 구부러져 오른쪽으로 틀어져 있었다. 브라이언은 봉합선 주위보다는 회음부가 더 민감한 것 같다고 말했다.

브라이언의 호흡이 가빠지기 시작해 나는 그에게 눈을 감으라고 했다.

나는 손에 윤활제를 약간 발랐다. 그러고는 그의 성기 아랫부분을 손가락으로 가볍게 감아쥐고 손목을 비틀며 손을 귀두 쪽으로 움직였다. 이렇게 손을 위쪽으로 향하는 동작을 처음에는 오른손으로 하고 이어서 왼손으로 다시 했다. 그리고 둘 중 어느 쪽이 더 기분이 좋은지 그에게 물었다. 왼손으로 할 때가 더 흥분이 느껴졌다고 그가 대답했다.

브라이언은 완전히 발기가 되었고 음낭도 단단해졌다. 나는 그에게 깊이 숨을 쉬라고 한 다음, 긴장된 근육을 찾아내 이완시킬 수 있도록 마음속으로 온몸을 훑게 했다. "자극을 받으면 긴장이 높아지는 건 당연해요. 특히 배와 엉덩이, 허벅지는요. 하지만 긴장을 풀어 주는 게 지금 당신이 느끼는 이 느낌을 오래 지속시키는 데 도움이 돼요." 내가 말했다.

나는 허벅지 옆에 놓인 휴지곽에서 휴지 한 장을 뽑아 윤활제를 닦아냈다.

"이제부터는 입으로 할게요." 내가 말했다.

나는 허리를 더 굽혀 그의 성기를 입에 집어넣었다. 몸을 굽히기 더 쉽게 하려고 나는 무릎을 조금 구부렸다. 브라이언의 다리가 내 다리 위에 놓여 있었기 때문에 내가 이 동작을 하자 그의 다리가 약간 들리면서 힘이 들어갔다.

"다리를 편안히 내 위에 올려놓으세요. 이제 시작할게요." 내가 말했다.

그는 힘을 빼고 다리를 내 다리 위에 올려놓았다.

나는 혀를 놀려 귀두와 음경을 핥았다. 그의 성기가 내 입천장에 와

닿는 것이 느껴졌다. 몸을 뒤로 빼서 귀두가 입술 있는 데까지 나오도록 했다. 그런 다음 입술을 벌렸다.

"느낌이 어때요?"

"좋아요." 브라이언은 숨을 크게 들이쉬었다. "실은, 굉장했어요."

"손으로 하는 거와 입으로 하는 것 중에 어느 게 더 좋았어요?"

"입으로 하는 거요."

나는 일어나 앉아 허리를 곧추세웠다. 몸 탐사를 마치고 우리가 발견한 것을 되새겨 볼 차례였다. 브라이언과 나, 우리 두 사람은 그의 몸에서 어느 부분이 가장 자극에 민감하게 반응하는지에 대해 많은 것을 알게 되었다.

"몸 어디를 만져 주면 당신이 좋아하는지 이제 알았어요. 소대, 회음부, 성기의 오른쪽 부분, 이런 데가 모두 당신한테는 아주 민감한 부분이네요. 또 입으로 자극을 주면 확실한 반응을 보이고, 왼손으로 성기를 쓸어내려 주면 좋아하고요. 참 많은 걸 알아냈어요."

나는 브라이언에게 불편하진 않은지, 화장실에 가거나 쉬고 싶지는 않은지 물었다. 괜찮다고 해서 그럼 이제 내 몸을 탐사해 보겠느냐고 하니까 그는 고개를 끄덕였다.

나는 브라이언의 다리 밑에서 내 다리를 빼냈다. 땀이 배어나와 있어서 다리는 미끄러지듯 쉽게 빠져나왔다. 나는 그의 다리 위에 다리를 올려 계속 V자 모양을 이루도록 했는데, 이번에는 내 다리가 위에 있다는 것이 다를 뿐이었다.

브라이언에게 거울을 건네주며 확대되는 면 쪽으로 돌려 달라고 부탁했다.

나는 손가락으로 외음순을 벌려 음부의 다른 부분이 모두 보이도록 했다.

"자, 거울을 갖고 와서 바로 여기다 놓으면 잘 볼 수 있을 거예요." 침대 위의 한 곳을 가리키며 내가 말했다. "제 음부를 둘러보도록 해드리죠." 그런 다음 손가락에 윤활제를 약간 발랐다.

음부의 맨 윗부분부터 여정을 시작해 음핵포피와 음핵, 소음순을 가리켜 보여 주었다. 그런 다음 어느 곳이 요도입구인지 가르쳐 주었다. 브라이언은 거기가 민감한 부분인지 물었다. 그래서 나 자신은 그곳을 자극하는 것을 좋아하지 않지만 모든 여자가 다 그런 것은 아니니 언제나 파트너에게 물어보라고 말해 주었다. 또 박테리아를 감염시킬 수 있으니 파트너의 생식기를 만지기 전에는 꼭 손을 씻고, 손톱을 반드시 짧게 깎고 날카롭거나 거친 부분이 없도록 다듬는 것을 잊지 말라고 했다.

나는 요도입구 밑쪽을 가리키면서 G스폿은 이 반대편에 있다고 말했다. "그건 요도 주위 해면조직 위의 지점인데, 약 2.5센티미터 정도 안으로 들어간 질 천장에 있어요."

나는 질 입구 바로 앞에 있는 부분인 질 전정을 보여 주고, 질 전정 위와 아래에 꼬리표같이 너덜너덜하게 달린 4개의 피부 조각처럼 보이는 처녀막 흔적을 주의해서 보도록 했다. 그러고서 손가락을 질 입구에 집어넣었다.

손가락을 뺀 다음 회음부로 손을 옮겼다.

브라이언은 호흡이 거칠어졌고 그의 음낭이 수축되어 몸 가까이 올라붙은 것이 보였다. 성기에서는 사정 전에 나오는 맑은 액체가 새어 나왔다. 나는 느낌이 어떤지 그에게 물었다. "좋은데, 약간 겁이 납니다." 그가 말했다. 왜 겁이 나느냐고 묻자, 여자와 함께해 본 지가 하도 오래되어서 너무 일찍 사정해 버리면 어쩌나 두렵다고 했다. 마지막으로 섹스를 나눈 것이 2년 전 일이었고, 몇 번의 시도는 좌절감 속에서 끝을 맺고 말았으니 말이다. 나는 그에게 방금 최근 들어 가장 긴 시간인 약 15분 동안 완전한 발기상태를 유지했다는 사실을 상기시켰다. 우리는 몇 차례 깊이 숨을 들이쉬었다. 나는 그에게 숨을 내쉴 때 배와 엉덩이, 허벅지에서 긴장을 풀라고 했다. 발기된 성기가 이완되었고 우리는 다음 단계로 넘어갔다. 나는 그로 하여금 손가락에 윤활제를 약간 바르고 내 몸을 탐사하도록 했다.

　나는 음핵포피를 들어 올리고 그에게 음핵을 만져 달라고 했다. "음… 정말 좋아요. 어떤 여성들은 거기를 직접 만지면 너무 강하다고 느끼는데, 저는 그걸 좋아해요. 음핵포피 옆쪽부터 시작한 다음 파트너에게 음핵을 만져 주는 걸 좋아하는지 물어보는 것도 좋은 방법이에요. 처음에는 안 좋아해도 좀 더 흥분하면 바뀔 수도 있어요. 우선은 가볍게 어루만지는 걸로 시작해서, 파트너에게 얼마나 세게 해주는 걸 좋아하는지 말해 달라고 하세요. 그럴 때는 천연물질이든 사서 쓰는 것이든 윤활제를 사용하는 게 제일 좋아요."

　나는 점점 흥분이 오르기 시작하고 있었다. 엉덩이와 배가 팽팽해지고 훅 하는 열기가 온몸에 번지는 것이 느껴졌다. 숨을 몇 번 깊이 들이쉬고 근육의 긴장을 풀었다.

브라이언은 내 소음순의 굴곡 부분을 손가락으로 어루만졌다. "정말 좋아요, 특히 왼쪽을 만져 줄 때요."

나는 브라이언에게 손가락 첫마디까지 내 안에 집어넣은 다음 질 천장 쪽으로 손가락을 구부리라고 했다. "바로 거기가 G스폿이에요. 내 경우에는 음핵만큼 민감하지는 않은데, 그래도 자극을 주면 기분이 좋아요."

브라이언이 조금 더 깊이 손가락을 집어넣자 애액이 더 흘러나오기 시작했다. 그는 천천히 손가락을 넣었다 뺐다 했다. "지금 보니까 왼쪽보다는 오른쪽이 더 느낌이 와요." 내가 말했다. 그는 손가락을 더 깊이 집어넣어 마침내 자궁경부에까지 이르렀다. 이것이 무엇이냐고 그가 물어 내가 말해 주었다. 그러자 그는 내게 자궁경부를 만져 주는 것을 좋아하냐고 물었다. 나는 좋아하지 않는다고 말하고, 하지만 어떤 여자들은 좋아하니까 항상 파트너에게 어떤지 물어보라고 했다. 브라이언은 손가락을 뺐다. 나는 그의 손을 잡아 이끌어 내 회음부를 더듬게 하고 그곳이 얼마나 민감한지 말했다.

이어서 브라이언은 자신의 성기를 손으로 쥐고 빠르게 아래위로 손을 움직였다. 곧 사정을 할 것 같아졌을 때 그는 손을 멈추고 몇 차례 숨을 깊이 들이쉬었다. 그런 다음 윤활제를 조금 손에 바르고 다시 성기를 거머쥐었다. 몇 분 동안 아까보다는 천천히 손을 위아래로 움직이다가 이윽고 속도를 올렸다. 그는 "아, 아, 아" 하고 외치더니 사정했다. 그리고 베개에 머리를 기대며 양팔을 털썩 떨어뜨렸다.

"기분이 어때요?"

"좋아요."

그는 오른쪽 어깨 위로 고개를 떨구었다. 그러고는 눈을 감았고 호흡은 고르고 느려졌다. 잠이 들었나 생각하는데, 그가 입을 열었다. "그리고 죄책감도 느끼지 않았습니다."

나는 그에게 이것이 얼마나 엄청난 진전인지 말해 주고 이제 그는 유용한 기술을 쓸 수 있게 되었다고 덧붙였다. "당신은 완벽히 스스로를 제어할 수 있어요. 절정에 이르기 전에 흥분과 쾌감을 좀 더 지속시키고 싶으면 그렇게 할 수 있어요. 흥분을 얼마나 지속시킬지 당신이 결정할 수 있다는 얘기예요."

***

우리의 네 번째 세션은 브라이언에게 전환점이 되었다. 2년 만에 처음으로 자위행위를 해서 오르가슴에 이르렀고, 그것도 다른 사람이 보는 앞에서 그런 것은 그때가 유일했다.

상담 치료와 마찬가지로 대리 파트너 요법에서도 상태가 쭉 호전되는 경우는 드물다. 대개는 2보 전진이 있으면 1보 후퇴가 따른다. 대리 파트너로서 나는 치유가 이루어지고 있는지 노심초사하고 때로는 2보 후퇴가 있을 것을 예상하기도 한다. 브라이언의 경우가 그랬다. 다섯 번째 세션이 시작되었을 때 그는 발기를 유지하는 데 또다시 어려움을 겪기 시작했다고 내게 말했다. "좌절감을 느낍니다. 미치도록요." 기분이 어떠냐고 묻자 그는 이렇게 대답했다. 나는 그가 엄청난 진전을 이루어 냈다는 사실을 상기시키고 때로 치료가 지체되는 일은 드물지 않다고 그를 안심시켰다.

"인내심을 갖고 또 스스로에게 연민을 가지세요. 정말 잘하고 계세요. 잠깐 치료가 지체된다고 해서 당신이 이루어 낸 모든 것이 허사가 되는 건 아니에요." 내가 말했다.

남은 세 번의 세션 동안 우리는 여러 다른 훈련들을 했다. 브라이언은 슬럼프에서 벗어나 계속 진전을 보였다. 7번째 세션을 위해 다시 만났을 때 그는 그사이 몇 번 오르가슴에 이를 수 있었다고 내게 말했다.

마지막 세션에서 그는 한 달 동안 죄책감도 느끼지 않았고 자위행위도 만족스럽게 할 수 있었다고 하면서 그 주 토요일에 만나기로 한 멋진 여성에 대해 이야기해 주었다.

"데이트 신청을 하는데, 두렵지 않았습니다." 브라이언이 말했다.

"멋져요! 정말 잘됐어요, 브라이언."

의뢰인이 자신감이 생기고 내가 늘 바라는 대로 다른 사람들과 만족스럽고 애정 어린 관계를 더 잘 맺을 수 있게 되는 것을 보면 헤아릴 수 없는 보람을 느낀다.

"브라이언, 물어볼 것이 있거나 뭔가 격려가 필요하면 걱정 말고 언제라도 전화하세요."

브라이언과 나는 포옹을 나누었다.

"당신은 멋진 분이에요. 그걸 잊지 마세요." 그가 문으로 나가려 할 때 나는 그렇게 말해 주었다.

브라이언과 같은 문제를 극복해 내는 의뢰인들을 볼 때마다 나는 처음보다 얼마나 많이 왔고 얼마나 많이 변했는지를 말해 주는 것이 중요하다는 사실을 깨닫는다. 대리 파트너가 되기 여러 해 전, 나 역시 그런 마음으로 스스로를 다잡아야 했다.

색마

세일럼 고등학교 신입생 때 독감에 걸린 적이 있는데, 당시 나는 그
것이 밤에 짓는 죄를 그만두지 않으면 앞으로 내 인생이 어떻게 될지를
보여 주는 전조임에 분명하다고 생각했다. 목이 불에 타는 듯이 따가워
서 거의 아무것도 삼키지 못할 정도였다. 귀도 양쪽이 다 막혔고, 담요
를 두 장이나 덮고 있어도 덜덜 떨릴 정도로 추웠다. 기침을 하면 목구
멍을 사포로 긁는 것 같은 느낌이었다. 침대에서 일어나 화장실에만 다
녀와도 기진맥진했다. 도저히 몸을 이끌고 학교에 갈 수가 없었다. 결
국 10월 첫째 주를 몽땅 결석하고 말았고, 다시 학교에 갔을 때는 따라
잡아야 할 과제가 산더미처럼 쌓여 있었다.

학교에 다시 나간 첫날, 나는 실험 수업을 다시 받으러 2층에 있는 과
학실로 올라갔다. 교실 문을 향해 가는데, 농구팀의 장대 같은 애들 몇
이 복도에서 잡담을 나누고 있었다. 14살 적에 나는 자의식이 강하고
수줍은 소녀였다. 그런 애들한테는 감히 말을 붙일 생각도 못 했다. 여
자 친구들하고는 십대답게 온갖 수다를 떨었겠지만 남자애들 옆에 가

면 왠지 소심해졌다.

외향적인 성격 탓에 남들은 눈치채지 못했을 수도 있지만, 나는 외모에 깊은 불안감을 갖고 있었다. 아무리 봐도 충분히 예쁜 것 같지 않고, 축 처진 가슴부터 시작해서 몸 곳곳이 마음에 들지 않는 것 투성이였다. 가슴이 장미 꽃망울처럼 봉긋 솟아올랐으면 얼마나 좋을까 싶었다. 게다가 학교의 예쁜 애들이나 당시의 영화 스타들과 비교해 보면 나는 형편없이 키가 작았다. 농구 하는 애들 옆에 가니 내 신체적 결함이 몇 배는 더 크게 느껴졌다.

복도에서 서성대던 아이들 중 하나는 꽤 잘생긴 애였는데, 짧은 금발 머리에 눈은 청회색 빛이었다. 나는 그 아이들을 지나쳐 교실 문을 노크했지만 안에서 아무 대답도 없었다. 몇 초 동안 기다렸다가 다시 노크했다. 여전히 대답이 없었다. 그때 그 잘생긴 애가 이쪽으로 오더니 벽을 쾅쾅 두드렸고, 그러자 거의 바로 선생님이 나오셔서 나보고 들어오라고 했다. "봤지?" 그 애가 환하게 웃으며 말했다. "고마워." 마법의 노크를 하는 이 멋진 남자애는 누구일까 궁금해하며 내가 말했다.

당시에 댄스파티는 한창 유행하는 사교 행사였다. 10월의 마지막 주에 나는 해마다 가을이면 세일럼 고등학교 체육관에서 열리는 신입생 파티에 참석했다. 체육관으로 들어갈 때 주크박스에서는 리치 발렌스의 '컴온, 레츠고'가 흘러나오고 있었고, 친구들 한 무리가 댄스 플로어 가장자리에 서서 콜라를 홀짝거리면서 웃으며 음악에 맞춰 몸을 흔들고 있었다. 베키는 치마폭이 넓은 끈 없는 청록색 호박단 드레스를 입고 흰색 하이힐을 신고 있었다. 마시는 에메랄드빛 녹색 펜슬 스커트와 목 부분이 하트 모양으로 파지고 깃이 달린 흰색 셔츠를 입고 있었다. 나는 몸에 꼭 맞는 상의가 달린 빨간색 주름치마 드레스를 입었다. 돌이켜 생각해 보면 아마 그때 나는 꽤 예뻤던 것 같은데, 하지만 당시에는 그렇게 예쁘지도 않고, 그렇게 세련되지도 않고, 제대로 뚱뚱한 것 빼고는 뭐 하나 제대로 된 것이 없다는 생각으로 꽉 차 있었다. 제대로 뚱뚱한 게 틀림없었다. 체중은 정상이었지만, 젊은 여자들이 대개 그렇듯이 나는 내가 너무 뚱뚱하다고 생각했다. 친구들과 얼마 동안 수다를 떨고 있는데, 그 아이가 내 눈에 들어왔다. 아니, 사실은 그 여자애가 먼저 눈에 들어왔다고 해야 맞을 것이다. 주디 톨턴이 그 남자애 손을 잡고 과학실 밖의 복도에서 걸어오고 있었다. 주디는 목에 반지가 매달린 목걸이를 두르고 있었다. "안녕, 주디. 안녕, 빌." 베키가 그 애들을 보자 인사했다. 그렇게 남자애의 이름은 알게 되었다. 물론, 그 남자애가 우리 마을에서 제일 콧대 높은 여자애하고 사귀고 있다는 사실도 알게 되었고, 그 이유도 알 만했다. 주디 톨턴은 미스 더피의 무용 교습소에서 나와 같이 여러 해 동안 무용을 배웠지만 나한테는 거의 한 마디도 하지 않은 애였는데, 외모가 끝내줬다. 윤기가 흐르는 베이지빛 금발 머리가 허리 중간까지 내려왔고 입술은 도톰했다. 또 날씬한 허리에 쭉 뻗은 다리가 멋졌다. 하지만 잘난 체란 잘난 체는 다 하는 꼴이란! 가슴이 무너져 내렸다. 나는 슬그머니 자리에서 빠져나가 콜라를 가지러 갔다. 그날 과학실 밖에서 빌을 본 이후로 나는 우리 둘이 커플이 되어 빌이 미칠 듯이 나를 사랑하게 되는 공상에 빠져 지냈다. 그런 공상을 하다 보면 흥분으로 정신이 아찔해졌다. 그러던 것이 이제는 바보가 된 기분이었다. 그런 열망을 다른 사람에게는 비밀로 했던 것이 그나마 다행이라면 다행이었다. 그 남자애는 주디 톨턴의 남자 친구였다. 주디 톨턴, 모든 여자아이들이 닮고 싶어 하는 그 아이 말이다.

몇 주 뒤, 빌이 꿈에 그리던 소녀가 되는 공상에서 그런대로 빠져나와 있을 때 내 친구 안젤라가 틴 타운Teen Town에 대해 이야기해 주었다. 틴 타운은 매주 토요일 밤에 세일럼 YMCA에서 열렸다. 춤을 출 수도 있고, 당구나 탁구를 칠 수도 있고, 그냥 어슬렁거리며 시간을 보낼 수도 있었다. "정말 재미있어. 꼭 가봐야 된다니까." 안젤라가 말했다. 마침내 토요일 밤이 되자 나는 저지 드레스와 볼레로 재킷을 입고 정장용 가죽 단화를 신었다. 하도 흥분이 돼서 배 속이 울렁거릴 지경이었다. 공립 고등학교, 가톨릭 고등학교를 가릴 것 없이 모든 학년의 아이들이 틴 타운에 갔다. 그 당시에 17살짜리 졸업반 선배들과 함께 어울린다는 것은 꽤 특별해 보였다. 어쨌든 그 선배들은 조금만 더 있으면 성인이 되었고, 나는 이제 갓 중학교를 졸업한 신세였다. 나는 거울을 한 열 번은 들여다보며 차림새를 살피고 또 살폈고, 아빠의 차를 타고 몇 분 뒤에 틴 타운에 도착했다.

나는 방을 쭉 훑어보며 친구들이 있는지 찾아보았다. 친구들이 보이지 않아 콜라를 사서 빈 테이블에 가서 앉았다. 날 알아본 사람이 아무도 없나? 친구들이 아무도 나타나지 않아 밤새 혼자서 콜라만 홀짝거리면 어쩌지? 얼마나 비참한 모습일까 상상하고 있는데, 누군가 "춤출래?" 하며 말을 걸어 왔다. 눈을 들어 보니 빌이 내 앞에 있었다. 위가 조여 오는 것 같은 느낌이 들었다. 나는 마음을 진정시키려고 심호흡을 하며 "그래" 하고 대답했다. 우리는 댄스 플로어로 나갔고 빌이 내 손을 부드럽게 잡았다. 그때 빌이 내가 떨고 있는 것을 알아채고는 재킷을 벗어 줄까 하고 물었다. 나는 하마터면 그래 달라고 말할 뻔했는데, 내가 흥분해서 떠는 것이 아니라 추워서 떠는 것이라고 믿게 하고 싶어서였다. 빌은 내 이름을 물어보고는 이어서 몇 살이냐고 물었다. 실제 나이보다 더 많게 생각했으면 하는 마음에, 나이는 안 물어보았더라면 좋았을걸 하는 생각이 들었다. 나는 14살이라고 고백하고 그쪽은 나이가 어떻게 되느냐고 물었다. "열일곱" 하고 그가 대답했다. 우리는 춤을 추기 시작했고, 나는 약간 긴장이 풀렸다. 마침내 마음이 차분해지자 나는 주디에 대해 물었다. "오빠하고 주디하고 사귀는 거 아니에요? 걔는 왜 안 왔어요?" "아, 우리 깨졌어."

그 순간 나는 온몸이 활짝 웃는 것 같은 느낌이 들었다. "아… 정말요?" 나는 짐짓 아무렇지도 않은 듯 말했다. 빌과 나는 그날 밤 느린 곡은 빼놓지 않고 함께 춤을 췄다. 집에 갈 시간이 되었을 때 빌이 집에 태워다 줄까 하고 물었지만 이미 아빠가 데리러 오기로 약속이 되어 있었다. "그럼 아버지나 한번 뵙지 뭐." 그에게서 돌아온 대답은 이것이었다. 와! 정말 자신감에 넘치는구나. 자신감에다 다정하기까지, 정말 환상의 조합이었다. 나는 아버지에게 빌을 소개했고, 아버지가 다음 주에는 틴 타운에서 집에 올 때 빌의 차를 타고 와도 좋다고 하셔서 뛸 듯이 기뻤다.

나는 빌을 다시 보고 싶어서 견딜 수가 없었다. 그를 알게 되면서 나는 그가 정말로 얼마나 좋은 사람인지, 얼마나 장점이 많은지 알게 되었다. 그는 스타급 운동선수였다. 농구와 야구 대표선수였고 수영도 잘했다. 게다가 잘생기기까지! 나는 내 행운이 믿기지가 않았다.

되돌아보면, 빌이 내게 온 것이 꼭 행운은 아니었다. 빌은 내 성격 때문에 내게 반했던 것이 분명하다. 그런데 결국 나는 주디 툴턴이 아니었다. 나 자신을 다시 만들 수만 있다면 킴 노박이나 마릴린 먼로나 당시의 다른 유명한 여배우처럼 섹시한 모습으로 만들었을 것이다. 나는 나 자신을 나름대로 귀엽긴 하지만 특별할 것은 없는 여자아이로 생각했다. 나는 쾌활했고 에너지가 넘쳤다. 또한 천성적으로 외향적이고 사회적 상호작용에 늘 목말라 있었다. 그 당시 나는 모든 이의 친구였다. 활기차고 외향적인 성격이야말로 나의 최대의 장점이었고, 이 장점을 나는 최대한 활용했다. 내 주위로 아이들이 많이 몰려들어서, 내가 친구들의 사회관계에서 중심에 서 있는 경우가 많았다. 내 에너지는 자석처럼 사람들을 빨아들였고, 영화를 보러 가든 스케이트를 타러 가든, 그냥 빈둥거리며 시간을 보내든 내 주위에 있으면 애들은 재미있어 어쩔 줄을 몰랐다.

빌과 나는 곧 틈만 나면 붙어 다니게 되었다. 우리 사이에는 전기적, 물리적, 화학적 상호작용만 있었던 것이 아니라 진정한 우정도 존재했다. 나는 나 자신에 대해, 그리고 내가 그의 어떤 점을 좋아하는지에 대해 많은 것을 알게 되었다. 우리는 이웃 도시 비벌리에서 모든 이들이 주차를 위해 찾아가는 컨우드 로드에 차를 세워 두고 차 안에서 몇 시간을 보내곤 했다. 이 도시의 골프 코스에서 조금 떨어진, 숲이 우거진 곳이었다. 그 당시 어떤 악당 경찰이 소녀들을 차에서 내리게 한 다음

강간한다는 소문이 돌고 있었지만, 빌이 있어서 안심할 수 있었다. "너한테 그런 일이 일어나게 내가 놔둘 리가 없지." 그는 그렇게 장담했다.

나를 겁먹게 한 것은 있는지 없는지 모르는 범죄자 경찰만이 아니었다. 내가 받아 온 가톨릭 교육은 지금 내가 하고 있는 것이 도덕적 죄악이라고 내게 말했다. 자위행위 뒤에 찾아오게 마련인 다음 단계의 죄악으로 나아갔던 것이다. 다시 한 번 나의 내면은 둘로 찢어졌다. 빌과 함께 하는 실험은 기분이 정말 좋았다. 그 역시 나만큼이나 성적 놀이에는 거의 초보였는데, 우리 둘은 여러 다른 것들을 해보며 즐거움을 만끽하면서 이 미지의 세계를 함께 더듬더듬 찾아나갔다. 우리는 혀로 서로를 탐색하며 정열적인 키스를 나누었다. 프렌치 키스라는 것을 들어본 적은 있었는데 지금 실제로 그것을 하고 있었다. 그러나 동시에 나는 무시무시한 죄책감과 수치심에 시달렸다. 다시 한 번 나는 이토록 기분 좋은 것이 왜 그토록 악한 것이어야 하는지 의문에 빠졌다. 이제 내 토요일 고해성사에는 지옥에 떨어질 죄 두 가지가 포함되었다.

매주 주말 밤이면 우리는 데이트를 했는데, 그날도 그런 주말 밤이었다. 나는 단추 달린 스웨터를 입고 있었는데, 빌과 내가 작은 게임 하나를 만들어 냈다. 그가 내 스웨터의 맨 위 단추를 끌렀다. 아마 단추가 다해서 8개 정도였던 것 같다. 우리는 매주 토요일 밤마다 내가 비슷한 옷을 입고 오고, 빌은 한 주에 하나씩 단추를 더 풀기로 했다.

그때쯤 해서 나는 내가 정말로 성적 자극을 그렇게나 좋아한다는 것이 걱정되기 시작했다. 다른 여자애들이 궁금해한다는 것은 알고 있었다. 친구들과 나는 『북회귀선』이나 『채털리 부인의 사랑』 같은 책을 돌려 보고 성에 대해 이야기했지만, 언제나 가장자리를 겉돌 뿐이었다. 우리는 한 번도 우리가 무엇을 좋아하는지, 어떤 것이 기분 좋게 느껴지고 어떤 것을 해보고 싶은지 하는 것에 대해서는 이야기를 나눈 적이 없었다. 아마 내 친구들은 밤이면 손은 언제나 이불 위에 가 있을 것이고 내가 느꼈던 것과 같은 종류의 짜릿함은 맛본 적이 없을 것이다. 물론 그 애들도 성에 대해 알고 싶어 하지만, 나는 알고 싶어 할 뿐 아니라 경험까지 했다. 성적 느낌을 정말로 좋아하는 여자애가 나 하나뿐이면 어쩌나 하는 생각이 들었다. 이것이 무엇을 뜻할까? 만약 결혼 전에 그것을 하는 여자가 창녀라면, 그것을 했을 뿐 아니라 좋아하기까지 하는 여자애들은 무엇이란 말인가? 그런 여자애들을 가리켜 무엇이라고 불러야 할지 나는 알 수가 없었고, 여자 중에 섹스를 갈망하는 것은 나밖에 없는 것은 아닌지 걱정이 되었다. 이 시대의 젊은 여성들에게 섹스는 화폐였고 처녀성은 협상 카드였다. 당신의 성적 매력은 당신이 얼마나 많은 즐거움을 얻을 수 있는가가 아니라, 어떤 종류의 남자를 차지할 수 있는가와 관련이 있었다. 그것이 창출하는 이윤은 바로 미래의 안정된 일부일처제의 삶이었다. 처녀성은 쾌락 따위에 허비되어서는 안 되었다. 하지만 나는 남자 친구와 함께 하는 탐험을 멈출 수가 없었다. 곧 나는 빌의 성기를 만지는 실험을 시작했다. 처음에는 그저 바지 위로 불룩 솟은 부분을 만지는 것이 다였다. 그러다가 바지 밑으로 손을 집어넣고 그것을 손에 쥐었다. 이제부터 정확히 어떤 것을 해야 하는지 몰랐지만, 하나하나 배워 갔다.

마침내 마지막 단추를 푸는 토요일 밤이 왔다. 컨우드 로드에 세워

둔 차 안에서 우리는 키스를 나누고 서로를 애무했다. 이어서 빌은 내 셔츠에 달린 단추들을 위아래로 훑어보았다. 우리는 빌의 스튜드베이커 차의 흰색 비닐 시트에 올랐다. 그가 내 블라우스의 단추 일곱 개를 풀었다. 이른 봄이었는데, 갑자기 단추 여덟 개를 푸는 사이에 겨울에서 봄이 되었다는 생각이 머릿속에 떠올랐다. 우리는 마주 보며 웃음을 터뜨렸다. 빌이 마지막 단추를 풀자 나는 브래지어만 한 차림이 되었는데, 빌은 그것마저 재빨리 풀어 버렸다.

다행히도 빌은 내 몸을 제대로 볼 수가 없었다. 차 안에 들어오는 빛이라고 해야 달빛과 2미터 정도 떨어진 곳에 있는 가로등 불빛이 다였다. 또 나는 등을 기대고 누워 있었는데, 이러면 서 있을 때보다 날씬해 보였다. 하지만 잠깐잠깐 빌 덕분에 내가 정말로 아름다운 것처럼 느껴져서 불안감이 씻은 듯이 가시는 순간들이 있었고 나는 그 기쁨의 순간을 만끽했다.

빌은 내 젖가슴에 키스하고 젖꼭지를 부드럽게 잡아당겼다. 그가 바지를 벗을 때 나는 이미 젖어 있었다. 그날 밤을 빌과 함께하면서 나는 내가 손가락으로 성기를 만져 주는 것을 좋아한다는 사실을 발견했다. 나는 또한 정말 흥분하면 아랫도리가 젖고, 자위행위를 할 때보다 훨씬 많이 젖는다는 것도 알게 되었다. 어떤 때는 빌과 애무를 나누고 나서 오줌을 싼 게 아닌가 걱정한 적도 있었다. 이때가 1950년대 후반으로, 당시에는 대부분의 소녀들을 위한 성교육이라는 것이 "결혼하기 전에 그 짓을 하면 너는 난잡한 여자다" 정도였음을 잊지 말기 바란다. 나 같은 가톨릭 신자 소녀들에게는 그것은 "결혼하기 전에 그 짓을 하면 너

는 난잡한 여자이고, 고해하지 않으면 지옥에서 기름에 튀겨진다"가
된다.

빌이 내 안에서 천천히 손가락을 움직이자 내 질은 고동치기 시작했
다. 그러자 빌은 손가락을 빼내고는 성기를 집어넣었다. 나는 경악했
다. 임신하는 것이 아닐까? 내가 두려움에 빠진 것을 알아차렸는지 그
가 속삭였다. "약속해. 나오기 전에 뺄게." 나는 너무도 걱정이 되어 그
저 빨리 끝났으면 좋겠다는 생각뿐이었다. 전희는 좋아했지만, 성기를
질에 집어넣는 섹스는 심각한 결과가 따라올 수 있어서 느긋하게 즐길
여유가 없었다. 그는 내 안에 성기를 찔러 넣었다 뺐다 했고 나는 숨을
쉴 수가 없었다. 마침내 그가 성기를 완전히 빼내며 내 불두덩에 정액
을 쏟아냈다. 오, 안 돼! 정액에는 난자를 찾아가는 장치 같은 게 있어
서 질 안으로 기어 들어오는 거 아냐? 나는 정액이 흘러 들어오지 못하
도록 골반을 기울였다.

***

빌과 나는 둘이만 있을 수 있는 기회만 생기면 거의 언제나 '끝까지'
가기 시작했다. 나는 그것이 그리 즐겁지 않았다. 여전히 임신에 대한
공포가 있었던 것이다. 이 문제를 빌에게 어떻게 얘기해야 할지, 나한
테 상황을 되돌릴 권리 같은 것이 있기나 한지 알 수가 없었다. 이미 빌
과는 갈 데까지 갔다. 어떤 무언의 규칙이 이제 나는 저항할 수 없다고
으름장을 놓았다. 빌이 섹스에 대해 아는 것은 기껏해야 내가 아는 것

정도였다. 그는 내 생리 기간에 섹스를 하면 임신할 리가 없다고 확신했고, 그래서 그럴 때면 내 안에 들어왔다. 우리는 엄청난 행운아였던 셈이다. 빌을 사랑하는 만큼이나 그가 원망스러워지기 시작했다. 그는 만날 때마다 섹스를 하고 싶어 했던 데 반해서 나는 위험성 없이 전희를 즐기는 것을 더 좋아했다. 그렇게 하면 느긋하게 짜릿한 흥분을 즐길 수 있었고 대개는 그가 손가락으로 해주는 자극만으로도 오르가슴에 이를 수 있었다. 하지만 빌의 경우에는 성적 놀이는 반드시 자신의 성기를 내 질 안에 집어넣는 것으로 마무리해야 했고 그렇게 하지 않으면 만족하지 못했다. 내가 성적으로 선호하는 것을 표현할 단어를 알지 못했고, 그럴 권리가 있는지 자신도 없어서 그냥 조용히 그렇게 지내며 최선을 다해 원망을 감추었다.

이때 즈음해서 치마에 문제가 생기기 시작했다. 지퍼가 계속 고장 났던 것이다. 어느 토요일 내가 거실에 앉아 잡지를 읽고 있는데, 어머니가 내 치마 하나를 움켜쥐고 들어오셨다. "왜 계속 이런 일이 벌어지는지 이해가 안 되는구나." 찢어진 지퍼를 보여 주시며 어머니가 말했다. "말씀드렸잖아요." 내가 말했다. "화장실에서 너무 세게 잡아당기다가 찢어졌다고요." 방 한구석에서 라디오 채널을 이리저리 돌리고 있던 아빠가 어림없는 소리 하지 마라 하는 표정으로 나를 바라보았다. 내 지퍼는 서둘러 소변을 보려고 하다가 찢어진 것이 아니라 열기로 가득 찬 빌의 비좁은 스튜드베이커 안에서 찢어진 것이다. 그런 사실을 정확히 알지는 못했지만 아빠는 내 변명이 엉터리라는 것은 아셨던 것이다.

아버지가 내게 성에 대해 이야기해 준 적은 거의 없었지만 내가 그것을 하는 것에 대해 어떻게 생각하는지는 알려 주셨다. 한번은 부모님과 함께 베란다에 앉아 있는데, 어머니가 그날 아침에 들은 충격적인 소식들을 들려주셨다. 어머니 친구인 재키의 16살 난 딸이 임신을 했다는 것이다. 이 소식을 듣자 등골이 오싹해졌다. 바로 내가 그런 소식의 주인공이 될 수도 있고, 그렇게 되면 자살해 버리겠다고 생각했다. 바로 그때 마치 내가 무슨 생각을 하는지 아는 것처럼 아버지가 나를 똑바로 쳐다보며 말씀하셨다. "만일 임신이라도 하게 되면, 집에 들어오지 마라."

섹스를 한 뒤에 빌과 나는 인생에서 바라는 것이 무엇인지 이야기를 나누는 일이 많았다. 빌은 늘 한 가지 문제로 돌아오곤 했다. 나와 조만간 결혼하고 싶다는 것이다. 아파트를 하나 마련해서 아이를 갖자고 했다. 그는 야간학교를 다닐 것이고 그런 다음 정원이 딸린 집을 한 채 사자고도 했다. 피임기구를 사용하지 않았기 때문에 나는 항상 임신을 걱정하지 않을 수 없었다. 빌에게 그것은 단순히 만일의 사태에 불과했다. 만약에 내가 임신하면 바로 결혼하면 된다는 것이다. 사랑하는 할머니에게 그 사실을 이야기하면 할머니는 우리를 도와주실 것이다. 만약 임신하지 않으면 내가 18살이 되는 그 순간에 결혼하자고 했다. 그는 늦어도 21살 때까지는 아내와 아이가 있는 가정을 꾸몄으면 한다고 말했다.

빌을 미칠 듯이 좋아하기는 했지만 이렇게 서두르는 것은 이해할 수가 없었다. 나는 15살이었고 아직 어린애였다. 모든 것을 더 경험하고 싶었다. 나는 내가 그렇게 어린 나이에 결혼하고 싶어 하지 않는다는 것을 알았다. 인생을 탐색하고, 그래, 다른 사랑도 만나 보고 싶었다. 지금 결혼해서 아이를 가지면 그런 일이 벌어질 가능성을 싹부터 잘라 버리는 것이다. 하지만 결혼과 아이에 대해 말할 때 빌은 너무도 상냥하고 진지해 보여서 나는 내 진짜 속마음을 털어놓을 수가 없었다.

나는 계속 토요일 고해성사에 나갔는데 대개는 친구들 몇 명과 함께였다. 이제는 고해해야 할 것이 혼자서 하는 섹스에다 빌과 하는 섹스까지 추가되었고, 하나가 아니라 두 개의 끔찍한 죄로 심판받았다. 내가 정말로 나쁜 여자애라는 증거가 쌓여 가고 있었다. 나는 내 스스로, 그리고 다른 사람과 함께 신성한 법을 위반하고 있었다. 그것이 잘못된 것은 알았지만 멈출 수가 없었다. 그것은 내가 선천적으로 악하고 약하다는 것을 뜻할 따름이었다. 게다가 품위 있는 사람이라면 좋아하지 않을 생각들을 품기 시작했다. 하느님에 대해 지금껏 배워왔던 것을 나는 남몰래 의심하고 있었다. 왜 하느님은 인간에게 성을 주시고 그에 해당하는 행동을 하면 비난하시는 걸까? 왜 결혼만이 섹스가 정당화되는 수단이 될까? 더 넓게 보자면, 필멸의 존재에 불과한 인간이 쓴 책이 과연 하느님의 마음을 드러낼 수 있을까? 이것은 전능하신 분의 눈으로 나 자신을 한층 더 죄인으로 보게 된 것을 의미할까, 아니면 내가 독립적으로 생각하기 시작했다는 것을 의미할까? 이것은 영원한 저주를 향한 마지막 걸음일까 아니면 해방의 첫 발현일까? 그리고 해방이란 무엇을 뜻하는가? 이 모든 도그마들을 제거해 버리는 것을 의미할까? 만약 그렇다면 그 자리는 무엇이 대신할 것인가? 내 안에서 전쟁이 벌어지고 있었고, 멜로드라마처럼 들릴지는 몰라도 나는 틀린 쪽을 선택하면 말 그대로 지옥이 기다리고 있을 것이라고 믿었다.

1959년 가을, 빌은 어느 지방 대학에 합격했다. 우리는 방과 후와 주말에 계속 만났다. 나는 빌이 대학에 가면 나를 바라보는 눈이 달라지지 않을까 걱정했다. 더 성인다운 생활을 하는 나보다 나이 많은 여자들에 둘러싸여 지낼 테고 그러면 나를 어린아이 보듯 하지 않을까? 물론 실제로 나는 어린아이이긴 하지만 말이다. 내 걱정은 쓸데없는 것이었다. 빌은 대학 학업을 시작한 뒤에 결혼해 애를 갖는 문제에 훨씬 더 열성적이 된 것처럼 보였다. 그는 우리가 결혼하면 어떤 삶을 꾸려 갈지 꿈에 젖어 이야기하곤 했다. 여전히 나는 그가 이렇게 서두르는 이유를 알 수 없었다. 이것은 우리 두 사람의 관계를 단단히 하는 쐐기가 되었다기보다는, 우리 두 사람이 다른 방향으로 나아가고 있으며, 우리 중 어느 누구도 그 방향을 바꿀 수 없다는 것을 알리는 쓰라린 신호 같은 것이 되었다. 나는 그것을 애써 모른 척하려 했다. 그가 변할 것이라고 스스로에게 이야기하기도 했다. 애를 갖는 것은 고사하고 결혼하기에도 우리 둘 다 아직 너무 어리다는 것을 그 역시 깨달으리라. 그런 생각을 버리리라. 하지만 빌은 언제나처럼 사랑스럽고 진지한 자세로 계속 그에 대해 이야기했다.

그가 바라는 대로 할 수 없다고 말하려면 용기를 있는 대로 끌어 모아야 했다. 어느 토요일 포레스트 리버 파크의 잔디밭에 나란히 누워 있을 때 나는 그의 눈을 바라보며 말했다. "빌, 나는 이제 막 15살이 됐어요. 아직 고등학교도 졸업하지 않았고요. 난 엄마가 될 준비가 되어 있지 않아요. 인생에 대해 더 알고 싶고 더 살아 보고 싶어요. 내겐 다른 경험들이 필요해요. 오빠도 그렇고요. 오빠가 참고 기다려 줄 수 있다면 우리가 좀 더 나이가 들었을 때 결혼할 수도 있을 거예요. 데이트를 그만하지는 않았으면 좋겠어요. 미안해요, 하지만 내 생각은 그래요."

나는 방금 그와 결별했다는 것을 깨달았고, 그 역시 그것을 알았다.

놀랍게도 며칠 뒤 빌이 대학을 그만두고 해병대에 자원했다고 내게 말했다. 일주일 안으로 패리스 섬에 배를 타고 가 기초훈련을 받는다고 했다. 나는 어안이 벙벙했다. 왜 이렇게 서두르는 걸까? 그가 걱정되기도 했다. 빌은 강인한 남자였지만, 해병대 기초훈련은 혹독했다. 왜 그랬느냐고 묻자 그가 대답했다. "머릿속을 정리할 필요가 있어서." 해병대에서? 나는 생각했다.

빌이 기초훈련을 받으러 떠날 시간이 되었을 때 나는 빌과 그의 부모님과 함께 피바디에 있는 신병 모집소에 갔다. 기분이 끔찍했다. 그에게 무슨 일이라도 생기면 그것은 내 책임이었다. 그때는 정말로 나는 형편없는 사람이 되는 것이다. 우리는 눈물을 흘리며 작별인사를 나누었는데, 세일럼으로 돌아오는 길에 혼란스러운 의문에 빠졌다. 내가 실수한 걸까? 빌만큼 나를 사랑해 주는 멋진 남자를 다시 또 만날 수 있을까? 1년 전까지만 해도 이런 일들이 일어나리라고는 꿈도 꾸지 못했다. 삶은 빨리도 흘러가고 있었다.

***

얼마 지나지 않아 내가 임신할까 봐 두려워하는 것만큼이나 여자애를 임신시킬까 봐 두려워하는 남자아이를 만났다. 또다시 틴 타운에서였다. 존 레시키는 '일등 신랑감'으로 알려져 있었다. 그는 일류 운동선수였다. 미식축구 쿼터백에다 농구 스타, 인정받는 육상선수이기도 한 존은 게다가 잘생기고 인기도 많았다. 키가 크고 눈은 짙은 녹갈색이었다. 데이트 세계에서 얻은 경험으로 대담해져서 나는 틴 타운에서의 어느 날 밤 그에게 춤을 청했고 우리는 순식간에 커플이 되었다. 그의 여자 친구가 된다는 것은 학교의 다른 아이들 사이에서 일종의 특권 같은 일이었고 나는 그 특권이 좋았다. 이따금씩 다른 여자애들이 우리를 바라보면 나는 그 시선에 경외심과 질투가 섞여 있는 것을 감지했고 그것은 부서지기 쉬운 나의 십대의 에고를 한껏 북돋웠다. 고등학교의 사회적 위계에서 가장 존경받는 남자아이 중 하나의 여자 친구로서 나는 또래들로부터 새로운 존경을 얻었다.

존은 미국의 내로라하는 몇몇 대학들에서 서로 모셔가려고 애를 쓰는 운동선수였다. 존을 비롯해 모든 사람들이 그가 특출한 인물이고 밝은 미래가 보장되어 있다고 인정했다. 여자아이를 덜컥 임신시켜서 마누라와 애가 딸린 일개 노동자 신세가 되는 것을 그는 결단코 바라지 않았다. 빌과는 달리 존은 큰 집이나, 남편과 아빠를 집에서 목 놓아 기다리는 사랑스러운 아내와 아이들에 대한 낭만적인 환상을 갖고 있지 않았다. 완벽해, 하고 나는 생각했다. 이제는 경악할 일도 없을 것이고, 그저 남자 친구를 즐겁게 해주기 위해 너무 위험하다고 생각되는 어떤 것을 하다가 원망이 쌓이는 일도 없을 것이었다.

존은 빌과 기질이 달라도 너무나 달랐다. 빌은 다정다감하고 매력 있고 사랑스럽고 배려심이 있었다. 존은 경솔하고 오만했다. 재미있을 때도 있었지만 잔인할 때도 있었고, 특히 자기 주위를 도는 멋쟁이들의 은하계의 일원이 아닌 아이들에게는 더 그랬다. 여러 생각을 나누는 긴 대화를 별로 안 좋아한다는 점에서도 빌과는 달랐다. 우리가 나누는 대화는 대개 피상적이고 불만족스러웠다. 내가 찾아 헤매는 소울 메이트는 커녕 친구라 할 수도 없었다. 하지만 물리적 화학적 상호작용은 활발히 일어났고, 무엇보다 좋은 것은 이제 이 지구상에서 가장 안전한 피임을 하게 되었다는 점이었다. 삽입 성교가 없었으니까 말이다.

이때가 내가 비트족을 발견하고 커피와 시가 흐르는 두 곳의 카페, 우드베리 태번과 킹스 루크를 드나들기 시작하던 무렵이다. 베키, 마시, 그리고 다른 친구들과 나는 고등학교 2학년 시절을 그곳에서 죽치고 보내기 시작했다. 우리는 온통 검은색 옷을 입거나 검은색 연필로 눈화장을 하곤 했고, 카페들 중 한 곳에 가서 때로는 난해하고 때로는 영감을 주기도 하는 시들을 들으며 밤을 지새우거나 라스베리나 타마린도처럼 이국적인 맛이 나는 이탈리안 소다를 마시기도 했다. 이 모든 것이 굉장히 멋지게 느껴졌다.

때로는 노트를 가져와 내 자신의 시를 써보려고 하기도 했다. 꽤나 형편없었지만 내가 들은 무대 위의 시들 중 몇 편보다는 나쁘지 않았던 것 같다. 언젠가 우드베리 태번에 있을 때 나는 노트에 내 이름을 휘갈겨 쓰고는 그 뒤에 '레시키'라고 적었다. "셰릴 레시키" 하고 조용히 되뇌어 보았다. 울림이 별로 마음에 들지 않았다. 아니야. 존은 내 소울 메이트가 아니고, 미래의 남편도 아니야. 그는 그저 걱정 없이 많이 섹스

할 수 있는 누군가일 뿐이야, 하고 나는 생각했다.

빌과 그랬던 것처럼 존과 나는 컨우드 로드에서 차창을 열기로 뿌옇게 흐리며 많은 시간을 보냈다. 강간범 경찰에 대한 소문은 이미 사라지고 없었다. 나는 여전히 엄청난 죄책감과 사후에 맞닥뜨릴지도 모르는 것에 공포감에 시달렸지만, 적어도 임신은 하지 않으리라는 것은 확신할 수 있었다.

어느 날 밤, 존이 주차를 마치자마자 우리는 키스하고 서로를 탐닉하기 시작했다. 키스를 멋지게 하는 것은 물론이고 존은 손길도 능수능란했다. 그가 손을 대는 바로 그 순간 흥분을 느끼기 일쑤였다. 존은 재빨리 내 치마와 속옷을 벗겨 내고는 손가락으로 내 음부를 만지기 시작했다. 처음에는 느리게, 다음에는 빠르게, 그리고 다시 느리게. 이 리듬은 한 순간 한 순간 나를 점점 더 절정으로 몰고 갔다. 자의식이 사라지고 나는 그 리듬 속으로 빨려들어 갔다. 느리게, 빠르게, 느리게. 이어서 나는 존과는 처음 느껴 보는 극도의 오르가슴을 느꼈다. 나는 쾌감으로 신음했다. 그 순간 그에게 사랑을 느꼈다. 어쩌면 그는 내 소울 메이트일 수도 있었고, 어쩌면 우리 두 사람은 다른 어떤 식으로도 불가능한 방식으로 육체적으로 연결되었을 수도 있었다. 오르가슴의 강도로 소울 메이트를 알아볼 수 있을까? 나 혼자만 마음에 담아 두고 있을 수가 없었다. 나는 그에게 사랑한다고 말하기로 했다. 눈을 뜨고 막 말을 하려고 하는 순간 내 앞에 펼쳐진 모습에 나는 그만 입을 다물고 말았다. 그는 충격을 받고 역겨워하는 듯한 표정이었다. 그가 뒤로 몸을 빼면서 내 다리가 털썩 떨어졌다. 갑자기 나는 차 안이 얼마나 추운지 깨달았다. "너는 색마야!" 그가 말했다. 그 순간 나는 한 대 얻어맞은 것 같은 느낌이었다. 함께 이 일을 즐긴다고만 생각했었다. 내게 즐거움을 주고 싶은 게 아니었다면 왜 내 음부를 만졌던 걸까? 어느 정도까지 즐거워하면 괜찮고 그것을 넘으면 역겨워지는 걸까? 쾌감에도 한계가 있는 것일까? 나는 존을 여러 차례 절정으로 이끌어 주었다. 남자만 오르가슴을 느낄 자격이 있단 말인가? '이중 잣대'라는 구절은 그때까지 어휘 목록에 들어가 있지 않았지만, 그때부터 확실히 내 삶의 일부가 되었다. 만약 그런 심판이 고해에서 그치거나 어머니 세대로 끝이 났다고 생각했다면 내 생각은 틀린 것이었으리라. 그날 밤 또 어떤 일이 있었는지는 하나도 기억이 나지 않는다. 존과 나는 2년 정도 더 함께 지냈지만 그에게서 다시 오르가슴을 느낀 적은 한 번도 없었다. 사실 오르가슴 자체를 느낄 수가 없었다. 19살 때 내 인생을 뒤바꾼 그 남자를 만나기 전까지는 말이다.

마법은 없다, 조지

"이봐요, 난 그저 섹스를 하고 싶은 거요. 도대체 이따위가 무슨 소용이오?" 조지와의 두 번째 세션은 2주 전에 있었던 첫 번째 세션에 비해 아무런 진전이 없었다. 나는 그에게 케겔 운동을 가르치고 있었는데, 겨우 한 번 하고 나더니 그는 그만두고 말았다. 시범을 보이던 나는 숨을 반쯤 들이마시다 말고 눈을 떴는데, 눈앞에서 그가 히죽거리며 웃고 있었다.

"케겔 운동은 자극을 좀 더 강하게 느낄 수 있도록 도와주고 PC 근육을 훨씬 더 잘 제어할 수 있게 해줘요. 둘 다 발기 지속 시간을 늘리고 오르가슴을 미루는 데 도움이 되죠." 내가 말했다. 나는 침착한 말투를 유지하려고 애썼다. 짜증을 내봐야 좋을 것이 없으니까 말이다. 마치 내가 자신을 모욕이라도 한 것처럼 조지는 화를 내며 째려보았다.

때는 1974년이었고, 52세인 조지는 조루증으로 나를 찾은 의뢰인이었다. 부인에 정부까지 있었는데, 둘 중 누구와도 섹스를 할 수 없었다. 왜냐하면 발기상태가 겨우 몇 분 동안만 지속되었기 때문이다. 이 사실을 터놓고 말하지 못해 정부는 그를 떠나려 하고 있었고, 그가 느끼기에 부인도 남편에 대한 존경심을 잃어버리고 말았다. 섹스를 나눌 사람이 둘이나 있었는데 말은 한 사람한테도 못했구나, 하고 나는 생각했다.

조지의 치료사인 매들린은 이 의뢰인은 성미가 고약하다고 내게 귀띔해 주었다. 그것 하나뿐이면 나도 그럭저럭 대처할 수 있었을 것이다. 매들린은 조지가 자신이 시도하는 거의 모든 치료를 거부하는 바람에, 마지막으로 실습 치료에 희망을 걸고 있었다.

내가 생각하기에 진짜 문제는 그가 괴팍한 인간이라는 데 있지 않았다. 진정한 문제는 그가 당면한 문제를 해결하기 위해 노력할 생각은 않고 그저 기적을 바란다는 것, 바로 그것이었다. 새로운 기술을 익히고, 소통을 증진하고, 자신의 성생활을 변화시키는 데는 전혀 시간과 에너지를 투자하지 않고, 그냥 문제가 간단히 사라져 버리기만을 바라는 것이다. 하지만 성적 문제들을 극복하는 데는 마법의 물약이나 열려라 참깨 같은 것은 없다. 필요한 것은 노력과 변화를 위한 헌신이다.

"조지, 당신의 문제를 해결할 방법이 있어요. 하지만 그러자면 몇몇 새로운 기술들을 배우고 좀 더 소통을 잘 하려는 의지가 있으셔야 해요. 시간이 좀 걸리는 일이에요."

그는 두 손으로 이마를 감싸 쥐더니 한숨을 쉬었다.

첫 번째 세션에서 그에게 이런 말을 안 했던 것도 아닌데, 그때 나로서는 조지를 도울 수 없다고 결론을 내렸어야 했다. 두 시간을 함께 있으면서 그는 대부분의 시간 동안 침묵을 지켰고, 질문을 던지면 한 번의 주목할 만한 예외를 빼고는 모두 단답형으로 대답이 돌아왔다. 나는 나이가 들어가면서 우리의 성이 어떻게 변화하는가에 대해 이야기해 주려고 했다. 그것이 큰 실수였다. 그는 자기가 아직도 22살 청년의 능력을 갖고 있다고 뻗대기 시작했다. 그러면서 그는 자기가 인디애나에서 자랐는데 어릴 때 육상 팀에서 가장 빨라 메달을 받았다는 얘기를 했다. 20대 때 마라톤에서 몇 차례 우승했고 지금도 매일같이 오래 달리기를 한다고 했다. 25살짜리 자기 아들보다도 더 빠르고 강하다는 것이다. "난 하나도 안 변했소." 그가 말했다.

"첫 세션은 어떠셨어요?" 내가 조지에게 물었다.

"괜찮았소."

"좀 도움되는 게 있었나요?"

"별로."

"바라시는 게 뭐였는데요?"

그는 나를 노려보았다.

"오늘은 어떤 탐험을 할지 얘기해 보죠."

나는 첫 번째 세션 때처럼 감각 터치를 다시 한 번 할 것인데, 다만 이번에는 내가 그의 몸을 탐사한 다음에 그도 나를 만질 것이라고 말했다.

"마사지를 또 받을 생각은 없소."

"조지, 불만스러우신 거 알아요. 하지만 도움을 받고 싶으시면 이 과정을 모두 거치셔야 해요. 즉시 효과가 나타나지는 않아요."

"압니다 알아. 그렇게 말했잖소."

이쯤 되자 목소리와 표정을 관리하느라 나는 무진 애를 써야 했다.

그의 심정을 이해해야 한다고 스스로 다짐했지만, 이 사람은 도대체 왜 여기 있는 거야 하는 생각이 드는 것도 사실이었다. 그는 나도, 대리 파트너 요법도 전혀 신뢰하지 않는 것 같았다. 나는 그를 하나의 도전 과제로 여기기로 했다. 어쩌면 몇몇 훈련들에 마음을 열게 하고 만약 다른 결과를 원하면 행동과 사고방식을 바꿔야 한다는 사실을 이해시킬 수 있을지도 몰랐다.

우리는 침실로 가서 옷을 벗었다. 그가 황갈색 가죽 코트를 벗어 침대 옆에 놓은 의자에 내팽개칠 때, 나는 이 사람은 어깨가 정말 떡 벌어졌구나 하는 생각을 했다. 코트는 양팔이 활짝 펴진 채 의자에 착륙해 팔소매가 팔걸이에 하나씩 걸렸다. 조지의 역삼각형 몸에는 군살이라고는 하나도 없었다. 갈색 머리는 정수리 부분이 약간 듬성해지는 중이었다. 그는 머리카락을 빗어 넘겨 빈 부분을 가리도록 해놓았다.

12월이라 침실 안이 냉랭해서 나는 히터를 틀었다. 조지에게는 너무 더우면 말하라고 했다. 그런 다음 침대보를 걷고 그를 침대에 오르도록 했다.

나도 침대에 올라 그의 옆에 앉았다. 그가 양팔을 머리 위로 뻗자 갈비뼈가 튀어나왔다.

나는 조지에게 깊이 숨을 쉬라고 했다.

그는 한 번 짧게 숨을 들이쉬더니 코를 킁킁거렸다.

"이제 숨을 내쉬세요."

그는 풍선이라도 부는 것처럼 숨을 내뱉었다.

숨쉬기를 멈추고 그는 노골적으로 경멸감을 드러내며 나를 바라보았다. 어린 시절, 내가 아는 많은 어른들의 얼굴에서 보았던 표정이었다. 아픈 기억이 떠올랐다. 몇 년 전이었다면 내 본모습을 들켜 버린 것 같은 기분이 들면서, 나는 형편없는 인간이라는, 마음 깊은 곳에 자리한 믿음을 다시 한 번 확인했을지도 모른다. 지금은 그저 화가 날 뿐이다. 감정에 휘둘리지 말고 프로의 모습을 유지하자고 그렇게 다짐을 했건만 말이다.

나는 그에게 머릿속으로 머리부터 발끝까지 훑으면서 긴장되는 부분이 있으면 긴장을 풀라고 했다.

"눈에 집중하세요. 긴장감이 느껴지나요?"

아무 대답도 없었다.

"입 주위는 어떠세요?"

묵묵부답.

"턱이 조금 긴장되어 있는 것 같네요. 긴장을 푸실 수 있겠어요?"

여전히 조지는 말이 없었다. 눈은 돌멩이를 하나씩 박아 놓은 것 같고 몸은 눌러놓은 스프링처럼 팽팽하게 긴장되어 있었다.

마침내 그가 입을 열었다. "웃기고 앉았네. 정말 이런 걸 하고서 돈을 받소? 다시 한 번 묻는데, 이게 어떻게 도움이 된다는 거요?"

게임 끝. 조지와 일을 해보려고 최선을 다 했지만, 이것으로 끝이다.

"도움이 안 되죠, 조지. 해보려는 생각이 없으니까요. 왜 여기 오셨는지는 모르겠지만, 노력하실 준비가 안 되신 건 분명하네요."

나는 일어서서 의자에 걸려 있던 가운을 걸치며 조지에게 옷을 입으라고 했다. 그는 침대 옆쪽으로 다리를 휙 돌려 커다란 발을 바닥에 쿵

하고 내려놓았다. 그가 의자에 걸려 있는 바짓가랑이를 잡아당기자 함께 걸려 있던 옷가지들이 우르르 쏟아졌다. 그는 나를 바라보며 내가 그 모습을 보았는지 살폈고, 그렇다는 것을 알자 시선을 획 돌렸다. 그는 바짓가랑이에 다리를 꿰어 넣고, 스웨터를 입고, 양말과 신발에 발을 쑤셔 넣은 다음 코트를 움켜쥐었다. 나는 복도로 따라 나서며 그가 정말로 나가는지 확인했다.

현관 앞에 이르자 그는 돌아서며 말했다. "너 같은 여자는 창녀촌에나 어울려." 그러고는 문을 부서져라 열어 젖혔다.

조지의 태도는 내 어린 시절을 지배했던 흑백논리적 태도를 떠올리게 했다. 여자는 두 가지 종류가 있는데, 좋은 여자 아니면 창녀라는 것이다. 나는 그것을 과거 속에 묻어 두기를 바랐다. 하지만 조지 때문에 내 작업에 의구심을 갖게 된 것도 사실이라는 점은 인정할 수밖에 없다. 내가 좀 더 나은 대리 파트너였다면 그를 도울 수 있었을까? 변화의 의지를 북돋워 주기 위해 무엇인가 더 할 수 있었던 걸까?

조금 진정이 되자 나는 조지의 치료사에게 전화를 걸어 상황 설명을 했다. "난 최선을 다 했어요." 나는 매들린에게 말했다. "하지만 그 사람을 어떻게 할 수가 없었어요."

"셰릴, 우리를 찾아오는 모든 사람을 도울 수 있는 건 아니에요." 매들린은 그렇게 대답했다.

이 일을 시작한 지 갓 1년밖에 안 된 시점에서 이런 말을 들은 것은 정말 중요했다. 대리 파트너 일에 너무도 열정을 갖고 있던 나는 나를 찾아오는 모든 사람을 도울 수 있다고 믿고 싶었다. 그 초창기 시절에도 이 치료 덕분에 의뢰인들이 변화하는 모습을 볼 수 있었다. 그리고 혜택을 받는 것은 의뢰인들만이 아니었다. 대리 파트너가 되는 과정에서 나 또한 내 자신과 나의 잠재력을 보는 시각이 바뀌었으니 말이다. 잠시 동안, 조지와의 일 때문에 자기회의가 샘솟듯 솟구쳐 올라, 그 샘을 메우기 위해 나는 죽어라고 일했다.

성모 마리아가 아니다

고등학교 졸업반이 될 때까지 나는 세일럼의 거의 모든 가톨릭 교구와 근처의 몇 개 교구를 방문했다. 주로 내 친구 마시와 리사와 함께, 교구를 순회하며 이 신부님 저 신부님을 찾았다. 그것이 매주 토요일마다 똑같은 신부님에게 똑같은 죄를 고해하여 똑같은 소리를 듣는 것을 피하는 나의 방법이었다. 여러 다른 교구들을 돌아다니면서, 어쩌면 신부님이 (그리고 아마 나조차도) 나를 상습적인 죄인으로 여기지 않게 할 수 있을지도 모른다고 생각했다.

10월의 어느 추운 날 아침, 나는 성모 마리아 학교로 가는 가로수 길을 마시, 리사와 함께 걷고 있었다. 다리는 흐느적거렸고 속은 뒤집어졌다. 나는 가는 내내 거의 아무 말도 하지 않았다. "무슨 일 있니?" 마시가 물었다. "어, 아냐. 그냥 피곤해서 그래." 나는 그렇게 대답했다. 사실 나는 공황상태였다. 또 씻을 수 없는 큰 죄를 고해해야 했기 때문이다. 나는 하느님의 율법을 조롱하고 있었다. 최소한 빌과 함께일 때는 사랑 때문에 죄를 짓는 것이라고 스스로에게 말할 수 있었다. 하느님께서 용서는 하지 않으실지 모르지만, 그런 이유로 약간의 자비는 보여 주실지도 몰랐다. 그런데 존과 함께 한 일은 그저 쾌락을 위한 것이었다.

나는 컨우드 로드에 세워둔 다지Dodge 차 뒷좌석에서 재미를 보기 위해 영혼을 팔아 버렸다. 나라는 인간은 도대체 어떻게 돼먹은 것일까?

성모 마리아 학교로 가는 동안 잠깐씩 걱정에서 벗어나 따뜻한 온기가 밀려오는 것을 느낄 때도 몇 번 있었지만, 곧바로 다시 근심이 되기 시작하면서 이내 식은땀이 흘렀다. 흙냄새가 나는 향 때문에 나는 한층 더 욕지기를 느꼈다. 끝나고 나면 친구들하고 포레스트 리버 공원에 가서 다른 친구들을 만나서 신나게 놀아야지 하는 생각을 하며 스스로를 달랬다. 몇 시간이고 웃고 떠들 것이다. 자, 진정해. 나는 나 자신에게 말했다.

고해석에 앉아 나는 마음을 가라앉히려 애썼다. 잠시 뒤 신부님이 고해실의 다른 문으로 들어오셨다. 쇠창살 너머로 신부님의 뺨이 보였는데, 조명이 어둠침침해서 그런지 누래 보였다. "용서하십시오, 신부님, 죄를 지었습니다. 지난번 고해를 드리고 일주일이 지났습니다." 나는 몇 가지 사소한 죄들을 늘어놓기 시작했다. 기분을 거스르지 않으려고, 실제로는 그렇지 않으면서 사촌에게 새 머리 스타일이 마음에 든다고 했습니다. 뉴욕에 있는 대학에 가게 된 친구를 질투했습니다. 어머니한테 거짓말을 했습니다. 이제, 어마어마한 죄가 나올 차례였다. 나는 남자 친구와 섹스를 한 사실을 털어놓았다.

신부님은 그때까지 아무 말씀이 없으셨는데, 그 말을 듣고도 여전히 조용히 계셨다. 다음 주 같은 시간에 이 신부님이나 다른 신부님을 뵙게 되겠지. 그런데 신부님이 이렇게 말씀하셨다. "너 같은 여자애들 때문에 남자아이들이 인생을 망치는 거다." 갑자기 두려움이 분노로 변했다. 그 짧은 순간에 소심한 질문들과 조용한 회의는 마침내 분노에 자리를 내주었다. 나는 존을 꼬드겨 섹스를 하지 않았다. 나는 죄인일지도 모른다. 하지만 그렇다고 정말 존이 피해자인가? 그도 똑같이 잘못이 있는 것이 아닌가? "그럼 제 인생은요, 신부님?" 내가 물었다. 돌아온 대답이라고는 "주기도문을 열두 번 외우고 성모송을 아홉 번 외우거라"가 다였다. 그날 나는 기도 한 마디 없이 교회를 나왔고, 그 뒤로 두 번 다시 고해실을 찾지 않았다.

***

매주 일요일마다 가족과 함께 미사에는 참석했다. 고해실에 가지 않기로 결심했을 때 내 수치심과 죄책감도 모두 사라져 버렸으면 좋으련만, 그렇지 않았다. 나는 여전히 영성체를 받았다. 하지만 또 죄를 지었는데…. 신부님이 떡을 내 혀에 올려놓으시면 그것을 삼키기가 어려웠다. 가장 성스럽고 순수한 것의 상징을 나는 내 썩은 내면 속에 집어 삼키고 있었던 것이다. 고해를 그만두자 죄책감은 커져만 갔다. 하지만 나는 내가 알기에 불합리하고 공정하지 못하고 잔인한 도그마로부터 벗어났다. 나는 교회로부터 떨어져 나와 새로운 정체성을 형성하기 시작했는데, 흥분되면서도 겁이 났다. 그것으로 내 갈등이 끝났다는 이야기는 아니다. 나는 여전히 분노와 공포, 이성과 믿음 사이에서 흔들렸다.

1962년, 마침내 고등학교의 마지막 해가 다가왔다. 직장을 얻기 위해 내가 앞으로 어떤 일을 해야 하는지는 별로 우리 가족의 관심사가 아니었다. 남자 형제들은 장차 가장이 되어 식구들을 먹여 살려야 하고, 좋은 교육을 받아야 직업 시장에서 유리할 것이기에 모두 대학에 가야 했다. 다른 누구보다도 아버지는 돈을 들여 나를 대학에 진학시키는 것은 고양이에게 차를 사주는 것만큼이나 정신 나간 짓이라고 생각하셨다. 사실 중학교 때 성적이 워낙 형편없어서 고등학교에서 고전반이나 대입 준비반에 들지 못하기는 했다. 하지만 설령 성적이 좋았다 해도 과연 대학에 가라고 격려해 주거나 돈을 대 주셨을지는 의문이다. 나 같은 여자아이는 그저 자신과 곧 갖게 될 아이들을 부양할 수 있는 남편감을 찾으면 그만인 것 같았으니까 말이다.

보스턴의 베이 스테이트 아카데미를 처음 내게 추천한 것은 내 지도 상담사인 루소 부인이다. 이 학교에는 2년제 비서학과가 있어서, 내가 얻을 수 있는 얼마 안 되는 직업 중 하나인 사무직을 하는 데 필요한 타이핑, 속기, 그 외 다른 기술들을 배울 수 있었다. 부모님께 이 문제에 대해 상의드리자 아버지는 코웃음을 쳤다. 무엇 때문에 학교를 더 다니겠다는 거냐? 그런데 어머니가 깜짝 지원군이 되어 주셨다. 아버지의 단호한 반대에 맞서 어머니는 가을 학기에 베이 스테이트 아카데미를 다니도록 학비를 대주어야 한다고 고집하셨다. 이렇게 하여 고등학교 마지막 해가 저물어 갈 무렵 나는 그나마 대학에 가장 가까운 것에 진학해 잠깐 동안 대학 냄새라도 맡을 준비를 하게 되었다.

베이 스테이트 아카데미는 실로 내게는 굉장한 경험이었다. 마음에 드는 여자들도 만났고 쓸모 있는 기술들도 배웠다. 그래서 2년째 되는 해 아버지가 더 이상 학비를 대줄 수 없노라고 딱 잡아떼실 때 나는 크게 실망하지 않을 수 없었다. "이건 돈 낭비야." 아버지는 그렇게 선언하셨다. 특히 크레슬러 엔지니어링 사의 데이브 말로리가 나에게 딱 맞는 일자리를 제안한 마당에 말이다. 데이브는 아버지의 오랜 친구 분으로, 보스턴의 잘나가는 구조공학 회사인 크레슬러 사의 부사장이셨다. 이미 베이 스테이트 아카데미에서 배울 만큼은 배웠으니 일을 해야 하지 않겠냐는 것이었다. 아버지 학비 걱정도 덜어 드리고 말이다. 그때 만약 아버지가 내가 크레슬러 사에서 누구를 만나게 될지, 그래서 어떤 인생이 내 앞에 열릴지 아셨다면, 아마 아버지는 흔쾌히 베이 스테이트 아카데미의 두 번째 학기 학비를 대주셨을 것이다.

***

마이클 코헨은 키가 188센티미터에 풍채가 당당하여, 크레슬러 사의 사무실을 활보하고 다닐 때면 고위 간부에서 말단까지 그를 눈여겨보지 않는 사람이 거의 없었다. 몸집 다음으로 내 눈에 가장 먼저 띈 것은 그의 손이었다. 길고 섬세하면서도 강인해 보였다. 나이는 스물셋이었는데, 잡티 하나 없는 피부에 눈은 빠져들 것처럼 파랬고 목소리는 또 얼마나 섹시한지 이따금씩 듣고 있는 내가 무릎이 휘청거릴 정도였다. 또한 웨이브 진 금발 머리를 길게, 적어도 그 당시 기준으로는 길다고 생각될 정도로 기르고 있었다. 마이클은 '사환'이었는데, 이만큼 그에게 안 어울리는 명칭도 없었을 것이다. 그에게는 그런 직책을 훌쩍 뛰어넘는 지성과 자신감이 넘쳐났다.

상사들의 심부름을 하러 뛰어다니거나 청사진을 인화할 때가 아니면 마이클은 내 옆에 놓인 책상에 앉아 있었다. 어느 월요일 아침, 주말은 잘 보냈느냐고 내가 인사하자 그는 이렇게 대답했다. "굉장했어요. 주말 내내 섹스를 했거든요."

"네에?"

"그렇다니까요. 밥 먹을 때만 침대에서 나왔어요."

이게 지금 진심으로 하는 이야기일까? 내 평생 성에 대한 이야기를 이렇게 대놓고 하는 사람은 하나도, 정말이지 단 한 사람도 없었다. 그의 말에 나는 눈이 휘둥그레지고 그만 입이 딱 벌어졌다. 틀림없이 바보 같아 보였겠지만, 그는 전혀 개의치 않았다. 이번에는 그가 주말 동안 어떻게 지냈느냐고 물었지만 나는 말문이 막혀 아무 대답도 하지 못했다.

그 이후로 마이클과 나는 점심을 같이 먹기 시작했고, 이내 시간 가는 줄 모르고 이야기를 나누는 사이가 되었다. 그는 나에게 가장 사적인 문제까지 무엇이든 물어볼 수 있었는데, 그렇다고 꼬치꼬치 캐묻는 것 같지도 않았다. 누군가와 이렇게 솔직한 대화를 나눠 본 것은 이것이 처음이었다. 우리는 섹스에 대해 많은 이야기를 나누었지만, 영화, 정치, 책, 그의 대학 생활, 우리 가족과 그의 가족, 미래에 대한 꿈, 그리고 태양 아래 다른 모든 것에 대해서도 이야기를 나누었다. 하지만 우리의 대화가 솔직담백했다고는 해도 늘 정직했던 것은 아니다. 사실을 알게 되면 나를 어떻게 생각할까 두려워, 처음에 나는 성경험이 없다고 그에게 말했다.

마이클은 다른 학생들을 위해 대리 시험을 본 혐의로 보스턴 대학에서 정학 처분을 받은 경험이 있었다. 어느 큰 회사에서 시험을 본 것이 발각되어 그는 징계위원회로 불려갔다. 그는 스스로를 변호하기를, 자신을 고용한 학생들은 해당 직무에 적합한 최상의 인재를 찾아 고용함으로써 건전한 사업 결정을 내린 것으로 보아, 장차 산업계의 주역이 될 인물들이라고 했다. 물론 위원회는 이 말에 감복하지 않았고, 마이클에게 1년 정학 처분을 때렸다.

마이클은 인습과는 거리가 먼 사람이었다. 그는 우리가 처음 데이트를 하기도 전에 나에게 키스했다. 점심을 먹으로 엘리베이터를 타고 1층으로 내려가고 있는데, 그가 팔을 뻗더니 가만히 나를 끌어당겼다. 그러고는 지금껏 받아 본 어떤 키스보다도 더 관능적인 키스를 내게 선사했다. 부드러우면서도 에로틱한 키스였다. 그에게는 어중간함이라는 것이 없었다. 모든 것을 열정으로 행했고 그 키스 또한 예외가 아니었다.

마이클과 함께하면서 나는 꽃피기 시작했다. 머리를 기르고, 마이클도 고개를 끄덕일 섹시한 새 옷을 샀다. 마이클은 추천 도서 목록을 주었고 갑자기 나는 내가 똑똑한 데다, 어떤 선생님도 일깨우지 못했던 문학적 재능을 갖고 있음을 깨달았다. 우리는 마리화나와 환각제에도 손을 댔다. 성적인 부분에서는 훨씬 더 나갔다. 마이클과 생전 처음으로 오럴 섹스를 주고받았고, 성교를 하면서 처음으로 오르가슴에 도달했다. 마찬가지로 중요했던 것은, 난생처음으로 불을 켠 채로 사랑을 나누며 내가 좋아하는 것과 그렇지 않은 것에 대해 이야기를 나누었다는 사실이다. 인생이 가능성들로 충만한 시절이었고, 우리는 함께 그 가능성들을 탐색하기 시작했다.

내가 성에 대해 배웠던 거의 대부분에 대해 마이클은 그런 것 따위에 신경 쓰지 말라는 투였다. 내가 자위행위 금지와 내가 어린 시절에 받은 성교육의 밑바탕이 되었던 다른 가톨릭 교리들에 대해 이야기하자 그는 "웃기는 소리야" 하며 코웃음을 쳤다. "그건 통제하려는 거야. 신성함과 수치심으로 옭아매서 너를 통제하는 거라구." 그는 그렇게 선언하듯 말했다. 심지어 그는 내가 그토록 상처를 주는 거짓 지식에 눌려 살았다는 데 화가 나는 듯 보였다. 정말 내가 아니라 교리에 문제가 있는 것일까?

난생처음으로 나는 성에 대해 심판에 대한 두려움 없이 툭 터놓고 진정으로 솔직한 대화를 나누었다. 마이클은 세속적 관점에서 성에 접근했는데, 내게는 새롭기 그지없었다. 이제 나는 내가 배웠던 것들에 도전할 수 있을 뿐 아니라 나 스스로가 실제로 납득할 수 있는 대안적 의견과 생각들을 내놓을 수도 있게 되었다. 과거의 성경험을 털어놓고 한참 지난 어느 날 밤, 나는 마이클에게 마지막 고해 때 있었던 일을 얘기했다. "멍청하군." 그는 콧방귀를 뀌며 말했다. 그러고는 한마디 더 덧붙였다. "왜 그 인간들은 처녀성에 그렇게 콤플렉스가 있는 거지? 말이 안 돼."

나는 내가 제멋대로 규칙을 깨뜨릴 때 하느님이 보고 계시다가 내가 죽으면 행동을 취하실 것이라고 믿으며 얼마나 두려워했는지 그에게 이야기했다. 마이클은 피식 웃었다. 이렇든 저렇든 그는 가톨릭 신자가 아니었다. 그는 유대인이었다. 그 당시 나는 그것이 무엇을 뜻하는지 몰랐다. 아는 것이라곤 그가 하느님을 일종의 인정사정없는 교사처럼 생각한다는 것이 다였다.

관계를 시작하고 겨우 몇 주일 만에 우리는 서류상의 주소만 서로 다르지 실은 동거나 다름없는 생활을 하게 되었다. 당시 19살이던 나는 보스턴에서 다른 여자 두 명과 한 아파트에서 살았지만 거의 밤이면 밤마다 마이클의 집에서 지냈다. 부모님도 마이클에 대해 아셨고, 둘이 같이 자는지 안 자는지 하는 문제는 거론하지 않기로 무언의 합의 같은 것이 이루어져 있었다. 부모님은 묻지 않으셨고 나도 말하지 않았다.

어느 이른 아침, 마이클의 아파트에 있는데 전화가 울렸다. 일어나서 출근할 시간까지는 아직 한 시간이나 남아 있어서 전화를 받지 말까 생각도 했는데, 다섯 번쯤 울리고도 끊어지지 않는 것을 보니 전화를 건 사람은 끊을 생각이 없는 것이 분명했다. 마이클은 베개를 머리에 뒤집어썼다. 비몽사몽이었다. 나는 수화기를 들었다.

"얘기를 좀 해야겠다." 아버지의 목소리였다.

"아빠?"

"이번 주말에 집으로 오너라."

"이 번호는 어떻게 아셨어요?"

"전화번호부에서 찾았다. 주말에 집에 와야 한다. 이야기를 해야겠다."

우리 사이에 맺어졌던 무언의 합의가 돌연 깨져 버린 것 같다는 착잡

한 기분이 들었다.

그 주 주말에 부모님이 계신 고향 집으로 가는 버스를 탈 때, 타박타박 걸어 고해를 하러 가는 토요일 아침이면 느꼈던 것과 비슷한 기분이 느껴졌다.

현관문을 열기 전에 마음을 진정시켜야 했다.

"서재에서 얘기하자." 아버지가 말했다.

아버지를 따라가면서, 뭔가 심상치 않은데, 하는 생각이 들었다. 이어서 들은 아버지의 말은 내 마음을 온통 뒤흔들었다. "네가 성모 마리아가 아닌 것은 분명하더구나. 남자 친구하고 무슨 짓을 했는지 내 다 안다."

나는 침을 꿀꺽 삼켰다. 따귀를 한 대 맞은 것 같은 기분이었다. 아버지의 이야기는 그 정도로 그치지 않았다.

"괜찮은 남자한테 시집보내기는 이제 다 틀렸으니 그놈하고나 결혼해라."

눈물이 쏟아지기 시작했다. 아무 말도 할 수 없었다. 아버지는 결국 나를 하자 있는 상품처럼 여기셨던 것이다.

그날 밤 마이클과 나는 몇 시간 동안이나 이야기를 나누었다. 더할수 없는 죄책감과 수치심이 다시 밀려왔다. 먼젓번에는 신부님이 내가 남자애들 신세를 망치는 그런 부류의 여자애라고 말하더니 이번에는 아버지가. 바보같이 심판에서 벗어났다고 믿었지만, 영원히 그럴 수 없는 신세인 것 같았다. 아버지가 한 얘기를 마이클에게 들려주었더니 예상했던 대로이지만 그래도 위로가 되는 대답이 돌아왔다. "아버지는 선사시대에 살고 계시는 분이야. '괜찮은' 남자라면 네가 처녀인지 아닌지는 따지지 않아."

　나는 다시 한 번 교회가 어떻게 나로 하여금 나 자신과 맞서도록 했는지, 성에 조금이라도 관심을 갖는 것을 얼마나 부끄럽게 여기게 만들었는지 그에게 이야기했다. 이야기를 마치자 그는 정말로 단순명쾌한 말을 해주었는데, 그 말은 지금까지도 내 마음 깊숙이 진리로 남아 있다. "너보다도 연민의 마음이 없다면 그건 신도 아니야." 그때까지 나는 신에게 연민의 마음이 있으리라고는 생각해 본 적이 없었지만, 그의 말을 듣고 보니 이제는 연민 없는 신은 믿을 수 없으리라는 생각이 들었다.

늦더라도 하지 않는 것보다는 낫다, 래리

정확히 언제 첫 경험을 갖는 것이 적절한지는 나로서는 답할 수 없는 문제이다. 내 부모님과 교회의 관점에서는 그것은 반드시 결혼식장에서 "예, 그렇게 하겠습니다"라고 말한 다음이어야 했다. 14살 때 빌과 처음 섹스를 한 후 나는 어마어마한 죄책감에 시달렸다. 마크 오브라이언은 나이 서른여섯에 한 번도 경험이 없는 것을 부끄러워했다. 몇 살 때가 적절한 연령인지는 하도 여러 요소들에 의해 결정되는 것이라 관련 전문가를 한 부대를 동원한대도 과연 결정적인 답이 나올 수 있을지 의문이다. 하지만 2005년에 나를 만나 총각 딱지를 떼었던 의뢰인은 대부분의 사람들이 생각하는 일반적인 첫 경험 나이에서 몇 십 년은 지나 있었다는 것만큼은 확실히 안다.

"일흔요?" 나는 이따금씩 의뢰인들을 내게 보내는 지역 치료사 캐럴에게 물었다. "네, 일흔. 얼마 전에 생일잔치도 하셨어요." 그녀가 대답했다. 캐럴은 미소 지으며 커피를 한 모금 마셨다. 캐리가 래리에 대한 이야기를 꺼낸 것은 그녀의 사무실 근처 모퉁이에 있는 카페에서였다.

이때면 나는 대리 파트너 일을 한 지가 대략 30년이 되었고, 70대 의뢰인과 일하는 것도 처음은 아니었다. 내가 놀라 되물은 것은 의뢰인의 나이 때문이 아니라 의뢰인이 들고 온 문제 때문이었다. 래리는 일흔 살 된 숫총각이었던 것이다.

"와. 그런 걸 이제 밝히다니 꽤 용감하시네요." 내가 말했다.

"그럼 당신한테 보내드려도 되겠죠?" 캐럴이 대답했다.

며칠 뒤 래리가 전화해서 첫 번째 약속 시간을 잡았다.

그는 담황색 머리카락이 머리 전체를 덮고 있었고 턱수염은 드문드문 허옇게 세어 있었다. 눈 색깔은 눈동자와 홍채가 구별되지 않을 정도로 짙었다. 나이 일흔에도 그는 거의 40년 전에 본인이 창업을 도왔던 엔지니어링 회사에서 계속 일을 하고 있었다. 직장을 다니면서 일주일에 50시간 이하로 일해 본 기억이 없었다.

1월인데도 그는 코트를 입지 않고 왔다. 춥지 않으시냐고 물었더니, 샌프란시스코 만 지역은 자기가 자란 시카고의 겨울에 비하면 카리브해나 마찬가지라고 대답했다. 그러고는 이렇게 한마디 더 했다. "덕분에 평생 웬만한 추위에는 끄떡없다오." 나는 빙그레 웃으며, 사무실 소파에 앉으시라고 손짓했다.

래리는 자기 생각을 또렷이 말하고 통찰력이 있으며, 성장 과정이 자신의 인생에 어떤 영향을 미쳤는지에 대해 상당히 많은 고민을 한 사람이었다. 그는 어려운 집안에서 자란 외아들이다. 그의 어머니는 거의 모든 에너지와 관심을 그에게 쏟아 부었다. "어머니는 나를 위해 모든 것을 희생하셨다오." 그가 말했다. "그리고 그만큼 많은 것을 내게 요구하셨지." 어머니는 그가 좋은 학교에 가는 데 목숨을 걸다시피 했다. 어머니는 그런 소리를 들으면 펄쩍 뛰었겠지만, 그는 자기가 대학까지 마치고 고액 연봉을 받는 직장에 다니게 되면 아들 덕을 볼 생각을 하는 것이 틀림없다고 믿은 지 오래였다.

그는 어머니가 자기 인생이 꼬였다고 생각한다는 것을 어린 시절부터 알았다. 어머니는 거의 교육을 받지 못했고 당시에는 여자가 할 수 있는 일이 별로 없어서 밥벌이를 하는 아버지와 함께 지내는 것뿐이었다. 그녀는 사람을 사귀거나 데이트하는 것은 아직 그에게는 사치스러운 일이며, 중요한 목표들을 달성하고 살림이 넉넉해지면 그까짓 것들은 나중에 실컷 할 수 있다고 주장했다. "하찮은 일. 어머니는 공부 이외의 것은 다 그렇게 불렀지요. 데이트도 그중 하나였고." 그가 말했다. "좋은 교육을 받고 그런 다음 좋은 직장을 얻으면 다른 모든 것은 알아서 잘될 거라고 어머니는 생각하셨소. 그러다 보니 나 또한 애정이란 건 그저 자기 자신이어서 받는 것이 아니라 무엇인가를 이루어 내면 받는 상 같은 것이라고 생각하게 되었지요." 그의 말은 한편으로는 절박하면서도 단순명쾌했고, 다른 많은 의뢰인의 경우와는 달리 자기 사연을 털어놓도록 하기 위해 내가 할 일이 별로 없었다. 래리는 섹스만이 아니라 자기 이야기를 하고 싶어 했다.

마침내 래리가 이제 사람들과 관계를 가져도 될 만큼 성취를 이룬 것이 아닐까 생각했을 때 그는 이미 30대였고, 경험이 없다는 것이 너무도 의식되고 신경 쓰이는 바람에 친밀한 관계를 맺어 보려는 시도는 번번이 실패로 돌아가고 말았다. 그는 잠깐 동안 만난 한 여인에 관한 특히 가슴 아팠던 이야기를 털어놓았다. 캐슬린은 매력적이고 유머 있고 똑똑한 여자였고, 그는 그녀와 함께하는 미래를 상상했다. "매일 그녀가 기다리는 집으로 돌아가, 문으로 들어서면 그녀가 환한 얼굴로 나를 반겨 주고 … 나를 원하는 그런 꿈을 꾸었더랬소." 그가 말했다. 하지만 캐슬린이 예전의 관계들에 대한 이야기를 꺼내기만 하면 래리는 곧바로 좀 더 편안한 주제로 화제를 바꾸었다. 높은 교육수준 덕분에 이야기할 거리는 무궁무진하여, 그는 자칭 '자연스럽게 다른 주제로 넘어가기의 달인'이 되었는데, 이 기술은 관계에 대한 이야기가 나오면 대화를 다른 곳으로 돌리는 데 무척 쓸모가 있었다.

세 번째 데이트가 래리와 캐슬린에게는 마지막 데이트가 되었고, 래리는 그 이후 데이트라는 것을 한 번도 하지 못했다. 그는 그날 밤 캐슬린이 몸에 딱 붙는 분홍빛 드레스를 입고 나왔고, 그 모습을 본 순간부터 욕정을 느꼈던 것을 기억했다. 그녀의 맞은편에 앉아 저녁 식사를 하는데, 성기가 딱딱해지는 것이 느껴져 그는 당황하기 시작했다. 어찌나 조마조마했던지 그는 와인 잔을 엎지르기까지 했다. "마음속으로 자, 진정하고 대화에 최대한 집중하자, 그랬소. 특히 내가 안절부절못하는 모습에 그녀가 신경이 날카로워지는 모습을 보고 더 그랬지." 그가 말했다. 저녁 식사가 계속되면서 그도 긴장이 풀어졌고 식사가 끝날 무렵에는 분위기가 무르익어 캐슬린이 자신의 아파트로 그를 초대하기까지 했다.

캐슬린과 손을 맞잡고 걸어가면서 이따금씩 래리는 바로 오늘 밤이 자기 말고 모든 성인들은 이미 들어선 것처럼 보이는 미지의 세계로 들어가는 밤이 될지도 모른다는 생각을 했다. "머릿속에서는 내일 아침이면 다른 사람이 되어 있을 거라는 생각이 계속 맴돌았소. 남들과 같은 보통 사람 말이지." 그가 말했다. 잠깐 동안 술잔을 나누다 캐슬린은 래리를 자신의 침실로 이끌었다. 그들은 침대에 앉아 키스를 나누기 시작했다. 아니, 나누려고 했다. 캐슬린이 자신의 입술에 입술을 갖다 대자 래리의 초조함은 거의 공포로까지 치솟아 올랐다. "마치 창에 가슴을 꿰뚫린 것 같은 기분이었소. 위가 경련을 일으키고 말이오." 그는 벌떡 일어나 어리둥절해하는 캐슬린에게 더듬거리며 작별인사를 하고는 그 자리에서 나왔다. 아파트 계단을 한 걸음에 두 개씩 뛰다시피 하여 내려와서는 숨이 턱에 찰 때까지 무작정 달렸다. "말 그대로 도망쳤던 거요." 그가 말했다. 그는 고개를 푹 숙이고 간신히 울음을 참으며 나지막이 속삭였다. "괜찮소, 괜찮아요, 괜찮아."

"이렇게 찾아 주시다니 정말 큰 용기를 내주셨어요. 그런 걱정을 하는 게 당신 혼자만은 아니에요."

그는 의자에 등을 기대며 몇 초 동안 눈을 감고 있더니 섹스 한 번 못해보고 죽고 싶지는 않다고 내게 말했다.

래리는 그날 밤으로부터 한참을 도망쳐 나왔는데, 누군가가 섹스와 관계 맺음에서 느낄 수 있는 기쁨과 친밀감을 평생 맛보지 못했다는 생각을 하면 가슴이 미어진다. 대부분의 사람들보다 더 오래 머물러 있었는지는 몰라도, 래리 역시 우리 대부분을 옭아매 꼼짝 못 하게 하는 악순환에 갇혀 있었을 뿐이다. 그는 경험이 없다는 사실 때문에 걱정이 되고 두려웠다. 이 때문에 섹스를 회피하고 성경험이 없는 채로 지냈는데, 이것이 그의 걱정을 더 악화시켰고 그래서 섹스와 친밀한 관계에 더더욱 등을 돌리게 되었던 것이다. 이러한 악순환의 서글픈 결과가 바로 거의 칠십 평생을 뼈에 사무치는 외로움 속에서 살아야 했던 래리의 인생이었다.

우리는 조금 길게 이야기를 나누었고, 나는 대리 파트너 과정에 대해 그에게 설명해 주고 그의 두려움은 드문 것이 아니며 편안한 속도로 진도를 나갈 것이니 안심하라고 말했다.

그를 데리고 침실로 들어가서 블라인드를 내리고 베이지색 침대보를 걷은 다음 함께 옷을 벗었다. 우리는 침대에 나란히 등을 대고 누웠고, 나는 래리에게 편안한지 물었다. 그는 나와 자리를 바꾸면 좋겠다고 했다.

래리는 눈이 커다래지고 이마에 송골송골 땀이 맺혔다. "이 단계에서 걱정이 되는 것은 자연스러운 일이에요. 그래서 전 늘 약간의 이완 운동을 하는 것부터 시작해요." 내가 말했다. 나는 래리에게 손을 배에 갖다 대고 숨 쉴 때마다 손이 오르내리는 것이 보일 만큼 깊이 호흡을 하라고 했다. 나도 그와 함께 하여, 우리 둘은 나란히 누워서 1, 2분 정도 숨을 들이마시고 내쉬었다.

"이제 몸을 점검하면서 긴장이 느껴지는 곳을 풀어 보기로 해요." 내가 말했다.

나는 래리에게 눈을 감고 마음을 정수리에 모으라고 했다. "마음속 눈으로 정수리를 보세요. 그런 다음 머리와 목이 만나는 부분을 느껴 보세요. 목덜미에 조금이라도 긴장이 느껴지시면 턱을 조금 잡아당기고 약간 편안해지는지 살펴보세요. 제가 몸 여기저기를 하나하나 언급하면 좀 더 편안해지게 이런저런 조정을 해보세요.

이제 양쪽 어깨와 어깨뼈, 그리고 두 어깨뼈 사이의 공간에 집중하세요. 어깨가 침대에 닿는 부분에 집중하세요. 어깨와 팔이 연결되는 부분에 주목하세요. 위팔에서 시작해 팔꿈치로, 아래팔로, 손목으로, 손으로 내려가세요. 천천히 깊게 숨을 쉬세요. 그런 다음 가슴으로 돌아오세요. 가슴근육에 집중하세요. 다음에는 복부에요."

우리는 계속해서 그의 몸을 훑어 내려갔다.

발에 이르자 나는 그에게 발가락을 꼼지락거려 본 다음 긴장을 풀라고 했다.

래리와 나는 몇 번 더 함께 호흡했다.

"지금은 기분이 어떠세요?"

"아까보단 낫군. 아까만큼 긴장되지 않고 좀 부드러워진 것 같소."

우리는 이어서 스푼 호흡법으로 넘어갔다. 래리가 옆으로 돌아눕고 나는 뒤에서 그를 포근히 안았다. "보통 때처럼 편안하게 숨을 쉬세요." 나는 그렇게 말하고 그의 호흡 리듬에 맞추어 숨을 쉬었다. 이내 우리는 함께 숨을 들이마시고 내쉬었다.

스푼 호흡법은 대개 의뢰인들에게 안전하고 기분 좋은 느낌을 주는데, 서로 바싹 붙어 함께 호흡하는 동안 래리의 몸이 그 어느 때보다 이완되는 것을 느낄 수 있었다.

나는 보통 때 하는 것보다 몇 분 더 오래 이 자세를 유지했다. 이렇게 관능적인 손길을 받는 것이 래리로서는 몇 십 년 만에 처음이었다. 겁을 집어먹고 있을 것이 틀림없어, 나는 그에게 안전하고 보살핌을 받는다는 느낌을 받게 해주고 싶었다.

몇 분 뒤에 래리를 돌아눕게 해 배를 깔고 눕게 한 다음 감각 터치를 시작했다. 먼저 그의 발에서 출발했다. 발은 뼈가 앙상했고 발톱이 두꺼웠다. 나는 그의 발을 부드럽게 감싸 쥐고 발바닥의 오목한 곳과 뒤꿈치를 어루만졌다.

래리의 다리는 옅은 갈색 털로 덮여 있었고, 손바닥으로 다리를 더듬어 올라가는 동안 손길이 닿는 부분의 근육이 부드럽게 풀리는 것이 느껴졌다. 엉덩이와 등, 목 부분의 긴장도 마찬가지로 순식간에 눈 녹듯 사라져 버렸다. 래리의 몸은 손길에 굶주려 있었다. 머리 윗부분에 이르자 나는 다시 발가락까지 거꾸로 내려가기 시작했다. 그는 피부 빛이 뽀얗고 나이에도 불구하고 주름이 많지 않았다.

나는 손을 조금씩 조금씩 아래로 옮기다가 발에 이르렀을 때 그에게 깊은 호흡을 하도록 했다. 나는 발을 가만히 눌렀다가 그가 숨을 내쉴 때 놓아 주었다. 그런 다음 그에게 말했다. "준비가 되시면 돌아누우세요."

래리는 어느새 발기가 되었는데, 그러자 반사적으로 손으로 성기를 가렸다.

"괜찮아요. 자연스러운 반응이에요." 내가 말했다.

그는 손을 천천히 성기에서 뗐다.

나는 다시 그의 몸을 더듬어 올라갔다. 내 손가락은 그의 패니스를 미끄러지듯 타고 넘어간 다음 사타구니와 배 쪽으로 향했다. 마침내 손이 정수리에 이르자 나는 다시 아래쪽으로 내려가기 시작했다. 감각 터치를 마치고 나서 래리에게 기분이 어땠는지 물었다. "사막에 있다가 얼음물 한 잔을 들이켠 것 같았소." 그가 말했다.

***

다음 네 번의 세션 동안 래리와 나는 초조함을 덜고, 자신의 몸을 좀 더 잘 받아들이고, 말과 신체로 자신을 좀 더 잘 표현할 수 있도록 해주는 여러 훈련들을 실행했다. 마크와 다른 여러 의뢰인들의 경우에도 그 랬던 것처럼, 우리는 래리의 특수한 성적 문제뿐만 아니라 그것에 그림자를 드리운 감정적 문제들에 대해서도 해결책을 찾아야 했다. 그는 경험이 많건 적건 상관없이 성적 상황에서 초조해하거나 머뭇거리는 남자들이 많다는 사실을 알고는 놀랐다. 또한 쉰 살이 넘어서도 성적으로 충족되지 않는 갈망을 느끼는 것이 일탈이 아니라는 사실을 알고 또 한 번 놀랐다.

나는 래리와는 천천히 진도를 나가도록 신경을 썼다. 누군가의 손길을 받는 것이 그에게는 워낙 낯설고, 그 오랜 세월 동안 불행한 금욕생활을 했던 탓에 불안감이 너무 커져 있어서 그가 자신의 몸과 연결되려면 시간이 조금 필요했다. 때때로 래리는 마침내 어떤 여성과 성적인 관계로 엮이는 일이 있으리라고는 믿지 못하겠다는 눈치였다. 우리가 서로의 몸을 탐색할 때 그가 자주 혼란스러워하고 주저하는 모습을 보인 것은 놀랄 일도 아니었다. 다양한 전희를 하나씩 하나씩 경험하게 하고 내 몸에 대해 천천히 알아 가도록 해준 덕분에, 마침내 숫총각에서 벗어나게 되었을 때 그는 좀 더 자신감을 갖고 편안하게 상황을 맞이할 수 있었다.

래리의 다섯 번째 세션은 2월 12일로 날짜가 잡혀 있었는데, 도착해서 그가 제일 먼저 내게 한 말 중 하나는 "아마 발렌타인데이에 비참한 기분이 들지 않는 첫 해가 될 것 같소"였다. 이제 마침내 래리가 섹스를 할 시간이었다.

지난번 만남 이후로 그가 어떻게 지냈는지 점검한 후에 우리는 침실로 가서 옷을 벗었다. 우리는 나란히 누워 약간의 이완 운동을 했다. 나는 래리의 몸을 부드럽게 애무한 다음 발기 중인 그의 성기에 콘돔을 씌웠다. 내가 입 안에 넣자 그의 성기는 곧바로 완전히 발기되었다.

그가 현재 들어간 자극 단계에 계속 머물러 있도록 우리는 잠시 깊은 호흡을 했다. 그런 다음 나는 그의 몸 위로 올라가 성기를 내 안에 살며시 집어넣었다. 나는 몸을 천천히 위아래로 움직이다가 몇 분 뒤에 위치를 바꾸어 그가 내 위로 올라오게 했다. 그는 앞뒤로 엉덩이를 움직이기 시작했다. 그러다 곧 실수로 성기가 빠져 버렸는데, 그의 얼굴에 경악한 듯 경련이 스치고 가는 것을 볼 수 있었다. "괜찮아요." 내가 말했다. "누구한테나 일어나는 일이에요. 가끔씩 빠지기도 해요." 나는 베개를 잡아당겨 엉덩이 밑에 깔았다. "이러면 대개 도움이 되죠." 내가 말했다. "아주 잘하고 계세요. 너무 멀리까지 물러나지 않도록 해보세요. 하지만 그런다 해도 당신 성기를 다시 내 안에 들어오게 하는 건 문제도 아니에요." 나는 그의 성기를 잡고 내 외음부에 가져다 댔다. "됐어요. 그대로 해서 지금 밀어 넣으세요." 내가 말했다. 곧 래리는 다시 내 안으로 들어와 천천히 앞뒤로 몸을 움직였다. "앞으로 파트너와 함께 할 때 이런 일이 생기면 주저하지 말고 다시 들어가게 도와달라고 하시든가 직접 하세요. 어느 쪽이든 더 쉬운 쪽으로요." 나는 그의 귀에 대고 그렇게 속삭였다.

그는 내게 키스해도 되냐고 물었다. 좋다고 말하자 그는 팔꿈치로 몸을 지탱하며 내 위에 엎드리고는 입술을 부드럽게 내 입술에 갖다 댔다. 그러고는 혀로 내 입과 입술을 샅샅이 더듬었다. 몇 분 뒤 그는 몸을 일으키더니 다시 앞뒤로 움직이기 시작했다. 이마는 땀으로 번들거렸고 몇 방울이 내 얼굴로 떨어지기도 했다. 그러더니 비명을 지르며 사정을 하고는 머리를 내 가슴에 기댔다. 나는 두 팔로 그를 감싸 안았다. 나이 일흔에 래리는 총각 딱지를 떼었던 것이다.

그의 눈에서 눈물이 샘솟는 것이 보였다. 흐뭇한 순간이었다. 이 세심하고 똑똑하고 상냥한 남자가 인간의 경험 중 가장 근본적이고 가장 즐거운 경험 가운데 하나를 할 수 있도록 도왔으니 말이다. 래리의 인생은 온갖 성취들로 가득 차 있었지만 육체적인 애정과 친밀함이 결여되어 있었다. 우리 둘이 함께하여 그런 상황을 바꾸었고, 이것은 이 일을 하면서 경험한 가장 가슴 따뜻해지는 순간 중 하나였다.

래리가 첫 경험 뒤에도 기분 좋게 사랑받는 느낌을 느끼게 했으면 하여 나는 스푼 호흡법을 다시 한 번 하자고 제안했고, 그래서 우리는 옆으로 돌아누웠다. 네 번인가 호흡을 했는데 그가 호흡법을 멈추더니 이렇게 말했다. "내게는 정말 뜻 깊은 일이라오." 나는 가만히 몸을 그에게 더 바싹 밀착시켰다. "그러니까," 그가 말을 이었다. "내가 게이라는 소문이 돈다는 걸 알게 된 적이 있소. 굳이 바로잡겠다고 나서지 않았는데, 사회보장을 받을 수 있는 사람이 숫총각이라는 것은 동성애자라는 것보다 더 기이한 일이었기 때문이오." 그러더니 그는 피식 웃으며 그는 그런 사실은 누구에게도 털어놓은 적이 없다고 말했다.

의뢰인들이 심지어 비밀이 보장되는 치료사의 사무실에서조차 숨겼던 비밀을 내게 밝히는 일은 드물지 않다. 이런 일들 때문에 대리 파트너 일은 매력적이고 흔히 아름답기까지 하다. 대리 파트너의 침실은 대리 파트너 자신도 의뢰인도 마음이 약해지는 독특한 장소이다. 둘 다 벌거벗고 있다는 것은 두 사람을 동등하게 만들어, 손길 하나에도 분위기가 무르익고 친밀감이 깊어져서 사람들은 자기도 모르게 술술 이야기를 쏟아 내기 시작한다. 대부분의 경우 이들은 자신의 삶에 영향을 준 경험에 대해 털어놓는데, 평소에는 부끄럽거나 쑥스러워 차마 밝히지 못했던 이야기들이다. 그런 사연들은 입 밖에 내어 이야기하는 것만으로도 어떤 의뢰인들은 자신을 얽어매던 질곡에서 벗어나는데, 비밀로 꼭꼭 숨겨 둘 때는 갖지 못했던 새로운 시각을 불현듯 얻기 때문이다.

서부로 가다

"넌 악마야!" 거실 맞은편에서 어머니가 마이클에게 악다구니를 썼다. 어머니는 마치 마이클을 막아 주는 방패라도 되는 양 안락의자 뒤에 가서 서 계셨다. 내 친구 마샤수와 그녀의 남자 친구 로니, 그리고 나는 모두 그 자리에 얼어붙어 버렸다. 마이클은 평소와 다름없이 유연하고도 침착한 모습이었다. 6월의 어느 따뜻한 토요일이었고, 우리 네 사람은 마블헤드로 소풍을 나가려던 참이었다. 예전에 갖고 있던 모기약을 찾으러 부모님 집에 들를 것이 아니라 새로 하나를 샀어야 했다는 생각이 머릿속에 떠올랐다.

"내 딸한테 무슨 짓을 하는 거야?" 어머니가 고함을 질렀다.

"전 아무 짓도 하지 않습니다." 마이클이 담담한 목소리로 말했다.

"넌 악마야, 사람의 탈을 뒤집어쓴 악마!"

"엄마, 그만해요." 나는 이를 악물고 말했다. 그러고는 마이클에게 말했다. "그만 가죠, 빨리."

나는 자리를 박차고 나왔고 나머지 세 사람도 내 뒤를 따랐다.

"안녕히 계십시오, 테리오 부인." 마이클은 인사를 하고 문을 닫았다.

나는 이 남자를 걷어차 주고 싶었다. 나쁜 상황을 더 악화시킬 필요는 없지 않은가.

부모님과의 불화가 끝나기를, 부모님이 왈가닥 딸을 둔 것을 체념하고 받아들이셔서 기품 있게 물러나 딸이 방탕한 삶을 살도록 내버려 두시기를 바랐다. 그렇게만 되었다면.

내게 직장을 구해 준 크레슬러 엔지니어링 사의 아버지 친구, 데이브 말로리가 부모님께 마이클에 대해 이야기했다. 그는 부모님께 마이클이 말을 함부로 하고 쾌락주의자에 반골 기질까지 있는 일급 반항아라고 말했는데, 모두 내가 사랑하는 마이클의 특성들이었다. 말로리 씨는 내가 미래도 없고 내게 안정된 생활을 제공할 능력도 없는 남자한테 붙어 있다고 부모님께 알렸다. 사윗감으로는 꽝이라는 것이다.

말로리 씨는 마이클이 직장 동료들과 내기를 했다는 사실도 부모님께 말했다. 나와 잘 수 있다는 데 돈을 걸고는, 내가 작은 여행가방을 들고 나타난 어느 금요일, 내기한 사람들에게 다음 주 월요일에 상금을 타 가겠다고 말했다는 것이다. 아마 말로리 씨는 나를 보살피려는 마음에서 그렇게 했을 것이다. 그것은 상당히 무신경한 행동이었고, 그 사실을 알게 되었을 때 나는 마이클이 내가 믿고 싶어 하는 것만큼 내게 헌신적이지는 않을지도 모른다는 느낌을 처음으로 받았다. 당시 나는 말로리 씨가 지성과 재치로 직장에서 널리 인정받는 마이클에게 위협감을 느끼고 있다고 믿었다. 몇몇 간부들은 마이클이 곧 크레슬러 사의 자산이 될 수 있다는 사실을 깨달아, 그에게 대학에 복학하도록 학자금을 지원해 주자고까지 할 정도였으니까 말이다. 어쨌든 동기야 무엇이든 간에 말로리 씨는 부모님으로 하여금 내가 사탄과 한 침대를 쓰고 있다고 믿게 만들었다.

거실에서 그런 대면이 이루어지고 나서 몇 주가 지난 어느 날 저녁, 엄마와 아빠가 할머니를 뒤에 모시고 불쑥 내 아파트를 찾아오셨다. 이른바 구원의 사명에 착수하셨던 것이다. 초인종이 울리고 세 분이 안으로 들어오셨을 때 마이클과 나는 소파에서 한창 키스를 나누던 중이었다. 도대체 무얼 하려고 여기 찾아오신 거지?

잠깐 동안 우리 모두는 말없이 서로를 바라보며 비좁은 내 거실에 서 있었다. 나는 할머니를 바라보았다. 나중에 할머니는 그날 함께 오셨던 것은 오로지 아빠와 마이클 사이에 주먹다짐이 일어나지 않도록 하기 위해서였다고 말씀하셨다.

"왜 오셨어요?" 마침내 내가 물었다.

"집으로 데려가려고 왔다." 아버지가 대답하셨다.

"아빠, 난 집에 안 가요."

아버지는 바로 너한테 따져야겠다는 듯 마이클 쪽으로 몸을 돌리며 말했다. "자네가 무슨 짓을 하는지 다 아네. 우리 딸을 실질적으로 자네하고 같이 살게 만들었지. 만약 우리 딸하고 살고 싶다면 결혼하게."

"아버님이라면 구두를 사실 때 신어 보지도 않고 사시겠습니까?" 마이클이 이렇게 응수했다.

아버지는 눈을 튀어나올 듯이 부릅떴다. 그러고는 마이클을 향해 달려들었고 나는 비명을 질렀다. "아빠, 안 돼요!" 나는 아버지의 팔을 잡으려고 했지만 아버지가 워낙 빨라 헛손질만 하고 말았다. "로베르." 할머니가 프랑스식 발음으로 아버지의 이름을 외쳤다. 아버지는 마이클 바로 앞에서 멈춰 섰다. 나이가 아버지의 절반밖에 안 되는 것 말고도 마이클은 자그만 체구의 아버지보다 머리 하나만큼은 더 솟아올라 있었다. 마음만 먹으면 아버지를 두들겨 패는 것은 식은 죽 먹기였을 것이다.

"이러지 마십시오." 마이클이 목소리 하나 높이지 않으며 말했다.

"그만해요, 아빠." 나는 그렇게 말하며 아버지의 팔꿈치를 잡았다.

아버지는 뒤로 물러섰고 나는 아버지가 단번에 달려들 수 없을 만큼 마이클과 떨어진 다음에야 잡았던 팔을 놓았다.

"가요." 어머니가 씩씩거리며 나를 노려보았다.

만약 부모님이 내게 겁을 주어 마이클에게서 떠나게 하려는 생각이셨다면, 결국 잘못 생각하신 것이지만, 그렇다고 내가 흔들리지 않은 것은 아니었다. 마음은 산란하고, 몸은 마비된 것 같은가 하면 금세라도 뛰어나갈 것 같기도 했다.

주로 부모님에게 화가 났지만 마이클이 한 말에도 가슴에 앙금이 남았다. 나를 구두와 비교한 것은 정확히 말해 듣기 좋은 소리는 아니었다. 아니, 실은 엄청난 모욕이었다. 게다가 아무리 나를 막 대하신다고는 해도 부모님 앞에서 그런 소리를 한 것은 무신경하다고밖에 할 수 없었다. 나는 성적인 부분이나 다른 면에서 마이클과 함께하는 삶이 내게 선사하는 자유를 사랑했다. 하지만 그가 나를 특별한 존재로 생각해 주기를 바라기도 했는데, 그런 존재에 대한 은유들을 생각해 볼 때 한 켤

레 구두는 결코 그 안에 들지 않았다. 하지만 나는 잊어버리기로 했다. 왜냐하면 내게 마이클은 지방 생활에서 벗어날 수 있는 편도 차표 같은 것이기 때문이다. 그는 나의 가족, 교회, 선생님들과는 정반대되는 존재였다. 그 당시 내 사고는 지나치게 흑백논리식이었다. 마이클이 그들의 반대편에 있다면, 그들은 전적으로 나쁘기에 마이클은 전적으로 좋을 수밖에 없었다. 회색지대가 아직 눈에 들어오기 전의 일이었다.

그날 밤 늦게 마이클과 나는 사랑을 나누었는데, 마이클은 평소 때보다 훨씬 더 마음을 쓰는 것 같았다. 그는 꿈의 연인이었고, 몇 시간 동안이나 섹스를 나눌 수 있었다. 조급하지 않고 관능적이었으며, 내가 세상에서 가장 섹시한 여자인 것처럼 느끼게 해주었다. 우리는 어떤 미래를 원하는지 골똘히 생각했고, 처음으로 보스턴을 떠나는 문제를 상의했다. 우리는 부모님이 간섭을 그만둔 것처럼 이야기했지만, 두 분은 우리를 갈라놓기 위해 최후의 시도를 감행하셨고 이번에는 어머니가 그것을 주도했다.

***

나는 우리 부모님이 편견이 심한 분이라고는 한 번도 생각해 본 적이 없다. 세일럼은 다양한 사람들이 섞여 사는 도시였고, 어머니 아버지 두 분 모두 종교와 인종이 다른 사람들과 쉽게 어울리셨던 것 같다. 로즈와 아서 솔로몬 부부는 부모님의 좋은 친구였다. 함께 영화도 보러 가고, 서로의 집에서 식사도 같이 하고, 네 분이 한 팀이 되어 주말 휴가를 떠나기도 했다. 솔로몬 씨 부부가 유대인이라는 것은 아무 문제도 되지 않았다. 하지만 마이클이 유대인이라는 사실은 두 분 다 언짢아하셨다. 우정이야 다른 문제이고, 데이트나 결혼의 경우에는 오로지 가톨릭 신자만이 환영받았다. 좀 더 나이가 들었을 때 나는 이것을 있는 그대로, 일종의 비유대인의 편협성으로 인정했다. 우리 부모님은 누군가를 종교나 인종 때문에 공공연히 적대할 리가 절대로 없는 분들이었지만, 결혼 문제에서는 선을 그으셨다.

엄마와 아빠는 마이클의 어머니 아버지 — 새디와 줄리어스 — 도 아들이 종교가 다른 여자와 동거하는 것을 알면 크게 실망할 것이라고 생각했다. 만약 우리 부모님이 우리를 떼어 놓지 못하면 아마 마이클의 부모님이 할 수 있으리라. 내 아파트를 방문해 우리를 당황스럽게 한 지 몇 주 뒤에 어머니가 마이클의 어머니에게 전화를 했다. 어머니는 어마어마한 폭탄이라도 터뜨리는 심정으로 소식을 전했던 것인데, 마이클의 어머니가 그 말을 듣고 난처해하는 것을 깨닫고 틀림없이 꽤나 실망하셨을 것이다.

마이클의 부모님은 나와 매우 가까워져서 언제나 따뜻하고 친절하게 나를 대해 주셨지만, 알고 보니 결국 그분들도 그분들 나름의 편견이 있었다. "네가 백인이라서 얼마나 안심이 됐는지 모른단다." 나중에 마이클의 어머니 새디는 그렇게 내게 말했다. 마이클은 예전에 라티노, 아프리카계 미국인 여자와 사귄 적이 있어서, 그의 부모님이 걱정하는 것은 종교는 상관이 없지만 혹시라도 그가 인종의 경계선을 넘지는 않을까 하는 것이었다.

마이클은 내가 만나 본 사람 가운데 가장 카리스마 있는 인물 중 하나였다. 사회관계에서는 언제나 중심에 있었고, 클럽 회원에서 비트족, 그냥 평범한 남자들에 이르기까지 모든 이들이 그에게 빠져들었다. 그에게는 심리적 동기와 미묘한 사항들을 간파해 내는 묘한 재주가 있었다. 그와 함께 있으면 거의 모든 사람이 마침내 자신을 이해해 주는 사람을 만났다는 느낌을 갖게 되었다. 그는 통찰력을 지닌 사람, 깊은 곳에 감추어진 진실을 탐지해 낼 수 있고 그것을 능란한 말솜씨로 당신 앞에 드러내 밝히면 당신은 그저 넋을 잃을 수밖에 없는 사람으로, 흔히 자신이 있는 집단의 철학자 역할을 했다.

보스턴 외곽에 있는 브루클린의 잭 앤 마리온스 델리에는 그가 늘 앉는 자리가 있었는데, 여기서 그는 재미있는 이야기로 나를 포함해 거느리고 온 무리들의 혼을 쏙 뺐다. 우리는 소다수를 마시고 엄청나게 큰 콘비프 샌드위치를 먹으며 이야기에, 이야기에, 또 이야기를 나누었다. 이때가 1964년이었다. 사회는 끊임없이 변화하고 있었고, 우리 같은 젊은이들은 모든 것에 의문의 눈길을 던졌다. 하지만 마이클은 다른 사람들은 좀처럼 갖기 어려운 확신과 자신감으로 이야기를 했다. 우리는 의문을, 그는 답을 갖고 있었다.

그의 추종자 무리 중 누군가가 내게 저런 사람의 여자 친구라니 얼마나 행운이냐고 말한 것이 한두 번이 아니었다. 물론 행운이었다. 어떤 여자라도 손에 넣을 수 있었을 마이클이 무엇을 보고 나를 좋아하는지 아무리 해도 완전히 이해할 수 없었다. 인기 있는 고등학생 남자애 두 명과 사귀는 데 성공한 것은 내 성격과 사회성 덕분이었다는 것은 알지만, 이번에는 상대가 마이클이었다. 그는 세련미와 카리스마가 흘러넘치는 인생 예찬론자였다. 나는 지적으로나 신체적으로나 그의 수준에 못 미친다는 것을 알았다. 우리가 있는 곳은 예쁜 여대생으로 둘러싸여 있는 보스턴이었다. 물론 마이클은 나를 선택한 이유가 있었고, 어느 날 밤 우리가 함께 침대에 누워 있을 때 그 이유를 밝혔다. "너는 훌륭한 어머니가 될 거야. 넌 격렬하게 사랑하거든. 마치 암사자 같아서 네가 사랑하는 사람들은 지켜 내고야 말 거야." 그렇다면 마이클은 나와 아이를 갖고 싶은 것일까? 아마도 이것은 내가 특별한 존재라는 뜻이리라.

***

그사이 어머니는 마이클과 나 사이를 갈라놓을 방도를 찾느라 여념이 없었다. 다른 모든 방법이 쓸모가 없자 어머니는 거의 끊임없는 회유와 잔소리라는 방법을 쓰기 시작했다. 하루에도 몇 번씩 내게 전화를 하는가 하면, 편지를 수십 통을 보내 집으로 돌아와 올바른 길로 돌아서라고 호소했다. 언제는 내가 올바른 길을 가고 있었던 것처럼 말이다. 결국 나는 어머니의 잔소리에서 잠깐이라도 벗어나려고 1년 동안 집에 가 있기로 동의했다. 어머니는 내가 계속 마이클을 만날 것 — 나는 그 점을 분명히 했다 — 이라는 사실은 아셨지만, 그와 떨어져 있다 보면 관계가 식으면서 나에게 정말로 필요한 것은 괜찮은 가톨릭 신자 남자와 평범한 가정생활이라는 것을 내가 깨달을 것이라고 지푸라기라도 잡는 심정으로 희망을 가지셨다. 나는 여전히 보스턴으로 출근했고 첫 주에는 그럭저럭 어김없이 집으로 돌아왔다. 하지만 두 번째 주가 시작되자마자 나는 예전으로 돌아가 마이클의 집에서 밤을 보냈다. 그리고 다음 날도 외박을 했다. 곧 마이클과 나는 이제는 부모님으로부터 아주 떨어져 나오고 세일럼에서 유배 생활을 하는 것도 그만둘 때가 되었다고 결론을 내렸다. 우리는 그것을 공식적으로 밝히고 결혼하기로, 그것도 가까운 시일 안에 하기로 했다. 내가 부모님께 마이클과 약혼했다고 말하자, 놀랄 일도 아니지만 두 분은 격노하셨다. 어머니는 결혼식에 참석하지 않겠다며 난리를 피우셨고, 아버지는 굳게 입을 다물었다. 부모님이야 그러든 말든, 나는 일주일에 며칠 밤은 집에서 지내기 시작했다. 한 달도 안 돼 나는 마이클의 아내가 될 것이고 그러면 두 분은 나에 대한 모든 권한을 잃으실 텐데, 뭐 그 정도야 못 해 드릴 것도 없었다.

마이클 부모님의 이웃인 캔터 해머먼 씨가 한 가지 사항을 조건으로 예식 진행을 수락했다. 내가 임신한 상태가 아니어야 한다는 것이 그 조건이었다. 아슬아슬한 순간이 몇 번 있기는 했지만 임신한 것은 아니어서, 우리는 만난 지 9개월이 지난 1964년 8월 22일 캔터 해머먼 씨의 거실에서 조촐하게 결혼식을 올리기로 했다. 당시에는, 특히 여자는 결혼을 하면 어른이 되는 것이다. 나는 아직 10대를 벗어나지 못했지만 그래도 상관없었다. 얼마 안 있으면 나는 공식적으로 어른이 되어 부모님의 통제에서 벗어날 수 있었다.

흥분되기도 하고 겁도 났다. 결혼식 전날 밤, 부모님 집에 있는 내 침실에 앉아 있노라니 이제 바야흐로 내 인생이 완전히 달라지려 하고 있다는 사실이 실감나기 시작했다. 나는 단 한 번도 진정으로 내 것이었던 적이 없는 내 침실을 둘러보았다. 코바늘로 뜬 담갈색 침대보, 블루보닛 꽃문양이 수놓인 커튼, 커다란 타원형 거울이 달린 화장대, 그 위에 놓인 금박 입힌 솔과 빗들, 모두가 어머니가 고른 것들이었다. 어머니는 자신이 어린 시절에 꿈꾸었던 모습대로 내 침실을 꾸며 놓았고, 심지어 10대 후반이 되어서도 나는 마음대로 방 모습을 바꿀 수가 없었다. 어머니는 거의 매일 내 침대를 정리하고 내 방을 정돈하셨다. 빨랫감을 가져가려고 옷장 서랍을 열거나 스카치테이프나 가위를 찾기 위해 책상을 뒤져야 할 때면 어머니는 내 프라이버시 따위는 아랑곳하지 않고 그렇게 하셨다. 게다가 어머니는 방문을 닫지 못하게 하셨는데, 이유는 말하지 않으셨지만 내가 죄악 중의 죄악, 바로 자위행위를 저지르지 못하도록 하려는 예방책임에 틀림없었다. 내 방이라고는 하지만 진정한 의미에서 보면 결코 내 방이 아니었다. 실은 이 방은 어머니 것이었다. 나는 이 방에서 나가고 싶었다. 정말 진저리쳐지게 나가고 싶었는데, 어머니가 만들어 놓은 이 주름장식으로 가득한 방을 둘러보는데 왜 그리고 슬픔이 밀려왔던 것일까?

"울지 마, 울지 마. 마스카라가 번지잖아." 결혼식 날 아침 마이클의 부모님 댁으로 가는 차 안에서 들러리를 서줄 내 친구 리사가 그렇게 말했다. 나는 슬퍼서 울었고, 황홀해서 울었다. 내 감정은 널을 뛰며 우울과 득의양양함을 왔다 갔다 했다.

마이클의 부모님 댁에 도착했을 때, 마이클은 마지막으로 해야 할 몇 가지 심부름 때문에 집에 없었다. 리사는 내가 할머니의 도움을 받아 고른 흰색 드레스를 입었고, 나는 베일을 쓰고 새틴 구두를 신고 있었다. 마이클의 부모님이 문으로 나오셨는데, 그 어느 때보다 진지한 모습이었다. 어머님은 리사의 손에 쿠키를 놓아 주며, 뷔페에 쓸 테이블보를 다림질해 줄 수 있겠느냐고 물었다. 그런 다음 두 분은 나를 거실로 데리고 가 소파에 함께 앉았다.

"셰릴, 우리가 널 얼마나 좋아하는지 알지…." 어머님이 먼저 말을 꺼내셨다.

"그래서 이 이야기를 해야만 한단다." 아버님이 말을 받으셨다.

"마이클은 너를 부양하지 못할 거다. 가정을 안정적으로 꾸려갈 능력이 그 녀석한테는 없어. 그리고 너희가 아이를 갖게 되어도 나와 네 시어머니는 재정적으로 너희를 돕지 않을 거다." 아버님이 말씀하셨다.

만약 이런 선언이 다른 식으로 전달되었다면 마음이 상했을지도 모르지만, 아버님은 정말로 걱정스러운 표정으로 말씀하셔서 진심으로 나를 보호하려는 마음에서 나온 말씀이라고밖에 생각할 수 없었다.

"그럴 생각 없어요." 나는, 어쩌면 너무 힘차게, 대답했다.

"이제 몇 살이지?" 아버님이 물었다.

"열아홉이요. 제가 원하는 게 뭔지 알 나이는 됐어요." 내가 대답했다.

"그래야지." 어머님이 말씀하셨다.

결혼식에 참석하지 않을 것이라고 으름장은 놓았지만, 어머니는 아버지와 남동생들, 할머니, 그리고 친척 몇 분과 함께 식장에 오셨다. 부모님은 기뻐하지는 않으셨지만 그렇다고 결혼식에 훼방을 놓지도 않으셨다. 대체로 예식은 간결하고 즐겁게 진행되었다. 캔터 해머먼 씨는 어떠한 종교적 의례도 없는 결혼식으로 식을 진행했다. 우리 두 사람이 "예, 그렇게 하겠습니다"를 마치고 난 다음 한 스무 명쯤 되는 하객들은 바로 옆집인 마이클 부모님의 집으로 가서 콘비프와 파스트라미, 콜슬로, 호밀빵, 그리고 다른 호화로운 식료품점 음식들을 들며 담소를 나누었다. 우리는 샴페인을 홀짝였는데, 마이클의 절친인 제롬이 우리 두 사람이 평생 행복하게 살기를 기원하며 건배를 제안했다. 심지어 우리 부모님까지도 잔을 들었다.

***

마이클과 나는 보스턴의 근사한 지역인 비컨 힐에 신혼살림을 차렸다. 우리는 아파트로 개조된 벽돌 건물의 작은 침실 방 하나에 세 들어 살았다. 방에는 프랑스식 문으로 드나들게 되어 있는 발코니가 있었는데, 날씨가 훈훈한 밤이면 우리는 그 문을 열어 두었다. 우리는 우리 아파트를 친구들이 자유로이 드나드는 사교의 장소로 만들었다.

나는 임신을 해 곧 크레슬러 사를 그만두었다. 결혼하고 한 달이 되었을 때 생리가 보이지 않았다. 의사에게 가서 소변검사를 받고는 임신 중이라는 사실을 알게 되었다. 마이클은 우체국에서 보수가 괜찮은 자리에 취업했는데, 의료혜택이 있어서 산전 진료와 출산 비용을 지원받을 수 있었다.

재정 상태는 걱정이 안 되었는데, 정작 걱정이 된 것은 과연 내가 좋은 엄마가 될 수 있을까 하는 것이었다. 어쨌거나 나에게는 롤모델이 별로 없었다. 아주 어릴 때부터 나는 어머니가 나를 좋아하지 않는다고 믿었다. 처음에는 그것이 마음의 상처가 되어 어머니의 사랑과 애정을 애타게 그리워했다. 나중에는 분노가 찾아왔지만, 이제는 거의 완전히 어머니로부터 벗어난 느낌이었다. 그런데 내 아이도 그렇게 되면 어쩌지? 그럴 이유를 내가 제공하게 되는 것은 아닐까? 이 아이를 내가 사랑할 수 없으면? 나는 어머니의 실수를 되풀이할까 봐 덜컥 겁이 났다.

마이클의 제안으로 나는 일주일에 한 번씩 치료사를 찾아가기 시작했다. 알고 보니 그것은 나 자신과 가족을 위해 내가 할 수 있는 최상의 선택이었다. 치료를 받으면서 어린 시절부터 내가 간직해 왔던 많은 분노, 억울함, 죄책감을 다루는 과정을 시작할 수 있었다. 또한 내가 되고 싶은 종류의 엄마가 될 수 있는 통찰력과 자신감을 얻었다. 배 속에서 아이가 자라는 동안 나는 내가 이 아이를 사랑하리라는 것과 내 소원대로 세심하고 아이들을 따뜻이 보살필 줄 아는 엄마가 되리라는 것을 알았다.

1965년 7월, 우리의 사랑스러운 딸 제시카가 태어났을 때, 나는 나에 대한 마이클의 직감이 옳았다는 것을 증명하게 되리라는 것과, 내가 내 딸과 맺을 관계는 어머니와 나 사이의 관계와는 전혀 다르리라는 것을 알았다.

마이클은 내 아이의 아버지로는 내가 바랄 수 있는 최상의 사람이었다. 그는 제시카에게 다정하고 세심하고 헌신적이었다. 그 세대의 다른 많은 남자들과는 달리 그는 열성적으로 육아를 분담했다. 기저귀를 갈아 주고, 아기가 울면 안아 올려 달래고, 잘 놀아 주기도 했다. 밤이면 우리는 느린 음악을 틀어 놓고 아기를 팔에 안고 잠들 때까지 얼렀다. 걸음마를 하기도 전에 제시카는 비틀스, 도노반, 그레이트풀 데드, 조안 바에즈, 그리고 60년대 로큰롤의 명예의 전당에 올라 있는 다른 가수들의 노래를 들었다. 비치 보이스의 '서퍼 걸'은 제시카가 제일 좋아하는 노래여서, 마이클이 그 노래를 틀면 딸아이는 옹알대며 웃다가 몇 분 안에 스르르 눈꺼풀이 감기곤 했다.

제시카가 2살 반이 되었을 때 나는 둘째를 임신했다. 마이클은 복학해서 교육학 학사 학위를 받기로 결정했다. 양육할 아이가 생기다 보니, 보스턴 대학에 입학할 때 어떤 장래 계획을 갖고 있었던지가 새삼 다시 생각났던 것이다. 마이클은 교사가 되고 싶어 했는데, 그에게 그것은 매우 특별한 것을 의미했다. 그는 아이들에게 그저 사실만 가르치는 것이 아니라 비판적으로 생각하는 법을 가르치는 멘토가 되고 싶어 했다. 아이들이 깊이 사고하고 창의성을 발휘하도록 영감을 주고, 마음먹는 것은 무엇이든 이루어 낼 수 있다는 것을 보여 주고 싶었던 것이다.

1966년에 마이클은 보스턴 주립 대학에 입학했다. 그의 어머니는 입학처장의 비서였는데, 그의 서류들을 철해 주고 보스턴 대학에서 이수했던 학점을 인정받을 수 있도록 도와주었다. 그는 우체국 일을 그만두고 우리가 결혼하기 전에 자주 다니던 식당에서 파트타임 일을 구했다. 또한 자기 부모님에게 도움을 요청했고, 두 분은 결혼 전에 하셨던 훈계에도 불구하고 재정적으로 우리를 지원해 주기로 승낙하셨다.

마이클은 또한 베스 이스라엘 병원의 카페테리아에서 야간 아르바이트를 시작했다. 저녁 5시에 나가서 새벽 1시쯤에 집에 돌아왔다. 접시를 닦고, 입원환자들이 먹을 아침으로 오트밀 죽을 몇 톤씩 끓이는 것이 일이었다. 그는 곧바로 이 일을 지겨워하더니, 과연 마이클다운 방식으로 자신의 지성을 발산할 다른 길을 찾아냈다. 의사들과 몇 시간이나 포커를 쳐서 꽤 쏠쏠하게 돈을 따왔던 것이다. 또한 그는 실력이 야망을 못 따라가는 대학생들을 위해 다시 대리시험을 쳐주기 시작했다.

이것은 내가 마이클에 대해 늘 품고 있던 생각을 더 굳게 해줬다. 나는 그가 결코 평범한 회사생활을 하면서 전형적인 중산층의 삶을 살 '고지식한' 사람이 아니라는 것을 알았지만, 그래도 그는 성공할 것이라고 믿었다. 우리가 생각하는 성공은 우리 부모님과 사회 주류에서 말하는 성공과는 사뭇 다른 것이었다.

마이클은 워드 클리버 같은 사람이 되는 데 전혀 관심이 없었고, 나는 그 아내 준을 구역질나게 생각했다(워드 클리버와 그의 아내 준은 1950년대에 방영된 미국의 인기 시트콤 「비버는 해결사Leave it Beaver」의 등장인물로, 1950년대 미국 중산층 부모의 전형으로 간주된다 - 옮긴이). 우리의 미래는 밝았고, 미래는 우리의 것이 될 터였다. 우리는 그 미래를 남들이 말하는 대로가 아니라 정말로 우리가 원하는 대로 만들고자 했다. 마이클 부모님의 경고를 흘려들었던 것은 그래서였다. 그분들은 고맙게도 우리를 염려해 주셨지만 마이클을 이해하지는 못하셨다.

***

부모가 되었다고 해서 침실에서 우리 두 사람의 열정이 줄어든 것은 아니었지만, 마이클의 새 일정 때문에 섹스할 시간을 일부러 만들어 내야 하긴 했다. 아이가 제시카 하나뿐이었을 때에도 나는 마이클이 학교에서 돌아올 시간에 맞춰 아이를 재웠고, 건강한 20대 두 청춘의 열정으로 우리의 성생활은 전혀 수그러들지 않고 계속되었다.

우리의 편안한 집안생활은 6월 무렵까지 유지되었다. 그 시점에 마이클이 나더러 제시카와 함께 도시를 벗어나 내 친구 마샤수와 론 부부가 운영하는 뉴햄프셔의 농장에서 한두 주 지내는 게 어떻겠느냐고 제안했던 것이다. 학기말 시험이 코앞이라 얼마간 방해받는 일 없이 공부에만 집중하고 싶다는 것이었다. 이 당시 나는 거의 임신 7개월 차였다. 솔직히 말해서 여행 같은 것을 할 기분이 아니었고, 의혹이 고개를 들었다.

마이클 주위에는 언제나 애교를 떠는 여자들이 있었다. 거의 모든 것에 대한 그의 비인습적 태도 탓에 나는 결혼했다고 해서 그가 그런 유혹들을 마다할지 자신이 없었다. 그는 다른 남자가 내게 접근한다 해도 절대로 질투하지 않을 사람이었다. 그와 함께하는 우리의 생활이 행복한 것과는 상관없이, 나는 언제나 내가 그에게 특별한 사람이 아니라 그의 주변을 돌면서 그의 주목을 끌려고 애쓰는 많은 여자들 중 하나에 불과할지도 모른다는 괴로운 느낌에 늘 시달렸다. 마이클이 자유로운 영혼을 계속 간직하면서 대안적인 삶의 방식과 관점을 그대로 지켜

가기를 바랐지만, 동시에 그가 나한테 푹 빠져서 다른 여자들의 매력은 눈에 들어오지 않기를 원하기도 했다. 규칙에 관한 문제가 아니었다. 그것은 욕망의 문제였고, 나는 그의 욕망이 나의 욕망과 일치하기를 바랐다. 그는 나 말고는 아무도 원하지 않기 때문에 나에게 충실하여 욕망을 억제할 사람이 아니었다. 나는 보헤미안 기질과 인습성이 편안히 혼합된 상태를 동경했다. 반항아의 이미지를 간직하면서도 불안감에 미칠 지경이 될 필요가 없는 그런 상태 말이다. 23살에조차 나는 현실의 삶이 그리 따뜻한 것일 리 없다고 생각했다. 하지만 마이클이 2주 동안 혼자 있겠다고 고집하자, 나는 그의 뜻을 잠자코 따랐다. 축축한 어느 6월의 아침, 나는 나와 제시카의 짐을 싸고 우리 폭스바겐 차에 봉제 동물 인형들을 가득 실은 다음 I-93 국도를 향해 북쪽으로 차를 몰았다.

마이클과 나는 매일 밤 전화 통화를 했다. 그는 나와 제시카가 얼마나 보고 싶은지 모르겠다고 말하며 기말 고사에서 좋은 성적을 거둘 수 있도록 눈에 불을 켜고 공부 중이라고 했다. 추방당한 것 같은 기분이 들어 마음이 좋지 않았지만, 그래서 마이클이 대학에서 성적을 잘 받는다면야 2주 정도 그와 떨어져 지내는 것은 감수해야 할 것 같았다.

마침내 마이클이 마지막 시험을 마쳐 제시카와 나는 2시간 동안 차를 달려 보스턴으로 돌아왔다.

"집에 아빠한테 가는 거야?" 우리 집 근처 길에 들어서자 제시카가 물었다.

"그래, 아가야." 내가 대답했다.

나는 차를 주차한 다음 서둘러 제시카를 카시트에서 풀고 안아 들었다. 제시카는 현관문까지 가는 내내 키득거렸다.

마이클은 우리를 보자 활짝 웃었다. 제시카가 팔을 뻗자 그는 딸아이를 꼭 껴안으며 이마에 입을 맞추었다. 그런 다음 나에게도 진한 키스와 포옹을 해주었다.

"두 사람을 얼마나 보고 싶었다고." 그가 말했다.

"우리가 당신 보고 싶어 한 만큼은 아닐걸요. 마지막 시험은 어땠어요?"

"끝내줬지. 아마 올 A가 나올 거야."

"대단해요, 당신!" 나는 그렇게 말하며 다시 한 번 마이클에게 진한 키스를 퍼부었다.

우리는 밖으로 나가 저녁으로 햄버거와 튀김을 샀다. 나는 짐을 풀고 정든 내 작은 집을 다시 둘러보았다. 그렇게 대단할 것은 없는 집인지 몰라도 내게는 이것으로 충분했다. 게다가 설령 타지마할이라 해도 내 소중한 작은 가족을 향한 나의 사랑을 품을 만큼 넓지는 않았다.

대학 수업은 모두 마쳤으므로 마이클은 식당에서 전일 근무를 했다. 그의 성적이 뛰어날 것은 당연지사여서 여름이 다 가도록 나는 그에 대해 물어볼 생각을 하지 않았다. 몇 주 뒤의 어느 날, 나는 부엌에 서서 저녁으로 할 스튜에 넣을 당근을 자르고 있었다. 이제는 배가 많이 불러서 부엌 조리대에 놓인 도마를 쓰려면 팔을 있는 대로 뻗어야 했다. 기계적으로 당근을 둥글게, 다음에는 반달 모양으로 써는 동안 머릿속에서는 이 생각 저 생각이 떠올랐다. 다 썬 당근을 스토브 위에 놓인 냄비에 넣으려는 순간 전화벨이 울렸다. 마이클의 어머니였다.

"방금 마이클의 성적을 확인했다." 어머님이 말씀하셨다.

학교에서 맡은 직책 덕분에 어머님은 학기말 시험 성적을 남보다 먼저 볼 수 있었다. 어머님 목소리가 어딘가 불편하게 느껴졌지만, 왜 그러시는지 전혀 감이 안 잡혔다.

"그런데요?" 내가 말했다.

"전 과목을 중도에서 그만뒀더구나. 모조리 과정 이수 미달이더라."

하늘이 핑 돌았다. 부엌 의자 등받이를 움켜쥐고 의자에 주저앉았다.

"뭐라고요?" 나는 더듬더듬 그렇게 말했지만, 똑같은 말을 한 번 더 듣고 싶지는 않았다. "어떻게… 어떻게 그럴 수가 있죠?" 내가 물었다.

"모르겠다, 셰릴. 나는 네가 설명해 주기를 바랐는데…."

내가 무슨 설명을 할 수 있겠는가. 내가 생각해 낼 수 있는 설명은 모두 내 가슴을 갈기갈기 찢는 것이라 생각을 붙들고 있을 수가 없었다.

나는 가슴이 쓰리고, 무섭고, 화가 났다. 마이클이 집으로 돌아왔을 때 나는 그를 거세게 몰아붙였다.

"대체 어떻게 된 거예요?"

"뭐? 무슨 말을 하는 거야?"

"다 알아요, 마이클. 시험 안 본 거 안다구요. 어머님이 전화하셨어요. 학기말 시험 본다고 했던 그 2주 동안 대체 무슨 짓을 한 거죠?"

마이클은 눈을 내리깔았다.

"나랑 제시카가 2주 동안 안 보이는 사이에 딴 여자하고 같이 있었죠?"

"아니야. 학교 카페테리아에서 빈둥거렸어. 미처 말을 못 했는데, 그냥 학교를 더 다니고 싶지 않았어."

"그럼 왜 나더러 나가 있으라 한 거예요?"

마이클은 아무 말도 하지 않았다.

나는 작은 테이블 위에 놓인 라바 램프(색깔 있는 액체가 들어 있는 장식용 램프 – 옮긴이)를 집어 들고 바닥에 내동댕이쳤다. 유리가 산산조각이 나면서 붉은 액체가 흘러나와 단단한 나무 바닥에 아메바처럼 번졌다.

제시카가 울음을 터뜨렸다.

"엄마가 램프를 깼어." 딸아이가 말했다.

나는 제시카를 안아 들고 꼭 껴안았다.

"미안해, 아가. 엄마가 미안해."

제시카의 눈물만이 내 분노를 막을 수 있었다.

그날 밤 우리는 저녁을 먹으며 서로 한 마디도 하지 않았다. 내 안을 가로지르는 쓰라린 감정들의 목록에 이제는 죄책감과 굴욕감을 추가할 수 있었다. 나는 진창에 빠졌고 그렇다는 사실을 알았다. 이제 어떻게 해야 할까? 걸음마를 시작한 아이와 배 속의 아이를 데리고 부모님 집으로 돌아간다? "그러기에 내가 뭐랬니?" 여기저기서 그렇게 말하는 소리가 귓가에 울리는 것 같았다.

그런데 부정할 수 없는 사실이 하나 있었는데, 그의 곁을 떠나 버리기에는 내가 아직도 그를 정말 많이 사랑한다는 것이다. 설령 세일럼에 나와 내 아이들을 반가이 맞이해 줄 따뜻한 집이 있다 해도, 결코 그곳으로 돌아갈 생각은 없었다. 나는 마이클을 그 자신으로 사랑했을 뿐 아니라, 나 자신에 대해 새롭게 눈을 뜨게 해준 사람으로 사랑했다. 나는 어느새 그의 곁에 있고 싶어 하는 사람이 되어 있었다. 마이클 곁에 있으면 나는 똑똑하고, 재미있고, 모험심이 넘치고, 섹시한 사람이 되었다. 아니면 적어도 그런 사람이 된 것 같은 기분이 들었는데, 그것은 순전히 마이클 덕분이었다. 마이클은 내 말에 귀를 기울여 주었다. 그는 내가 말해야 하는 것을 듣고 싶어 했다. 그리고 나를 이해해 주었다. 나는 나 자신을 그에게 숨김없이 드러냈고, 그는 남들이 나를 비난할 때 그런 나를 껴안아 주었다. 그런 마이클을 떠나느니 차라리 달나라로 가는 편이 나았다.

***

7월 초가 되자 마이클은 가을학기에 보스턴 주립대학으로 돌아가지 않겠다고 선언했다. 교육 프로그램에 넌더리가 났고 자기는 좀 더 도전적인 일이 필요하다고 설명을 해대는데, 나는 얼굴에서 핏기가 싹 가시는 것 같은 느낌이었다. 겁만 나지 않았다면 화를 냈을 것이다. 마이클을 잃을까 봐 겁이 났고, 내가 마이클에게 모자란 사람이면 어쩌나 겁이 났고, 그가 나와 결혼한 것을 후회하면 어쩌나 겁이 났다. 그래서 나는 그냥 "알겠어" 하고 말았다.

한 달 후인 1968년 8월, 우리 아들 에릭이 태어났다. 집을 떠나 결혼하고 아이 둘을 낳은 것이 모두 4년 만에 이루어졌다. 내 삶은 급격히 변화했는데, 이제 곧 또 다른 큰 변화가 찾아오게 된다.

마이클과 나는 보스턴을 떠나 캘리포니아로 가는 문제에 대해 가끔씩 이야기를 나누었다. 그때는 열기에 찬 1960년대 후반이었고, 우리 두 사람은 우리 아이들이 물려받을 세상은 우리가 아는 것과는 전혀 다른 세상이 될 것이라고 믿었다. 우리는 더 정의롭고 더 자유롭고 더 관용적인 사회를 만드는 중이었고, 그러한 전환이 완수되는 것은 시간 문제였다. 우리가 보기에 이 새로운 세상의 중심지는 샌프란시스코 만 지역이었다. 지난 몇 년 동안 우리 친구들 몇 명이 그곳으로 갔는데, 그들과 합류하면 어떨지 궁금했다. 가끔 그 친구들은 자기 아파트에서 우리에게 전화를 걸어 수화기를 창문 밖에 갖다 대며 북적거리는 거리의 소음을 들어 보라고 했다. "샌프란시스코에 와야 한다니까! 여기선 사람들이 길거리에서 대마초를 피워!" 그들은 전화로 그렇게 외쳐 대곤 했다. 1968년 10월에 우리는 친구들에게 전화를 걸어 거처를 정할 때까지 몇 주 동안만 함께 지낼 수 있는지 물었다.

나는 캘리포니아로 이사하는 것이 마이클에게 무엇인가 더 가치 있는 일을 하도록 동기를 부여하지 않을까 생각했다. 마이클이 그곳으로 성큼 걸음을 내딛어 자신을 행복하게 하는 일이 무엇인지를 발견했으면 했다. 우리의 새로운 삶에 나는 가슴이 설렜다. 수많은 가능성들이 우리를 기다리고 있으리라고 나는 확신했다. 그러나 동시에 죽도록 겁이 나기도 했다.

마이클은 박사 과정에 들어가고 싶어 하는 친구 대신 시험을 쳐서 현금을 약간 마련했고, 우리는 예금통장도 탈탈 털었다. 폭스바겐 캠핑차를 사고 나니 새 생활을 시작할 자금으로 우리에게 남은 돈은 1천 달러였는데, 당시로서는 적은 돈이 아니었다. 우리는 캠핑 차 뒷부분에 슬리핑백들을 나란히 놓고, 제시카의 봉제 동물 인형들, 그림 그릴 종이 여러 묶음과 크레용, 그리고 나라를 횡단하는 동안 제시카가 갖고 놀 장난감과 읽을 책들을 쟁여 넣었다.

떠나는 날 아침 우리는 친구 몇 명의 집에 들러 작별인사를 한 다음 내 부모님의 집으로 갔다. 어머니는 노발대발하셨다. 우리가 떠나는 것을 개인적 모욕으로 여기셨고, 내가 안아 드릴 때도 양손을 옆구리에 꼭 붙이고 꼼짝도 안 하셨다. 아버지는 눈에 눈물이 그렁그렁했는데, 내가 아버지를 향해 돌아서자 이렇게 말씀하셨다. "어서 가거라. 다음 번에 찾아올 때 난 관 속에 있겠구나." 아버지는 이제 겨우 마흔여섯에 몸도 건강했지만, 당시 나는 아버지가 한 말이 얼마나 비현실적이고 신파적인지 생각할 겨를이 없었다. 14살 먹은 동생 피터는 풀이 죽어 있었다. 마치 장례식이라도 온 듯한 표정이었다. "돌아올 거야, 네가 날 보러 와도 되고." 나는 눈물을 간신히 참으며 피터에게 말했다. 할머니는 슬퍼하셨지만, 내가 행복하기를 바란다고 말씀하셨다. 나는 매주 전화를 드리거나 편지를 보내겠다고 약속했다. 이윽고 목적지를 향해 출발한 차 안에서 나는 몇 시간이나 쉬지 않고 훌쩍였다. 그러다가 슬픔은 어느새 나라 반대편의 해안에서 우리를 기다리는 삶에 대한 설렘으로 바뀌었다.

***

여행은 대개 무척 즐거웠다. 우리는 KOA 캠프장에서 캠핑을 했다. 오색사막Painted Desert과 페트리파이드 포레스트 공원에도 들러 보았고, 오클라호마시티와 산타페 같은 도시들을 가로질러 가보기도 했는데, 이 도시들은 내가 살던 곳과는 너무도 달라 거의 이국적으로 보일 정도였다. 나는 여행을 시작할 때 막 10개월이 된 에릭에게 젖을 주었고, 3살 된 제시카는 매일매일 눈앞을 스쳐 가는 새로운 풍경을 바라보며 즐거워했다. 모든 것이 순조롭게 돌아갔다. 여행을 시작하고 2주가 되어 샌프란시스코에서 남쪽으로 240킬로미터도 안 떨어진 곳에 다다르기 전까지는 말이다.

그날 아침도 여행 중의 여느 아침과 다름없이 시작되었다. 우리는 일찍 일어나 물통에 담긴 물로 이를 닦고 아침으로 건조 시리얼을 먹었다. 에릭은 차 안의 침대에 눕혀 놓았고 제시카는 캠핑 차 뒤편에서 침낭 안에 누워 있었다. 해가 떠오르자마자 우리는 101번 고속도로로 차를 몰았다. 시시각각으로 달라지는 풍경을 창밖으로 바라보며 우리는 북쪽으로 몇 시간을 달렸다. 오전 11시쯤 배가 고파지기 시작하더니 정오 무렵에는 뱃가죽이 등에 달라붙는 것 같아 홀리스터 시에 진입하기 직전에 우리는 작은 식당에 들렀다. 식당에는 우리를 포함해서 열 명 남짓 되는 사람밖에 없어서 음식이 빨리 나왔다. 마이클과 나는 클럽 샌드위치와 실버달러 팬케이크를 시키고 제시카에게는 핫초콜릿을 시켜 주었다. 마이클과 나는 커피 두 잔씩을 비우고는 웨이트리스에게 보온병에 커피를 좀 더 채워 달라고 부탁했다. 오후 1시가 채 안 되어 우리는 다시 떠날 채비를 했다. 우리 모두 배불리 먹었고, 마이클과 나는 카페인도 충분히 섭취하여 남은 두 시간 반을 곧장 달려 샌프란시스코까지 갈 준비가 되어 있었다. 저녁시간 전까지는 우리의 새 보금자리에 도착할 예정이었다. 식당 주차장에서 차를 뺄 때 나는 오른쪽 젖가슴을 물려 에릭에게 젖을 먹이려고 안전벨트를 풀었다. 잠깐 동안 아기가 젖을 빨지 않아 고개를 숙여 아기를 내려다보았다. 나는 아기 입 주위에 묻은 젖 거품을 닦아 냈다. 그런 다음 고개를 들었는데, 차창 너머로 침대차로 만든 캠핑 차를 매단 픽업트럭 한 대가 보였다. 픽업트럭은 강의 지류처럼 합쳐져 들어오는 흙길에서 주간(州間) 고속도로를 향해 쏜살같이 달려오고 있었다. 차 뒤로는 벽돌색 먼지 기둥이 피어올랐다. 빨리 달리네, 하고 나는 생각했다. 다음 순간, 트럭의 차체 옆면에 녹이 슨 것이 보일 정도로 우리 두 차 사이의 거리는 가까워졌다. 운전하는 여자가 조수석에 앉은 여자 쪽을 바라보고 있는 모습이 보였는데, 긴 머리카락을 늘어뜨리고 있어 얼굴은 잘 보이지 않았다. 저 여자는 차를 멈추지 않을 건가?

곧이어 귀를 찢는 듯한 충돌음이 들렸다. 금속과 금속이 부딪치는 소리였다. 유리가 산산조각이 나 길 위에 폭포처럼 쏟아져 내렸다. 고무 타는 냄새가 나고, 타이어들은 통제되지 않는 새로운 힘을 받아 끽끽 소리를 내며 돌았다. 나는 소리 질렀다. "오 하느님!" 두 차에 타고 있던 사람들 모두가 충돌하는 차에 꼼짝없이 갇혀 있다가 몇 초 만에 어마어마한 힘으로 내팽개쳐졌다. 차가 뒤집히면서 에릭이 내 위에 올라왔는데, 아기의 입은 벌려져 있고 내 젖가슴에는 젖이 흥건했다.

경적이 울부짖었다. 이어서 차가 다시 똑바로 섰다. 트럭의 후드에서 마치 유령처럼 연기가 피어올랐다. 마이클은 운전석에서 뛰어나와 문을 닫을 새도 없이 조수석 쪽으로 뛰어왔다. 그는 에릭과 내가 캠핑차에서 빠져나오도록 도와주었다. 나는 비명을 질렀다. "제스… 제스를 구해 줘요." 그는 캠핑차 뒤편으로 가서 뜯어내다시피 하여 문을 열고 제시카를 꺼내 주었다. 에릭은 얼굴이 새파랬다. 이게 아닌데. 얼굴색이 이러면 안 되는데. "안 돼, 안 돼, 안 돼." 나는 에릭을 향해 울부짖었다. 그때 아기가 컥 소리를 내며 숨을 쉬더니 파란색 얼굴빛이 분홍빛으로 돌아오면서 이내 떠나갈 듯 울음을 터뜨렸다. 절뚝거리며 캠핑차 뒤편으로 갔더니 제시카가 졸린 눈을 비비고 있었다. "무슨 일이에요?" 아이는 투덜거리며 말했다.

강렬한 통증이 목 윗부분에서 어깨뼈 아래까지 퍼져 나갔다. 아파서 똑바로 서 있을 수가 없었다. 픽업트럭이 우리 차를 들이받으면서 차가 몇 바퀴를 굴러 중앙선을 넘어 하행 차선에 떨어졌던 것이다. 타이어 네 개가 다 나가고 고무는 갈기갈기 찢어져 시커멓고 너덜너덜해졌다. 사이렌 소리가 점점 커지는 것이 들렸다. 앰뷸런스가 가까이 오고 있다는 소리일까?

병원에서는 내 등의 엑스레이를 찍고, 양쪽 어깨뼈 사이에 세 군데 압박골절이 있고 목 맨 아랫부분에 손상이 있다는 사실을 발견했다. 나중에 나는 제시카가 우리가 챙겨 준 동물 봉제 인형들이 쿠션 역할을 한 덕분에 무사할 수 있었다는 것을 알게 되었다. 자동차가 충돌했을 때 딸아이는 마치 헝겊인형처럼 이리저리 내동댕이쳐졌지만, 다행히 도 봉제 기린 인형과 돼지 인형, 코끼리 인형 들이 아이를 받아 주었다. 에릭도 괜찮다는 이야기를 들었지만, 나중에 4살 무렵에 목에 문제가 있어 치료를 받았고 나는 그것이 이 교통사고 때문이라고 생각했다. 마 이클은 안전벨트를 하고 있었던 덕분에 발에 멍이 드는 정도로 끝났다. 의사는 내게 진통제 다르본을 처방해 주면서, 정형외과 의사를 찾아서 다음번 약속을 잡으라고 했다.

우리 캠핑차가 박살이 났기 때문에 샌프란시스코에 사는 친구 중 한 사람인 바비가 우리를 태우러 홀리스터까지 왔다. 우리 다섯 사람은 그 의 승합차에 올라탔다. 제시카는 마이클의 무릎 위에 앉고 에릭은 내가 안고서 2시간 반을 북쪽을 향해 달렸다. 차가 조금만 덜컹거리거나 섰 다가 출발할 때는 비명이 나올 만큼 목이 아파 나는 다르본을 다시 먹 었다. 지금 와서 생각해 보면, 그때 진통제를 먹고 에릭에게 수유를 해 도 안전한지 의사에게 물었어야 했다. 다행히도 별 문제가 없는 것으로 밝혀졌지만, 내가 그때 의사에게 물어보지 않은 것은 의사는 모든 것을 알고 있어서 실수를 할 리 없다고 생각했기 때문이다.

우리가 바비와 페기가 사는 집에 도착한 것은 저녁 7시 무렵이었는 데, 나는 절뚝거리며 침대로 직행했다. 베개는 바닥에 내던지고 매트리 스에 바로 머리를 대고 침대에 누워 천장을 바라보고 있노라니, 부상 때문에 성생활도 이제 끝인 것이 아닐까 걱정이 되기 시작했다. 부상이 심해 섹스를 할 때 너무 고통스러우면 어떡하지? 아니면 섹스를 할 수 있을 만큼 움직일 수가 없으면 어쩌지? 나는 마이클을 흔들어 깨웠다.

"어… 왜 그래… 괜찮아?" 그가 말했다.

"겁이 나요. 다시는 섹스를 못 하면 어쩌나 해서. 그러니까 해봐요. 제발 한번 해보자고요."

"지금? 잘 움직이지도 못하면서."

나는 돌아누웠다. 찌르는 듯한 통증이 목에서 등줄기를 타고 내려갔다. 비명을 지르지 않으려고 이를 악물었다.

"괜찮아요. 내 뒤에 와서, 자, 빨리 한번 해봐요." 나는 헐떡이며 말했다.

마이클이 내 쪽으로 와서 자세를 잡았다.

"어우, 우우, 어우." 신음 소리가 새어 나오며 눈앞이 뿌예졌다.

"괜찮겠어?" 마이클이 물었다.

"응, 괜찮아요."

나는 엉덩이를 돌리고 다리를 약간 들어 그가 성기를 내 안에 집어넣을 수 있도록 했다.

"이번이 마지막이 될까 봐 걱정돼요." 내가 말했다.

"마지막일 리가 없으니 걱정하지 마, 셰릴."

"알아요, 하지만 정말로 그렇게 되면…"

"셰릴, 마지막이 아니라니까 그러네."

다음 날 아침 나는 거의 꼼짝을 할 수가 없어서 마이클이 일어서도록 도와주어야 했다. 페기는 그날 진료가 가능한 근처 병원의 정형외과 의사를 한 사람 찾아 주었다. 마이클은 하와이 민속의상 스타일의 옷을 입혀 주고 차까지 나를 데려다 주었다. 의사는 척추뼈에 세 군데 골절

이 있고 목과 어깨가 만나는 부분에서 목 밑 부분이 손상되었다고 내게
말했다. 다행히도 척수는 손상되지 않았다. 그 순간 정말 다행이다 싶
었다. 앞으로 6개월 동안 보조기를 달고 있어야 하긴 했지만 말이다. 의
사는 잠깐 동안 어디론가 사라지더니 코르셋과 구속복의 중간 어디쯤
되어 보이는 물건을 들고 나타났다. 캔버스 천으로 만들어졌고 등 부분
을 곧게 지탱해 주는 막대들이 달려 있는 물건이었다. 앞쪽에 찍찍이가
있어서 붙였다 뗐다 할 수 있게 되어 있고 뒤쪽에 십자형 조절 끈이 있
어서 조이고 풀 수 있도록 되어 있었다. 이 보조기는 보통은 가슴에서
척추 끝까지 감싸게 되어 있었지만, 나는 에릭에게 젖을 먹여야 했기
때문에 가슴을 감쌀 수는 없었다. 그래서 의사가 가슴 바로 아래부터
감싸도록 조정해 주었다. 의사가 조절용 끈을 잡아당겨 보조기를 몸에
밀착시킬 때 나는 통증으로 숨이 턱 막혔다.

***

출발은 불길했지만 우리는 샌프란시스코 만 지역에 정착하기 위해
최선을 다했다. 마이클은 집을 보러 다니기 시작해서 곧 버클리 연안
지역에 있는 방갈로를 하나 임대했다. 이번에도 마이클의 아버지가 돈
을 보내 주셨다. 원래 갖고 있던 1천 달러에서 아직 수백 달러가 우리
손 안에 남아 있었는데, 우리는 그 돈으로 1954년형 캐딜락 쿠프드빌
을 샀다. 아래쪽이 노란색이고 위쪽이 검은색이어서 우리는 이 차에
'노란 잠수함'이라는 별명을 붙여 주었다. 사고 이후로 나는 선택에 신

중을 기했다. 이 차는 스타일은 별로인지 모르지만 대신 안전했다. 움직이는 벙커를 모는 것 같은 기분이 드는 차였는데, 그것이야말로 바로 내가 원하던 것이다.

마이클은 허둥대고 있었고 나는 직업을 가질 형편이 아니어서 우리는 생활보호를 신청했다. 여기서 나오는 돈과 마이클의 부모님이 이따금씩 부쳐 주시는 돈으로 우리는 한 달 한 달을 근근이 꾸려 나갔다. 우리 새 집은 초등학교와 길 하나를 사이에 두고 있었고, 나는 제시카를 유치원에 보냈다. 집안 물품은 대개 윤리적 소비 제품으로 채우고, 역시 서부로 온 다른 몇몇 친구들과 다시 연락을 취하며 정신을 고양시키기 위해 최선을 다했다.

사고는 끔찍했고 정신적 상처를 남겼지만 결국 한 가지 긍정적인 방향으로 나를 이끌었다. 1970년이 흘러가면서 나는 천천히 기운을 되찾기 시작했고 움직일 수도 있게 되었다. 요가 수업을 듣고 다른 운동들도 했지만 사고 전에 비하면 여전히 움직임에 제약이 따랐다. 그러다 보니 체중이 늘었다. 10대 때부터 늘 나는 너무 살이 쪘다고 생각했는데, 사고 후에 그것이 더 심해져만 갔다. 당시는 말라깽이의 시대였고 몸의 곡선은 자동차의 잘 빠진 곡선을 이상으로 삼았다. 의학적으로 보아 나는 비만이 결코 아니었음에도, 몸을 잘 움직이지 못하는 생활을 해야 하게 되면서 체형이 엉망이 되고 있다고 느끼게 되었다. 좀 더 풍만한 나의 새로운 모습에 내 몸에 대한 나 자신의 인식은 악화되었고, 가끔씩 한바탕 공황상태에 빠지기까지 했다.

매일 오후면 나는 현관 계단에 나가 제시카가 학교에서 돌아오기를 기다렸다. 딸아이는 오후 서너 시쯤 학교에서 나와 길 건너편에서 내게 손을 흔들며 선생님과 반 친구들과 함께 차가 오는지 길 양쪽을 살폈다. 건너도 좋다는 것이 분명해지면 제시카는 두 팔을 활짝 펼치며 내게로 달려왔다. 내게는 이때가 하루 중 가장 행복한 시간이어서, 일부러 아이가 오는 시간보다 일찍 나가 있기도 했다.

나의 일정은 우연히도 이웃 여인과 겹쳤다. 그녀는 허리까지 내려오게 금발머리를 땋아 늘어뜨린 아주 뚱뚱한 여인이었다. 내가 책을 들고 계단에 서 있으면 그녀는 언제나 자전거를 타고 그 앞을 지나갔다. 자전거를 타는 동안 그녀의 굵은 허벅지가 펌프처럼 올라갔다 내려가고, 브래지어를 하지 않았는지 커다란 가슴은 위아래로 출렁거렸다. 자전거 바구니에 붓과 색연필, 다른 미술용품들이 잔뜩 들어 있는 것으로 보아 근처에 있는 미술학교 학생인 것 같았다. 나이는 대략 내 또래쯤 되어 보였고 우리는 자주 미소로 인사를 나누었다.

어느 날 그녀가 천천히 페달을 밟으며 다가오는 것을 보고 나는 손을 흔들며 인사를 건넸다. 그녀는 자전거를 세우고 나와 수다를 떨기 시작했다.

"미술가세요?" 내가 물었다.

"미술학교에서 수업을 듣고 있어요. 가끔 모델도 서고요." 그녀가 말했다.

모델을 선다고? 내가 본 모델이라는 사람들은 한결같이 가느다란 몸매에 유명 디자이너가 만든 고급 옷을 입고 패션 잡지의 페이지들을 장식하는 이들로, 나는 언제 저런 몸매를 가져 보나 싶은 사람들이었다.

상식 있고 자신감 넘치는 이 여인은 내 의구심을 눈치챘음에 틀림없었다. 나는 그녀가 마음 상하지 않았기를 간절히 바랐다.

"회화과와 조소과 학생들을 위해 누드모델을 서는데, 마른 여자보다 저를 더 찾아요. 몸에 곡선과 주름이 풍부해서 다들 아주 좋아해요." 그녀는 그렇게 설명했다.

갑자기 나는 기회가 눈에 보였다. 이 여인이 모델을 선다면 나도 할 수 있을 것이다. 용돈도 좀 벌 수 있을 것이고, 내 몸에 자신감이 붙기 시작할지도 모른다.

"어떻게 하면 그 일을 할 수 있죠?" 내가 물었다.

"아, 학교에는 늘 모델들이 필요해요. 약간의 돈을 버는 데는 최고죠. 특히 고지식한 직업이 별로인 사람한테는요."

나는 한껏 용기를 내어 다시 물어보았다. "저도 할 수 있을 것 같으세요?"

"그럼요. 오시면 다들 반가워할 거예요." 코발트블루 색연필로 그녀는 스케치용 종이 모퉁이에 전화번호를 하나 적더니 그 부분을 찢어서 내게 건네주었다.

1년 만에 나는 지역 미술학교의 학생들과 몇몇 기성 화가들을 위해 정기적으로 모델을 서게 되었다. 나는 차차 내 몸을 받아들이기 시작했고 그러다 마침내 이해하게 되었다. 간혹 화가들의 얼굴에 들뜬 기색이 어리는 것을 보면 놀랍고도 기뻤다. 내 몸은 변한 것이 없었지만 내 몸에 대한 나의 인식은 분명 바뀌고 있었다. 나를 그린 그림과 스케치들을 볼 때, 나는 화가의 눈으로 그 작품들을 보았다. 내가 그렇게도 꿈

찍하게 여겼던 살들이 정말로 매력적으로 보이기 시작했다.

오랜 시간 동안 한 자세를 취하고 서 있다 보니 생각할 시간도 많아져서 나는 아름다움의 유동성에 대해 사색하기 시작했다. 안 그럴 수가 없었다. 오랜 세월 동안 원망스럽게 생각했던 나 자신의 몸을 이제 편안히 받아들이고 있었으니 말이다.

젊은 시절 처음으로 나는 미의 개념이 얼마나 비고정적인지, 완벽한 몸이라는 생각이 얼마나 믿을 수 없는 것인지에 대해 생각했다. 당시에는 비쩍 마른 몸이 이상형이었다. 그보다 20년 전에는 마릴린 먼로 같은 사람이 완벽한 몸매의 전형으로 손꼽혔다. 나는 약간의 조사를 하여 1800년대 후반의 섹스 심벌인 릴리언 러셀이 가끔은 몸무게가 90킬로그램이나 나가기도 했다는 사실을 알아냈다.

이것은 아름다움과 완벽함에 대한 비현실적이고 고도로 조작된 기준으로부터 나 자신을 해방시키는 과정의 시작이었다. 나는 완벽한 몸이란 정확히 정의 내리기가 거의 불가능하고, 설령 그것이 가능하다 해도 평생을 함께할 몸을 기분 좋게 받아들이는 데 완벽함이란 불필요하다는 사실을 서서히 깨닫기 시작했다.

당시에는 몰랐을 수도 있지만, 몇 년 뒤 이 과정은 대리 파트너 일을 하면서 만난 몇 안 되는 여성 의뢰인 중 한 명과 일을 할 때 많은 도움이 되었다.

과거 완료, 메리 앤

말하자면 메리 앤의 몸은 거의 완벽에 가까웠다. 늘씬한 다리에 가는 허리, 거기에 배는 종잇장만큼이나 홀쭉했다. 단지 하나, 가슴만이 그녀의 날씬한 체구에 비해 너무 커서 눈에 거슬렸는데, 수술로 가슴을 확대하는 바람에 그렇게 된 것이다. 메리 앤의 치료사인 조디는 그녀를 자기 몸을 마음에 안 들어 하는 아름다운 여인이라고 설명했는데, 1988년 첫 번째 세션을 위해 그녀가 내 사무실로 걸어 들어왔을 때 '아름다운 여인'이라는 부분은 두 눈으로 분명히 확인할 수 있었다.

지금까지 여성 의뢰인은 몇 명 되지 않았다. 대리 파트너의 서비스를 원하는 이성애자 여성 의뢰인들은 대개 남성 대리인들에게 소개된다. 왜냐하면 작업의 많은 부분은 건강한 성적 관계의 모델을 제시하는 데 할애되기 때문이다. 메리 앤이 침실에서 어려움을 겪는 것은 순전히 자기 몸에 대한 인식 문제에서 비롯되었기 때문에 그녀의 치료사는 그 문제라면 내가 도움을 줄 수 있으리라고 믿었던 것이다. 수많은 사람들에게 영향을 미치는 문제와 씨름하고 있는 여성과 작업을 해본다는 것은 대리 파트너로서 기대되는 도전 과제가 아닐 수 없었다. 다른 강약 조절이 필요할 것이고, 그녀의 필요에 맞추어 치료 절차도 조정해야 할 것이지만, 나는 내 새 의뢰인을 도울 수 있으리라는 확신이 있었다.

조디가 메리 앤에 대해 내게 설명해 주었을 때 마치 내 자신의 젊은 시절을 말하는 것 같았다. 깊은 불안감을 느끼는 동시에 자신의 몸에 대해 심각할 정도로 아는 것이 없는 여성이 여기 또 있었다. 나는 메리 앤과 나누고자 하는 믿음직하고 심판하지 않는 조언을 예전에 나 역시 받았더라면 얼마나 도움이 되었을까 자주 생각해 보곤 한다.

첫 약속 시간에 메리 앤은 사무실 소파에 나와 마주하고 앉았다. 나는 그녀와 잠시 담소를 나누다가 그녀가 가지고 온 문제에 대해 이야기를 꺼냈다.

"아시다시피 조디는 오늘 당신이 상담받으려는 문제에 대해 약간의 배경상황을 내게 설명해 주었어요. 먼저 그 얘기부터 해볼까요?" 내가 말했다.

"그러죠." 메리 앤이 대답했다.

나는 그녀가 이야기를 이어가는지 보려고 잠시 동안 잠자코 있었다. 그녀가 아무 말도 하지 않아 내가 먼저 입을 열었다. "몸에 대한 인식 문제는 아주 흔한 문제예요. 특히 여자들한테는요. 나도 오랫동안 이 문제와 씨름했죠."

"그게 몸에 대한 인식 문제인지, 정말로 내가 뭔가 잘못된 건지 잘 모르겠어요."

"조디가 그러던데 의사한테 검진을 받으셨고, 의사가 아무런 비정상

소견도 없다고 했다면서요. 그러니까 이건 의료 문제라기보다는 인식 문제라고 봐요."

"그러니까, 이게 정상이라고 생각하시는군요."

"제가 뭘 정상으로 생각한다는 거죠?"

"질이 짝짝이로 생긴 거요."

이것의 그녀의 고민의 근원이라는 말을 듣고도 나는 놀라지 않았다. 다만 그녀가 다른 여성의 음순을 본 적이 없구나 하고 추측했을 뿐이다. 하지만 왜 그녀가 자신의 것이 비정상이라고 생각하는지 정말 알고 싶었다. "그래요." 나는 이렇게 말문을 열었다. "하지만 당신이 이야기하는 건 질이 아니에요. 음순이죠. 그리고 많은 여성들의 음순은 짝짝이예요."

메리 앤과의 작업은 해부학부터 시작하는 교육이 중심이 될 것 같다. 나는 그녀에게 질은 내부 기관이어서 검경으로만 볼 수 있다고 설명해 주었다. 음핵포피, 음핵, 전정, 소음순, 대음순을 포함한 외음부가 여성 성기의 외부 기관이다.

메리 앤이 걱정한 것은 소음순의 왼쪽 부분이 오른쪽 부분보다 길다는 것이다. 혹은 적어도 그녀는 그렇게 믿고 있었다. 그녀는 자신의 외음부를 실제로 자세히 들여다본 적이 없었지만, 느낌으로 비대칭적이라는 것을 감지했다.

나는 메리 앤에게 훈련 한두 가지를 차근차근 가르쳐 주고 교육용 자료들을 보여 줄 계획을 세웠지만, 우선 그녀가 스스로 불완전하다고 생각하는 부분 때문에 왜 그렇게 고민을 하는지 알고 싶었다. 외음부가

"완벽하지" 않다는 것이 진정으로 그녀에게 의미하는 것은 무엇일까?

이 질문을 던지자 그녀는 남편에게 추한 모습을 숨기는 것 같은 기분이 들고, 신체적으로 거의 결점이 없다는 자존감에 상처를 입는다고 대답했다. 메리 앤은 아름다운 신체를 유지하는 것에 자부심을 갖고 있었다. 나이 서른여덟에 자녀가 없었다. 정기적으로 테니스 시합과 에어로빅을 하는 덕분에 근육이 탄탄했고 173센티미터의 몸매에 섬세한 굴곡들이 살아 있었다. 그녀가 스스로의 가치를 상당 부분 자신의 외모에 둔다는 사실은 분명했고, 나는 우리가 함께 하는 작업이 그러한 태도를 바꿀 수 있기를 바랐다.

대리 파트너 작업에는 여러 형태가 있다. 거기에는 언제나 교육, 탐사, 성적 놀이가 혼합된 것이 포함되는데, 그중 어느 것에 더 비중을 둘지는 의뢰인과 그에게 필요한 사항에 따라 달라진다. 메리 앤의 경우 내가 할 일은, 외음부를 포함해 신체는 사람마다 모양과 크기가 다 다르며 그녀는 전혀 비정상이거나 기형이 아니라는 사실을 좀 더 잘 이해하도록 돕는 것이다. 그녀가 자신이 신체 유형의 스펙트럼 안에 아무 문제없이 포함된다는 사실을 깨닫고 이른바 정상이라는 것에서 멀어지는 것에 대한 자신의 믿음을 바꾸기를 나는 바랐다. 또한 그녀가 만들어진 완벽함의 기준의 본산지인 매디슨 애비뉴에서 벗어나도록 돕고 싶었지만, 엄격히 말해서 그것은 우리의 작업 범위에서 벗어나는 일이었다.

조아니아 블랭크의 『피메일리아Femalia』는 내가 일을 하면서 수시로 참고하는 책이다. 이 책은 32명의 여성의 외음부를 보여 주는 컬러 사진 모음집이다. 각 여성들 간의 차이는 첫눈에도 깜짝 놀랄 만하다. 어떤 모델들의 외음부는 분홍빛인가 하면 어떤 사람들은 갈색을 띤다. 어떤 음순은 길고 어떤 것은 짧다. 어떤 것은 양쪽이 대칭이지만 어떤 것은 좌우가 짝짝이다. 나는 이 책을 서가에서 들고 와 메리 앤과 소파에 나란히 앉았다.

"준비됐어요?" 내가 물었다.

나는 책을 펼쳐 서른두 장의 사진을 그녀와 함께 찬찬히 훑어 나갔다.

"와우." 책장을 넘길 때마다 메리 앤은 감탄사를 연발했다. 그러더니 외음순 너머로 소음순이 멋진 두 개의 초승달 모양으로 늘어져 있는 어느 여인의 사진에서 페이지를 넘기지 말아 달라고 요청했다.

"이렇게 길 수 있으리라고는 생각도 못 해봤어요." 메리 앤이 말했다.

우리는 사진 몇 장을 더 넘겨 보다가 마침내 소음순 오른쪽이 왼쪽보다 약 2센티미터 정도 더 긴 어느 여인의 사진에 이르렀다.

"이게 정말로 정상인가요?" 메리 앤이 물었다.

"완벽하게 정상이죠. 많은 여성이 음순이 비대칭이에요. 여성 생식기의 자연스러운 여러 형태 중 하나일 뿐이에요." 나는 그렇게 확언했다.

"정말요?"

"정말이고말고요. 그리고 이건 전체 여성의 극히 일부일 뿐이라는 걸 기억하세요. 저기 있는 모든 다양한 형태들이 대표하지는 않아요. 한쪽 발이 다른 쪽 발보다 약간 큰 거, 그런 것과 하나 다를 바 없어요. 발이 그렇다고 마음 상하지는 않겠죠, 안 그래요?"

메리 앤은 잠자코 아래만 바라보았다.

"그렇진 않겠죠. 하지만 어쩌면 자위행위를 하다가 질… 아니, 외음부를 상하게 한 게 아닌가 싶어요."

"아니에요. 장담할 수 있어요. 원래부터 그렇게 독특하게 생긴 거고, 우리의 목표는 그 모양을 당신이 약간 더 편안하게 받아들이도록 돕는 거예요."

그녀는 마치 자기가 보고 있는 것이 진짜인지 확인하려는 것처럼 손끝으로 사진을 만져 보았다.

우리는 『피메일리아』의 나머지 부분들을 모두 넘겨 보았다. 지금까지 수도 없이 보았건만, 요즘에도 자주 그러는 것처럼 나는 여성의 외음부가 이렇게 아름답고 다양하다는 데 다시 한 번 감동했다. 메리 앤으로서는 의료용 그림이 아니라 실제로 여성 생식기를 찍은 사진을 보는 것이 이번이 처음이었고, 우리 대부분에게 그러하듯 그녀에게도 새로운 눈을 뜨게 해주는 경험이었다. 나는 그녀가 마음속에 품고 있는 완벽함의 기준에 대해 의문을 품기 시작하고, 또한 그녀가 생각하는 정상의 범위가 넓어지기를 바랐다.

『피메일리아』에 나온 마지막 여성의 사진을 볼 때 나는 다시 한 번 보고 싶은 사진이 있느냐고 메리 앤에게 물었다. 그녀는 음순이 비대칭으로 늘어져 있는 여성의 사진으로 다시 돌아가 달라고 부탁했다.

"도무지 믿을 수가 없어요. 내 것도 이렇게 차이가 날까요?" 그녀가 말했다.

"한번 알아보기로 하죠." 내가 말했다.

나는 거울 훈련에 대해 설명해 주었다. 이번 경우에는 우리 둘이 함께 참여해서 각자 머리부터 발끝까지 몸의 각 부분을 자세히 관찰하면서 서로의 생각과 느낌을 나누자고 제안했다. 내가 먼저 시범을 보이고 메리 앤이 이어서 하기로 했다.

이 훈련은 여러 가지 이유에서 매우 가치가 있다. 의뢰인에게 자신의 몸을 진지하게 관찰하고 생각해 볼 기회를 제공하는 것도 그중 한 가지이다. 개중에는 자신의 몸 전체를 주의 깊게 바라보는 것이 이번이 처음인 사람들도 있다. 우리 자신의 몸에 대한 생각들 중 많은 것이 별로 믿을 만하지 못한 데서 비롯된 것들이다. 특정 부위가 형편없다거나 못생겼다거나 너무 크다거나 너무 작다는 말을 들으면, 우리는 신체적 현실이 우리의 의견과 정말로 부합하는지 실제로 두 눈으로 확인해 볼 생각도 하지 않고 그대로 그 말을 믿어 버리고 만다. 거울 훈련은 의뢰인들에게 자신의 몸에 대한 이해를 형성하기 시작하도록 하는 한편, 자신의 믿음을 눈앞에 보이는 모습과 비교해 볼 수 있는 기회를 준다. 의뢰인들은 이 훈련에서 저마다 다른 것을 얻는다. 나는 메리 앤이 냉철하게 자신의 몸을 바라보려는 시도를 하는 것이 특별히 중요하다고 생각했다. 특히『피메일리아』에서 새로운 눈을 뜨게 해준 사진들을 본 다음인 만큼 더 그러했다.

나는 또한 내 몸을 보는 것과 자신의 몸을 주의 깊게 바라보는 것이 신체상의 완벽함에 대한 그녀의 융통성 없는 믿음을 떨쳐 버리는 데 도움이 되었으면 했다. 하지만 몸의 어떤 부위에 대해 반드시 어떤 식으로 느껴야 한다는 규칙 같은 것이 있는 것은 아니라는 점을 분명히 했다. 우리의 목표는 솔직하게 자세한 조사를 하는 것이고, 이런 관찰에는 맞고 틀리고가 없었다.

우리 두 사람은 함께 침실로 향했다.

옷을 벗고 나서 나는 메리 앤에게 이완 운동을 가르쳤다.

이제 우리의 몸을 거닐어 볼 차례였다.

***

나는 옷장 문에 달린 전신 거울 앞에 서서 메리 앤에게 준비가 되었는지 물었다. 내 몸을 보니 다리에 털이 조금 많이 나고 생리 3주차라 가슴이 부풀어 오른 것이 눈에 띄었다.

메리 앤은 다리를 꼬고 침대 위에 앉았다.

"고등학교 때 라커룸에서 본 이후로는 벌거벗은 여자 몸을 본 적이 없어요." 그녀가 말했다.

"우리 문화에서는 벌거벗은 몸을 실제로 볼 기회가 많지 않죠. 우리가 자신의 몸이 어떻게 보일지에 대해 왜곡된 생각을 갖는 것은 그래서이기도 해요." 나는 그렇게 말했다.

메리 앤은 거울에 비친 내 모습을 보고 미소 지었고, 나도 그녀를 보며 빙그레 웃었다. 웃을 때 입 주위에 쉼표 모양의 주름살이 생기는 것이 보였다.

"자, 그럼 훈련을 시작하죠. 아까 말한 대로 위에서부터 시작해 아래로 내려갈 거예요." 내가 말했다.

나는 어깨 바로 밑에서 찰랑거리는 머리카락을 손으로 쓸어 넘겼다.

"지금은 내 머리카락이 마음에 들어요. 어릴 때는 안 그랬죠. 왜냐하면 어머니가 늘 너무 가늘다고 말씀하셨거든요. 감촉이 부드럽고 얼굴 모양을 이렇게 잡아 주는 게 난 마음에 들어요."

나는 내 얼굴에 대해 이야기했다. "오래전부터 이마에 신경이 많이 쓰였는데, 이번에도 어머니 때문이에요. 어머니는 늘 내 이마가 너무 크다고 하시면서 어릴 때는 단발로 머리를 잘라 주셨죠. 나이가 들면서 조금씩 더 편안해져서 이제는 내 얼굴이 마음에 들어요. 물론 이마도 포함해서요. 나이가 드니까 얼굴에 주근깨가 몇 개 더 생기네요. 하지만 대체로 안색도 마음에 들어요.."

메리 앤은 좀 더 잘 보려는 듯 눈을 가늘게 떴다.

"목살이 약간 처지기 시작했군요. 턱 밑이 늘어져 보일까 봐 걱정이 되네요. 목이 길고, 브이넥을 입고 목걸이를 하면 예뻐 보여서 난 좋아한답니다."

나는 팔을 뻗었다.

"근육이 좀 생기니까 어깨하고 팔도 예전보다 더 마음에 드네요. 위팔이 너무 통통하다고 생각하곤 했죠."

메리 앤은 팔을 엇갈려 가슴을 가리고 있었고 어깨에는 잔뜩 힘이 들어가 있었다.

"가슴은 그럭저럭 괜찮네요. 가슴에 대해서는 별로 생각을 안 해봤어요. 젖가슴은 정말 마음에 들어요." 잠깐 동안 나는 말을 멈추고 메리 앤의 젖가슴이 얼마나 몸과 비율이 안 맞는지 생각했다. 하지만 지금 단계에서 핵심은 의뢰인이 부정적인 것이든 긍정적인 것이든, 무엇인가를 느끼도록 하는 것이 아니다. 지금은 단순히 몸의 각 부위를 훑고 지나가는 단계여서 나는 이야기를 계속했다. "크기도 딱 적당한 것 같아요. 젖꼭지의 분홍빛은 조개 속살을 생각나게 해요. 볼록 솟아 있지 않아서 예전에는 그게 마음이 쓰였는데, 이제는 신경 안 써요."

이어서 나는 몸통으로 이동했다. "난 허리가 올라와 있는 건 마음에 안 들어요. 이상적으로는, 배가 조금 더 홀쭉했으면 좋겠는데, 사실 그렇게 신경 쓰이진 않아요."

"나는 내 외음부가 아름답다고 생각해요. 하지만 항상 그렇게 생각했던 건 아니에요. 특히 실제로 눈으로 보기 전에는 그런 생각을 안 했죠. 음순이 도톰한 건 정말 마음에 들어요. 애인들이 나더러 외음부가 예쁘다고 그러는데, 난 그 말을 믿어요. 그런 말을 들으면 기분이 좋죠. 자라면서 난 생식기를 역겨운 것으로 생각했는데, 거기서 나는 냄새 때문에 그랬던 면도 있죠. 음핵포피 밑을 어떻게 씻어야 하는지를 몰랐어요. 여자들한테 피지가 생길 수 있다는 것도 몰랐고요. 피지는 땀과 죽은 피부 세포가 뒤섞인 것에 불과한데, 쉽게 씻어 없앨 수 있죠. 그때는 그런 걸 전혀 몰랐어요. 그저 생식기는 구역질 나는 것이라 생각했죠."

메리 앤은 자기 다리 사이를 바라보다가 거울에 비친 내 불두덩으로 눈길을 돌렸다.

"엉덩이하고 어깨가 넓이가 같은 게 마음에 들어요. 다부져 보이는 것 같거든요. 오랫동안 궁둥이랑 엉덩이가 너무 펑퍼짐한 게 아닌가 생각했어요. 굴곡이 좀 적었으면 생각했었죠. 하지만 지금은 그렇게 해서 생긴 모습이 정말 좋아요."

메리 앤은 아마 내가 내 몸에 좀 더 비판적일 것이라고 생각했을 것이다. 나는 자기애의 모델을 제시해서 그녀도 그런 식으로 생각하게 되기를 바랐다. 그것이 이 훈련의 중심 목표는 아니지만 말이다. 다른 모든 의뢰인의 경우와 마찬가지로, 메리 앤의 경우에도 이 단계에서 나의 목표는 신체를 정직하게 평가하는 본보기를 보여 주고, 우리의 신체 인식에 영향을 미치는 여러 요소들을 검토해 보는 것이다. 하지만 나는 내 자신의 몸을 편안히 받아들이는 단계에 왔고, 그런 태도가 지나치게 비판적인 메리 앤에게 얼마간이라도 전해진다면 좋겠다는 생각이 들었다. 나는 허용하는 법을 가르치려 하고 있었다. 다시 말해서, 메리 앤으로 하여금 결점이 있는 몸도 좋아하고 존중하는 것을 허용할 수 있다는 것을 깨닫게 하려 했던 것이다.

"내 다리는 길고 근육도 알맞게 있는 데다 모양도 예뻐요. 허벅지가 튼튼한 게 마음에 들어요. 하지만 허벅지 안쪽이 통통한 건 별로네요. 종아리가 좀 더 컸으면 좋겠어요. 허벅지하고 균형이 안 맞아 보이잖아요. 발목이 좁은데, 그건 좋은 것 같아요. 치마를 입고 하이힐을 신으면 꽤 근사해 보이거든요. 발 모양도 마음에 들고, 발가락이 살짝 굽은 모습도 보기 좋아요. 전체적으로 나는 내가 매력적이고 강인한 몸을 가졌다고 생각하고, 그것이 자랑스러워요. 만약 무엇이라도 바꿔야 한다면 체중을 몇 킬로그램 정도 뺐으면 하는데, 아마 그런 일은 일어나지 않을 거예요. 나는 다이어트라면 딱 질색이고 먹는 걸 좋아하거든요."

메리 앤과 나는 미소를 서로 나누었다. 나는 침대로 가서 그녀 옆에 앉았다.

"한번 해보시겠어요?" 내가 물었다.

그녀는 고개를 끄덕이고는 침대에서 일어나 거울 앞에 섰다.

"좋아요. 준비가 되면 머리카락에서 시작해서 아래로 내려가세요." 내가 말했다.

그녀는 길게 기른 검은색 머리카락을 손에 쥐면서 말했다. "머리카락이 자연스러운 검은색에 윤기가 흘러서 기뻐요. 남편이 좋아하고 저도 그래요."

그녀는 손가락 끝으로 얼굴을 쓰다듬었다.

"이제 얼굴이 말할 수 없이 좋아진 것 같아요. 코를 손댔는데, 아담해져서 마음에 들어요. 옛날에 광대뼈가 멋있게 튀어나왔다는 소리를 많이 들었어요."

그녀의 코는 7자를 완전히 거꾸로 뒤집어 놓은 것처럼 보였다. 하도 인위적인 모습이라 다시 한 번 완전함의 개념이 어떻게 이렇게 현실과는 거리가 멀어진 것일까 의아한 생각이 들었다.

"목은 아직도 젊어 보여요. 조금 더 길었으면 싶지만요. 팔이 예쁘고 가슴의 피부 색조도 마음에 들어요."

이 순간 메리 앤은 오른팔을 가슴 위로 가져오더니 왼쪽 젖가슴을 손에 쥐었다.

"젖가슴은 보형물을 넣어서 이제 아름다워졌어요. 전에는 너무 작았거든요. 어렸을 때 엄마처럼 가슴이 납작하면 어쩌나 무척 걱정했어요."

메리 앤의 원래 가슴 모양이 어땠을지, 그리고 어떻게 해서 가슴이 너무 작다고 결론을 내렸는지 궁금했다. 내가 보기에 지금 젖가슴은 그녀의 아름다운 몸과 어울리지 않게 너무 컸다.

"배도 보기 좋게 홀쭉하고 허리도 가늘어서 좋아요."

그런 다음 그녀는 오른손을 불두덩 위로 가져가더니 이어서 왼손을 그 위에 포갰다.

"이 각도에서 보면 내 외음부도 괜찮아 보이네요. 하지만 가까이서 들여다보기는 겁나요. 음순의 양쪽 크기가 다른 걸 아니까요. 너무 흉측해서 볼 수도 없으면 어쩌나 걱정이에요."

나는 그녀에게 깊이 숨을 들이쉬었다가 천천히 내쉬라고 했다. 그녀는 눈을 감았다. 숨쉬기가 끝나자 나는 그녀에게 계속할 준비가 되었느냐고 물었고, 그녀는 눈을 뜨고는 거울에 비친 자기 모습을 다시 바라보았다.

"엉덩이는 허리하고 비율이 잘 맞아요. 열심히 운동을 하거든요. 궁둥이가 조금만 더 컸으면 좋겠어요. 남편이 전에 한 번 그쪽으로 손에 잡히는 게 좀 더 있었으면 좋겠다고 한 적이 있어요. 수술을 받을까 생각도 해봤어요. 어릴 때 다리가 길고 가늘었어요. 꼭 대나무 말 같아서 다리가 짧았으면 하고 바랐었죠. 지금은 제가 생각하기에 꼭 무용수 다리 같아요. 탄력 있는 다리를 만들려고 무진 애를 썼고, 이젠 딱 붙는 바지를 입으면 꽤 근사해 보여요. 발목하고 발은 아담해서 마음에 들고요."

그녀는 이제 끝났다는 표시로 나를 바라보았다. 얼굴 표정은 담담했고, 솔직하게 자기 몸에 대한 평가를 내렸다는 것을 감지할 수 있었다.

"아주 잘하셨어요, 메리 앤. 당신 몸에 대해 어떻게 생각하는지 많은 걸 알게 됐어요. 당신한테도 도움이 되었나요?"

"음, 내가 실제로 얼마나 내 몸을 좋아하는지 깨달았어요." 그녀가 말
했다.

조금 더 대화를 나눈 다음 그녀는 팬티스타킹과 치마, 블라우스를 입
었고 나는 청바지와 티셔츠를 다시 입었다.

"다음번에는 자기 외음부를 상대방에게 소개할 거예요." 나는 그렇
게 말하고 성과학 훈련에 대해 설명해 주었다. 이 훈련은 메리 앤의 경
우에는 남성 의뢰인들과 함께할 때와는 달라야 했다. 우선 그녀에게 내
생식기를 탐사해 보라고 하지는 않을 것이고, 내 것 대신 자신의 생식
기를 만져 보게 할 것이다. 그녀로 하여금 자기 자신의 외음부를 탐사
하도록 이끌어 줄 생각이었다.

***

두 번째 만남을 위해 찾아왔을 때 메리 앤은 머리를 뒤로 넘겨 프랑
스식으로 땋고, 몸에 딱 붙는 회색 스웨터를 입고 있었다. 첫 번째 세션
때만큼이나 멋있어 보였다. 나는 오늘 그녀가 마침내 처음으로 자신의
외음부를 자세히 들여다볼 때 그곳 역시 그녀의 다른 부분처럼 아름답
다는 사실을 깨닫기를 바랐다.

우리는 첫 번째 세션 이후로 어떻게 지냈는지 잠시 이야기를 나누었
는데, 그녀는 『피메일리아』에서 본 이미지들에 대해서 자주 생각했다
고 했다. 어떤 생각을 했는지 말해 줄 수 있겠느냐고 하니까 그녀는 각

각의 여성들이 저마다 다 다른 것이 여전히 충격적이고, 어떻게 마흔이 다 되도록 그런 사실을 모르고 살았을까 싶었다고 말했다.

"드문 일도 아니에요. 우리가 주로 보는 이미지들은 비현실적인 것들이니까요. 나이에 상관없이 대부분의 사람들은 그런 사진들을 보면 충격을 받게 되죠."

나는 메리 앤에게 성과학 훈련을 시작할 준비가 되었는지 물었다. 그녀가 일어서자 나는 그녀를 데리고 복도를 지나 침실로 들어갔다.

우리는 일련의 이완 운동을 했다. 둘 다 옷을 벗은 다음 나는 옷장에서 손거울과 베개들을 꺼냈다. 다리를 서로 교차시킨 다음 나는 메리 앤과 함께 내 외음부를 탐사했다. 음핵포피를 뒤집어 올린 다음 손가락으로 음핵을 문질렀다. "여기가 지난번에 얘기했던 피지가 생기는 곳이에요. 샤워할 때 음핵포피를 가만히 들어 올리고 비누칠을 약간 한 다음 물로 씻어 내면 쉽게 피지를 없앨 수 있어요. 하지만 질에는 비누가 들어가면 안 돼요. 질에는 자정기능이 있는데, 비누를 썼다가는 산과 알칼리의 균형이 깨질 수 있어요. 간단해 보일지 몰라도 그런 걸 알게 되는 데 정말 어마어마한 고생을 했어요. 덕분에 내 생식기가 근본적으로 나쁘거나 역겨운 것이 아니라는 사실을 알게 됐죠. 몸의 다른 부분처럼 씻을 수도 있고 거기서 나는 냄새도 없앨 수 있었어요."

나는 메리 앤에게 어떤 생각이 드는지 말해 달라고 부탁했다. 그녀는 내 생식기가 자기 것에 비해 작은 것 같다고 말했다.

"우리 두 사람 것이 모양이 다른데, 둘 다 완벽하게 자연스러운 거예요. 아름답다고까지 말할 수 있죠." 나는 그렇게 말했다.

그녀 차례가 되자 우리는 다리 위치를 서로 바꾸어 메리 앤의 다리가 내 다리 위에 놓이게 했다. 나는 그녀가 자세히 볼 수 있도록 손거울을 그녀의 외음부 앞에 갖다 댔다.

"이렇게 자세히 자기 생식기를 보니까 어떤 생각이 드세요?" 내가 물었다.

"왼쪽이 약간 길지만, 우리가 봤던 사진만큼 차이가 나는 건 아니네요."

"당신 외음부를 잠깐 설명해 드려도 되겠어요?"

"그러세요." 메리 앤이 부끄러워하는 빛을 보이며 말했다.

나는 그녀에게 다른 한 손을 쓸 수 있도록 한 손으로 외음순을 잡고 있으라고 했다.

"집게손가락으로 외음부 주위를 가볍게 문질러 보세요." 내가 말했다.

"어느 한쪽이 다른 쪽보다 더 민감하게 느껴지시나요?" 내가 물었다.

"왼쪽이요."

"재미있네요. 여성이든 남성이든 생식기 한쪽이 다른 쪽보다 더 반응을 보이는 건 전혀 드문 일이 아니에요. 아주 자연스러운 일이죠. 왼쪽이 더 긴 것과 무슨 연관이 있을지도 모르고 아닐지도 몰라요."

"음, 어쩌면 가족 분 중에 비슷한 모양의 음순을 가지신 여성이 또 계실 수도 있어요." 그렇게 나는 덧붙였다.

"그러니까 이게 가족 내력이라는 건가요?"

"그럴 수도 있어요."

서서히 메리 앤은 자신의 음순을 정상적인 것으로 여기고, 양쪽 음순의 길이가 다르다고 해서 무엇인가 잘못되었다는 의미는 아니라는 생각을 받아들이는 듯했다.

나는 그녀에게 집게손가락을 첫 번째 마디까지 질 속에 넣어 G스폿을 찾아보라고 했다.

"나한테는 없으면 어쩌죠?" 메리 앤이 말했다.

"모든 여자가 그 부분이 민감한 건 아니에요. 하도 얘기들을 많이 해서 여자들이 다 그런 것처럼 믿기 쉽지만, 안 그렇다고 해도 아주 자연스러운 일이에요. 뭔가 망가지거나 잘못된 게 아니에요. 생식기가 다 다른 모습을 한 것처럼 반응도 다 다를 수 있어요. 들은 말들 때문에 어떻게 믿고 있든지 간에요."

메리 앤은 손가락을 질 안에 집어넣었다.

"좋아요. 이제 손가락을 치골 쪽으로 구부리세요. 부드럽게 문지르면서 다른 곳보다 더 크게 쾌감이 느껴지는 지점이 있는지 찾아보세요. 없다고 해도 걱정하지 말아요. 잘못된 게 아니니까요. 다시 말하지만, 모든 여자가 G스폿이 민감한 건 아니에요."

메리 앤은 이리저리 찾아보다가 이렇게 말했다. "아마 저도 거기가 별로 민감하지 않은 여자 중 하나인가 봐요."

"아무 문제없어요."

서로 교차시킨 다리를 풀 때 메리 앤이 말했다. "남편이 내 음순이 약간 짝짝이라는 걸 알았는지 모르겠어요."

"남편 분하고 그 얘길 하실 수 있겠어요?" 내가 물었다.

"이제는 그럴 수 있을 것 같아요. 전에는 남편이 알면서도 내가 마음

상할까 봐 얘기하지 않는다고 생각했어요."

메리 앤의 시각은 약간 달라져 있었다. 나는 그녀와 함께 시행한 두 가지 훈련이 효과가 있었던 것 같다고 믿었다.

그날 헤어지면서 나는 메리 앤에게 다시 나를 만나고 싶거나 물어볼 것이 더 있으면 언제든 전화하라고 말했다. 그날 밤 조디에게 전화를 걸어 우리의 마지막 세션에 대해 이야기해 주었다.

몇 달 뒤 조디가 다른 의뢰인 문제로 전화를 했다. 통화 도중 조디는 아직도 메리 앤과 상담을 하는데, 몸에 대한 인식 문제를 완전히 해결하려면 아직 시간이 더 필요할 것 같지만, 이제 그녀는 자신의 외음부가 문제라고 생각하지는 않는다고 내게 알려 주었다.

대리 파트너가 되다

마이클과 나는 거의 일주일 동안 섹스를 하지 않았다. 어떤 커플들에게는 이 정도야 별로 대수롭지 않은 일이겠지만, 우리에게는 적신호였다. 캘리포니아에 온 지 약 1년이 되어 가고 있었는데, 갑자기 우리의 성행위 횟수가 벼락에서 떨어지듯 뚝 떨어졌다. 내가 키스하려고 하거나 침대에서 바싹 다가가면 그는 졸리다면서 내게 등을 보이며 돌아누웠다. 마이클이 피곤해서 섹스를 못 하겠다고 하는 것은 물고기가 피곤해서 헤엄을 못 치겠다고 하는 것이나 다름없었다. 예전에 병원에서 하루에 10시간 동안 일할 때도 집에 돌아오면 나와 몇 시간씩 사랑을 나누곤 했었다. 밤의 대통령 부부로서 나는 어쩌면 그가 정말로 피곤할지도 모른다고 스스로를 설득했다. 어쩌면 그저 쉴 시간이 필요한 것인지도 몰랐다. 하지만 닷새를 연달아 퇴짜를 맞던 날 밤, 나는 피로 말고 다른 무엇이 배후에 있다는 것을 알았다.

비자발적인 금욕생활을 이어가던 여섯 번째 날 저녁, 나는 요가 수업을 받으러 갔다. 수업이 끝날 무렵, 발에서 힘을 빼고 손바닥은 위로 향한 채 등을 고무 매트에 대고 눕는 이른바 '시체 자세'를 하고 있는데, 갑자기 눈물이 솟구치기 시작했다. 불안감이 물밀듯이 밀어닥쳐 도저히 막을 수가 없었다. 엿새를 섹스 없이 지냈다는 것은 분명 무엇인가 문제가 있다는 징조였다. 전면적인 파혼의 첫 번째 단계인 걸까? 이것이 관계에서 빠져나오는 마이클의 방식일까?

"자, 깊은 호흡. 숨 쉬는 거 잊지 마세요." 호리호리한 요가 강사가 줄을 맞춰 엎드려 있는 수강생들 사이를 지나다니며 말했다. 눈물 콧물이 범벅이 되는 바람에 나는 숨을 쉴 수가 없었다. 나는 일어나서 벗어 둔 신발들이 벽 앞에 가지런히 놓여 있는 문 쪽으로 걸어가 내 신을 찾아 신은 다음 교실에서 나와 버렸다. 집으로 차를 몰고 오면서 나는 마이클과 이야기를 하기로 결심했다. 도대체 무슨 일이 벌어지고 있는지 알아야 했다. 설령 최악의 걱정이 사실로 밝혀진다 해도, 적어도 어떤 사태에 대처해야 하는지는 알게 될 것이고 또한 불안감 때문에 시체 자세에서조차 긴장을 이완시킬 수 없게 하는 이 어림짐작도 그만둘 수 있을 것이다.

집에 도착했을 때 마이클은 막 아이들을 재우고 부엌 싱크대에서 설거지를 하는 중이었다. 나는 뒤에서 그에게 다가가 팔을 그의 허리에 감았다. 그는 물을 틀어서 손에 묻은 세제를 씻어 내더니 몸을 비틀어 나에게서 빠져나갔다. 그러고는 손을 쳐든 채 싱크대에서 몇 발자국 걸어가 행주를 집었다.

"마이클, 우리 얘기 좀 해요." 내가 말했다.

"그러지." 그가 이렇게 대답하고는 식탁 앞에 앉았다.

나는 그의 맞은편에 앉았다.

"도대체 무슨 일이에요? 왜 우리가 섹스를 안 하는 거죠?"

그는 내가 자주 섹스를 먼저 주도하는 바람에 부담감이 느껴진다고 말했다.

"섹스를 하고 싶으면 내가 먼저 시작할 거야." 그가 말했다.

마이클이 한 말은 나를 뒤흔들었다. 우선, 굴욕당한 느낌이었다. 그럼 나하고는 섹스를 하고 싶지 않다는 말인가? 이것이 나를 색마라고 비난하는 마이클의 방식인가? 10대 때 남자 친구 존이 다시 돌아온 건가? 또한 나는 우리가 이곳에서 전통을 벗어던지고 있다고 생각했다. 내가 원해서 섹스를 먼저 주도하는 것이 갑자기 잘못된 일이 된 것인가? 나는 평정을 유지하려고 갖은 애를 썼지만 다시 울음을 터뜨리고 말았다.

"보스턴에서 내가 했던 말 기억해? 나는 일부일처제하고는 거리가 먼 사람이라는 말."

물론 나는 기억하고 있었다. 마이클은 우리가 처음으로 같이 잔 날 이 얘기를 했다. 하지만 나는 내 사랑의 순수한 힘이 그를 한 여자만을 바라보는 사람으로 바꿀 것이라고 생각하고 싶었다.

"글쎄, 일부일처제 아래서 지내는 건 이제 그만하고 싶어. 난 더 많은 자극이 필요해."

더 많은 자극? 바람이 빠져나간 것 같은 기분이었다. 이어서 그는 식탁 위에 놓인 종이 뭉치 맨 위에 있는 「버클리 바브」지를 가리키며 말했다. "여기서 열리는 난교 파티 광고 본 적 있어?"

마이클이 개방 결혼을 요구하고 있다는 것을 깨닫는 데는 단 1초도 걸리지 않았다. 여러 감정들이 뒤섞인 것만이 아니라 서로 뒤엉켜 싸웠다. 1970년에 전통 결혼은 대중의 검토 대상에 오른 수많은 제도들 중 하나였다. 사실, 나 역시 다른 남자와 탐험을 해보는 일에 호기심을 느끼기도 했다. 내 나이 이제 겨우 스물다섯이었다. 종교적인 죄의식과 수치심은 끝내 떨쳐 버렸고, 게다가 성혁명의 중심지인 샌프란시스코만 지역에서 살고 있었다. 내 안의 일부는 결혼의 굴레에서 벗어날 수 있다는 생각에 기뻐했지만, 또 다른 일부는 마이클을 잃는다는 사실에 두려워했다. 하지만 거절한다면 그를 내 삶에서 완전히 밀어내 버리는 것이 되지 않을까? 나는 거의 의식도 못할 정도로 재빨리 계산을 해보고는 결혼을 개방하는 것이 오히려 결혼을 유지하는 최선의 기회가 될 수도 있다는 것을 깨달았다.

그날 밤 마이클 옆에 누워, 고른 호흡의 리듬에 맞춰 그의 가슴이 오르내리는 것을 바라보면서 나는 우리가 함께한 삶에 대해, 내가 바랐던 우리의 삶에 대해, 그리고 실제의 삶에 대해 생각했다. 보스턴에 살던 때의 어느 날 저녁이 기억났다. 그날 마이클과 그의 친구 론, 그리고 나는 내 아파트에서 이야기를 하며 거의 밤을 지새우다시피 했다. 어쩌다 보니 주제는 바람피우는 문제로 흘러갔다. 마이클은 친구의 여자 친구에게 끌리면 친구 등 뒤에서 그 여자랑 잔들 그게 무슨 잘못이냐고 주장했다. 론이 그것은 우정에 대한 배신이라고 반격했지만 마이클은 요지부동이었다. 두 사람이 서로에게 관심이 있다면, 왜 그들이 스스로를 부정해야 한단 말인가? 내가 아무리 그를 사랑한다 해도, 또 내가 아무리 우리 관계를 특별한 것으로 생각한다 해도, 마이클이 나에게 얽매이지 않으리라는 것은 불을 보듯 뻔했다.

***

2주가 지난 어느 상쾌한 토요일 밤, 우리는 아이들을 집에 두고 친구 몇 명과 함께 버클리에서 동쪽으로 24킬로미터 떨어진 곳에 있는 교외 주택지인 콘코드로 가서 우리의 첫 난교 파티에 참석했다. 평소 청바지와 티셔츠만 즐겨 입던 마이클은 이날 정장 바지에 단추가 달린 능직물 셔츠를 입었다. 심지어 머리도 빗으로 단정히 빗어 넘겼다. 잘 보이고 싶은 여자와 첫 데이트에 나온 남자 같아 보인다고 생각했던 것이 지금도 기억난다.

파티가 열리는 집은 쉽게 찾을 수 있었는데, 진입로와 집 앞 차도가 세단으로 꽉 들어차 있었기 때문이다. 마이클은 솜씨 좋게 차를 몰아 우리의 '노란 잠수함'을 덩치 큰 링컨 차와 붉은색 셰비 임팔라 뒤에 세웠다. 정문을 향해 걸어갈 때 나는 마이클의 팔을 잡고 싶었지만, 그렇게 하는 대신 양손을 치마 호주머니에 찔러 넣고 걸었다.

정문 초인종을 누르기 전에 마이클은 셔츠의 옷매무새를 가다듬었다. 서리 낀 현관 유리창 너머로 로비에 서 있는 사람들의 모습이 유령처럼 보였다. 남자 대 여자의 비율을 파악해 보려 하고 있는데, 주인이 문을 열어 주었다. 그녀는 헤어스프레이를 뿌려 고정시킨 벌집 모양의 헤어스타일을 하고 있었다. 목 부분에 커다란 나비매듭이 달린 흰색 블라우스 위로 파란색 폴리에스테르 점퍼를 입고 있었다. 두껍게 떡칠을 한 얼굴화장이 끝나는 턱선 부근에서 피부 색조가 달라지는 것을 감지할 수 있었다. 그녀는 코트와 지갑을 받아 주며 우리를 바닥이 낮은 거실로 안내했다. 나는 모여 있는 사람들을 쓱 한 번 훑어보고는 유행에 뒤진 사람들이 틀림없다고 거의 곧바로 결론을 내렸다. 만약 마이클이 보헤미안 미인들이 나른하게 누워 있는 동굴 같은 것을 기대하고 왔다면 크게 잘못 계산한 것이었고, 덕분에 나는 고소해서 죽을 지경이었다.

무슨 이야기인가를 하려고 마이클 쪽으로 몸을 돌렸는데, 그는 벌써 사람들과 어울리고 있었다. 사람들 사이를 헤치고 가는 동안 남자 몇 명이 내게 추파를 던졌지만 하나같이 매력이 꽝이었다. 사람들이 나를 새로 들어온 고깃덩어리 보듯이 보는 것 같은 기분이 들었다. 여기서는 다들 성적 모험주의의 정도를 재보는 중인 것으로 간주되었고, 나로서는 생각할 수 있는 것이라곤 감옥 신참들 기분이 이런 걸까 하는 것이 다였다.

나는 와인 한 잔을 따라 놓고 주인의 레코드 컬렉션을 살펴보는 척했다. 오디오 옆에 놓인 캐비닛에 일렬로 꽂혀 있는 LP판들을 뒤적이는 동안 겁 없는 남자 몇 명이 접근해 왔지만, 나는 모두 퇴짜를 놓았다.

손님들 중 많은 사람들이 짝을 이루어, 털 긴 카펫이 깔린 거실 바닥에서 섹스를 했다. 닐 다이아몬드의 레코드 재킷 뒷면을 읽는 척하면서 나는 곁눈질로 마이클이 군중 속에서 딱 자기 스타일인 어떤 여인과 이야기를 나누는 것을 지켜보았다. 그녀는 키가 크고 날씬했고 찰랑찰랑한 검은 머리카락을 단발로 기르고 있었다. 코는 뾰족하고 광대뼈가 튀어나와 있었다.

"재미있으세요?"

마이클에게서 눈을 돌리니 어느새 주인이 내 옆에 와 서 있었다.

"오 그럼요. 굉장하네요. 초대해 주셔서 감사합니다."

"남편 분께서는 니나를 만나는 것 같네요. 바로 얼마 전에 샌프란시스코 오페라에 데뷔한 사람인데, 혹시 아셨어요?"

"아뇨, 몰랐어요. 대단하네요."

"그렇죠. 목소리가 정말 근사해요. 소프라노고요."

"멋지네요."

나는 잔을 비웠다.

"포도주를 다시 채워야겠네요." 나는 그렇게 말하고 방을 가로질러 바bar로 갔다.

그러니까, 마이클은 디바와 수다를 떠는 중이었다. 그 순간 그의 목소리를 몇 옥타브는 올릴 아주 특별한 생각들이 머릿속에 떠올랐다.

나는 소파에 앉아 와인을 홀짝거렸다. 그리고 마이클과 니나 사이의 대화가 열기를 더하는 모습을 지켜보았다. 그가 그 여자의 팔을 만졌다. 그녀는 미소 지으며 그의 머리카락을 흐트러뜨렸다. 두 사람은 키스를 나누었다. 오래지 않아 그들은 바닥을 뒹구는 커플들 중 하나가 되었다. 보지 말라고 나 자신에게 말했지만 눈도 깜빡할 수 없었다. 정말로 속을 뒤집어지게 한 것은 그가 나에게 하던 짓거리들을 그 여자한테 한다는 사실이었다. 그는 그 여자의 아랫도리 쪽으로 내려갔고 그 여자는 쾌락으로 꿈틀거렸다. 저런 것은 나, 그의 아내이자 결혼할 만큼 특별한 존재인 나만을 위한 것이라고 믿고 싶었다. 내가 그들을 바라보고 있는 것을 누구도 눈여겨보지 않았다. 넷 정도 되는 다른 커플들이 널찍한 바닥에 사지를 버둥거리고 있었고, 최소한 그들 중 두 커플은 성교를 하는 중이었다. 사람들은 아무렇지도 않은 것처럼 성교 중인 커플들을 넘어 다니며 거실 맞은편으로 가기도 하면서 부산히 돌아다녔다. 온통 난잡한 것 투성이였다.

결국 나는 소파에서 일어나 테라스로 나갔다. 삼나무 난간에 기대서 있노라니 시원한 밤공기가 화끈거리는 내 얼굴로 밀려왔다. 나는 달과 저 너머 언덕들을 바라보았다. 수많은 사람들로 가득 찬 커다란 세상. 마이클이 다른 누군가와 함께 있는 모습을 보는 것은 가슴 찢어지는 일이었지만, 나 또한 이제는 방랑할 자유가 생겼다는 사실을 스스로에게 상기시켰다.

나는 다른 사람에게 말도 하지 않고 파티장에서 나왔고 집으로 가는 차 안에서 침묵을 지켰다. 내가 자랄 때 나를 잡아맸던 경계와 규칙들은 이제 결코 내게 힘을 미치지 못하리라는 것을 알았다. 그 경계와 규칙에 따라 살았다면 내 삶은 비참해졌을 것이다. 하지만 어떠한 경계도 없어야 할까? 마이클의 반골 정신은 사실은 그저 그의 쾌락주의를 숨기는 위장물, 이기적인 행동을 정당화해 주는 편리한 수단에 불과한 것이 아닐까? 다시 한 번 나는 심각한 갈등에 빠졌다. 나는 상처받았다. 마이클을 다른 여자와 공유하고 싶지 않았지만, 호기심이 일기도 했다. 경계들을 다시 그리고 싶었다. 다만 당시에는 어디에 다시 그려야 할지 몰랐을 뿐이다.

***

나는 늘 아이 네 명은 낳기를 바랐지만, 우리의 빈약한 재정 상태를 감안하여 마이클과 나는 둘에서 그치기로 결정했다. 현재로서는 우리는 우리가 줄 수 있는 최대한의 사랑과 보살핌으로 우리의 경이로운 두 아이를 키우는 데 집중해야 했다. 또한 개방 결혼이라는 것은 복잡하기 짝이 없었다. 다른 남자와 아이를 갖는 일은 절대로 없었으면 했다.

피임약을 복용해 보려 했지만, 약을 복용하면 기분이 죽 끓듯 변했다. 한순간 즐겁고 만족스러운 듯싶다가 다음 순간에는 울음이 터져 나오고 절망감이 밀어닥쳤다. 그래서 나는 피임약 대신 리퍼스 루프라고 불리는 자궁 내 피임기구를 선택했다. 이 기구는 착용해도 아프지 않았고, 나는 매일 약 먹는 것을 잊지 않거나 기분이 극에서 극을 오가는 것을 감내하거나 해야 할 필요가 없어졌다.

리퍼스 루프를 삽입하고 3개월이 지난 어느 날, 샤워를 하다가 이 기구에 달린 실들이 정상보다 더 많이 밀려나와 있는 것을 감지했다. 손가락으로 더듬어 보니 자궁경부에서 무엇인가가 튀어나와 있는 것이 느껴졌다. 끝부분이 뭉툭했고 너비는 대략 이쑤시개만 했다. 넣어놓은 자궁 내 피임기구는 헐거워져 있었다. 나는 실을 잡아당겨 리퍼스 루프를 자궁경부에서 빼냈다. 빠져나오면서 이 기구는 원래의 S자 2개 모양으로 되돌아갔다. 나는 욕조에서 나와 수건으로 몸을 닦고 의사에게 전화를 했다.

며칠 뒤 나는 검진용 가운을 입고 진료실에 앉아 있었다.

"어떻게 오셨죠. 코헨 양… 아니 부인." 서턴 박사는 차트를 내려다보며 말했다.

"제 자궁 내 피임기구에 대해 간호사에게 말씀드렸는데요."

"그래요. 얘기 들었습니다. 제가 어떻게 해드리면 될까요?"

"다른 것으로 교체했으면 하는데요."

"정말로요? 글쎄요, 그것도 빠지지 않는다고 장담은 못 드리고 피임약 드시는 것은 워낙 싫어하시니, 환자 분과 제게 시간을 절약해 줄 다른 대안을 시도해 보죠."

그는 서랍을 열어 다리가 달린 기타 피크처럼 생긴 물건을 꺼냈다.

"이건," 그는 잡고 있는 물건을 흔들어 보이며 말했다. "댈컨 실드라고 하는 건데, 빠지지 않을 겁니다."

어쩌면 서턴 박사는 그저 환자를 대하는 태도가 형편없을 뿐이거나, 일반적으로 여성을 존중하지 않거나, 워낙 고개가 뻣뻣해서 어떤 환자도 세심하게 대하지 않는 인물일 수도 있었다. 물론 그럴 수 있지만, 그때 나는 이 의사가 내가 생활보호를 받는다는 이유로 나를 업신여긴다고 믿었고, 지금도 그 믿음은 여전하다. 모르긴 몰라도 넉넉히 사는 환자들은 그의 전혀 다른 모습을 볼 것이다.

"좋아요 그러죠 뭐." 나는 그렇게 말했다.

서턴 박사는 나에게 진료대 위에 서서 발판에 발을 올려놓으라고 했다. 그는 검경으로 내 질을 열고는 댈컨 실드를 자궁 속에 집어넣었다. 아파서 숨도 못 쉴 지경이었다. 그는 의료용 장갑을 벗으며 말했다. "이제 옷 입으셔도 됩니다." 그러고는 방에서 나가 버렸다.

새 자궁 내 피임기구는 계속 불편했다. 처음에 나는 시술한 지 얼마 안 되어서 그럴지도 모른다고 생각했지만, 한 주가 지나고 두 주가 지나도 아픈 것이 없어지지 않았다. 리퍼스 루프와는 달리 댈컨 실드는 자궁 안에 이물감이 느껴지게 했다. 한 달쯤 지나 서턴 박사를 다시 찾아갔는데, 대답이라고 하는 말이 고작 이것이었다. "이걸 쓰고 싶어 하셨잖아요, 안 그렇습니까? 피임약은 싫다 하셨고." 뭔가 잘못된 것은 알았지만, 겁이 나 더 물어볼 수도 없었다.

새 자궁 내 피임기구를 하고 나서는 섹스도 덜 즐거워졌다. 마이클과도, 친구를 통해 알게 된 새 연인 제프와도 말이다. 제프는 똑똑한 데다 예술적 감성을 가지고 있었고 모험심도 넘쳐났다. 일반적으로 말하는 잘생긴 얼굴은 아니었지만, 워낙 활달한 성격 덕분에 그런 것은 문제가 되지 않았다. 그에게는 잘 빠진 빨간색 신형 무스탕이 있어서, 우리는 종종 마린 카운티나 산타크루스로 차를 몰고 가 사랑을 나눌 호젓한 곳을 찾곤 했다.

댈턴 실드를 쓰기 시작한 지 3개월 정도가 지난 어느 일요일, 제프가 나를 차에 태우고 그레이트 고속도로를 달려 해변으로 갔다. 지난 며칠 동안 나는 하복부에 묵직한 통증을 느꼈는데, 새 자궁 내 피임기구 때문에 평소에 느끼던 불편함과는 다른 통증이었다. 하지만 어느새 통증을 참는 데 익숙해지기도 해서, 그러다 말겠지 하는 생각으로 그리 심각하게 받아들이지는 않았다. 나는 계기판에 발을 올려놓고 조수석에 몸을 기대고 앉아 제프의 손을 잡았다. 우리는 바다를 바라보며 해가 바다 속으로 저무는 광경을 지켜보았다. 잠시 동안 우리는 키스를 나누었다. 그러다 나는 몸을 빼며 소변을 보아야겠다고 제프에게 말했다. 나는 차 앞으로 걸어가, 주차장에 있는 다른 몇 사람들이 보지 못하게 쪼그려 앉았다. 소변 몇 방울이 나오는데, 아랫배가 타는 듯이 아팠다. 나는 땅에 동전 크기만 하게 난 소변 자국을 내려다보았다. 그런데 갑자기 생전 처음 느껴 보는 격렬한 통증이 밀려왔다. 산통이나 교통사고를 당한 뒤 느꼈던 통증보다도 더 극심한 통증이었다. 질 안쪽을 칼로 쑤시는 것 같은 느낌이었다. 너무 아파서 일어설 수조차 없었다. 몇 초 동안 정신을 잃었다가 다시 정신이 돌아왔을 때 나는 차 범퍼를 붙잡고 가까스로 다리를 펴고 일어나 운전석 쪽으로 절뚝이며 갔다.

"집에 데려다 줘요. 제발. 뭔가 단단히 잘못됐어요." 나는 숨을 헐떡이며 말했다.

"오 세상에. 왜 그래요?" 제프가 비명을 질렀다.

"집에 데려다 줘요. 집에." 나는 애원했다.

그는 나를 무스탕 뒷좌석에 눕히고 운전을 시작했다. 나는 다시 정신을 잃었다. 제프가 내 팔을 흔들었고, 정신이 돌아왔을 때 그가 운전을 하느라 고개를 앞을 향해 홱 돌리는 모습이 눈에 들어왔다.

다시 정신이 들었을 때는 마이클이 제프의 차에서 자기 차로 나를 옮기고 있었다. 마이클의 차에서 나는 다시 기절해서 응급실에 갈 때까지 깨어나지 못했다. 마이클과 간호사가 나를 휠체어에 황급히 실었다. 나는 곧장 검사실로 옮겨졌는데, 다시는 안 봤으면 싶었던 인간이 잠시 후 그곳으로 걸어 들어왔다. 하필이면 그날 당직이 서턴 박사였던 것이다. 그때까지도 통증은 여전히 극심해서 숨을 쉬기조차 어려웠다.

"편안히 누워서 다리를 벌리세요. 검사를 좀 하겠습니다." 서턴 박사가 말했다.

그는 면봉 몇 개로 내 질에서 샘플을 채취하더니 손가락들을 질 안에 집어넣고 이리저리 휘저었다. 난폭한 검사를 받는 내내 고통은 이루 말할 수가 없었다. 그는 검사를 하며 옆에 서 있는 간호사에게 연신 무엇인가를 이야기했다.

"저것들을 실험실로 보내고 아이비 박사를 호출해." 여전히 손가락을 내 안에 집어넣은 채 그가 말했다.

그러더니 나에게는 한 마디 말도 없이 댈컨 실드를 떼어 냈다. 내가 떠나갈 듯이 비명을 지르자 마이클이 검사실로 뛰어 들어왔다. 얼마나 더 통증을 견딜 수 있을지 자신이 없었다.

나는 병원에 입원했고 다음 날 아침 내 병명이 감염성 복막염, 자궁경부염, 그리고 골반내 염증성 질환이라는 것을 알게 되었다. 한마디로 엉망진창이라는 얘기였다. 나중에 받은 검사에서 내 나팔관에 상처가 워낙 심하게 생겨 다시는 임신하지 못할 가능성이 매우 높다는 결과가 나왔다. 후에 밝혀진 대로, 지금은 악명 높은 이 댈컨 실드를 사용한 수십만 명의 여성들에게서 이러한 결과는 드물지 않게 발생했다. 스물여섯의 나이에 나는 아이를 낳을 수 없는 몸이 되었다. 아이는 둘만 갖기로 마이클과 내가 합의했다고는 해도, 마음 한구석으로는 언제든 다시 고려해 볼 수 있는 문제라고 나는 늘 생각했었다.

캘리포니아에서 2년을 살았는데, 그 2년 사이에 대형 교통사고가 일어났는가 하면, 이번에는 이런 시련을 겪었다. 이제 다시는 내게 좋은 일은 생기지 않는 것이 아닌가 의심되기 시작했다. 보스턴에 그대로 머물러 살 수도 있었다. 지금 겪고 있는 일에 비하면, 내 부모님이나 뉴잉글랜드의 지독한 겨울, 그 밖에 내가 툴툴거렸던 모든 것들도 그렇게까지 나쁘지는 않은 것처럼 보였다.

***

사실 돌아갈 수는 없었고 이곳의 생활이 온통 절망적이고 어둡기만 했던 것도 아니었다. 이곳 캘리포니아에서 멋진 친구들도 몇 명 사귀었다. 전국에서 온 젊은이들이었는데, 나와 마찬가지로 자신들이 배웠던 모든 것에 의문을 던지며 대안적인 생활방식과 새로운 사고방식을 실험해 보는 사람들이었다.

해가 거듭되면서 내가 올바른 결정을 내렸다는 자신감이 생겼다. 물론 시작은 험난했지만 캘리포니아로 이사해 온 덕분에 매사추세츠에서라면 결코 갖지 못했을 온갖 기회와 경험을 누릴 수 있었다. 나라를 횡단해 이곳으로 온 지 5년째 되던 해인 1973년에 내 친구 앨리슨이 어떤 행사에 나를 초대했는데, 이 행사로 나는 내가 세일럼으로부터 얼마나 멀리 떠나왔는지를 새삼 깨닫는 한편, 예전의 삶에서는 꿈도 꾸지 못했을 인생 진로로 들어서게 된다.

앨리슨은 내게 버클리의 어느 교회에서(교회라니!) 열리는 성에 대한 대담회에 참석해 달라고 했다. 이 대담회를 주최한 것은 얼마 전 샌프란시스코 성 안내소San Francisco Sex Information: SFSI('스피시'라고 발음된다)를 설립한 세 명의 여성인데, 이 안내소는 사실에 근거한 편견 없는 성교육을 위한 우리나라 최초의 전화 상담 서비스를 제공하는 곳 중의 하나이다. "성적 무지는 더없는 행복이 아니다"가 SFSI의 모토이다.

앨리슨과 나는 교회에서 몇 블록 떨어진 작은 카페에서 저녁을 들었다. 평소처럼 우리는 정신없이 이야기를 나누다가 7시 10분 전쯤에야 자리에서 일어섰다. 하지만 우리 둘 다 걱정은 하지 않았다. 잠깐만 걸으면 바로 교회였으니까 말이다. 하지만 교회에 도착했을 때 우리는 입장객 줄이 건물 주위로 뱀처럼 길게 늘어서 있는 것을 보았다. 들어갈 수나 있을까? 앨리슨과 나는 사람들 수에 놀라며 줄 끝에 가서 섰다. 줄이 움직이기 시작하면서, 들어갈 수 있을 것이라는 희망이 점점 줄어들었다. 입장을 희망하는 사람들이 다 들어가기에는 교회는 분명히 너무 작았다. 입구 가까이 이르렀을 때 나는 안을 들여다보았는데, 사람이 인산인해를 이루고 있었고 서 있는 사람도 많았다. 드디어 앨리슨이 입장하고 내가 뒤를 따랐다. 내가 들어가자마자 뒤에서 이제 자리가 없어 입장객을 더 받을 수 없다며 사람들에게 사과하는 소리가 들려왔다.

행사는 필름 상영으로 시작되었는데, 그 영상을 나는 결코 잊지 못할 것이다. 자위행위를 하며 절정에 이르는 여성의 모습을 담은 영상이었다. 영상은 등장하는 여인이 하고 있는 행동 때문에만 충격적이었던 것이 아니라 바로 등장하는 여인 자신 때문에도 충격적이었다. 평범해 보이는 얼굴에 몸매도 그다지 좋지 않았는데, 정작 본인은 그런 몸매에 전혀 신경 쓰이지 않는 것처럼 보였다. 그 필름의 스타는 셜리 루이스였다.

상영이 끝나고 불이 켜졌을 때 행사장 안은 바늘 떨어지는 소리도 들릴 만큼 고요했다. 잠시 후 앨리슨이 나를 바라보며 물었다. "저거 해본 적 있어?" 내가 고개를 끄덕이자 그녀는 마치 음모라도 꾸미는 것처럼 속삭이며 말했다. "나도 그래." 그렇다면, 다른 여자들도 섹스를 좋아하는 걸까? 사람들은 저마다 삼삼오오 무리를 이루어 이야기를 나누기 시작했는데, 나는 수치심뿐 아니라 교회와 내 가족, 그리고 사회에서 내 성이 어떻게 취급받았는지에 대해 혼란과 분노를 느꼈던 것이 나 혼자만이 아니라는 사실을 발견했다. 그때 난생처음으로 자위행위나 다른 어떤 성적 관행이라도 공개적으로 터놓고 이야기를 할 용기가 났다. 정말이지 시대는 변화하고 있었다.

이튿날 아침 마이클에게 이 행사에 대해 이야기하는데, 뜻밖의 우연 같은 사건 두 가지 중 첫 번째 것이 일어났다. 알고 보니, 지금은 없어진 친밀성 센터에서 수업을 들은 적이 있는 마이클이 셜리를 알고 있었던 것이다. 실은 그가 들은 수업의 교사가 바로 그녀였다. 마이클은 셜리에게 내가 얼마나 그녀의 영상에 깊은 인상을 받았는지를 전했고, 이야기를 나누다 그녀가 교육자로 활동하는 것 외에도 대리 파트너이기도 하다는 사실을 알게 되었다. 이어서 약 일주일 뒤에 내 친구 엘리자베스가 발레리 X. 스콧이 쓴 『대리 아내』라는 책을 내게 주었다. 저자는 마스터스 앤드 존슨 연구소에서 훈련받은 대리 파트너였다. 우연의 일치가 연이어 발생하기 시작하면서, 나는 내 자신이 대리 파트너가 되면 어떨까 궁금해지기 시작했다.

나는 더 이상 혼자가 아니었다. 많은 사람들이 성을 둘러싼 문제들로 고민하고 있었고 어쩌면 내가 그들을 도울 수도 있을지 몰랐다. 이제는 더 이상 여자 주제에 섹스를 즐긴다고 사과할 필요가 없었다. 여전히 다른 여자들에 비해 내가 그것을 더 좋아하는지 아닌지는 알 수 없었지만, 설령 그렇다 한들 문제될 것이 없다고 생각하기 시작했다. 그리고 심지어 어쩌면 강력한 리비도를 사람들을 더 행복하게 만드는 일로, 좀 더 거창하게는 세상을 더 나은 곳으로 만드는 일로 능동적으로 돌릴 수 있을지도 모르겠다는 생각이 들었다.

나는 셜리에게 연락해 대리 파트너가 하는 일이 정확히 무엇인지 좀 더 배우기로 했다. 아니, 그들이 하는 일은 그저 약속된 장소에 나타나 의뢰인과 섹스를 나누는 것이 아니었다. 평균 잡아 여섯에서 여덟 번의 미팅에서 진행할 치료 계획이 세워져 있었다. 의뢰인의 상태에 따라 미팅 횟수는 늘어날 수도 줄어들 수도 있었고, 가장 일반적인 성적 문제들을 해결하기 위해 고안된 특별 훈련들이 있었다. 대리 파트너들은 전통적인 상담 치료사들과 긴밀히 협조하여 작업하며, 의뢰인들은 모두 이들 치료사들을 통해 대리 파트너를 소개받는다. 이들은 짝을 이루어 활동하기도 하고 개인으로 활동하기도 한다. 그들을 찾는 사람들은 대부분 조루나 지루, 발기불능, 욕구 결핍, 경험 부족이나 전무, 자신의 신체에 대한 불만, 불안, 신체적 불능이나 이들 문제들의 결합들로 고민하는 사람들이다. 예민한 연민의 감각과 깊은 공감 능력은 필수적인데, 왜냐하면 대리 파트너로서 이들은 사람들이 직면하는 문제들 중 가장 개인적이고, 가장 불안감을 유발하는 일부 문제들을 해결하도록 돕기 때문이다. 대리 파트너가 되기를 희망하는 사람들은 또한 자기 자신의 성 문제들과 씨름해 본 경험이 있어야 한다.

대리 파트너 치료법은 마스터스 앤드 존슨 연구소에서 시작되었는데, 1950년대와 60년대에 대한 이들의 획기적인 연구조사는 인간의 성에 대한 연구를 대중화시켰다. 윌리엄 마스터스와 버지니아 존슨은 인간의 성적 반응과 성 기능장애에 대한 가장 초기의 과학적 연구를 진행한 부부 연구자이다. 그들의 저서 『인간의 성적 반응』과 『인간의 성적 부적응』은 베스트셀러이자 성을 탈신화한 최초의 저작 중 하나이다. 세인트루이스에 있는 연구센터에서 그들은 최초의 대리 파트너들을 훈련시키고 우리가 오늘날 사용하는 치료절차의 원형을 창조해 냈다.

원래 마스터스와 존슨은 다양한 성적 문제들로 고민하는 부부들을 대상으로 치료를 실시했다. 나중에 이들은 자신의 치료법을 싱글 남성들에게까지 개방했고, 그러면서 대리 파트너라는 직업이 탄생했다. 또한 쌍의 부부 연구자 윌리엄 E. 하트먼과 마릴린 피시앤은 훈련법들을 추가로 개발하고, 『성 기능장애 치료』를 포함해 통찰력 넘치는 수많은 책들을 썼다. 그들은 캘리포니아에서 대리 파트너들과 작업했는데, 이들을 훈련시킨 것은 저명한 성과학자 캐롤라인 시먼즈와 에머슨 시먼즈였다. 남캘리포니아의 사회지각학습센터에서 바버라 M. 로버츠는 대리 파트너와 치료사를 훈련시키기 시작했고 대중을 상대로 한 워크숍을 열었다. 셜리는 대리 파트너와 작업하고 있는 두 명의 치료사에게 나를 소개시켜 주었는데, 며칠 뒤 그중 한 사람과 버클리에서 만날 약속을 잡았다.

이 당시 나는 개방 결혼 생활을 한 지 거의 5년이 되었고, 여러 섹스

파트너들과의 관계를 즐겼다. 마이클과 나는 외부 관계들을 어떻게 처리할지에 대해 잠정 협정을 맺고 있었다. 외부관계로 아이들과의 시간을 방해받지 않도록 한다는 것이 그 한 가지였다. 일주일에 하룻밤만밖에 나가고, 둘 중 한 사람은 제시카, 에릭과 함께 있기로 했다. 만약둘 중 한 사람이 집에 늦게 오면, 외박은 없었다. 우리는 다음 날 아침같은 시각에 일어나 아침을 만들고 아이들을 학교에 데려다 주었다. 새로운 진로에 대해 마이클과 상의하자 그는 적극적으로 지원할 의사를보였는데, 나는 그것이 그저 불안스러울 정도로 질투심이 없는 그의 성격이 표출된 또 하나의 예일 뿐이라고는 생각하지 않는다. 나는 마이클이 진정으로 이 일의 가치를 이해했으며, 내가 보듬고 키울 수 있는 직업을 찾는 것을 보고 싶어 했다고 믿는다. 설령 마이클이 한 번이라도성에 대해 인습적인 태도를 갖고 있었다 해도, 그런 태도를 이미 오래전에 버렸을 것이므로 그가 이 직업에 비판적이거나 하는 일은 없었을것이다. 그는 또한 성에 대한 전통 관습은 진화할 필요가 있다는 사실을 이해했기에, 대리 파트너 요법이 거기에 조금이라도 도움이 된다면훨씬 더 좋다고 생각했을 것이다.

***

탐은 반갑게 미소 지으며 나를 맞아 주었다. 그는 샌프란시스코 만지대에서 대리 파트너를 훈련시키고 의뢰인을 그들에게 소개시켜 주는 몇 안 되는 치료사 중 하나였다. 이 분야는 아직 걸음마 단계이고 훈련법은 급속히 진화 중이었다. 우리는 두 시간 동안 이야기를 나누었는데, 탐은 내 성장배경과 가족과의 관계, 성에 대한 나의 태도에 대해 물어보았다. 우리는 그 자리에서 마음이 통했다. 탐은 내가 나 자신의 성적 진화 과정에서 성적 문제를 갖고 있는 누군가를 악마 취급하는 시점은 이미 오래전에 지났다는 것을 곧바로 이해했다. 그것은 우리가 함께 하는 훈련 과정의 첫 단계에 해당했다. 이어서 탐은 어딘지 미심쩍은 어떤 일을 해달라고 부탁했다. "의뢰인들과 함께 있을 때 어떤 모습일지 보게 옷을 한번 벗어 보시죠." 그는 그렇게 말했다. 혹시 이런 식으로 나한테 수작을 거는 것일까? 그리고 당시 나는 다리와 겨드랑이의 털을 밀지 않은 상태였다. 그에 대해서는 그가 뭐라고 말할지 궁금했다. 우리의 만남은 순조롭게 진행되었고 나는 탐이 마음에 들었으므로 나는 일단 한번 해보기로 마음먹었다. 나는 펑퍼짐한 드레스를 벗고 속옷까지 벗었다. "보기 좋으신데요." 탐이 말했다. 탐이 달려들지 않아서 안도의 한숨을 내쉬었지만, 여전히 적절치 못하다는 생각은 지울 수 없었다. 나는 대리 파트너가 되고 싶은 것이지 패션모델이 되고 싶은 것이 아니었다. 훈련을 시작하기 전에 정말 이런 식의 신체검사까지 받아야 하는 것일까? 탐이 여기에 대해서는 더는 한 마디도 하지 않는 것을 보니, 만약 이것이 시험이라면 나는 시험을 통과한 모양이었다.

나는 SFSI에서 일할 전화 상담사 훈련도 받았다. 이 기관은 성에 대해 궁금한 것이 있는 사람들을 위해 800번 상담 전화를 개설했다. 미국 역사상 처음으로 사람들은 전화를 걸어 익명으로 질문을 던지고 믿을 만한 정보와 전문적 도움을 위한 소개를 받을 수 있게 되었다. SFSI 직원과의 초기 면접에서 나는 수많은 질문을 받았고 몇 가지 가상 시나리오가 주어졌다. 예를 들어 면접관은 만약 자위행위를 너무 많이 해서 걱정이 된다는 전화를 받으면 어떻게 하겠느냐는 질문을 했다. "그럼 저는 '너무 많이'라는 게 무슨 의미인지 묻겠어요. 만약 누군가를 만나는 것이 두려워 자위행위를 하는 것이라거나, 그것이 출근과 같은 정상적인 하루 일과를 하는 데 방해가 될 정도라면 치료사를 소개해 주겠어요. 만약 쾌락을 얻기 위해서나 스트레스를 풀기 위해서 자위행위를 한다면, 그건 완벽히 자연스러운 일이라고 말해 주겠어요." 나는 그렇게 대답했다.

SFSI 훈련 덕분에 나는 효율적인 전화 자원봉사자가 될 수 있었고, 대리 파트너 교육에도 도움이 되었다. 훈련의 일환으로 우리는 다양한 방식의 성행위를 하고 있는 사람들을 촬영한 영상을 관람하고 그에 대한 우리의 반응을 놓고 토론했다. 우리는 솔직하게 이야기하고, 우리의 반응과 그것이 우리 자신에 대해 말해 주는 바를 정직하게 검토하도록 권장받았다. 영화에는 이성애적 섹스와 남성 및 여성 동성애 섹스가 모두 나왔다. 어느 영상에서는 나이 많은 커플, 그러니까 우리 조부모님 정도 나이의 커플이 열정적으로 사랑을 나누는 장면이 나왔다. 놀랍게도 나는 게이 남성들이 섹스하는 영상을 보고 흥분을 느꼈다. 남자와 여자가 항문 성교를 하는 영상을 보고는 흥분되기도 하고 혐오감이 들기도 했다. 터부가 자극이 될 수도 있는 것이다.

동료 훈련생들과 SFSI 직원들과의 토론을 통해 나는 본능적인 반응보다 더 중요한 것은 내가 목격한 합의된 행동에 대한, 그리고 정보나 도움을 요청한 사람들에 대한 판단을 유보할 수 있는 능력이라는 사실을 깨달았다. 어떤 특정한 행위가 나에게 별 감흥을 주지 못한다 해도 상관없었다. 나를 효율적인 교육자이자 훌륭한 상담가로 만들 수 있는 것은 성적 레퍼토리의 범위가 아니라 공감하고 객관성을 유지할 수 있는 능력이었다.

대리 파트너 훈련에서 핵심 부분은 버클리의 공중보건청에서 탐과 함께 2주간의 워크숍에 참가한 것이었다. 탐이 우리의 첫 번째 만남에서 내 몸을 보자고 해서 잘못을 범했다면, 자신의 시간과 전문 지식을 아낌없이 베풀어 줌으로써 그 잘못을 벌충했다. 워크숍은 마스터스 앤드 존슨 연구소에서 훈련을 받은 한 남편-아내 치료사 팀이 이끌었다. 그들은 공동 치료법의 원칙과 실제를 일목요연하게 설명했다. 비용 효율성이 떨어지기 때문에 오늘날에는 이 치료법을 사용하는 전문가가 거의 없지만 한때는 새로운 커플 치료법으로 각광을 받았다. 이 치료법은 늘 남성-여성 팀에 의해 수행되며, 커플을 이룬 두 사람 모두 든든한 지원자가 있다는 느낌을 받는 장점이 있다. 워크숍에는 해부학 집중 훈련 과정이 있었고, 여기서 처음으로 나는 남성과 여성 생식기의 복잡성에 대해 알게 되었다. 강사들은 미분화된 생식기 차트를 보여 주었는데, 이 차트를 나는 지금도 내 치료 과정에서 사용하고 있다. 이 차트에는 태아가 어떻게 남성과 여성으로 분화되는지가 나타나며, 양성의 생식기 조직의 유사성을 볼 수 있다. 여기서 탐과 내가 배운 것의 많은 부분들이 나의 대리 파트너 작업의 일부가 되었다.

대리 파트너가 되기 위한 훈련과 SFSI에서의 훈련을 거치면서 인간의 성에 대한 나의 지식은 폭발적으로 증가했다. 그동안 내가 얼마나 많은 어림짐작과 오해를 품고 있었는지 깨달았다. 온갖 성적 취향을 지닌 사람들을 만났고 내가 그들에 대해 가졌던 편견 중 많은 것들이 도전받았다. 예를 들어 나는 늘 사디즘과 마조히즘과 연관 있는 사람들은 분명히 비도덕적일 것이라고 생각했다. 그러나 이들이 섹스를 할 때 정말로 상처를 입히는 일이 없도록 엄청난 노력을 기울인다는 사실을 알고 무척 놀랐다. 아이러니하게도, 내가 배운 다른 하나는 안 된다고 말해도 괜찮다는 것이다. 단지 성에 대해 좀 더 개방적이고 실험적인 태도를 취하기 때문에 어떤 행동을 계속하거나 거기 참여해야 한다는 법은 없다는 것이다. 지금이야 이런 것이 특기할 만한 사항이 아닐지도 모르지만, 50년대에 유년 시절을 보낸 사람에게는 상황이 어떻든 간에 어떤 종류의 섹스도 선택하거나 선택하지 않을 권리가 당신에게 있으며, 설령 당신이 여성이라 해도 마찬가지라는 말을 듣는 것은 그야말로 눈이 번쩍 뜨이는 경험이었다.

내가 배운 것 중 감히 가치를 따질 수 없는 기술은 바로 상대의 말을 귀 기울여 듣는 법이다. 내게는 어려운 일이었다. 워낙 말하기를 좋아했으니 말이다! SFSI 훈련과 대리 파트너 훈련 모두에서 나는 중간에 끼어들지 않고 상대가 말하고 싶은 것을 충분히 말하도록 하는 법을 배워야 했다. 덕분에 좀 더 나은 대리 파트너가 될 수 있었고, 더 나은 아내, 엄마, 친구가 되는 데도 도움이 되었다.

나는 성에 대한 진정한 지식을 묻고, 나누고, 추구하는 사람들의 멋지고 지적이고 서로 보듬어 주는 공동체의 일원이 되었다. 의미 있는 일을 직업으로 삼기 위해 준비하면서, 나는 변함없이 계속될 우정을 맺었고 솔직히 말해서 엄청난 재미도 맛보았다. 우리가 논의하지 않은 한 가지는 안전한 섹스와 콘돔의 사용에 관한 것이다. 댈컨 실드의 악몽 덕분에 나는 임신할 위험이 거의 없어졌다. 아직 에이즈가 출현하기 전인 이 시대에는 가장 큰 공포의 대상은 헤르페스(포진)였다. 대부분의 다른 성병들은 강력한 항생제로 치료가 가능했기 때문이다. 이것을 알게 된 것은 최근에 받은 훈련 덕분이라기보다 5년 전에 하마터면 성병에 걸릴 뻔한 일이 있었기 때문이다. 5년 전, 콘코드에서 열린 난교 파티에 다녀온 지 일주일 뒤에 주인에게서 전화가 왔다. 마이클과 잤던 그 디바가 임질에 걸려 있었다는 소식이었다.

의뢰인 이상의 남자, 밥

1979년 당시 캐넌 AE-1은 진지한 아마추어 사진가라면 누구나 탐을 낼 만한 카메라였다. 의뢰인 밥이 그 카메라를 모터 드라이브가 부착된 채로 내게 건네주었을 때 나는 두 손으로 받아 쥐어야 했다. 카메라는 내가 갖고 있던 인스터매틱보다 5배쯤 무거웠고, 렌즈 가장자리에는 암호 같은 일련번호들이 쓰여 있었다.

"나는 받을 수 없어요." 내가 말했다.

몇 분 전 밥은 내가 샤워를 하고 있는 동안 욕실에 앉아 나와 얘기를 나누고 있었다. 머리에서 샴푸 거품을 헹구기 위해 눈을 감자, 욕실 안이 조용해졌다. 나는 눈을 떴고, 그가 없어진 걸 알았다. 나는 샤워 부스에서 나와 머리를 타월로 닦은 다음 목욕 가운으로 몸을 감쌌다. "밥?" 그의 이름을 불러 보았다. 욕실에서 나오자 그가 손에 카메라를 들고 복도에서 내 쪽으로 다가오는 게 보였다.

"너무 과분한 선물이에요." 나는 말했다.

그는 눈을 깜빡이며 겨우 눈물을 참았다.

"당신이 정말로 이걸 받아 주면 좋겠어요. 셰릴, 당신은 내 삶을 바꿔 놓았어요. 이건 내가 당신에게 감사하다고 말하는 방식이에요. 제발, 내가 원하는 대로 해줘요."

나는 그가 왜 카메라를 선택했는지 알고 있었다. 언젠가 초반의 세션에서 그가 사진 찍는 것을 얼마나 좋아하는지 얘기한 적이 있었다. 그는 집의 옷방에다 암실까지 만들어 놓았다고 했다. 그때 나는 어린 시절의 많은 중요한 순간들을 사진에 담아 놓지 못했는데 괜찮은 카메라가 없었고 그나마 가지고 있던 카메라는 제대로 다룰 줄도 몰랐기 때문이라고 말했다.

"밥, 이건 정말로 멋지네요. 하지만 나는 작동법을 몰라요."

"내가 가르쳐 줄 수 있어요." 그가 차분히 말했다. "쉬는 날에 내가 여기로 와서 카메라 다루는 법을 알려 주는 게 어떨까 싶어요. 어렵지 않아요. 공원에 가서 야외 사진을 좀 찍을 수도 있을 거예요."

"흠, 그렇겠군요. 좋아요. 그렇게 하기로 해요." 내가 대답했다.

그리하여 나는 의뢰인 한 명과 따로 만날 약속을 잡게 되었다. 그날은 사실 마지막 여덟 번째 세션이 있는 날이었는데, 우리가 함께한 지난 몇 주 동안 그와 나 사이에는 어느덧 직업적 관계를 넘어 개인적 관계가 형성되기 시작했다.

밥은 그가 하는 일 때문에 거의 언제나 하루의 마지막 의뢰인이 되었다. 우리는 오후 4시쯤 세션을 시작했다. 그는 세션이 끝난 뒤에도 남아 있다가 내가 사무실 욕실에서 샤워를 하고 화장을 하는 동안 나와 얘기를 나누고, 나를 차가 있는 곳까지 바래다주곤 했다.

처음 나를 만나러 왔을 때, 그는 서른 살이었다. 나보다 4살 어렸다. 친근한 인상의 얼굴이었고, 물결치는 머리를 어깨까지 기르고 있었다. 남자답게 잘생긴 편이었다. 그는 사무실 문을 넘어서기 전 주저하는 태도를 보였으며, 눈에는 근심 혹은 불안의 빛이 어른거렸다. 하지만 그를 보았을 때 내가 처음 생각한 것은 그가 온화한 영혼의 소유자라는 것이다.

나는 그가 들어오는 순간부터 그가 긴장하고 있다는 것을 알았기에 몇 마디 말을 건넸다. 대화를 하면서 그의 불안이 어느 정도 누그러졌다. 내 건너편에 앉아 있던 그는 어깨를 늘어뜨렸고 당구채처럼 곧추세웠던 등을 푹신푹신한 의자에 기대기까지 했다.

첫 번째 세션에서 나는 밥에게 그동안 있었던 성적 경험에 관해 얘기해 달라고 했다.

내가 그에게서 느꼈던 수줍음은 그가 기억할 수 있는 한 줄곧 그를 따라다녔다. 수줍음은 그가 고등학교 때 여자 친구를 사귀지 못한 한 가지 이유였다. 또 다른 이유는 여드름 때문에 생긴 얼굴의 흉터였는데, 그는 이런 흉터를 지나치게 신경을 많이 썼다. 고등학교를 다닐 때 이따금 그는 자신이 너무 형편없어 여자 친구 한 명 만나지 못하는 유일한 남학생이 아닐까 생각했다. 그는 학교에서 적지 않은 여자아이들을 마음속으로 좋아했다. 하지만 그의 친구가 그가 마음에 두었던 여학생 한 명과 사귈 때, 그는 그 모습을 몇 번이고 부러운 눈으로 쳐다보고 있었던 게 고작이었다.

1968년 말, 스무 살이 된 밥은 군대에 징집되었다. 1년의 훈련 뒤 그는 베트남에 파병되었고, 이곳에서 101 공수사단 소속 낙하산 정비병으로 복무했다. 그가 매춘이 국가에 의해 합법적으로 관리되는 방콕으로 위로휴가를 간 것은 1970년 10월이었다. 태국으로 가는 짧은 여정 동안 비행기 안은 신이 나서 시끄럽게 떠들고 요란을 떠는 젊은 군인들로 가득했다. 밥은 차분한 표정으로 흥분을 감추고 있었으나, 속으로는 오랫동안 미뤄 두고 있던 뭔가를 드디어 성취할 수 있겠구나 하고 생각했다. 그 뭔가란 바로 총각 딱지를 떼는 것이다. 그는 이 임박한 통과의례에 앞서 불안, 기대, 흥분이 뒤섞인 복잡한 감정을 느꼈다.

그는 방콕에 도착하여 호텔에 체크인한 뒤 짐도 풀지 않고 밤의 열기 속으로 향했다. 그는 택시를 잡았고, 택시는 익히 알려진 길을 지나 그를 '안마업소'에 데려다 주었다. 별다른 특징 없는 건물의 현관문을 열자 마담인 듯한 여자가 나왔다. 그녀의 안내에 따라 그는 빛이 침침한 복도를 지나 큰 방으로 들어갔다. 그곳에는 입이 귀에 걸린 미군들이 작은 무리를 지어 서 있었다. 그들은 한 방향만 보이는 유리를 통해 카펫이 깔린 계단식 스탠드 위의 여자들을 보고 있었다. 거의 벌거벗은 것처럼 보이는 여자들은 아무런 거리낌 없이 책을 읽거나 대화를 나누고 있었으며, 상의에 각자 번호를 달고 있었다. "15, 12, 8, 17…" 군인들이 한 명 한 명씩 마음에 드는 여자들의 번호를 불렀다. 그는 그 장면을 기괴하다고밖에는 생각할 수가 없었다. 그 광경은 미국 중산층 문화에서 자란 그의 감수성을 뿌리째 뒤흔들었다. 그는 자기 차례가 되었을 때 예쁘고 성숙해 보이는 여성을 선택했고, 마담에게 24시간 대여의 대가로 25달러를 지불했다.

그는 택시를 불러 세워 촘니인이라는 이름의 그 여인과 함께 호텔로 돌아갔다. 호텔 방에 들어서자, 그녀는 천천히 그러나 스스럼없이 옷을 벗기 시작했고, 그동안 밥은 가벼운 대화로 불편한 침묵을 메우려고 했다. 밥도 옷을 벗었고, 그들은 함께 침대로 들어갔다. 촘니인은 이국적인 미인이었다. 그는 호텔로 돌아오는 내내 그녀와 어떻게 사랑을 나눌지 꿈에 부풀었던 터였다. 그들은 입을 맞추었다. 처음에는 부드럽게, 그러다가 나중에는 열정적으로 서로의 입 안에서 혀를 움직였다. 그는 그녀의 작은 가슴을 손으로 모아 쥐었고, 이어 그의 손은 부드러운 등과 배를 거쳐 그녀의 음문에 도달했다. 그는 손가락으로 음핵을 애무했고, 그녀는 긴 손가락으로 그의 성기를 감싸 쥐었다. 하지만 당황스럽게도 그의 성기는 마치 잠이 든 것처럼 보였다. 대체 무슨 일일까? 그는 의아했다. 그는 발기 불능 환자가 결코 아니었다. 그는 여느 건강한 스무 살의 남자와 다름없이 자위를 하곤 했다. 그런데 지금 적극적인 태도를 보이는 벌거벗은 여자를 바로 곁에 두고 왜 성기는 아무런 반응을 보이지 않는 걸까?

그는 타이어-영어 관용어집을 집어 들고 미친 듯이 페이지를 넘겼다. 그는 촘니인에게 1~2분 정도 시간이 필요할 것 같다고 말하고 싶었다. 그는 몇 가지 타이어 단어를 되는 대로 말했으나, 그의 말을 알아듣지 못한 그녀는 당혹스러워했다. 그는 나중에 그날의 일을 되돌아보고서 상황이 얼마나 우스웠는지 깨달았지만, 당시에는 너무 혼란스러워 웃을 생각은 꿈에도 하지 못했다. 그는 촘니인을 팔에 두르고 누웠다. 그는 성기를 일으켜 세우기 위해 몇 차례 더 노력했지만, 그 노력은 모두 실패로 돌아갔다.

알고 보니 촘니인은 영어를 조금 할 줄 알았다. 밥은 이 사실을 알고 밤 시간 대부분을 그녀와 얘기를 나누며 보냈다. 그녀는 홀로 8살 난 딸을 키우는 25살의 싱글 맘이다. 그녀는 남편의 육체적 학대를 견디다 못해 집을 나왔고, 지금은 그녀가 가질 수 있는 유일한 직업으로 그녀와 그녀의 딸 그리고 그녀의 나머지 가족을 부양하고 있었다. 밥은 촘니인에게 진정한 온정과 연민을 느끼기 시작했다.

그는 총각 딱지를 떼지 못한 데 대해 낙담했으나, 한편으로는 판단력을 잃지 않기 위해 노력했다. 따지고 보면, 그는 외국에 있었고, 익숙하지 않은 문화와 언어에 둘러싸여 있었다. 게다가 그와 함께 있는 여자는 매춘부였다. 그녀는 힘든 일을 쉽게 되어 오히려 다행이라고 생각하고 있을지도 몰랐다. 그는 자기 자신에게 이런 낭패스러운 일을 잊을 시간을 주고 다음에 다시 시도해 보기로 마음먹었다.

다음 날 저녁 밥은 전날의 매춘 업소로 돌아갔다. 전날 밤 보았던 군인들 몇 명과 마주쳤으나, 그는 그들처럼 또 다른 여자를 찾아 거기에 간 것이 아니었다. 그는 돈을 지불하고 그 주의 나머지 날들 동안 촘니인을 대여했다. 그는 그녀와 같이 있는 시간을 즐겼다. 그녀는 그에게 신비로운 도시의 곳곳을 보여 주었다.

촘니인은 밥을 왕궁, 와불상이 있는 왓포 사원, 방콕 만의 놀랄 만큼 아름다운 해변으로 데려갔다. 그들은 해변을 함께 걷기도 했다. 그러다가 밤마다 호텔 방으로 돌아오면 그는 어떻게든 발기를 시켜 섹스를 해 보려고 했지만, 모두 허사였다. 곧 일주일이 끝나고 그는 여전히 숫총각인 채로 베트남에 돌아갔다.

"이따금 촘니인은 어떻게 되었을까 궁금해요." 밥이 말했다.

"고국으로 돌아오기 전에 다른 누군가와 다시 시도해 보지는 않았나요?"

"네. 나는 너무 낙담해 있었어요. 오스트레일리아로 또 한 차례 위로 휴가를 갔지만, 매춘부들 근처에는 얼씬도 하지 않았어요. 친구들 가운데 그런 사람은 아마 나밖에 없었을 거예요."

그러고 나서 얼마 뒤 2년의 군 복무 기간이 끝났다. 그는 '사회'로 돌아가는 다른 150명의 기뻐 날뛰는 군인들과 함께 군용 제트기에 몸을 실었다. 비행은 14시간이 걸렸고, 그동안 생각할 시간은 많았다.

"나는 칠판을 지우는 것처럼 방콕에서의 경험을 깨끗이 잊어버리기로 결심했어요. 대신 내가 사랑할 수 있는 여자를 찾는 데 집중할 생각이었죠. 그러면 섹스는 자연스럽게 따라올 거라고 생각했어요. 성기능이 제대로 이루어지기 위해서는 여자와 사랑에 빠져야 한다고 생각했어요. 마음을 느긋하게 가질 수만 있다면, 문제가 없을 거 같았어요."

그는 보다 성숙한 태도와 상당한 자신감을 갖고 베트남에서 돌아왔다. 그는 어려운 상황에서 자신을 제어할 줄 알았고, 이것이 그에게 그 자신의 개인적 문제를 극복할 수 있을 것이라는 희망을 주었다. 주변을 둘러보면, 사방이 모두 연인들이었다. 그들이 할 수 있다면, 나도 할 수 있어. 그는 그렇게 혼잣말을 했다. 게다가 그는 겨우 23살이었다. 몇몇 친구들은 일찍 연애 편력을 시작했을 모르지만, 그는 여전히 젊기 때문에 그가 숫총각이란 사실이 그다지 이상하게 생각되지는 않을 것 같았다.

밥은 직장에서 제인을 만났다. 그녀는 곱실거리는 긴 검은 머리에 조각처럼 예쁜 얼굴을 가진 우아한 여인이었다. 그녀는 조용했지만 친절했고, 그는 그녀에게 금세 끌렸다. 수줍게나마 얼마간 그녀의 마음을 떠본 뒤, 그는 기회를 보아 그녀에게 조지 칼린의 공연 티켓이 두 장 있는데 공연에 함께 가지 않겠느냐고 물어보았다. 그는 놀랍기도 하고 기쁘기도 했는데, 그의 열렬한 애정이 곧 보상을 받았기 때문이다.

"나는 정말로 하늘을 나는 기분이었죠. 첫사랑의 전율에 대해 하던 얘기들이 다 무슨 의미인지 마침내 알게 되었으니까요."

그해 여름 제인은 요세미티 국립공원 근처의 작은 리조트에서 일하기 위해 직장을 그만두었다. 그녀는 밥에게 가능한 한 빨리 자신을 찾아오기를 바란다고 했다. 2주 뒤 그는 부푼 기대를 안고 긴 주말 연휴 동안 제인과 밀회를 즐기기 위해 120번 도로를 탔다. 그는 그보다 행복한 때를 기억할 수 없었다.

그와 제인은 시에라 고지대의 오지를 함께 도보로 여행했다. 밤에 그들은 매트리스가 설치된 승합차로 들어가 열정적이고 달콤한 전희를 즐겼다. 그들은 입과 손으로 쾌락을 선사했다. 하지만 성기를 삽입할 순간이 되자 밥은 갑자기 동작을 멈추었다. 그는 자신의 내면에 익숙한 공포감이 도사리고 있는 것을 발견했다. 그는 또다시 발기가 되지 않았다. 상냥한 제인은 그를 위로하기 위해 애썼다. 그녀는 그것이 갑작스러운 이상 증상일 뿐이며 곧 그들의 전희처럼 굉장한 섹스를 하게 될 것이라고 그를 안심시켰다.

"그녀의 말을 믿고 싶었어요. 하지만 그때 나는 굴욕감을 느꼈고, 나 자신에 대해 깊이 실망했죠. 더 이상은 주위 환경 탓을 할 수 없었으니까요." 밥이 말했다.

그는 제인과 몇 차례 더 섹스를 시도했으나, 애처롭고 불운한 패턴이 계속 반복되었다. 그들 사이에 친밀감과 흥분이 고조되곤 했으나, 그가 공포에 사로잡히고 긴장하면서 실패한 경험들에 관한 생각으로 되돌아가는 것이었다. 그가 제인에게 끌리면 끌릴수록, 그녀와 함께하는 섹스와 친밀한 교감을 갈망하면 할수록 발기는 더더욱 힘들어졌다.

"나는 제인에게 그녀의 잘못이 아니라고 거듭 말해 주었어요. 하지만 그녀는 내가 그녀에게 매력을 느끼지 못하는 것이라고 믿게 된 것 같더군요." 그녀는 그 문제에 어떻게 대처해야 할지 몰랐다. 전에는 그런 상황에 닥쳐 보지 못했던 것이다.

그가 요세미티에서 몇 차례 더 긴 주말 연휴를 보낸 뒤 제인은 그에 대한 관심을 잃고 그를 피하기 시작했다. 편지를 보내도 답장을 하지 않았다.

밥은 상심했다. 그는 우울증의 깊은 바닥으로 가라앉았고, 그 뒤 몇 년간 거기서 헤어 나오지 못했다. 그는 자기 자신을 탓하며 고독 속에 갇혀 지냈고, 밖으로 나가는 출구를 보려 하지 않았다. 그는 요컨대 스스로 원해서 독방에 감금된 꼴이었다. 간수는 바로 그 자신이었는데, 이번 경우는 간수에게 독방 문을 열 열쇠가 없었다.

"당시 우울증을 치료하기 위해 전문가를 찾아가지는 않았나요?" 내가 물었다.

"몇 달 동안 정신과 의사를 만나러 다녔죠. 별 도움이 되지 않더군요. 그러나 그 의사가 마지막 치료 때 어떤 기관 전화번호를 하나 알려 주었어요. 인간의 성에 관해 연구하는 UC 샌프란시스코의 한 분과였는데, 거기서 대리 파트너와 함께 작업하는 치료사를 소개해 줄 거라고 했어요. 그게 5년 전의 일이었죠. 하지만 지금까지 전화를 해볼 생각을 못 했던 거예요."

"그렇다면 어떻게 지금 와서 전화를 할 생각을 하게 되었나요?"

"나 자신이 바뀌어야 한다는 것을 알았기 때문이에요. 더 이상은 이런 식으로 살아갈 수 없어요. 나는 외로움에 지쳤고, 나 자신을 미워하는 데 신물이 날 지경이에요. 이제 와서 나한테 잃을 게 뭐가 있겠어요."

밥은 수행 불안의 교과서적인 사례다. 그는 그가 자신 안에서 본 악순환의 늪에 빠져 있었다. 내 일이란 바로 그가 그런 늪에서 나오도록 돕는 것이다.

우리가 함께 작업하는 동안 나는 그와 함께 많은 훈련을 했다. 감각 터치는 가장 중요한 훈련 가운데 하나였는데, 그의 관심을 성기로부터 돌려 몸 전체로 확대시켜 주기 때문이다. 나는 그가 관능과 쾌락을 경험하고 성기는 어떻게 반응하든 신경 쓰지 않고 그대로 놔두기를 바랐다. 나는 성과학 훈련 때 그가 성적으로 반응을 매우 잘하며 민감한 부분이 많다는 것을 알았다. 나는 그에게 의사소통 기술과 애무하는 법도 가르쳤다.

밥은 점차 자신의 수행 불안 장애를 극복해 갔다. 발기에 도달하고 이를 유지하는 능력이 점점 더 향상되었다. 6번째 세션에서 밥과 나는 섹스를 했으며, 그는 마침내 동정의 멍에에서 벗어날 수 있었다. 이것은 대단한 성공이었으나, 한 가지 문제가 해결되지 않은 채 남았다. 그에게 지루증이 있었던 것이다. 이런 증상은 불안 장애를 안고 있는 남자들에게 흔히 일어난다. 밥은 내 몸 안에 있을 때나 내가 손이나 입으로 자극을 줄 때도 사정이 되지 않았다. 그는 내가 오르가슴에 도달하고 난 뒤 자위를 하며 절정을 맛보아야 했다.

마지막 세션에서 나는 밥에게 그전에 나와 함께 익힌 훈련을 계속하도록 권했다. 나는, 시간이 지나면 언젠가는 성교 행위 중에 사정을 할 수 있게 될 것이라고 진심을 담아 얘기해 주었다. 그 뒤 나는 샤워를 하러 갔고, 그가 욕실로 나를 따라 들어왔던 것이다.

***

마지막 세션 다음 날 밥에게 바로 전화가 왔다. 그는 다음 주 수요일에 나를 데리러 오겠으니 캘리포니아 주립대학교 식물원으로 사진을 찍으러 가자고 했다. 밥은 이제 더 이상 의뢰인이 아니었기 때문에 나는 나 자신에게 그와의 데이트를 허락하기가 훨씬 수월했다. 그가 의뢰인이었을 때는 개인적 차원에서 벌어지고 있는 일들과 타협하기가 사실 힘들었다.

대리 파트너도 치료사처럼 의뢰인과 개인적인 관계로 얽히는 일을 피해야 한다. 그러나 나는 밥에게 무척 깊은 유대감을 느꼈고, 그것을 무시할 수 없었다. 그는 겸손했고, 밝고 사려 깊었다. 그와는 마이클과

하는 식으로 대화를 할 수 있었다. 게다가 마이클과 얘기할 때와 달리 거만한 자아와 싸우거나 내가 얼마간 모자란 인간이 아닐까 하는 만성적인 두려움에 시달릴 필요도 없었다. 나는 우리 사이의 일로 누군가 상처를 받을 일은 없을 것이라고 생각했다.

수요일이 되자, 나는 카메라를 챙기고 집에서 밥을 기다렸다. 불규칙하게 일하는 마이클은 소파에 누워 책을 읽고 있었다. 밥이 초인종을 누르자 그가 나가 밥을 집 안으로 들였다. 내가 욕실에서 나왔을 때, 그들은 얘기를 나누는 중이었다.

"식물원에 가기에는 좋은 날이군요." 마이클이 말했다.

"네. 멋진 사진을 찍을 수 있지 않을까 기대하고 있어요. 오늘 햇빛이 좋네요."

"두 사람이 이미 인사를 했나 봐요." 내가 말했다.

"자, 이제 두 사람을 보내드려야겠네요." 마이클이 말하며 밥에게 한 손을 내밀었다.

밥에게 나의 개방 결혼에 대해 그리고 애인과 최근에 헤어진 일에 대해 얘기한 것은 세션을 마치고 하던 대화 중에서였다. 내가 하는 일로 미루어 그가 내 결혼 생활이 완벽하고 모범적인 형태의 것이 아님을 충분히 예상할 것이라는 생각이 들기는 했다. 하지만 나는 그가 마이클과 나 사이에서 이루어진 결혼의 조건들을 세세한 부분까지 알기 바랐다. 우리가 개인적 관계를 맺고자 하면, 그것이 배타적인 것이 될 수 없음을 ― 적어도 가까운 장래에는 ― 그는 미리 알아야 했다. 한편, 나는 아직 스스로 인정할 준비가 되지는 않았지만 마이클이 없는 삶이 바람직하지는 않더라도 적어도 가능할 것이라는 상상을 하기 시작했다.

밥의 반응은 내가 예상한 대로였다. 그는 섣불리 재단하려 들지 않았고 오히려 흥미를 보이며 상황을 그대로 받아들였다. 그는 세상을 살아가는 여느 보통 사람과 다름없었지만, 열린 마음이라는 소중한 특성을 갖고 있었고 순수하기까지 했다. 그것이 내가 그를 사랑하게 된 이유 가운데 하나다.

마이클과 밥을 나란히 곁에 두고 보는 것은 나에게 흥미로운 경험이었다. 나는 언제나 체격이 큰 남자들에게 끌렸고, 마이클은 바로 그런 범주에 들었다. 반면 밥은 마르고 단단한 인상을 주었다. 성격 역시 날카롭게 대비되었다. 마이클은 모든 것에 대해 자신만만했고, 쾌락주의자로 무엇이든 자기 마음대로 하려고 했다. 대화를 나눌 때도 늘 자신의 의견을 강요했다. 제발, 마이클. 지금 산상 수훈을 하고 있는 게 아니잖아요. 나는 때때로 그가 이런저런 문제에서 허풍을 떤다고 생각했다. 그렇다. 그는 똑똑한 사내였다. 하지만 그는 어느 순간부터인가 거만을 떨고 잘난 척하는 것처럼 보이기 시작했다. 그를 짜증나게 여기는 사람들도 있었다. 반면 밥은 자신감이 훨씬 부족했고, 사람들과 어울리는 것을 불편해했다. 하지만 훨씬 풍부한 감정을 갖고 있었다. 그에게는 마이클에게는 없는 정직과 진실함이 있었다. 그와 함께 있으면 더 많은 경험을 공유할 수 있었고, 우리의 몸은 서로에게 완벽하게 들어맞았다. 그와의 섹스는 내가 경험했던 그 어떤 섹스보다 달콤하고 친밀한 것이다. 마이클과의 섹스도 거기에는 미치지 못했다. 밥은 여전히 지루증이 있었고, 성교 행위가 끝난 뒤 자위를 통해서만 사정을 할 수 있었다. 그러나 수행 불안 장애는 확실히 극복된 상태였다. 우리는 언젠가는 그가 내 몸 안에서 절정에 도달할 수 있기를 바랐다. 그 문제는 밥에게 특히 중요했다. 왜냐하면 그는 이 마지막 장벽이 성인이 된 후 그가 줄곧 갈 망해 온 친밀한 교류를 가로막고 있다고 생각했기 때문이다.

밥과 나는 버클리 힐스로 차를 몰고 갔다. 높이 올라가자 8월의 대기가 따뜻해졌다. 밥은 식물원 바로 바깥에 차를 세웠다. 우리는 각자 목에 카메라를 걸고 정문으로 난 보도로 걸어갔다. 그곳에서는 빨간 철쭉, 노란 팬지, 갈색 반점이 나 있는 흰 모란, 그리고 갖가지 꽃의 태피스트리가 우리의 시선을 끌었다. 날은 청명했고, 폭발적인 색채의 장관은 나 같은 초보 사진가에게도 사진을 찍고 싶은 마음으로 안달이 나게 만들었다.

나는 원래 f-스톱과 숏 스톱도 구분 못 하는 상태였지만, 곧 사진의 기본 개념과 용어 몇 가지를 이해하기 시작했다. 예를 들어 셔터 속도라든지 조리개, 초점 거리, 피사계 심도 같은 말들이 무엇을 뜻하는지 조금씩 알게 되었던 것이다. 밥은 우리의 첫 번째 외출을 즐거워하는 것이 분명했다. 그는 내 새로운 카메라에 관해 하나하나 알려 주며 부드럽고 끈기 있는 태도를 보여 주었고, 나는 그런 그에게 고마움을 느꼈다.

내가 그날 오후 찍었던 사진 가운데 가장 기억에 남는 두 장의 사진은 밥이 좁은 길을 따라 물구나무서서 걷는 모습과 그가 아치형의 다리 위에 서서 나를 향해 미소 짓는 장면이 각각 담겨 있다. 첫 번째 사진은 그의 유쾌함을, 두 번째 사진은 그의 친절함을 보여 준다.

당시에는 깨닫지 못했지만, 나는 두 발을 각각 서로 다른 세계에 걸쳐 둔 채 인생의 새로운 단계에 들어서고 있었다. 혼란의 씨앗은 이미 뿌려져 있었고, 내 앞에는 새로운 감정적 풍경이 펼쳐져 있었다. 나는 어느새 감정의 롤러코스터에 몸을 싣고 있는 기분이 들었다. 밥과 함께 있는 모든 시간을 사랑하면서도 나는 여전히 마이클과의 결혼 생활이 원만히 이어지길 바랐기 때문이다.

밥과 나는 일주일에 한 번씩 규칙적으로 만나기로 했다. 우리는 연극이나 영화를 보러 갔고, 박물관, 미술관에도 갔다. 사진을 찍으러 몇 차례 더 야외로 나갔고, 여러 번 긴 도보 여행을 했다. 하지만 나는 그냥 그와 함께 있고 사랑을 나누고 대화를 할 때가 가장 행복했다. 간혹 밥이 사랑과 애정이 담뿍 담긴 눈으로 나를 바라볼 때면 나는 눈물을 흘리곤 했다. 어쩌면 사랑은 내가 상상했던 것보다 훨씬 단순하고 달콤한 것인지도 몰랐다.

밥에게는 몇몇 극단의 정기 입장권이 있었고, 우리는 첫 번째 데이트 이후 5개월째에 「쉬 러브스 미」를 보러 가기로 했다. 이 로맨틱 뮤지컬은 직장에서 늘 다투지만 익명의 편지를 통해 사랑에 빠진 남녀에 관한 이야기였다. 공연을 보기로 한 쌀쌀한 12월 어느 날 나는 늦은 아침 무렵 밥의 집으로 갔고, 우리는 사랑을 나누고 대화를 하면서 오후를 충만하고 여유롭게 보냈다.

우리는 너무나 즐거운 시간을 보낸 나머지 공연에 대해서는 까맣게 잊고 있었다. 그러다가 갑자기 공연 시간이 90분밖에 남지 않았다는 것을 깨닫고 깜짝 놀랐다. 열정적이고 더없이 행복한 섹스 속에서 우리는 우리 자신을 잃어버렸고, 나는 여러 번 오르가슴에 도달했다. 우리는 원래 공연에 앞서 저녁 식사를 할 계획이었으나, 밥은 아직 만족하지 못한 듯했다. 게다가 우리는 샤워를 해야 하고 옷도 입어야 했는데, 어쨌든 저녁 식사야 언제든 공연 뒤로 미룰 수 있겠다 싶었다.

나는 그저 멋진 섹스를 기대했으나, 나를 기다리고 있던 것은 더없이 황홀한 섹스였다. 우리의 눈과 팔다리는 격정적인 포옹에 뒤얽히고 우리의 머리와 몸은 땀으로 미끌거렸다. 밥과 나는 처음으로 함께 절정에 도달했다. 밥이 섹스 중에 사정을 할 수 있었던 것은 그때가 처음이었다. 변신은 드디어 완성되었다. 이제 밥은 발기 문제뿐만 아니라 지루증까지 극복하게 된 것이다.

이런 문제를 안고 있는 많은 남자들과 비슷하게, 그가 처음으로 섹스 상대의 몸 안에서 오르가슴에 이른 것은 전혀 예상치 못했던 순간이다. 그런 순간은 아무런 염려나 걱정 없이 사랑하는 동시에 신뢰하는 그 누군가와 사랑을 나눌 때 찾아오는 법이다.

밥과 나는 그날 밤 공연장에 앉아 두 주인공 게오르그와 아말리아가 서로 모른 채 사랑에 빠지는 장면을 보면서 손을 꼭 잡고 사랑의 시선을 교환했다. 음악은 아름다웠고, 대사는 재치가 있었다. 연기 또한 훌륭했다. 의뢰인이었던 사람과 관계를 맺는 것은 위험하다. 하지만 우리의 길은 서로 마주쳤고, 시기가 딱 맞았다. 위험을 감수한 대가는 내게 엄청난 보상으로 돌아왔다.

두 번째 가족

　1980년대가 시작될 무렵 마이클과 나는 그 어느 때보다 일부일처제의 전통적인 결혼 생활에 가까워졌다. 결혼을 하고 나서 처음 몇 년간은 그에게나 나에게나 강도 높은 실험의 기간이었다. 하지만 궁극적으로 우리는 내킬 때마다 가볍게 섹스를 나눌 상대 대신에 정기적으로 만날 신뢰할 만한 애인을 찾게 되었다. 나의 애인은 밥이었고, 마이클의 애인은 1976년에 샌프란시스코 성 안내소에서 만난 여자였다.

　멕은 사실 마이클의 타입이 아니었다. 그는 보통 육감적인 몸매에 성격까지 매력적인 루벤스풍의 여자에 빠지곤 했다. 그는 풍만한 육체에 활발하며 유쾌한 여자들을 사랑했다. 멕은 키가 작고 호리호리했으며, 짧게 자른 금발 머리에 말괄량이 기질이 있었다. 자전거 타기와 달리기를 열광적으로 즐겨, 몸은 단단하고 팽팽한 근육질에 일종의 패딩처럼 여분의 살이 있는 정도였다. 그녀는 조용하고 수심에 차 있는 듯한 인상이었다. 그녀와 처음 만났을 때, 나는 그녀가 마이클이 가볍게 사귀다가 곧 끝내 버릴 또 한 명의 여자가 될 것이라고 판단했다.

나는 우리의 방식에 어느 정도 만족하고 있었다. 우리의 평행한 삶이 안정된 평형을 이루고 있는 것처럼 보이는 순간조차 있었다. 마이클과 나는 가정 바깥에서 애인과의 만남을 즐기면서도 일차적으로 아이들과 우리가 꾸민 가족에 헌신했다. 그런 탓에 나는 때때로 부모님과 그들 세대가 틀렸다는 것을 입증한 듯한 기분이 들었다. 나는 말하고 싶었다. "보시라구요. 나는 그 모든 규범을 깨고 이렇게 잘 살고 있다구요." 내게는 더없이 마음에 드는 직업이 있었고, 신뢰할 만한 친구들이 있었다. 결혼 역시 별난 형태기는 하지만 많은 사람들이 예상했던 것보다 오래도록 굳건히 유지되고 있었다. 전체적으로 나는 마이클과 내가 만들어 가고 있는 우리만의 삶의 방식이 자랑스러웠다. 우리는 더 이상 쓸모없지만 인생에서 중요한 것들을 여전히 억압하고 있는 관행과 인습을 완전히 내던져 버린 것이다.

가장 중요한 것은 우리의 아이들이 행복하고 건강하다는 것이다. 마이클은 여전히 애정이 넘치는 아버지로서 제시카 그리고 에릭과 강력하고 지속적인 유대 관계를 형성하고 있었다. 나는 우리 아이들만큼 자신들의 생각과 감정, 근심, 꿈에 관해 아버지와 스스럼없이 얘기를 나눌 수 있는 아이들을 많이 보지 못했다. 나는 마이클이 존중하는 태도로 아이들의 말에 진심으로 귀 기울이는 모습을 사랑했다. 나는 모든 여자가 마이클 같은 남편을 얻기를 바라지는 않지만, 모든 아이들이 그 같은 아버지를 얻기를 바랐다.

하지만 우리의 개방 결혼에 관한 내 감정은 여전히 복잡했다. 나는 마이클을 다른 여자들과 공유한다는 것이 결코 행복하지 않았고, 그가 멕을 만나러 갈 때면 질투심이 일곤 했다. 하지만 그와 동시에 가정의 울타리 밖에서 내가 누리는 남자들과의 관계가 내 삶을 너무도 풍요롭게 해주었기 때문에 마이클에게 감사하는 마음이 들기도 했다. 그는 내가 어떤 죄책감이나 기만 없이 그런 관계를 향유할 수 있도록 내게 충분한 자유를 주지 않았는가.

유일한 위험이 있다면, 언젠가는 누군가가 자식이 딸린 우리 부부에게 부차적인 관계 이상의 것을 바랄지도 모른다는 것이다. 감정과 애착은 우리가 짜놓은 시스템에 딱 들어맞도록 관리되고 조절되어야 했다. 이 시스템의 중심에는 마이클과 나, 아이들이 있었다. 다른 관계는 우리 주위를 궤도에 따라 공전하고 있었다. 이 체제는 우리 주위의 궤도에 있는 사람들이 행복한 상태로 기꺼이 거기 남아 있을 때에만 제대로 유지될 수 있었다.

내가 멕이 더 이상 그렇게 하고 싶어 하지 않는다는 사실을 안 것은 1978년의 어느 서늘한 가을날이었다. 그녀가 마이클과 나에게 토요일 아침 버클리에 있는 자신의 아파트에서 만나자고 했다. 나는 그와 함께 보통의 주말 때보다 일찍 집을 나섰다. 우리에게는 아이들과의 바쁜 하루가 예정되어 있었고, 그래서 나는 멕과의 만남을 빨리 해치우고 싶었다. 침실이 하나 딸린 그녀의 작은 아파트로 들어가자, 집에서 구운 와플과 커피 향기가 풍겼다. 상황이 달랐다면, 충분히 식욕이 당겼을 것이다. 하지만 멕이 음식이 담긴 접시와 커피 잔을 건네줄 때 나는 그것들이 고스란히 모두 버려질 것임을 알았다.

멕은 눈이 충혈되어 있었다. 그녀는 잠을 자지 못한 것처럼 보였다.

"잘 있었어요, 멕?" 내가 물었다.

"잘 있었어요."

나는 습관적으로 "네. 고마워요."라는 말을 거의 할 뻔하다가 입을 다물었다. 나는 그녀가 나에게 잘 있었는지 되묻지 않았다는 것을 깨달았다.

우리는 응접실에 앉아 있었고, 마이클만 음식을 먹기 시작했다.

"이런 상황이 우스꽝스럽다는 건 알아요. 하지만 나는 꼭 이렇게, 이렇게…"

멕이 갑자기 눈물을 흘렸다. 마이클이 포크를 놓더니 그녀에게 화장지를 건넸다.

"당신들은 뭐 하는 사람들이죠?" 그녀가 갈라진 목소리로 말했다.

"무슨 말이에요?" 내가 물었다.

"내가 무슨 짓을 해야 했는지 알아요, 셰릴?"

나는 멍한 눈으로 그녀를 바라보았다. 나는 당연히 그녀가 무슨 말을 하는지 몰랐다.

"낙태를 해야 했다구요. 마이클이 임신을 시켜서 낙태를 해야 했다구요."

마이클이 임신을 시켰다니? 그렇다면 그가 피임을 하지 않았다는 건가? 그는 내가 좋은 엄마가 될 것이라고 생각했기 때문에 나를 아내로 택했다. 게다가 그는 결혼을 한 유일한 이유는 아이들을 갖기 위해서라고 늘 말해 왔다. "아이들에게는 사랑과 정성을 쏟는 두 명의 부모가 필요하지." 그가 그렇게 말하는 걸 얼마나 많이 들었는지 모른다. 그는 동시에 두 가족의 좋은 아버지가 될 수 없다는 것을 분명 알고 있다. 그렇다면 이게 대체 무슨 일이란 말인가?

마이클은 두 손으로 머리를 감싸 쥐었다.

"멕, 당신이 그런 일을 하게 돼서 미안해. 하지만…"

"당신들은 사람을 가지고 놀고 있어요. 알아요?"

나는 멕이 가여웠다. 하지만 동시에 화가 나기도 했다. 그녀는 성인이었고, 마이클과의 관계를 시작할 때 이미 그가 두 아이가 있는 유부남이라는 걸 알고 있었기 때문이다. 그렇다. 우리의 결혼은 개방 결혼이다. 하지만 그럼에도 불구하고 결혼은 결혼이다. 그에게는 무엇보다 나와 자식들에 대한 책임이 우선이다. 누구도 그녀에게 거짓을 말하지 않았다. 그녀는 감언이설에 속아 만남을 시작한 게 아니었고, 그는 미끼를 던져 그녀를 유인한 게 아니었다. 게다가 그녀는 누가 아이를 부양할 거라고 생각하는 걸까? 마이클은 직업이 없었다. 내가 우리 가족의 유일한 부양자였다. 멕 역시 교사로 일하면서 수입이 별 볼일 없지 않은가. 그런데 대체 왜 그들은 피임도구를 사용하지 않았을까?

"알아요? 아냐구요?" 멕이 말했다.

"잠깐만요, 멕. 당신 몇 살이죠?" 나는 쏘아붙였다. "당신은 성인이에요. 당신은 자신이 어떤 남자와 만나는지 알고 있었어요. 당신이 상처를 받은 걸 보니 나도 마음이 아파요, 멕. 하지만 마이클은 처음부터 당신에게 모든 걸 솔직히 얘기했어요."

멕은 계속 울었다. 나는 포크로 접시 위의 음식을 이리저리 움직였다. 마이클은 마치 암호라도 해독하는 듯 발아래의 양탄자를 뚫어지게 쳐다보았다.

"이건 옳지 않아요." 멕이 흐느꼈다.

마이클이 일어나 멕의 등에 손을 올려놓았다. 그녀는 그에게 안겼고, 그는 두 팔로 그녀를 감싸 안고 조용히 흔들었다. 그가 나를 쳐다보며 눈짓으로 미안하다는 표시를 했다. 나는 속이 끓었고, 그 자리를 피하고 싶은 마음이 일었다. 나는 접시와 커피 잔을 모아 주방으로 가져갔다. 접시와 잔을 씻어 물기를 닦아 낸 뒤, 싱크대에 있던 다른 그릇도 몇 개 씻었다. 응접실로 다시 돌아갔을 때, 멕은 어느 정도 진정되어 있었고 우리는 품위를 갖춘 채 그곳을 떠날 수 있었다.

"이게 대체 무슨 일이에요?" 나는 차문을 소리 내어 닫으면서 물었다. "멕이 어떻게 임신을 한 거냐구요! 피임도 안 한다는 말이에요?"

"멕이 약을 먹어. 그런데 당신도 알다시피, 약이 100프로 효과가 있는 게 아니잖아. 우리는 그냥 운이 나빴던 거라구. 그러니 내가 어쩌겠어?" 마이클이 말했다.

"당신이 할 수 있는 일을 내가 말해 주죠. 콘돔을 써요. 정관 수술을 받고 멕에게 페서리를 하도록 해요. 피임약에만 의존하지 말라구요. 100퍼센트 확실해야 해요, 마이클."

"알아, 안다구. 뭔가 방법을 쓸게. 다시는 이런 일 없을 거야. 약속할게."

나는 그의 말을 믿었다. 다른 여자가 있는 건 괜찮았다. 하지만 다른 가족이 있는 건 그렇지 않았다. 우리 둘 다 그 사실을 잘 알고 있었다.

***

그로부터 거의 1년 뒤인 1979년 10월까지 나는 멕을 다시 보지 못했다. 이때쯤 나와 밥의 관계는 이미 굳건해져 있었는데, 어쨌든 나는 그 불편했던 아침 식사 때 멕 ― 그리고 마이클 ― 에게 충분히 분명하게 선을 그어 주었다고 믿고 있었다. 그날 그녀가 우리 집에 들렀을 때, 나는 아직 뉴잉글랜드에 살고 있는 남동생과 전화 통화를 하는 중이었다. 초인종이 울려 나는 전화기를 내려놓고 현관으로 향했다. 문을 열어 보니, 멕이 서 있었다. 우리는 잠시 서로를 쳐다보았다. 우리 둘 다 약간 놀랐다. 마침내 내가 인사를 건넸다. 그는 마이클이 그녀에게 주려고 지하실에 보관하고 있는 턴테이블을 가져가기 위해 왔다고 했다. 나는 침실 문이 열리는 소리를 듣고 안도했다. 마이클이 곧 그 어색한 순간에서 나를 구해 주었다.

나는 다시 전화기를 집어 들고 남동생과 얘기를 나눴다. 통화는 거의 한 시간 가까이 계속되었다. 전화를 끊기 몇 분 전, 나는 앞 창문으로 멕이 차문을 열자 마이클이 뒷좌석에 턴테이블을 가져다 놓는 장면을 보았다. 나는 그녀가 어딘가 달라 보인다고 생각했다. 그러다가 그녀가 오버올을 입고 있다는 것을 깨달았다. 멕이 평상시 운동복을 즐겨 입는 것을 생각하면 의외의 옷차림이었다. 원래 그녀에게는 스판덱스 레깅스와 긴 티셔츠가 유니폼이나 다름없었던 것이다.

이상하네, 나는 생각했다. 하지만 무슨 상관이람? 나는 멕의 특이한 옷차림에나 신경 쓰고 있을 시간이 없었다.

1980년 내 딸은 14살이었고, 아들은 11살이었다. 둘 다 십대로, 불안스러운 사춘기에 접어들고 있었다. 나는 내 부모님에게는 없었던 감수성과 연민으로 아이들이 이 기간을 무사히 통과할 수 있도록 하겠노라고 마음먹었다. 나의 어머니는 결코 그러지 못했지만, 나는 여유롭고 세심하며 언제든 도움을 주는 엄마가 되기 위해 노력했다. 아이들이 어떤 문제라도 나와 상의하고 절대 내가 화를 낼까 봐 두려워하지 않도록 하는 게 내 소망이었다.

나는 여전히 부모님에 대한 분노를 품고 있었다. 그러나 나 자신과 내 아이들을 위해 그런 마음속의 균열을 메우려고 애썼다. 아버지와 어머니는 손자들을 사랑했고, 나는 내 딸과 아들이 삶에서 그들을 좋아해 주는 어른들을 가능한 한 많이 두기를 바랐다. 그 오랜 시간 동안 분노를 품고 있음으로 해서 나는 크나큰 대가를 치렀고, 그런 분노는 치료의 삶을 통해 서서히 사라져 갔다. 나는 적어도 1년에 두 번은 부모님을 방문하기 위해 세일럼에 갔다. 부모님과 마이클의 관계는 어느 정도 좋아지기는 했으나, 매번 이런 여행에 나와 함께 가고 싶어 할 정도는 아니었다. 1980년 초, 나는 5월에 부모님을 만나러 매사추세츠에 갈 계획을 세웠다.

여행 일자를 확인하고 나서 얼마 지나지 않았을 때, 친구 브렌던으로부터 전화가 왔다. 그는 샌프란시스코에서 개업하여 한창 잘나가고 있는 변호사였다. 그는 요세미티의 아와니 호텔에서 주말을 보내기 위해 예약을 해놓았는데 갑자기 취소할 일이 생겼다고 했다. 눈이 휘둥그레질 만큼 멋진 다이닝 룸에서 이틀 동안 저녁 식사를 할 수 있는 식사권까지 있었다. 날짜는 5월 초였다. 그는 나와 마이클에게 대신 가지 않을 테냐고 물었다.

아와니 호텔은 고전적 양식과 현대적 스타일을 결합한 웅장한 건축물이었다. 호텔의 근사한 식당에서는 숨을 멎게 만드는 요세미티의 장엄한 경관을 볼 수 있었다. 우리 형편대로였다면 마이클과 나는 그곳에서 주말을 보낼 여유를 결코 가져 보지 못했을 것이다. 그러나 브렌던 덕분에 우리는 갑자기 멋진 휴가를 갈 수 있는 기회를 얻은 것이다. 마이클은 나만큼이나 기뻐했다.

나는 부모님을 방문한다는 생각만 하면 늘 마음이 불안해졌다. 하지만 이제는 세일럼으로 떠나기 한 주 전에 세상 그 어디보다 고요하고 아름다운 곳 가운데서 쉬면서 기운을 얻을 수 있게 되었다. 나는 나 자신을 위해 아와니 호텔의 다이닝 룸에서 입을 드레스를 한 벌 사기로 결정했다. 오로지 나만을 위한 사치를 누려 본 것은 실로 오래전의 일이었다. 중고 상점에서 구입한 내 대부분의 옷들과 달리 이번 드레스는 그 옷을 처음으로 입는 사람이 내가 될 것이다.

나는 2월의 어느 토요일 아침 일찍 샌프란시스코로 향했다. 나는 5월 초의 휴가에 어울리는 옷을 찾아 백화점과 부티크를 돌아다니며 하루를 보냈다. 물론 너무 이르기는 했다. 여행은 아직 몇 달이나 남아 있었으니까. 그러나 나는 나만의 조그만 사치에 너무 목말라 있었던 것이다. 나는 마침내 소매 없는 녹색 실크 드레스를 발견했다. 허리에 끈이 달렸고, 목선은 물결 모양을 하고 있었다. 나는 옷을 입고 거울 앞에서 서서 이리저리 돌아보며 모든 각도에서 옷이 잘 어울리는지 살펴보았다. 완벽했다. 아와니 같은 고급 호텔에 머무는 여느 사람들과 다름없이 세련되어 보였다. 지난 몇 달간 열심히 번 200달러가 내 손에서 사라지게 되었지만, 호화로운 여행을 할 기회는 흔치 않았으므로 나는 이 기회에 최대한 행복을 누리고 싶은 마음이었다.

나는 여행을 고대하며 몇 개월을 기다렸다. 여느 워킹 맘처럼 정신없는 날들을 보내면서도 멋진 주말여행이 다가오고 있다는 사실을 떠올리곤 했다. 힘든 하루를 보내고 나서 나는 때때로 옷장에 걸려 있는 드레스를 들어 보거나 입어 보면서 끊임없이 반복되는 일과에서 곧 벗어나게 될 것이라고 스스로를 위로했다. 게다가 나는 그동안 마이클과 둘만의 시간을 보낼 필요가 있다고 생각했고, 그런 시간들을 간절히 기다려 오지 않았는가. 우리에게는 아이들 없이 함께 있을 기회가 거의 없었다. 그런 시간이 생길 때면 우리는 그래도 우리가 사랑에 빠진 이유를 다시 깨닫곤 했는데, 최근에 우리는 너무 소원해져 있었다. 따라서 나는 이번 여행이 우리 사이에 다시 불꽃을 일으키는 계기가 되어 줄 것이라고 기대하고 있었다.

요세미티로 떠나기 전 목요일 나는 오후 시간을 근무에서 뺐다. 그달 말 동부로 여행하기 위한 항공권을 아직 여행사에서 찾지 않았고, 짐을 꾸릴 시간도 필요했기 때문이다. 나는 침실에 서서 가방의 넓은 입구를 들여다보고 있었다. 미리 사놓은 그 우아한 드레스를 어떻게 접어 넣어야 주름이 안 잡힐까 고민하고 있었던 것이다. 나는 모험을 하지 않기로 했다. 가방에 접어 넣는 대신 옷걸이에 걸어 차 뒷좌석에 두기로 결정했던 것이다. 집 안 어딘가에 있는 가먼트 백을 찾다가 씌워 놓고 가면 호텔에 도착했을 때 드레스는 완벽한 상태를 그대로 유지하게 될 것이다.

당시 마이클과 나는 하단에 서랍 칸이 달린 공간 절약형 침대를 쓰고 있었다. 마이클은 지금 살고 있는 집으로 이사를 오고 나서 바로 이 침대를 만들었다. 처음에는 침대가 마음에 들지 않았지만, 나는 기껏 옷장만 한 방구석에 따로 서랍장을 두기 힘들다는 사실을 인정할 수밖에 없었다. 나는 침대에서 내가 자는 쪽 서랍을 열어 샅샅이 뒤져보았다. 하지만 가먼트 백은 보이지 않았다. 그래서 마이클이 자는 쪽 서랍으로 넘어갔다. 뭐야, 완전 쓰레기 천지잖아! 나는 그 주변을 둘러보며 생각했다. 그가 차지하고 있는 방의 한쪽은 사탕 껍질, 신문, 쓰고 버린 휴지로 온통 어질러져 있었다. 침실용 스탠드 바로 옆에는 반쯤 마시다 만 닥터 페퍼가 놓여 있었다. 나는 방에서 그가 차지하고 있는 영역은 이미 오래전에 깨끗이 치우기를 포기한 상태였다. 나는 맨 위 칸의 서랍을 열어 그 안에 있던 스웨터와 티셔츠를 꺼내고 있었는데, 그러다가 서랍 바닥에 있던 편지들을 발견했다.

편지는 25통 정도였다. 모두 멕이 마이클에게 부친 것으로, 태평양 연안 북서부에 있는 한 도시의 소인이 찍혀 있었다. 나는 편지들을 모두 꺼내 시간 순서대로 침대 위에 펼쳐 놓았다. 가슴이 뛰고 손이 떨렸다. 그 자리를 당장 박차고 나가고 싶은 기분이 들었다. 나는 그 편지들을 읽어야 했다. 하지만 항공권도 찾으러 나가야 했다. 감방에 갇힌 것처럼 가슴이 답답했다. 항공권을 찾으러 가야 해. 나는 생각했다. 그러자 충동이 엄습했다. 나는 오래된 토트백을 가져와 그 안에다 순서가 흐트러지지 않게 조심하며 편지들을 쓸어 넣었다.

나는 몇 블록을 운전해 가서 여행사 바로 바깥에 차를 주차시켰다. 토트백을 연 다음 편지들을 손가락으로 만져 보았다. 팔이 납덩이처럼 무거웠고, 입을 너무 꽉 물고 있어서 턱이 아파왔다. 나는 편지를 하나하나 읽어 보며 멕이 임신했다는 사실을 알았다. 그녀는 부모님이 손주를 얻게 되어 얼마나 기뻐하는지 썼고, 의사의 방문과 아이에게 지어 줄 만한 이름들에 관해 썼다. 마이클에게 그가 얼마나 그리운지, 정신을 잃게 만드는 그와의 섹스가 얼마나 그리운지 얘기했고, 그런 섹스가 그녀에게 그토록 원하던 아이를 가져다준 것이라고 했다. "의사는 이제 어느 때든 아이가 나올 수 있을 거라고 했어요." 후반에 보낸 편지들 중 하나에서 그녀가 말했다.

편지를 읽으면서 나를 사로잡았던 감정의 물결이 어떠했는지는 말로 표현하기 힘들 정도였다. 불안, 분노, 절망이 격류처럼 뒤엉켜 나를 집어삼켰다. 내 심정은 서부로 오는 중에 자동차 사고를 당했을 때와도 비슷했다. 엄청난 감정이 휘몰아쳤고, 나는 자동차 사고의 과정을 잊어버릴 수 없는 것처럼 그 편지들에 대한 생각에서 벗어날 수가 없었다. 그 둘의 힘은 너무나 강력해서 나는 거기로부터 도망칠 수가 없었다.

나는 거의 한 시간가량 차 안에 앉아 있었다. 여행사에 들어가 보스턴행 항공권을 찾기 위해서는 어떻게든 마음을 추슬러야 했기 때문이다. 나는 지갑을 꺼내 여행을 위해 마련해 둔 돈을 세어 보았다. 나는 누군가와 대면하는 일을 피하고 싶었기 때문에 앉은자리에서 두 번 더 돈을 셌다. 돈을 봉투에 넣은 다음, 차 밖으로 나갔다. 출구를 향해 걸어갈 때 어느 키 큰 남자가 내 쪽으로 뛰어오고 있었다. 내 생각에는 돈 봉투를 떨어뜨린 게 그때였던 것 같다. 아마 그 남자가 떨어뜨린 돈을 주워 갔을 것이다. 여행사 안으로 들어가고 나서야 나는 400달러를 잃어버렸다는 것을 알게 되었다.

집에 도착했을 때 나는 두 가지 사실에 안도했다. 첫째는 사고를 내지 않은 것이고, 둘째는 집이 여전히 비어 있다는 것이다. 나는 침대에 들어가 엉엉 울었다. 이런 배신은 전에는 결코 경험해 보지 못했던 것이다. 나는 여러 가지 이유로 울었다. 나는 분노하고 모욕받고 상처받았다. 바닥을 헤아리지 못할 고통을 느꼈던 것은, 마이클이 우리의 결혼을 의미 있게 만드는 한 가지 사실을 무참히 짓밟았기 때문이다. 그에게는 이제 나에게서만 아이가 있는 게 아니었다. 그는 멕이 어머니로서 잘해 나갈 수 있을 것이라고 생각했던 게 분명하다. 나는 그에게서 이제 배타적인 지위를 누릴 수 없게 되었다. 우리의 결혼 전체가 우스운 장난에 불과한 것이었을까? 불현듯 멕이 오버올을 입고 왔었던 10월 어느 날의 일이 떠올랐다. 그렇다. 그녀는 임신을 했던 것이다. 그래서 오버올을 입고 있었던 것이다. 나는 그제야 분명하게 그 사실을 깨달았다.

나는 이 새로운 사실을 알고 나서 대체 어떻게 행동해야 할지 몰랐다. 그렇다고 그대로 입을 다물고 가만있을 수는 없었다. 내 인생을 뒤흔든 지각 변동 같은 일이라 모른 척하고 있을 수는 없었다. 하지만 어떤 식으로 얘기를 시작해야 할지 몰랐다. 나는 침착함을 잃지 말아야 한다고 스스로 거듭 다짐했지만, 그러지 못하리라는 것을 잘 알고 있었다.

정신을 차려야 했다. 아이들이 곧 집에 올 것이고, 마이클도 마찬가지다. 나는 울음이 그치기를 바라며 눈물을 닦고, 코를 풀었다. 하지만 편지들을 다시 접어 봉투에 넣고 편지 뭉치를 원래 있던 서랍에 가져다 놓는 동안에도 내내 흐느낌은 멈추지 않았다.

문이 열리는 소리가 들렸을 때, 나는 제시카와 에릭이 학교에서 돌아온 걸 알았다.

"엄마?" 에릭이 소리쳤다.

나는 욕실로 달려갔다.

숨을 깊게 들이쉰 뒤 소리쳤다. "엄마, 욕실에 있어."

목소리에 울음이 섞인 것을 감추려 했으나 잘되지 않았다.

"괜찮아요?" 에릭이 물었다.

"응, 괜찮아. 낮잠을 좀 잤어. 이제 샤워하려고."

나는 물을 틀고 옷을 벗어 그날의 두 번째 샤워를 했다. 그게 시간을 벌 수 있는 유일한 방법이었다. 나는 이런 정신적 혼란 상태를 아이들에게 보여 주지 않도록 어떻게든 정신을 가다듬어야 했다.

저녁 식사를 마치고 났을 때도 마이클은 돌아오지 않았다. 나는 침대에 누워 책을 읽으려고 해보았다. 하지만 밤 시간을 거의 울면서 보냈다. 10시쯤 그가 문을 열고 들어오는 소리가 들렸다. 나는 재빨리 불을 끄고 돌아누워 잠든 척했다.

마이클이 부엌에서 서성거리다가 TV를 켜는 소리가 들렸다. 그는 곧 침실로 들어왔다. 그는 내가 뭘 알고 있는지 모르겠지, 나는 생각했다. 나는 청바지를 벗고 헐렁한 운동복 바지를 입는 그의 검은 실루엣을 지켜보았다. 나는 낯선 사람을 몰래 지켜보는 관음증 환자 같은 기분이 들었다.

다음 날 아침 늦게 마이클과 나는 차에다 짐을 싣고 제시카와 에릭에게 작별 인사로 입맞춤을 한 다음 아와니로 가는 3시간 반가량의 운전길에 올랐다. 마이클이 운전대를 잡았다. 그는 580번 주간 고속도로로 진입하여 고속도로의 교통 흐름에 섞여 들었다.

"나 곧 세일럼에 가요." 내가 말했다.

"응." 마이클이 대답했다.

"나라를 가로질러 반대편으로 날아가는 거예요. 먼 여행이죠. 중간에 무슨 일이 벌어질지 몰라요. 비행기가 추락하면 어떻게 되겠어요? 당신, 나한테 뭐 하고 싶은 얘기 없어요?"

"뭐라고? 대체 무슨 소리야?"

"알잖아요. 내가 갑자기 죽게 된다고 했을 때 내가 알았으면 하는 얘기가 뭐 없냐구요?"

"없어. 당연히 없지."

우리는 두 시간 뒤 점심을 먹기 위해 차를 세웠다. 차로 다시 돌아왔을 때 우리는 음악을 들었다. 나는 어떻게 하면 마이클의 입으로 직접 비밀을 전해 들을 수 있을지 궁리했다.

우리는 4시경에 아와니 호텔에 도착했다. 우리는 둘 다 배가 고팠고, 여행으로 피로했다. 체크인을 한 다음 우리는 방에서 한동안 쉬었다. 그런 다음 나는 샤워를 하고 그 순간을 위해 산 드레스를 입었다. 머리도 손질하고, 립스틱과 마스카라를 칠했다. 나는 거울로 나 자신의 모습을 보면서 이 우아한 녹색 실크 드레스를 산 탓에 얼마나 많은 것을 알게 되었는지 생각했다. 그 옷을 산 게 지금 와서는 바보 같은 짓처럼 여겨졌다. 눈앞에 도사리고 있는 재앙을 모른 채 행복에 들떠 말도 안 되는 행동을 벌인 것 같은 기분이었다. 욕실에서 나가자, 마이클이 나를 향해 미소 지었다. "당신 정말 예뻐." 그가 말했다. 나는 억지로 미소를 지으며 지갑을 움켜쥐었다.

마이클은 스포트 코트를 입고 있었다. 우리는 레스토랑으로 내려갔다. 아와니 호텔의 다이닝 룸은 굉장했다. 천장이 높았고, 거대한 창문으로는 초록의 전경이 내다보였다. 이곳을 정말 좋아할 수 있었을 텐데, 나는 속으로 생각했다. 우리는 음식과 와인 한 병을 주문했다. 술에 약간 취했을 때, 나는 마이클이 비밀을 말해 주지 않을까 하는 마음으로 다시 낚시를 드리웠다.

"정말로 나한테 뭐 말하고 싶은 거 없어요? 이게 털어놓을 수 있는 마지막 기회라고 생각해 봐요."

"무슨 소리야? 당신 정말 무슨 일 있는 거 아니야?"

"그냥 우리가 서로에게 완벽하게 솔직해야 한다고 생각하는 거예요. 앞으로 무슨 일이 벌어질지도 모르잖아요."

그에게 직접 따져 묻지 않기 위해 나는 정말로 안간힘을 써야 했다. 나는 너무 화가 나 일어서서 무슨 일이 벌어지고 있는지 알고 있다고 소리치고 싶었다.

"나는 당신에게 말해 줄 게 아무것도 없어." 그가 말했다.

다음 날 아침 나는 마이클의 입으로 직접 비밀에 관해 듣는 일을 포기하기로 마음먹었다. 그는 실토하려 하지 않았다. 따라서 나 자신이 먼저 그 얘기를 꺼낼 수밖에 없었다. 그에게서 비밀을 캐내려는 시도는 실패로 완전히 돌아간 것이다. 나는 여전히 동요 상태에 있었고, 감정을 억누르기 위해 많은 노력을 해야 했다.

우리는 종일 하이킹을 했다. 나는 마음속에서 요동치는 분노와 불안을 발산하기 위해 가능한 한 나 자신을 육체적으로 몰아붙였다. 지난 몇 년 동안 살이 많이 찐 마이클은 너무 숨차 해서 험한 코스를 따라 가는 동안 대화를 할 수 없었다. 정말로 다행이었다. 나는 이런 참에 아무렇지도 않게 그와 일상적인 대화를 나눌 수 있을 것 같지 않았다. 코스가 시작되는 지점으로 돌아왔을 때, 마이클과 나는 휴식을 취하기 위해 방으로 향했다.

우리는 다시 다이닝 룸에서 저녁 식사를 했다. 나는 와인을 몇 잔 마셨으나, 비밀을 캐내기 위해 마이클을 찔러 보는 일을 하지 않도록 스스로를 다잡았다. 우리는 방으로 돌아왔다. 그리고 격정적으로 사랑을 나눴다. 나는 마이클에게 내가 그의 인생에 없을 때 무엇을 잃게 될지 상기시켜 주고 싶었다. 여행 기간 내내 나는 감정을 억누르느라 지쳐 있었다. 마이클은 알지 못할 테지만, 섹스는 나에게 그런 감정을 표현할 수단이 되어 주었다. 비록 수동 공격적인 방식이기는 하지만 말이다. 섹스가 끝나자, 마이클은 내 품 안에서 잠들었다. 나는 몇 시간 동안 깬 채로 누워 있다가 마침내 잠에 빠져들었다.

다음 날 아침 태양이 뜨며 하늘을 칙칙한 핑크빛으로 물들이기 시작했다. 나는 천장을 올려다보며 잠깐 동안 차라리 아무것도 몰랐으면 얼마나 좋았을까 한탄했다. 아무것도 몰랐다면, 이 주말여행이 얼마나 근사했을까. 이제 어떻게 해야 할까? 이것은 내가 묻어 둘 수 없는 비밀이었으며, 비켜 갈 도리가 없는 재앙이었다. 나는 팔꿈치로 몸을 일으켜 세운 다음 마이클을 뚫어지게 쳐다보았다. 그의 가슴이 오르락내리락거렸다. 그는 코를 약간 골았다. 나는 몇 분 동안 그를 쳐다보고 있었고, 그러자 그가 눈을 뜨더니 나를 바라보았다.

"뭐야? 무슨 일이야? 뭐 하는 거야, 당신?" 그가 말했다.

"마이클, 나 알아요. 아기에 대해 안다구요."

그가 벌린 입을 다물지 못했다.

"무슨 아기?" 그가 말했다.

"무슨 얘기인지 알잖아요, 마이클. 멕이 임신…"

내 목소리가 갈라지며 울음이 쏟아졌다.

"이 일을 대체 어떻게 해야 좋을지 모르겠어요." 나는 흐느꼈다.

"나는 당신이 상관하지 않을 줄 알았어." 그가 말했다.

뭐라고? 상관하지 않을 줄 알았다고? 나로서는 상상도 못 했던 대답이었다. 그건 틀린 대답이었을 뿐 아니라 기괴한 대답이었다. 어떻게 내가 상관하지 않을 줄 알았던 걸까? 「환상 특급」의 주제가라도 나오는 게 아닐까 싶었다. 현실이 거꾸로 뒤집혀 버린 느낌이었다.

"대체 당신은 누구죠? 당신은 나를 누구로 생각하는 거예요? 나는 당신이 이 세상의 그 누구보다 나를 잘 안다고 믿었는데, 알고 보니 나를 전혀 모르고 있었군요."

"나는 당신이 괜찮아할 줄 알았어."

"뭐라구요?" 나는 고함쳤다. "무슨 이유로 내가 괜찮아할 거라고 생각했나요? 당신은 어떻게 할 계획이었나요? 언제 나에게 말해 줄 생각이었죠?"

"뭐, 아이가 십대가 될 때까지 기다릴 생각이었지."

"뭐라구요? 지금 장난해요?"

마이클이 고개를 돌렸다.

"젠장, 정말 당신 지금 진지한 거 맞아요? 우리는 이때까지 오랜 시간을 같이 살았어요. 그런데 어느 날 갑자기 문을 열어 보니 당신 자식이라는 십대 아이가 서 있는 거예요. 그러면 어떻게 되나요? 그러면 당신이 나한테 아이를 소개시켜 주고 그러고 나서는 다시 아무 일 없었던 것처럼 원래대로 돌아가는 건가요?"

"셰릴, 그 문제는 중요하지 않아. 당신은 내 아내야. 멕은 아니고. 멕은 몇 주 전에 아기를 낳았어. 나는 거기 있지도 않았다고. 당신과 있었지."

나에게 위로라고 그런 말을 하는 건가? 내가 그에게 특별한 존재라는 얘기를 그렇게 비틀어서 하는 건가?

"그게 중요한 문제가 아니라면 왜 나한테 비밀로 한 거죠?" 내가 물었다.

마이클은 한숨을 쉬더니 한 손으로 머리를 감싸 쥐었다.

"그게 뭐가 대수야? 당신은 내 아내고, 멕은 아닌데."

나는 토할 것 같았다. 나는 일어나 창문가로 갔다. 커튼을 한쪽으로 밀어젖히고, 창밖의 망망히 펼쳐진 풍경을 바라보았다. 그전까지 그토록 아름다웠던 풍경이 이제 사람들을 집어삼키고 갖가지 위험을 숨기고 있는, 뒤얽힌 혼란의 땅처럼 보였다.

"아기를 낳았군요. 아기는 아들이에요 딸이에요, 마이클? 당신에게 또 다른 아들이 생긴 거예요 아니면 또 다른 딸이 생긴 거예요?" 나는 여전히 창밖을 보며 물었다.

"딸이야. 딸을 낳았어."

나는 몸을 돌려 그를 마주 보았다.

"어떻게 이런 일이 벌어지도록 놔둔 거죠? 그때 첫 번째 사고가 있고 나서 조심하겠다고 약속했잖아요?"

"멕은 정말로 아이를 원했어. 나이도 들어가고 있잖아. 유산을 하고 난 뒤로는 내가 자신한테 아이를 하나 빚졌다고 하더군. 하지만 셰릴, 어차피 나랑은 관계없는 일이야. 나는 그 두 사람의 삶에 관여하지 않을 거라구."

"아이를 빚졌다구요? 나 참, 그건 미친 소리라고 멕한테 왜 얘기해 주지 않았나요? 그리고 당신은 이 아이에게 아무런 관여도 하지 않는 게 정말 괜찮나요?"

나는 분명 괜찮지 않았다. 절대 그렇지 않았다.

"아이는 멕이랑 살 거야. 멕은 대가족이라구. 가족이 멕을 부양하고 있지. 가족들은 멕이 임신한 걸 알고 기뻐했어. 아이를 잘 보살펴 줄 거라구."

내가 어떻게 쓰러지지 않았는지 모르겠다. 내가 아버지의 모범이라고 생각해 왔던 남자, 아이들에게는 아버지와 어머니의 관심과 사랑이 필요하다고 그렇게 열성적으로 말해 왔던 남자가 지금 나에게 아이에 대한 아버지로서의 책임을 포기하겠다고 말하고 있지 않은가.

"안 돼요, 마이클. 우리가 함께 살려면 아이를 포기해서는 안 돼요. 당신은 아이와 시간을 함께 보내야 해요. 1년에 두세 번 아이를 보러 가야 한다구요. 어떻게 당신은 자식이 아버지를 모른 채 자라나도록 하려는 건가요? 그리고 한 가지 더. 이제 당신은 다른 여자랑 자지 말아야 해요. 또 다른 가족을 만들었으니, 이제는 안 돼요."

"알았어, 알았다구. 그렇게 할게." 마이클이 말했다.

마이클은 그 모든 걸 너무 쉽게 받아들였다. 내 요구가 지금까지의 상황에서 거의 큰 변화를 요구하지 않는 것처럼 보였다.

"당신한테는 이제 선택권이 없어요."

나는 내가 원하는 것이 그에게 대단히 중요한 것처럼 보이도록 그렇게 말했다. 하지만 미치겠는 건 그 모든 것에도 불구하고 내가 여전히 마이클을 사랑한다는 것이다. 나는 그 없는 삶을 상상할 수 있을 정도로 충분히 성장했으나 그런 삶을 원할 만큼 성장하지는 못했다. 많은 면에서 마이클은 악당이었다. 나는 그의 행동을 통해 이 사실을 점차 깨달았을 뿐 아니라 지난 1년간 마이클과 밥을 비교하면서도 그 점을 분명히 알게 되었다.

밥은 내가 그를 사랑하게 된 1년 전과 똑같이 여전히 나를 성실히 지지해 주고 사랑해 주었다. 나는 아와니 여행을 마치고 곧 그를 만났다. 나는 그에게 마이클의 새로운 가족에 관해 얘기해 주었다. 내가 '퀸 메리 호'를 떠올릴 수 있을 만큼 많은 눈물을 흘리자 그는 나를 위로해 주었다. 밥이 생각하는 것은 오로지 나였다. 그는 마이클을 비난하지도 않았고, 상황을 자신에게 유리하게 만들려고 노력하지도 않았다. 다른 사람이라면 기회를 엿봐 나에게 남편을 버리라고 충동질했을지도 모른다. 사실 마이클은 개방 결혼의 조건에서 따져 볼 때에도 부정을 저질렀다고 할 수 있었다. 어쨌든 밥은 그렇게 하지 않았다. 그는 기회주의자처럼 행동하지 않았다. 특히 나에게는. 내가 마이클과 헤어지려고 했다면 밥은 나를 지지해 주었을 것이다. 그러나 내가 그렇게 하지 않더라도 그는 내 곁에 있어 줄 것임을 나는 잘 알고 있었다. 그는 오로지 나를 사랑했고, 내가 행복해지기를 바랐다. 그에게 그 끔찍한 소식을 전했을 때 그는 내가 침대에 들도록 도와주었고, 내가 울자 머리를 쓰다듬어 주었다. 나는 나 자신이 엄청나게 불쌍했다. 그러나 눈물을 닦고 근심 어린 밥의 얼굴이 나를 내려다보고 있는 것을 보자, 한편으로 내가 얼마나 운이 좋은 여자인지 깨닫게 되었다.

나에게 벌어질 수 있던 일, 브래들리

마이클이 내 고요한 사적 세계를 뒤집어 놓고 나서 몇 년 뒤 나는 처음으로 일을 하며 진정으로 끔찍한 공포를 체험했다.

파멜라는 과거에 나와 함께 일했던 치료사인데, 그녀가 브래들리를 내게 보냈다.

브래들리는 전형적인 의뢰인이 아니었다. 그의 병증은 다른 의뢰인들보다 훨씬 깊고 훨씬 우려할 만했다. 브래들리는 최근에 교도소에서 석방되었다. 7살짜리 여자아이를 성추행한 벌로 5년간 감옥살이를 했던 것이다. 그를 만난다고 동의하기 전에, 나는 파멜라와 우리의 작업이 어디까지 진행되어야 할지 긴 토론을 벌였다. 파멜라는 소아애호증을 전공하는 한 동료와 함께 일하고 있었는데, 그들은 대리 파트너 요법이나 또 다른 치료 행위를 통해 브래들리 같은 남자들의 성충동을 성인 여자에게로 돌리는 것을 시험하고 있는 중이었다. 브래들리는 그들이 이런 접근법을 시도한 최초의 의뢰인이 아니었다. 몇 명이 더 있었고, 그중 일부에서는 고무할 만한 결과를 얻기도 했다. 파멜라는 이런 사례가 궁극적으로 아이들을 보다 안전하게 해줄 수 있는 획기적인 치료법의 토대가 되기를 바랐다.

브래들리와 함께 일을 하기로 결정하는 것은 쉽지 않았다. 나는 감옥에서 형기를 마치고 사회로 복귀한 사람들의 재활을 도우려는 파멜라의 노력을 존경했다. 그 사람들이 정말로 변하든 변하지 않든 말이다. 하지만 나는 인간의 가장 소름 끼치는 범죄 중 하나를 저지른 사람과 일하면서 해를 당할 수도 있는 위험에 놓이게 되는 것이다. 두 아이의 어머니로서, 나는 브래들리가 한 일에 넌더리가 났다. 그러나 또한 어머니로서, 아이들을 보호하기 위해 내가 할 수 있는 역할이 있다면 그걸 해야 한다고 생각했다. 그렇게 해서 나는 브래들리를 의뢰인으로 받아들이기로 결심했다. 어쩌면 내가 너무 순진하거나 이상주의적이었다고 여길지 모르겠다. 하지만 나는 대리 파트너로서 나의 능력이 파멜라 같은 전문가가 이런 위험한 장애의 치료 모델을 개발하는 데 도움을 줄 수 있다면 그런 위험 따위는 감수할 필요가 있다고 판단했다.

섹스 치료의 과정에서 연민의 역할은 아무리 강조해도 지나치지 않다. 나는 내가 하는 일에 연민의 감정을 주입한다. 그럴 수 없다면, 내 일이 어떤 효과를 낳을 수 있을지 알 수 없었다. 브래들리의 경우는 연민과 동정을 품기 위해 보다 의식적인 노력을 기울여야 했다. 물론 그렇다고 그가 저지른 일들에 다소나마 마음이 편해졌다는 것은 아니다. 나는 두려움을 억누르고 브래들리를 다른 의뢰인들과 똑같이 열린 마음으로 대하기 위해 무진 애를 써야 했다. 그것은 어려운 일이었으나, 나는 그렇게 해야 했다. 왜냐하면 의뢰인을 받기로 한 이상, 나는 그의 문제를 해결하는 데 최선의 노력을 기울여야 했고 이를 위해서는 경멸이 아니라 연민이 마음의 바탕을 이루고 있어야 했기 때문이다.

약속을 잡기 위해 전화를 했을 때, 브래들리는 어렵거나 방어적인 사람으로 느껴지지 않았다. 그러나 그가 별 열의 없이 하라는 대로 하는 것 같은 인상을 받았다.

우리의 첫 만남이 있기 전까지 나는 두려움과 긴장을 통제하기 위해 최선을 다했다. 그러기 위해 자주 스스로에게 이 일의 궁극적인 목적을 상기시켰다. 그와의 약속 전날에는 파멜라와 브래들리에 관해 또 한 차례 논의를 했다. 우리는 그에 맞게 치료 과정을 어떻게 변경할지 얘기를 나누었다. 우리는 그가 파멜라로부터 집중적이고 개별화된 치료를 받고 있으므로 다른 의뢰인들의 경우와 달리 어린 시절이나 과거의 성적 경험에 관해 깊이 파고들지 않기로 했다.

그는 많은 소아애호증 환자처럼 어린아이였을 때 가까운 가족에게 성적으로 학대를 받았다. 파멜라는 그와 약 3개월간 작업을 해오고 있었다. 그는 치료를 잘 따라왔고, 가석방 담당관의 요구에도 제때에 응했다. 그가 다시 범죄를 저지르고 있는 징후는 없었다. 브래들리는 누이의 집 근처에 살고 있었고, 그 지역의 한 연구소에서 일하는 기술자로 안정된 직업도 갖고 있었다. 그는 모든 것을 잘해 나가고 있는 것처럼 보였다. 그러나 파멜라에 따르면, 그는 대단한 깨달음도 없었고 그다지 양심의 가책도 느끼지 않았다. 브래들리 같은 사람이 정말로 달라지고 변화될 수 있을까? 아니면 병증이 너무 깊고 심각하여 대리 파트너 요법이나 현재 가능한 다른 어떤 치료법으로도 치유될 수 없는 것일까?

나는 브래들리와의 약속을 아침으로 잡았다. 그를 아침 일찍 만나서 약속 때까지 피치 못하게 견뎌야 하는 불안의 시간을 줄이고 싶었기 때문이다. 나는 평소보다 일찍 일어나 대리 파트너 훈련 때 배운 몇 가지 호흡과 이완 운동을 했다. 그가 도착했을 때, 나는 불안을 거의 다스리고 그에게 최선을 다하기로 마음을 다잡고 있었다.

하지만 문을 열고 검은 머리의 마른 남자가 서 있는 것을 보았을 때, 나는 등줄기에서 한기를 느꼈다. 그는 한마디로 섬뜩했다. 손가락이 욱신거리기 시작했고, 호흡이 가빠졌다. 마치 내 가슴과 어깨를 옭아맨 밧줄이 강하게 죄어드는 것 같은 느낌이었다. 나는 공포에서 벗어나기 위해 서둘러 입을 뗐다. "와줘서 고마워요." 내가 말하자, 브래들리는 고개를 끄덕이고 사무실 안으로 들어왔다. 그는 피부가 불그레했고, 머리는 감지 않아서 그런 것인지 아니면 최근 염색을 해서 그런 것인지 기름기로 번들거렸다.

나는 몇 가지 형식적인 질문을 했다. 그는 여자와의 경험이 별로 없었다고 얘기했다. 발기 유지에 문제가 있었고, 여자와의 관계를 몇 달 이상 지속하는 데도 어려움이 있었다. 마지막으로 여자 친구를 사귀었던 것이 22살 때였던 8년 전이라고 했다. 브래들리는 내가 다른 사람에게서는 결코 경험하지 못했던 공허하고 불투명한 성격적 특징을 갖고 있었다. 나는 그에게 대리 파트너 요법의 과정에 관해 말하고, 친밀감의 심화와 정기적인 피드백에 관해서도 설명했다.

그 뒤 침실로 갈 시간이 되었다. 나는 속이 뒤틀리는 듯한 느낌이었다. 그래서 브래들리를 복도로 안내하며 깊게 숨을 들이마셨다. 둘 다

옷을 벗고 난 뒤, 나는 그의 몸이 약간 자줏빛을 띤 것을 알았다. 나는 그가 침대에 오르지 않았으면 하고 바랐다. 하지만 우리가 있어야 할 곳이 침대 말고 어디겠는가. 나는 그와 나란히 눕고 나서, 그뿐 아니라 나 자신을 위해 다양한 이완 운동을 시작했다. 나는 그에게 눈을 감고 숨을 깊게 들이마시라고 했다. 하지만 그는 내 말을 무시하고 얘기를 하기 시작했다. 여기까지 어떻게 운전을 해왔으며, 교도소에서는 어떤 음식을 먹었는지 얘기했고, 또 곧 있을 낚시 여행과 점점 싫어지는 상사 그리고 그 외 여러 가지 얘기를 되는 대로 떠들어 댔다. 나는 그에게 조용히 자신의 몸에 집중하고 깊게 숨을 들이마시라고 거듭 얘기했다. 하지만 그는 그때마다 몇 초간 입을 다물고 있다가 다시 떠들어 대기 시작하는 것이었다.

그와 함께 누워 있기가 힘들었다. 나는 내 직업 경력에서 처음으로 그리고 유일하게 스푼 호흡법을 생략하기로 마음먹었다. 그와 그만큼 가까워지는 것이 견딜 수 없이 싫었기 때문이다. 나는 감각 터치 과정을 시작했다. 바닥에 무릎을 꿇고 브래들리의 발을 만지기 시작했다. 그의 발톱은 너무 길고 초승달 모양으로 때가 끼어 있었다. 내 머릿속에서 목소리가 들렸다. 여기서 꺼져 버려! 나는 할 수 있다면 그렇게 소리치고 싶었다. 이 무렵 나는 사무실을 집으로 옮겼는데, 만약 내가 거기서 도망쳐 버리면 브래들리를 집에 남겨 놓는 꼴이 될 터였다. 나는 계속하여 브래들리의 몸 위쪽으로 올라갔다. 그의 피부는 차갑고 끈적거렸으며, 무릎 관절 뒤쪽은 거미줄 모양의 정맥이 비쳤다. 몸에서는 땀 냄새와 퀴퀴한 담배 냄새가 풍겼다.

브래들리는 지껄임을 멈추지 않았다. 내가 계속하여 그의 몸 위쪽으로 올라가고 있을 때 그가 갑자기 소름 끼치는 얘기를 하기 시작했다. 그가 성추행한 지나라는 소녀에 관한 얘기였다. 그 여자아이는 그전 고용주의 7살 난 딸이었다.

"브래들리, 지금은 자신의 몸에 집중하는 게 중요해요. 내 손을 따라 내가 당신 몸을 만질 때 생겨나는 감각들을 주의해서 느껴 봐요."

"지나는 나를 배신했어요." 그가 조용히 하라는 내 요구를 묵살한 채 말했다. "테레사는 절대 그러지 않을 거예요."

"테레사라구요?" 내가 물었다.

내 손은 탄탄한 근육의 장딴지 뒤쪽에 가 있었다.

"테레사는 학교를 마치면 나를 보러 와요. 나는 특별한 반바지를 입고 있는데, 그 반바지를 입으면 테레사가 그 안을 볼 수 있죠."

나는 그에게서 손을 떼고 무릎을 꿇은 채 허리를 세우고 앉았다.

"그 아이는 내가 점점 더 커지는 걸 보면 아주 좋아해요. 그러다가 반바지 바깥으로 툭 튀어나오면 깔깔거리죠. 어제는 처음으로 걔 머리를 만졌어요. 머지않아 그 아이를 집으로 초대할 수 있는 시간이 올 거예요. 하지만 아직은 아니죠."

나는 브래들리에게서 재범의 징후는 보이지 않는다고 했던 파멜라의 말이 퍼뜩 떠올랐다. 그는 지금 왜 이런 말을 내게 할까? 내가 관계자에게 보고할 의무가 있다는 것을 모르는 걸까? 내가 그렇게 하리라는 것을 모르는 걸까? 나는 공황 상태에 빠져들었다. 나를 공격하면 어떻게 하지? 목숨을 구하려면, 무릎으로 이놈의 가랑이 사이를 있는 힘껏 가격해야 할 거야. 하지만 그걸로 될까? 그가 나를 제압하면 어떻게 하지? 나보다 빠르다면? 주위에는 아무도 없었다. 따라서 비명을 질러봐야 아무도 듣지 못할 터였다. 그가 갑자기 튕겨 일어나 내 목을 조르면 어떻게 하지? 내가 느낀 공포는 사실 약간 과장된 것이었다. 왜냐하면 브래들리는 동요의 빛이 전혀 없었기 때문이다. 그는 주소를 말할 때만큼이나 감정 없는 목소리로 재잘거렸다.

나는 천천히 일어나 옷을 입기 시작했다. 브래들리에게도 옷을 입으라고 했다. 나는 그에게 첫 번째 세션이 끝났다고 말했다. "브래들리, 만나서 반가웠어요. 하지만 이런 대리 파트너 작업이 당신이 안고 있는 문제에 도움이 될지 확신할 수가 없군요. 그러니 다음 세션 일정을 잡기 전에 파멜라와 얘기를 해봐야 할 것 같아요."

그는 바지의 지퍼를 올렸고, 청재킷을 걸친 다음 밖으로 나갔다. 나는 그가 차를 타고 떠나는 것을 지켜보았다. 나는 파멜라의 전화번호를 두 번이나 잘못 돌렸다. 여보세요라는 내 목소리는 터무니없이 공허하게 들렸다.

"셰릴이에요?" 그녀가 물었다.

"네, 나예요. 미안해요. 방금 브래들리와의 세션이 끝났어요. 브래들리는 치료를 중단해야 할 것 같아요." 나는 파멜라에게 브래들리가 한 얘기를 들려주었고, 그녀가 경찰을 부를 것인지 아니면 내가 해야 하는지 물었다. 파멜라는 즉시 전화를 끊고 경찰에 연락했다.

브래들리와의 경험은 두말할 것도 없이 내 직업 경력에 있어 가장 공포스러운 사건이었다. 머리털을 곤두서게 했던 이 일이 있고 나서 나는 며칠간 일을 쉬어야 했다. 나는 내가 하는 일이 얼마나 위험에 노출되어 있는지 다시 한 번 깨달았다. 그동안 의뢰인들을 위험을 감수하고 용기 있게 변화를 택한 사람들로 생각하는 데 익숙해진 탓에, 정작 내 직업이 나에게 가져다줄 수 있는 신체적 위험은 거의 염두에 두지 못했던 것이다.

그 주의 어느 날 아침, 부엌에서 커피를 마시고 있을 때 의뢰인 파일들이 들어 있는 캐비닛을 뒤져 보자는 생각이 들었다. 먼저 맨 위의 서랍을 열고 한가득 파일을 꺼내 소파로 가져왔다. 나는 파일들을 하나하나 훑어보았다. 거기에는 많은 성공이 기록되어 있었다. 그동안 친절하고 훌륭한 많은 사람들이 현재 혹은 미래의 파트너와 더 깊은 친밀함과 사랑, 유대를 경험하기 바라는 마음에서 나를 만나러 왔다. 그렇다. 그들이 내 의뢰인들이었다. 브래들리와의 끔찍한 체험을 폭넓은 시각에서 바라보기 위해 나에게는 어떤 확신이 필요했는데, 과거의 그 의뢰인들이 나에게 그런 확신을 주었다. 나는 다시 내가 이 일을 왜 하고 있는지 나 스스로를 납득시킬 수 있었다.

새로 출현한 무서운 병

"창녀랑 뭐가 다른가요?" 나에게 가장 많이 쏟아지는 질문 중 하나다. 사람들은 어떤 때는 부드럽게 묻지만, 어떤 때는 궁금증을 가장한 비난으로 그렇게 묻는다. 초반에는 어떻게 대답해야 좋을지 잘 몰랐다. 그 차이야 분명했지만, 나는 내가 의뢰인과 어떤 작업을 하는지 그리고 왜 이런 직업이 필요한지 어느 정도나 상세하게 말해 주어야 할지 몰랐던 것이다.

스티븐 브라운은 남성 대리 파트너 종사자다. 나는 그와 1970년대 말에 가까운 친구가 되었는데, 그가 재치 있는 비유로 나 대신 이 문제를 해결해 주었다. 나는 그 비유를 현재도 써먹는다. 이야기하자면, 예컨대 창녀에게 가는 것은 레스토랑에 가는 것과 같다. 메뉴에서 음식을 선택해 먹고 그곳을 떠나면 주인은 우리가 또 오기를 바라고 친구들에게 입소문을 내주기 바란다. 반면 대리 파트너를 찾는 것은 요리 학교에 가는 것과 같다. 레시피를 배우고 조리 기술을 개발하고 미각을 넓히고 나서 우리는 새로운 지식으로 무장하여 세상에 나간다. 모든 게 잘된다면, 우리는 같이 식사를 하는 선택된 파트너들에게 계속해서 맛있는 음식을 만들어 줄 수 있을 것이다. "바로 그거야. 어떤 점에서 나는 자비에라 홀랜더보다는 줄리아 차일드 같은 거지."(자비에라 홀랜더는 유명한 창녀로 『행복한 창녀』의 저자이며, 줄리아 차일드는 요리 연구가 — 옮긴이) 스티븐이 처음 그 이야기를 해주었을 때 나는 그렇게 말했다. 나를 행복한 요리사로 불러 주길.

　스티븐은 얼마 안 되는 남성 대리 파트너 종사자 가운데 한 명이었다. 그의 의뢰인들은 주로 남자 동성애자들이었다. 나는 처음 만났을 때부터 그를 좋아했다. 검은 머리와 각진 얼굴, 크고 날씬한 몸. 그는 섹스 파트너를 찾는 데 전혀 문제가 없었다. 그와 나는 우리의 애인들에 관해 얘기를 나누었고, 대담하고 아슬아슬했던 연애 사건들을 서로 들려주며 웃음을 터뜨렸다. 우리는 우리의 일에 관해서도 대화를 나누었는데, 이런 대화는 우리 둘이 더 나은 대리 파트너가 되는 데 큰 도움을 주었다. 대리 파트너라는 직업을 갖고 있는 이상 학부모회의 엄마들과 일 얘기를 나눌 수는 없는 노릇이었고, 따라서 나와 직업이 같고 그 어려움과 보람을 알아주는 신뢰할 만한 친구가 있다는 데 나는 몹시 감사했다. 스티븐과 나는 진정한 친구들이 그러는 것처럼 서로에게 의존했다. 간혹 그는 반은 농담으로 우리는 결혼을 해야 한다고 말했다. 하지만 나는 이미 남편이 두 명이나 있지 않은가.

　1981년 10월 31일, 밥과 나는 르노로 가서 결혼을 했다. 결혼식은 시청 건물에서 올렸고, 주례는 치안판사가 담당했다. 그녀는 마치 우리를 위해 쓰인 것 같은 북미 원주민들의 결혼식 축도를 읽어 주었다. 이렇게 시작되었다. "당신들은 더 이상 비를 맞지 않을 것이다. 두 사람이 서로를 위해 피신처가 되어 줄 것이기 때문이다." 이것은 정확히 우리의 관계를 이어 준 서로간의 관심과 배려를 말하는 것이다. "당신 자신과 상대방을 존중하여 대하고, 이따금 왜 당신 두 사람이 함께하기로 했는지 스스로 상기하라. 두 사람의 유대에 합당하도록 무엇보다 다정하고 부드럽고 친절해야 한다." 축도는 계속되었다. 나는 이 말들이 우리 두 사람의 미래를 지배할 신조가 될 것임을 믿어 의심치 않았다. 그녀가 이 기원문을 마쳤을 때, 밥과 나는 반지를 교환하고 예배당 밖으로 나가 가을 하늘의 맑은 대기를 함께 들이마셨다.

우리는 하라 호텔로 가서 우리 생애 몇 안 될 최고의 섹스를 했다. 우리는 이제 남편과 아내였고, 우리가 나누는 사랑은 우리의 더욱 단단해진 결합을 축하하기 위한 것이었다. 그곳은 4주식 침대가 있는 허니문용 특실이었다. 나는 지난해의 사건들 이후로 더 이상 나 자신이 누릴 수 없을 것이라고 두려워했던 그런 기쁨을 느꼈다. 나는 여전히 사랑할 수 있고 사랑받을 수 있는 것이었다. 밥과 나의 서로에 대한 헌신은 결코 흔들리지 않는 것이었고, 게다가 이제는 공식적인 것이 되었다. 물론 어느 정도 그렇다는 것이다. 나는 여전히 마이클과 결혼한 상태였기 때문에, 밥과의 결혼이 합법적이지는 않았다.

하지만 나는 상관하지 않았다. 나는 더 이상 자식을 가질 수 없었다. 나는 불임이었고, 밥은 정관수술을 받았기 때문이다. 그가 내게 우리 둘을 위해 결혼해 달라고 청했을 때, 나는 승낙했다. 그를 진정으로 신뢰하고 사랑했기 때문이다. 우리의 결혼식은 어쨌든 공식적인 것이라기보다는 서로에 대한 헌신의 서약 같은 것이다. 밥은 내가 그의 인생의 사랑이라고 얘기했다. 그렇기 때문에 인생에서 다른 사람을 전적으로 소유하는 것보다는 나를 부분적으로 소유하는 것이 훨씬 만족스럽다는 것이다.

내가 할로윈을 어떻게 보냈는지 알자, 마이클은 분노했다. 하지만 나는 신경 쓰지 않았다. 그의 혼외 가족으로 나는 모욕을 당했고, 내 생각에 내가 두 번째 남편을 둔다는 것에 대해 그가 문제를 제기한다면 그것은 부당한 일이었다. "당신은 이 사실을 받아들여야 해요, 마이클. 당신이 멕과 함께 다른 가족을 만들었을 때 내가 그래야 했던 것처럼 말이에요." 나는 그렇게 선언했다. 마이클은 급히 변호사 친구에게 전화했다. 그는 분명 내가 우리 가족의 재정적 미래를 위험에 빠뜨렸다는 말을 듣고 싶어 했을 것이다. "그 사람이 우리를 고소하면 어떻게 할 거야? 그가 모든 걸 가져갈 수 있다구." 그가 소리쳤다. 마이클은 정확히 어떤 법적 수단들을 두려워하는지 얘기하지 않았고, 나도 굳이 따지고 들려 하지 않았다. 밥은 그런 일은 결코 하지 않을 것이다. 설령 그가 정말로 그러고 싶어 한다고 해도, 마이클이나 나나 그가 어떤 법적 근거에서 그렇게 할 수 있을지 정확히 말할 수가 없었다. 우리 둘 다 그런 주장이 나를 두려움, 후회, 죄책감에 빠뜨리려는 짓거리임을 알고 있었고, 우리 둘 다 그런 시도가 소용없다는 것도 알고 있었다. 마이클의 공허한 위협은 나에게 전혀 두려움을 주지 않았다. 그는 곧 그런 짓을 그만두었다.

나에 대한 밥의 헌신은 결코 약해지지 않았다. 1983년, 마이클이 우리의 관계에 또 하나의 수류탄을 투척했다. 멕이 다시 임신을 한 것이다. 밥이 마이클을 비판하려 들지 않는 것뿐 아니라 나를 비판하지 않는 것에 대해서도 나는 감동을 받았다. 그가 나에게도 문제가 있다고 얘기했더라도 나는 그를 비난하지 못했을 것이다. 왜 나는 내 마음을 헌신짝처럼 다루는 남자 곁에 여전히 남아 있는가? 사랑에는 그만의 고유한 논리가 있다. 밥은 그 사실을 알고 있었다. 그는 또한 나를 돕는 최선의 방법은 그답게 나를 무조건적으로 사랑해 주는 것임을 알고 있었던 것 같다. 나는 그 같은 이타적인 애정은 본 적이 없었다. 그가 없었다면 나는 나 자신이 근본적으로 사랑받을 수 없는 사람이며 누구도 나를 헌신적으로 사랑해 주지 않을 것이라고 결론 내렸을 것이다. 밥은 나에게 그 반대의 사실을 증명해 주었다. 하지만 나는 여전히 마이클과 살고 있었고, 밤마다 그에게로 돌아가야 했다.

나는 마이클을 떠날 준비가 되어 있지 않았다. 그에 대한 나의 사랑은 자연 법칙 같은 것이다. 그에 대한 사랑은 내가 중력에 의해 지구 위에 서 있는 것처럼 내가 선택해서 그렇게 된 것이 아니었다. 나는 나 자신에게나 다른 사람에게나 왜 그를 사랑하는지 충분히 설명할 수 없었는데, 그 점이 나를 두렵게 했다. 나는 그에게 그렇게 계속 상처를 주면 사랑이 식어 버릴 것이라고 경고했다. 그에 대한 사랑이 정말로 식어 버린 것은 아니었지만, 점점 더 말이 안 되는 것처럼 보였다. 나는 원망을 품기 시작했다. 때때로 혼자 있을 때, 나는 조용히 앉아 젊은 시절 그에게 느꼈던 애정을 되살리려고 노력했다. 하지만 아무리 노력해도 다시 애정에 이르는 길을 찾을 수가 없었다. 내가 깨달은 것이라고는 상상력에는 한계가 있다는 사실이 전부였다.

***

1980년대는 내 인생만 혼란스러웠던 게 아니다. 당시 대리 파트너의 세계는 대중 매체에서 온통 떠들어 대는 무서운 질병의 출현으로 공포에 떨고 있었다. 우리는 병이 정확히 어떻게 전파되는지 알지 못했고, 치료법은 실마리조차 찾지 못한 상황이었다. 병은 대체로 남자 동성애자들이 걸렸지만, 이성애자들에게서도 진단되었다. 스티븐은 처음에 환자 한 명을 알게 되었다. 그러다가 두 명을 알게 되었고, 그런 다음 그 수는 5명, 7명으로 늘어났다. 그와 그의 친구들이 자주 드나들던 샌프란시스코의 목욕탕들에는 공포가 엄습했다. 사람들은 심각한 목소리로 전염병처럼 보이기 시작하는 이 병에 관해 얘기했다. 그 병은 소모증후군으로, 희생자들은 계속되는 감염, 림프종, 카포시 육종, 아구창, 폐렴, 그리고 또 다른 무자비한 병증에 시달려야 했다. 스티븐은 튼튼했던 친구들이 이 병에 걸려 몸과 삶이 황폐해지며 해골로 변해 가는 것을 지켜보았다. 에이즈는 끔찍한 모습으로 무대에 등장했다.

대리 파트너 종사자나 또 다른 성 노동자들은 일반 대중처럼 혼란스러웠고, 아마 훨씬 더 무서웠을 것이다. 1983년, 뉴스 매체는 에이즈가 여성 이성애자들에게서도 발견되었다고 보도했다. 이 병이 대체 어떻게 전파되는지 추측이 무성했다. 키스로 옮길 수 있을까? 담배 한 대를 같이 피운다면? 공기로 전염되는 건 아닐까? 내가 아는 모든 대리 파트너 종사자처럼, 나는 넘쳐나는 소문과 추론 가운데서 신뢰할 만한 정보와 정확한 사실을 알아내기 위해 애썼다. 나는 또한 내 직업을 계속할 수 있는 것인지 스스로에게 묻고 있었다. 정말로 일을 그만두는 게 어떨까 고려해 보기도 했다. 다른 직업을 찾아보아야 할 때가 왔는지도 몰랐다. 나는 전에 마사지 치료사 훈련을 받았다. 원한다면, 마사지 치료사로 일할 수 있을 것 같았다. 하지만 땀을 흘린 사람의 몸을 만지면 어떻게 되는 걸까? 혹시 에이즈가 걸리는 게 아닐까? 근심걱정으로 공황 상태에 이를 정도는 아니었지만, 빨리 제대로 된 정보가 필요했다.

미국 질병통제센터는 1983년 에이즈의 전파에 관해 발표했다. 발표에서는 에이즈가 "…주로 친밀한 성적 접촉에 의해 아니면 오염된 바늘, 혹은 가능성은 약간 낮지만 감염된 혈액이나 혈액 제제를 통해 옮겨지는 병원체에 의해 발병하는 것처럼 보인다."고 했다. 또한 이에 따르면, 공기에 의해 퍼진다거나 일상적인 접촉이 큰 위험을 낳는다는 증거는 없었다. 그림은 좀 더 명확해졌다. 나는 비로소 나나 아이들이 악수나 기침으로 에이즈에 걸릴지 모른다는 걱정을 그만둘 수 있었다. 하지만 아직도 나에게는 가능한 한 나 자신을 안전하게 지킬 계획이 필요했다. 대리 파트너 종사자들은 하나둘씩 직업을 그만두고 있었다. 나는 그들을 뒤따를 생각이 없었다. 나는 대리 파트너 일을 매우 좋아했다. 내 삶을 바칠 만한 일이라고 생각했고, 따라서 이 일을 그만두고 싶지 않았다. 나는 그래서 가능한 한 에이즈에 관해 많은 것을 알아내 에이즈에 노출될 위험을 줄이는 방향으로 작업 방식을 바꾸기로 굳게 마음먹었다.

1984년, 나는 스티븐 그리고 샌프란시스코 만 지역에 사는 또 다른 몇 명의 대리 파트너 종사자와 함께 승합차에 올라탄 뒤 팜 스프링스로 향했다. '퀴드 S'라고 불리는 성 학술 연구 협회Society for the Scientific Study of Sexuality의 학회에 참석하기 위해서였다. 학회에서는 분명 에이즈와 그 전파 방식에 관해 많은 얘기가 있을 터였다. 우리는 전에도 이런 학회에 간 적이 있었다. 학회는 언제나 심각한 토론의 장이었지만, 축제 같은 면도 있었다. 학회가 비슷한 생각을 가진 사람들이 함께 어울리고 오랜 친구들을 만날 기회를 제공했기 때문이다. 낮은 우리 분야의 당면한 문제들에 관해 배우고 메모를 교환하고 의견을 나누며 보냈다. 반면 밤은 즐거움을 위한 시간이었다. 우리는 저녁 식사 때 모여 술을 마시곤 했다. 웃고 떠들고 함께 어울리며 보내는 시간은 종종 다음 날 새벽까지 이어졌다.

우리에게 새로운 시대가 기다리고 있다는 사실은 그해 퀴드 S에서 더 이상 자명할 수가 없었다. 곡선을 그린 벽들과 남옥빛을 자랑하는 활기찬 남부 캘리포니아의 호텔들조차 그런 분위기를 감출 수 없었다. 사람들은 병이 앗아간 친구와 공동체의 일원들을 울며 회상했는데, 그 병은 이제 우리를 위협하고 있었다. 불안감은 컸다. 거기 모인 사람들은 대리 파트너 종사자, 그리고 또 다른 성교육 관련자, 치료사, 의사, 그리고 또 다른 다양한 전문가들이었다. 우리 가운데 많은 수는 지인을 잃은 슬픔에 큰 충격을 받았고, 우리에게 도움을 구하러 오는 사람들에게 어떻게 조언을 해줄지 몰라 모두들 당황스러워하고 있었다. 과거의 학회가 다소 떠들썩한 대학 동창회 같았다면, 지금은 꼭 장례식 같았다.

내가 '안전한 섹스'에 대해 들은 것은 그때가 처음이었던 것으로 기억한다. 물론 나중에는 이 말 대신 보다 정확하게 '더 안전한 섹스'라는 말이 쓰이게 되었다. 어쨌든 우리의 공동체는 탄식하고 애도하는 와중에서도 신속하게 이 병에 관해 배워야 했다. 우리는 새로운 시대에 들어섰고, 치료 가능한 성병과 임신에 대한 과거의 두려움은 이제 우리가 직면한 불안과 공포에 비하면 아무것도 아니었다. 학회에서 제시한 예방을 위한 조치는 절대적으로 실천해야 하는 것들이었다. 콘돔은 이제 필수였다. 우리는 처음으로 구강 접촉을 위해 치과 방벽과, 전자레인지 사용이 불가한 비닐 랩을 어떻게 사용하는지 배웠다. 안전하기를 원한다면, 보호되지 않는 익명의 섹스와는 작별을 고해야 했다. 새로운 시대는 우리에게 강요된 것이었고, 우리의 선택은 단호해야 했다. 우리의 사고는 그 어느 때보다 진보적이었으나, 우리의 행동은 훨씬 더 보수적이 되어야 했다.

샌프란시스코 만 지역으로 돌아온 뒤, 나는 샌프란시스코의 인간 성 고등연구원Institute for the Advanced Study of Human Sexuality에 가서 에로틱한 콘돔 착용에 관한 강의에 등록했다. 우리는 콘돔과 치과 방벽, 그리고 또 다른 예방 도구들을 섹스 토이로 탈바꿈시키는 법을 배웠다. 강의는 우리에게 목숨을 구해 줄 수 있는 정보들을 제공했을 뿐 아니라 성교육이 재미있을 수 있다는 증거가 되어 주었다. 우리는 입으로 콘돔을 씌우는 훈련을 했고 감염을 막는 섹스를 하기 위한 창의적인 방법들을 고안했다. 나는 또한 격렬한 성교 도중에 에로틱한 방식으로 콘돔이 벗겨지지 않았는지 확인하는 법도 배웠다. 그 이후로 나는 사무실에 콘돔을 충분히 놓아두었다. 콘돔을 사용하는 것은 필수적이었지만, 그 자체가 재미있는 일이기도 했다. 나는 이제 멋질 뿐 아니라 더 안전하기도 한 섹스를 추구하기 시작했다.

우리가 오럴을 할 때, 케빈

나는 많은 사람들처럼 「사인펠트」의 한 에피소드에서 제리가 마침내 조지에게 '무브move'에 관해 알려 주었을 때 폭소를 터뜨렸다(여기서 무브는 극중 주인공 제리 사인펠트가 개발한 복잡한 섹스 테크닉이다. 제리는 조지에게 무브를 터득하면 다시는 혼자 지내게 되지 않을 것이라고 장담한다 — 옮긴이). 나에게 그 장면이 특히 웃겼던 것은, 사람들이 때때로 내가 모든 여자(혹은 남자)를 기쁘게 할 수 있는 '테크닉'을 가르친다고 생각하기 때문이다. 하지만 나는 그런 테크닉을 가르치지 않는다. 그런 것은 존재하지 않는다. 섹스의 경우도 저마다 원하는 것이 다른 법이다.

내가 가르치는 테크닉은 다른 것이다. 오랫동안 효과를 입증해 온 것이기도 한데, 바로 의사소통 기술이다. 이 테크닉은 이따금 잠복해 있는 심각한 문제에 관한 소통 기술일 수도 있지만, 단순히 무엇이 좋고 무엇이 그렇지 않은지 얘기하는 능력에 불과할 때가 더 많다. 우리 가운데는 파트너에게 자신이 어떤 행위를 싫어하는지 기분 나쁘지 않게 말하고 대안을 제시하는 것을 어려워하는 사람들도 있다. 우리는 누구나 상대방의 자존심을 건드리거나 감정에 상처를 줄까 봐 염려한다. 어색하거나 우스꽝스러운 분위기를 만드는 얘기를 피하고 싶은 유혹은 꽤 크다. 문제를 말하지 않고 놔두면 언젠가는 없어질 것이라고 생각하면 일단 마음이 편하지 않은가. 하지만 우리 모두는 실제로는 그렇게 되지 않는다는 것을 잘 알고 있다. 정말로 입 밖으로 나왔다면 별것 아니었을 문제도 수면 아래로 내려가면 썩고 곪아 훨씬 큰 문제로 발전할 수 있다.

침대 위에서 어떤 게 괜찮고 어떤 게 괜찮지 않은지 솔직하고 정중하게 말하는 것이, 내가 아는 한 활기찬 성생활을 위한 최선의 방법이다. 많은 의뢰인들이 이것이 사실임을 나에게 보여 주었지만, 그중에서도 케빈은 최상의 사례다. 그는 1980년대 중반 나를 만나러 왔다.

케빈은 발기 불능의 문제를 안고 있었다. 그에게는 다이앤이라는 사랑하는 여자 친구가 있었는데, 그녀와 함께 있을 때면 발기 능력을 잃어버렸다. 다이앤은 그가 자신에게 매력을 느끼지 못하는 건 아닌지 아니면 그가 자신에게 싫증이 난 건 아닌지 근심했다. 그래서 그는 치료까지 받으러 온 것이다. 그는 이렇게 아름다운 여인이 도대체 어떻게 자신에게 매력을 느낄 수 있었는지 알 수 없었고, 그녀와 있을 때 왜 발기가 유지되지 않는지 역시 알 수 없었다. 그는 자신에게 큰 문제가 있는 것은 아닌지, 아니면 자신이 단순히 형편없는 연인이고, 그렇기 때문에 그녀가 결국 더 나은 남자를 찾아가게 되는 것은 아닌지 걱정했다.

케빈의 변해야겠다는 결심은 첫 번째 세션 때부터 분명하게 드러났다. 그는 진정으로 자신의 문제를 이해하고 해결하기를 바랐다. 하지만 한편으로 그는 그동안 시도했던 납득할 만한 접근법이 모두 실패하여 자기 자신에게 좌절해 있는 상태였다. 자기 자신에 대한 비난이 문제를 고쳐 주지 못한다는 것을 알고 있었지만, 그는 어쨌든 그렇게 생각할 수밖에 없었다.

나는 케빈에게 왜 나를 만나러 왔는지 말해 줄 것을 부탁했다.

"이해할 수가 없더라구요. 나는 가능한 한 모든 측면에서 문제를 보려고 했어요." 그가 말했다.

그는 철테 안경을 벗어 카키색 바지로 덮인 무릎 위에 올려놓았다.

"무슨 말이냐 하면, 나는 여자 친구를 사랑해요. 여자 친구는 정말 저를 흥분시켜요. 그런데 막상 섹스를 하려고 하면 중간에 발기가 안 되는 거예요."

다른 많은 의뢰인들과 달리 케빈은 섹스에 관해 당혹스러워하지 않고 얘기했다. '발기' 같은 말은 일부 의뢰인의 경우 입에 담기조차 꺼려했다. 하지만 케빈이 그 말을 할 때는 어떤 표정이나 태도의 변화도 보이지 않았다.

나는 그에게 과거에도 그런 경험이 있었는지 물었다.

"한 번도 없었어요. 그리고 다이앤은 내가 진정으로 사랑하는 첫 번째 여자예요." 그가 말했다.

"발기가 안 된다면 그래도 어느 정도는 단단한 건가요 아니면 완전히 힘이 없어지는 건가요?"

"완전히 힘이 없어져요. 전혀 자극을 받지 않은 상태로 돌아가 버려요."

나는 케빈에게 그와 다이앤이 사랑을 나누는 전형적인 패턴이 있는지 물었다. 전희와 함께 시작하는가 아니면 바로 삽입에 들어가는가? 애무는 서로 어떤 식으로 하는가? 보통 누가 이끌어 섹스를 시작하게 되는가?

"우리는 먼저 서로 마주 보면서 시작을 해요. 대개는 내가 먼저 이끌었는데, 지금은 실패가 두려워 그렇게 하지 못하고 있죠. 한동안은 다이앤이 먼저 나섰다가 지금은 그녀 역시 두려워하고 있어요. 우리가 … 어 … 섹스를 하려고 할 때는 전희로 시작을 했어요. 우리 둘 다 전희를 무척 좋아해요. 프렌치 키스를 하고 서로의 몸 구석구석을 애무하죠. 그런 다음 그녀가 나를 입으로 해주거나 내가 입으로 그녀를 해주는데, 문제가 생기는 게 보통 이때예요. 이때 내가 발기가 죽어 버리고, 그러면서 모든 걸 망치게 되죠."

"두 사람 다 오럴 섹스를 좋아하나요?"

"네. 나는 받는 것도 좋아하고 해주는 것도 좋아해요. 다이앤도 마찬가지구요."

얘기를 들어 보니, 오럴 때 상황이 그렇게 바뀌는 게 흥미로웠다. 성과학 훈련을 하면서 그에게 오럴을 해줄 때 그의 반응이 어떤지 면밀히 살펴보는 게 중요할 것 같았다. 거기에 그의 성생활을 망치고 있는 문제에 대한 해결의 실마리가 있지 싶었다.

"케빈, 이건 당신 잘못이 아니에요. 누구의 잘못도 아니죠. 우리는 앞으로 몇 가지 훈련을 통해 작업을 해나가면서 당신의 문제에 관해 더 잘 이해해 보도록 노력할 거예요. 하지만 한 가지, 당신이 자기 자신에 대한 비난에서 벗어날 수 있다면 큰 도움이 될 거예요. 우선 자기 자신에 대해 연민을 가져보는 노력을 해보세요. 이걸 자신의 잘못으로 생각하지 말구요. 알았죠?"

"좋아요. 알았어요." 케빈은 시간이 좀 지난 뒤에 마지못한 듯 대답했다.

나는 케빈에게 감각 터치에 관해 설명하고 시도해 볼 준비가 되었는지 물었다.

그가 일어섰다. 그는 키가 163센티미터가 넘지 않을 만큼 작은 사람이었다. 배가 약간 나왔다는 것을 빼면 몸매는 보기 좋았다. 허리띠 위로 배가 나온 것도 사실 거의 알아보기 힘들 정도였다.

침실에 들어가 나는 블라우스와 바지, 속옷을 벗었고, 케빈에게도 옷을 벗고 침대에 누울 것을 청했다.

우리는 스푼 자세로 누워 함께 호흡을 하는 것으로 과정을 시작했다. 나는 그에게 모로 누워 다리를 구부리라고 했다. 그 뒤 내가 그의 옆으로 바짝 다가가 누운 다음 그의 배 위로 손을 올려놓았다. "평소 하던 대로 숨을 쉬어 봐요. 그러면 내가 따라서 숨을 쉴 거예요." 내가 말했다.

그는 편하고 고르게 숨을 들이쉬었다 내쉬기를 반복했다. 나는 그에 맞춰 숨을 쉬었고, 우리는 곧 똑같은 리듬에 따라 호흡을 하기 시작했다. 나는 그의 배가 부드럽게 팽창했다 수축하는 것을 느꼈다.

"잘하는군요, 케빈." 내가 말했다.

들이마시고 내쉬고, 들이마시고 내쉬고, 우리는 몇 분 동안 호흡을 계속했다. 그 뒤 케빈의 호흡이 빨라지며 몸이 따뜻해졌다.

"어때요?" 케빈은 괜찮다고 대답했다.

나는 천천히 일어나 침대 가에 섰다. 케빈이 발기해 있는 것을 볼 수 있었다.

"이때쯤 발기한 건 보통 편안한 상태에 있다는 걸 뜻해요. 지금 이 순간에서는 그게 가장 바람직한 거구요. 준비가 되었다면, 침대 가운데에 배를 대고 누우세요. 되도록 편한 자세를 취하구요." 내가 말했다.

케빈은 천천히 몸을 돌렸고, 손을 사타구니 아래로 넣어 단단해진 성기의 위치를 옮겼다.

나는 바닥에 무릎을 꿇고 앉아 두 손으로 케빈의 발을 잡았다. 발바닥의 오목한 부분을 누르자, 그가 낄낄거렸다.

"이 부분이 간지럼을 타는군요." 내가 말했다.

"미안해요."

"괜찮아요. 아무 문제없으니까요. 어떻게 반응하든 괜찮아요. 이제 좀 더 힘을 가할 거예요. 그러면 간지럽지 않겠죠. 하지만 간지러워도 상관없어요."

나는 엄지손가락을 발바닥의 오목한 부분에 대고 누르다가 원을 그리면서 움직였다.

케빈의 몸은 내 손길에 거의 즉각적으로 반응했다. 그의 다리로 올라가자, 내 손가락 아래서 다리에 있던 긴장이 사라졌고, 케빈의 호흡은 깊어졌다.

나는 손바닥으로 팽팽한 그의 엉덩이 살을 천천히 문질렀다. 나는 케빈에게 숨을 들이쉬고 내 손에 주의를 집중하라고 했다. 그는 깊이 숨을 들이마셨고, 그가 숨을 내쉬자 엉덩이 근육이 느슨해졌다.

나는 과정을 계속하여 그의 정수리까지 올라갔다.

케빈은 눈을 감고 있었고 매번 깊게 숨을 쉬었기 때문에 나는 그가 잠든 게 아닌가 생각했다.

"케빈?" 내가 부드러운 목소리로 불렀다.

그가 깨어났다.

"어때요?"

"잠깐 졸았나 봐요. 너무 편안하네요."

"좋아요. 당신이 편안하다니 기뻐요. 이번에는 몸을 아래쪽으로 훑어 내려갈 거예요."

나는 케빈의 머리에서 발쪽으로 천천히 움직여 갔다.

그런 다음 그에게 깊이 숨을 쉬라고 했고, 준비가 되었을 때 몸을 돌려 등을 대고 누우라고 했다.

그의 성기는 거의 꼿꼿하게 서 있었다. 성기는 내가 몸의 앞부분을 훑어가는 동안에도 내내 그 상태를 유지했다.

***

케빈이 나와 있었을 때, 특히 첫 번째 세션에서 발기를 유지하는 데 문제가 전혀 없었다는 사실은 그와 다이앤 사이의 역학에 관해 더 큰 흥미를 불러일으켰다. 우리가 계속하여 만나는 동안 패턴이 드러났다. 그는 거의 우리가 옷을 벗자마자 발기했고, 수그러들기는 하더라도 성기가 완전히 죽는 법은 결코 없었다.

4번째 세션에서 성과학 훈련을 할 때, 케빈은 줄곧 딱딱했다. 그가 어떻게 나에 대해서는 발기를 유지하면서 다이앤에게는 그러지 못하는지 미스터리가 풀린 것은, 내가 입과 손으로 그를 자극하고 나서 피드백 시간이 되었을 때였다. 그의 경우는 기본적인 대화가 얼마나 중요한지 상기시켜 주는 또 하나의 사례였다.

나는 케빈에게 무엇을 가장 좋아하는지에 관해 평범한 질문을 했다.

"단연 입으로 해줄 때죠. 오럴이 얼마나 좋은지 잊어버릴 뻔했다니까요."

나는 그의 대답에 놀랐다. 왜냐하면 그가 다이앤과도 오럴 섹스를 하고 보통 발기가 사라지는 게 그때라고 말했던 것을 기억했기 때문이다.

"다이앤은 당신에게 오럴을 해주는 걸 좋아하지 않나요?"

"좋아해요. 하지만 다이앤은 아파요."

"아프다니요?"

"이로 물어서 성기가 아픈 거죠."

"그녀랑 이 문제를 얘기해 보았나요?"

"아뇨, 그렇게 할 수는 없어요."

"왜요?"

"다이앤의 기분을 상하게 하고 싶지 않거든요."

"케빈, 기분을 상하게 하지 않으면서 그녀에게 이 문제를 얘기할 수 있어요. 만약 당신이 자신도 모르게 그녀의 어딘가를 아프게 한다면 당신은 그녀가 그 문제를 얘기해 주기를 바랄 거예요. 그렇지 않아요?"

"네, 하지만… 내가 자기를 비난하고 있다고 생각하면 어떻게 하죠?"

"음, 그녀가 어떻게 반응할지 장담할 수는 없지만, 어쨌든 그녀가 이 문제를 개인적인 비난으로 받아들일 가능성을 줄이는 의사소통 테크닉이 있어요."

나는 케빈에게 다이앤이 섹스에 관해 터놓고 얘기할 수 있는 사람인지 물었다.

"네. 다이앤은 무엇 때문에 우리가 섹스를 할 수 없는 건지 정말로 알고 싶어 해요. 그녀는 섹스에 관한 농담도 많이 하고, 침대에서도 부끄러움을 타지 않아요. 내가 여기에 올 거라니까 기뻐했는데, 정말로 나랑 섹스를 하고 싶어 하기 때문이죠."

"잘됐어요."

나는 침대 위에서 케빈 옆에 앉아 내가 아는 의사소통 기술 몇 가지를 가르쳐 주었다.

"먼저 당신이 이런 얘기를 하는 건 그녀를 사랑하고 그녀를 매력적으로 생각하고 섹스가 서로에게 만족스러운 것이 되기를 원하기 때문이라고 설명하세요. 당신이 그녀로 하여금 이런 대화의 궁극적인 목적을 볼 수 있게 도와준다면, 그녀는 대화를 하고 싶은 마음이 더 커질 거예요."

케빈은 주의 깊게 들었다.

"'나'로 시작되는 문장을 사용하세요. 비난하거나 꾸짖는 건 결코 안 돼요. 이런 식으로 말하세요. '나는 당신이 입으로 해줄 때가 정말로 좋아. 하지만 이로 거기를 물면 약간 아프고 발기가 약해져.'"

"그녀가 당황해하면 어떻게 하죠?"

"당신도 혹시 그녀에게 그런 좋아하기 힘든 행동들을 하고 있는 건 없는지 알려 달라고 하세요. 그녀가 당신에게 이야기할 기회를 준 것처럼 당신도 그녀에게 말할 기회를 주세요."

"내가 그녀가 마음에 들어 하지 않는 일들을 하는 건 아닐까 걱정이 돼요." 케빈이 말했다.

"서로 솔직하게 터놓고 얘기를 나누는 게 해결책을 찾는 유일한 방법이에요. 당신이 의사소통의 길을 열어 두고 싶다는 걸 다이앤이 알게 해주세요. 당신이 좋아하는 것과 싫어하는 것은 언제든 바뀔 수 있어요. 다이앤도 마찬가지구요. 당신 두 사람은 함께 성장하고 나이가 드는 과정에서 뭐든 서로에게 자유롭게 말할 수 있어야 해요."

처음으로 케빈이 얼굴을 붉히고 나에게서 시선을 돌렸다. 그는 당혹스러워하는 듯이 보였다.

"괜찮아요?"

"음, 사실을 말하자면 약간 바보 같다는 생각이 들어요."

왜 그런 생각을 하느냐고 묻자, 그는 이제야 자신의 문제에 대한 해결책이 줄곧 있어 왔다는 알게 되었는데, 그게 너무 단순해 보이기 때문이라고 대답했다.

"단순해 보이지만, 우리 가운데 섹스에 관해 대화하는 법을 배운 사람은 거의 없다는 걸 알아야 해요."

"나는 그냥… 그냥 어떤 이유로 그런 얘기를 할 수 없다고 생각해 왔어요."

"케빈한테는 그런 얘기를 할 수 있다고 알려 주고 격려해 주는 일이 필요했던 것뿐이에요. 여기에 무슨 마법 같은 건 없어요. 전부 당신이 익힐 수 있는 단순한 기술들이죠. 오늘 다이앤과 얘기를 해볼 생각인가요?"

"모르겠어요. 당연히 쉬워 보여야 할 텐데, 그녀에게 이런 얘기를 한다고 생각하니 겁이 나요."

케빈과 나는 그들 사이에 전개될 수 있는 몇 가지 시나리오에 따라 역할극을 해보았다. 학습 속도가 빠른 그는 연습을 거듭하자 비난의 뜻 없이 자신의 관심사를 표현하는 데 점점 더 능숙해졌다.

케빈과 나는 그 후 두 차례 더 세션을 가졌다. 마지막 세션에서 그는 마침내 용기를 내서 다이앤에게 말했다고 얘기했다.

"내가 말하니까 매우 기뻐했어요. 다이앤은 좀 더 일찍 알았더라면 좋았을 거라고 하더군요." 그가 즐거운 목소리로 말했다.

몇 달 만에 처음으로 그들은 섹스에 성공했다.

나는 케빈이 마침내 다이앤과 다시 섹스를 할 수 있게 된 게 기뻤다. 하지만 그들 사이에 대화의 문이 열리고 충만한 성생활의 지속을 위한 토대가 마련된 게 더 기뻤다. 그는 모든 위대한 연인들의 본질적인 비밀 가운데 하나를 터득한 것이었다.

자네 딸 아닌가?

우리는 반동의 시대에 와 있었다. 1986년에 로널드 레이건 대통령은 두 번째 임기의 한창때에 있었고, 미국은 계속하여 우경화하는 중이었다. 성혁명과 또 다른 사회 운동의 성과는 전통적인 보수 세력과 종교적 우파의 연합에 의해 위협받았다. 시계가 거꾸로 돌아간 것 같았다. 우리는 성이 적대시되고 성에 관련된 문제는 억압되던 시대로 되돌아간 듯한 느낌에 사로잡혔다.

레이건은 1987년이 되기 전까지는 에이즈에 대해 입도 뻥긋하지 않았다. 이때는 이미 에이즈로 수천 명이 쓰러진 뒤였다. 도덕적 다수파나 또 다른 우익 운동가들은 이 병을 정치적 무기로 삼아 동성애자 공동체를 공격했는데, 동성애자들은 원래 그들이 즐겨 찾는 희생양 가운데 하나였다. 피해자에 대한 전적인 책임 전가가 이루어졌고, 대중을 향한 확성기에서부터 근본주의자들의 설교단, 그리고 전국적인 매체의 채널에서 쏟아지는 엄청난 비난은 정부 관료들에게도 영향을 주었다. "불쌍한 동성애자들, 그들은 자연에 대해 전쟁을 선포했던 것입니다. 이제 자연이 끔찍한 보복을 하고 있는 거죠." 레이건의 공보 수석 비서관 팻 뷰캐넌은 「뉴욕 포스트」에서 그렇게 동성애자들을 질타했다. 바야흐로 생식권, 성적 소수자, 여성에 대한 공격의 시간이 무르익은 것이었다. 역사는 역행했다.

순진한 생각이었지만, 나는 때때로 이런 증오에 찬 권력자들이 여기저기서 그렇게 쉽게 비난받고 있는 에이즈 환자들 가운데 한 명과 얘기를 나눠 보기만 하면, 에이즈에 걸린 사람들이 얼굴 없는 악마 무리가 아니라 실재하는 사람들임을 알게 될 것이라고 생각했다. 예컨대 내 소중한 친구 스티븐 브라운의 얘기에 귀를 기울인다면, 그들의 생각이 달라질 것이라고 믿었던 것이다.

1980년대 초, 스티븐과 나는 샌프란시스코 성 안내소의 지도 강사 중에서 터줏대감 같은 존재가 되어 있었다. 우리는 1년에 두 번 만나 조직을 계속 커나가게 만들어 줄 새로운 지원자들을 훈련시켰다.

1986년 겨울, 우리는 50명의 지원자들을 훈련시킬 준비를 했다. 훈련 첫날, 스티븐과 나, 그리고 다른 강사들은 함께 지원자 그룹을 모아 놓고 연설을 했고, 질문에 대답했으며, 전화 자원 봉사자들이 맞닥뜨릴 수 있는 상황들에 대한 많은 가상 시나리오들을 살펴보았다.

그런데 점심시간 때 갑자기 예고도 없이 도시에 비가 쏟아지기 시작했다. 스티븐과 나는 우산이 없었다. 우리는 머리 위로 코트를 뒤집어 쓰고 샌프란시스코 성 안내소의 훈련 장소에서 두세 블록 떨어진 중국 음식점으로 향했다. 중간에 우리는 뛰기 시작했고, 문을 밀고 따뜻한 레스토랑 안으로 들어갔을 때는 우리 둘 다 숨을 헐떡이다가 어린 학생들처럼 웃음을 터뜨렸다.

우리는 빨간색 비닐 부스에 자리를 잡았다. 웨이터가 그와 나 사이에 뜨거운 김이 피어오르는 차 단지를 가져다 놓았다. 스티븐은 한 잔을 따라 나에게 준 다음 자신을 위해 또 한 잔을 따랐다. 나는 손을 덥히기 위해 도자기 머그잔을 손가락으로 감싸 쥐었다. 주방에서 음식을 기름으로 볶는 소리가 들려왔고, 후추와 마늘 냄새가 실려 왔다. 나는 배가 고팠다. 우리는 식사를 주문했고, 음식을 기다리는 동안 차를 홀짝였다.

"이번 훈련생들 괜찮더라구." 내가 말했다.

"응. 해마다 교육을 더 잘 받고 오는 것 같아."

"우리가 시작했던 70년대에 어땠는지 기억해? 우리 대부분은 아는 게 정말 없었잖아?"

스티븐은 말이 없었다. 그는 잔을 손가락으로 돌리다가 은 식기들을 만지작거렸다. 그런 다음 그가 내 눈을 들여다보았다.

"셰릴, 할 말이 있어."

그의 태도는 심각했고, 나는 불현듯 두려움을 느꼈다.

"테스트를 받았어." 그가 말했다.

아, 안 돼. 나는 생각했다.

에그롤이 나왔고, 우리는 둘 다 음식을 쳐다보았다가 다시 서로를 쳐다보았다.

"HIV 양성으로 나왔어."

"아, 스티븐…" 나는 말했다. 놀라서 더 이상 말이 나오지 않았다.

스티븐은 얼마나 더 살 수 있을까? 무시무시한 생각이 들었다. 그가 HIV 양성이라고 나에게 말한 것이다. 그건 그가 곧 죽을 것이라는 소리였다. 나는 그의 잘생긴 얼굴이 일그러지고 창백해지는 모습을 상상했다.

"스티븐, 나는…"

"셰릴, 괜찮아. 사실 나는 그 얘기를 듣고 충격도 받지 않았어."

스티븐은 많은 파트너와의 잠자리를 즐겼다. 따라서 나도 충격을 받지 말아야 했던 건지도 몰랐다. 하지만 나는 입이 안 떨어져 말없이 그냥 앉아 있었다.

"건강을 유지하는 법에 관해 닥치는 대로 배우고 있어. 할 수 있는 한 이 병과 싸울 생각이야. 나는 혼자가 아니라구." 그가 말했다.

나는 스티븐의 손을 세게 쥐었다. "그럼, 혼자가 아니지. 절대 아니야."

그날 오후 훈련장으로 돌아왔을 때, 나는 스티븐이 한 치도 흐트러짐 없이 원래의 일로 돌아가는 모습을 보고 경탄했다. 그가 평소처럼 활기차고 역동적인 태도로 농담을 하고 훈련생들에게 강의를 했기 때문에, 그가 말해 주지 않았다면 나는 그에게 어떤 문제가 생겼다는 것을 전혀 눈치채지 못했을 것이다. 스티븐은 인정사정없는 가혹한 질병과 맞서고 있는 것이었지만, 긍정적이고 확신에 찬 자세를 결코 잃지 않았다. 이런 자세와 정신이야말로 나와 다른 그 많은 사람들이 그를 사랑할 수밖에 없었던 이유다.

자신이 한 말과 어긋나지 않게, 스티븐은 HIV와 에이즈에 관한 한 전문가 수준에 도달했다. HIV 양성 진단 뒤 건강을 돌보는 최상의 방법에 관해 스스로 열심히 공부를 하고 친구들에게도 알려 주었다. 진단 전에 스티븐은 목욕탕에 빈번히 출입했다. 목욕탕은 남자 동성애자들이 우연히 만난 상대와 섹스를 즐기는 장소였다. 이제 목욕탕에서는 자원 봉사자로 구성된 '더 안전한 섹스' 순찰대를 볼 수 있었는데, 스티븐은 이 순찰대에 들어가기 위해 신청서를 냈다. 그는 서트로 목욕탕을 담당하는 순찰대에 소속되어 그곳에 드나드는 사람들의 안전한 성생활을 책임지게 되었다. 약물 치료를 받으면서 그는 건전한 생활방식과 긍정적인 태도를 유지했다. 대리 파트너 일도 계속했다. 그는 모든 의뢰인들에게 정직하게 자신의 병에 관해 말해 주었고, 콘돔을 비롯하여 더 안전한 섹스를 위한 또 다른 수단들을 빈틈없이 조치했다.

***

60년대와 70년대 힘들게 이룩한 성과들이 새로운 시대의 공격 목표가 되어 가는 동안 나는 대개 무력한 심정으로 그저 상황을 지켜보고 있었다. 내가 할 수 있는 일이라고는 세상에 나가 말을 하는 것뿐이었다. 그렇게 해서 나는 적어도 내 견해를 밝히기 위해 노력할 수는 있었다. 하지만 우리의 그런 목소리는, 언제부턴가 되살아나 우리를 거세게 손가락질하는 청교도들과 도덕군자들의 성난 외침에 묻혀 버리고 있는 상황이었다. 사실 나는 과거에 지역 TV나 인쇄 매체와 인터뷰를 하곤 했다. 나는 대리 파트너가 무슨 직업인지 사람들이 이해할 수 있기를 바랐던 것이지만, 또한 한편으로 섹스를 공개적인 논의의 장으로 이끌어 섹스에 따라다니는 신비의 베일이나 오명의 낙인을 없애 버리는 데 사소하나마 역할을 하고 싶은 마음도 있었다. 그런데 이제 이런 소명이 새로운 중요성을 얻게 되었다.

스티븐과 내가 대중 매체에 함께 나가는 일은 드물지 않았다. 우리 스스로 이름 붙인 '스티븐과 셰릴 쇼'는 80년대 중반 우리가 「사람들은 말하고 있다」라는 샌프란시스코 만 지역의 한 프로그램에 출연하면서 시작되었다. 프로듀서들은 우리 가운데 한 명을 발견하면 종종 다른 대리 파트너 종사자들을 소개해 줄 수 있는지 물었다. 어떤 매체는 우리의 일들을 모든 측면에서 철저하게 다루는 반면, 어떤 매체는 센세이션을 불러일으킬 만한 면만 부각시켰다. 따라서 방송 출연은 언제나 도박이었다. 나는 어떤 게 최선의 선택인지 확신할 수 없었다. 공개적 논의의 방향을 바꾸기 위한 더 큰 사명 아래 선정적인 방송에 출연하는 것도 가치 있는 일일까? 아니면 그런 일은 그전처럼 우리를 왜곡하고 호도하는 오래되고 진부한 이야기와 신화들 속에서 변질되고 말 것인가?

1989년 「래리 킹 라이브」와의 인터뷰 약속이 잡히면서, 스티븐과 셰릴 쇼는 전국적인 TV에 소개될 기회를 얻게 되었다. 이 토크쇼는 대리 파트너 직업을 다룬 최초의 전국적인 방송 프로그램 중 하나였다. 나는 바짝 긴장했다. 래리 킹은 TV계의 전설적인 인물이었는데, 만약 부모님이 방송을 보면 어떻게 하나 싶었다. 부모님은 내가 어떤 일을 하고 있는지 어렴풋하게만 알고 있었다. 부모님은 절대 더 이상 알려고 들지 않았다. 그게 섹스와 관련된 일이라는 것은 알고 있었고, 따라서 더 이상 알아봐야 좋을 리 없었기 때문이다.

　우리는 프로그램이 원래 제작되는 워싱턴 DC로 날아갈 필요가 없었다. 프로듀서가 우리를 위해 로스앤젤레스 스튜디오에서 토크쇼를 촬영하기로 했기 때문이다. 그전에 출연했던 몇몇 프로그램과 달리 「래리 킹 라이브」에서는 방송용 메이크업을 하지 말고 오라고 했다. 스튜디오에 도착하자마자, 스티븐과 나는 메이크업 아티스트에게 신속하게 안내되었다. 메이크업이 끝났을 때 나는 화장이 너무 진해 꼭 광대처럼 보였다. "걱정 말아요. 화면에서는 근사하게 나올 테니." 메이크업 아티스트가 나를 안심시켰다. 나는 다시 한 번 거울을 보며 그녀의 말이 맞기를 바랐다. 나는 두꺼운 마스크를 쓰고 있는 기분이었다.

　그 뒤 보조 한 명이 나를 사운드 스테이지로 데려갔다. 스티븐이 그곳에서 나를 기다리고 있었다. HIV 양성을 진단받은 뒤 거의 2년이 지났건만, 그는 여전히 잘생기고 말끔했다. 의사들은 스티븐이 건강하게 잘 살아가고 있는 데 놀랐다. 나는 그저 감사하는 마음밖에 없었다.

　"셰릴, 브루스 윌리스가 이 자리에 마지막으로 앉았던 사람이래." 스티븐이 흥겨운 투로 말했다.

　"정말? 여기에 마지막으로 앉았던 사람은 누구죠?" 나는 내 의자를 가리키며 그곳 직원 한 명에게 물었다.

　"자자 가보(헝가리 태생의 미국 여배우 — 옮긴이)예요." 그가 대답했다.

　"와, 이 의자에 마지막으로 닿았던 게 자자 가보의 엉덩이였다니. 그건 어떻게 생각해?" 내가 스티븐에게 말했다.

"브루스, 자자, 스티븐, 셰릴이라. 다 여기 있을 법한 사람들이네." 그가 말했다.

우리는 음향 엔지니어가 우리에게 마이크로폰을 달아 줄 때까지 실컷 웃었다.

세 대의 카메라가 우리를 향해 있었다. 프로듀서는 촬영을 하는 카메라에는 빨간 불이 들어온다고 설명했다. 프로그램 내내 우리는 돌아가고 있는 카메라를 보고 있어야 했다. 나는 몇 차례 깊게 숨을 들이마셨고, 차분하고 자신감 있는 모습을 보여 주자고 스스로 다짐했다. 그 뒤 래리 킹이 모니터에 나타났다. 몇 분이 지나지 않아 우리는 생방송으로 전파를 탔다. 래리 킹은 납득할 만한 질문들을 했고, 우리에게 충분히 대답을 할 수 있도록 배려해 주었다. 전화를 건 사람 중 한 명만 드러내놓고 적대적인 태도를 보였다. 방송이 끝났을 때, 스티븐이나 나나 우리가 무슨 일을 하고 그게 왜 중요한지 설명할 수 있는 공정한 기회를 부여받았다는 느낌이 들어 만족했다.

나는 집에 돌아와 마이클이 녹화한 비디오테이프를 보았다. 메이크업 아티스트의 말은 옳았다! 이번만큼은 TV에서 괜찮게 나온 것이었다.

며칠 뒤 나는 부모님이 혹시 뭔가 알고 있지나 않을까 하여 집에 전화를 걸어 보았다. 역시 내가 두려워했던 일이 일어났다. 아버지의 친구 분이 나를 알아보고 아버지에게 전화를 했던 것이다. 친구 분이 말했다. "밥, 지금 「래리 킹 라이브」에 나오는 여자, 자네 딸 아닌가?" 이제 시작되겠군. 아버지가 인터뷰를 보았다고 말했을 때, 나는 그렇게 생각했다. 하지만 놀랍게도 아버지는 그저 "그래, 그게 네가 하는 일이

구나." 하고 말했을 뿐이다. "네, 아빠. 나는 사람들에게 성을 교육시키고, 사람들이 성에 대해 보다 편안하게 도와주는 일을 하고 있어요." 내가 대답했다.

미처 예상치 못했다고 해도, 나는 아버지가 그렇게 관대하게 반응한 것을 몇 가지 방식으로 설명할 수 있었다. 우선 아버지가 나이가 들면서 부드러워진 것은 분명했다. 그러나 여기에는 뭔가 더 심층적인 이유가 있었다. 아버지는 나와의 관계를 원했고, 그러기 위해서는 내가 하는 일을 받아들여야 했다는 게 내 생각이었다. 원래 나를 키운 아버지였다면, 내가 전국적인 TV 프로그램에서 그런 얘기들을 했을 때 모르기는 몰라도 아마 분노에 치를 떨었을 것이다. 아버지에게서 알아보려고 하지는 않았지만, 나는 또한 아버지가 내가 하는 일의 가치를 인정하고 있을지도 모른다는 생각이 들었다. 래리 킹이 대리 파트너로서 어떻게 사람들을 돕느냐고 물었을 때, 나는 우리 가운데 신뢰할 만한 성교육을 받고 자란 사람은 거의 없다고 대답했다. 우리의 성생활이 어때해야 한다는 생각들은 친구와의 대화, 영화, 책, 포르노에서 나온다. 하지만 이렇게 얻는 정보들은 결코 믿을 만한 것들이 되지 못한다. 이렇게 잘못된 정보들이 전파되는 상황에서 그렇게 많은 사람들이 혼란과 고통에 빠지는 것은 놀라운 일이 아니다. 나는 내 일의 가장 큰 부분은 사람들을 교육시켜 그들이 자기 자신과 남들에게 보다 현실적인 기대를 갖도록 하는 것이라고 설명했다. 청소년기를 30년대에 보낸 아버지의 세대나 50년대에 보낸 나의 세대에는 믿을 만한 성교육을 받지 못했다. 아버지나 나는 성에 관한 얘기가 금기시되던 시대에 성장했다.

나는 내가 배운 것을 세상에 전해, 다음 세대는 정보의 공백 상태에서 성적 적령기에 도달하는 일이 없도록 하고 싶었다. 어쩌면 아버지는 그런 일이 가치 있는 일이라고 정말로 생각했을지 모른다. 어쨌든 아버지는 대화를 끝내며 이렇게 말했다. "다음에 TV에 나올 때는 우리에게 미리 알려 주려무나."

***

내가 4개월 뒤 집을 방문하기 전까지 어머니는 나에게 일언반구도 하지 않았다. 아버지와 어머니는 몇 년 전 매사추세츠에서 뉴햄프셔로 이사를 가 있었다. 초여름에 부모님 집을 찾아갔을 때는, 날씨가 너무 더워 대부분의 시간을 실내에서 보냈다. 응접실 창문에 달려 있는 에어컨 덕분에 실내는 북극 지방처럼 시원했다. 나는 어머니가 토크쇼에 관한 얘기를 꺼내기 바랐다. 하지만 3일째에 이르자 그 얘기를 하고 싶다면 내가 먼저 시작해야 한다는 것을 깨달았다. 나는 인터뷰에서 내가 보여 준 모습이 자랑스러웠고, 스티븐과 내가 대리 파트너의 일을 현실적으로 묘사했다고 생각했다. 어느 날 저녁 어머니가 뉴스를 시청하고 있을 때, 나는 소파의 어머니 옆자리에 앉았다. 어머니에게 아버지와 함께 「래리 킹 라이브」를 보았는지 물어보았다. 물론 나는 어머니가 보았으리라는 것을 거의 확신하고 있었다. 어머니는 고개를 끄덕이곤 자세를 약간 똑바로 했다. 나는 그냥 그만두려다가 어쨌든 밀어붙여 보기로 했다. 나는 내가 하는 일을 어머니에게 설명해 줄 생각이었다. 미국 대중 앞에서 내 직업을 떳떳이 밝히고 옹호할 수 있다면, 어머니 앞이라고 못할 것이 어디 있겠는가.

"어머니가 봤다니 기뻐요." 나는 말했고, 터무니없을지 모르지만 대화가 잘될 것 같다는 확신이 들었다.

어머니는 아무 말이 없었다.

"그래도 내 일에 관해 잘 설명했다는 생각이 들어요."

나는 어머니가 동의해 주기를 바랐다. 아니면 동의하지 않아도 좋았고, 닥치라고 해도 좋았다. 어쨌건 무슨 얘기든 해주기를 바랐다. 하지만 어머니는 단단히 굳은 모호한 표정의 얼굴로 나를 쳐다보고만 있었다.

"나는 사람들이 성에 대해 부끄러워하지 않고 혼란을 느끼지 않게 도와주는 거예요. 우리는 성에 대해 충분히 열려 있는 문화에서 자라나지 않았어요. 성에 관해서는 거의 얘기하지 않았고, 부모는 그런 문제를 아이들에게 어떻게 얘기해 주어야 하는지 교육도 거의 받지 못했죠. 나에게는 사람들이 성 문제를 편안하게 받아들이도록, 그들이 나보다 더 많은 정보를 얻도록 돕는 일보다 기쁜 일이 없어요."

나는 거기서 말을 멈췄다. 어머니를 비난하는 걸로 들리지 않을까 해서였다. 나는 어머니와 싸우는 데 지쳐 있었다.

"그런 건 말할 필요가 없는 거야. 그냥 자연스럽게 이루어지는 거지."

어머니가 뭔가를 말했다. 그 말은 틀렸지만, 마침내 어머니가 목소리를 냈다. 어머니는 이제 적어도 내 존재를 인정하고 있었다.

"아니에요, 엄마. 그렇지 않아요. 그런 게 자연스럽게 이루어지기에는 우리 뇌가 너무 복잡해요. 우리는 성에 대해 부정적인 문화에서 살고 있어요. 우리는 충분한 정보를 바탕으로 성이라는 문제에 접근하지 않아요. 우리는 성에 대해 끊임없이 혼란스러운 메시지를 받아요. 섹스는 자연스러울지 모르지만, 자연스럽게 이루어지지는 않아요."

나는 어머니를 쳐다보았다. 내가 한 말이 조금이라도 어머니에게 받아들여졌는지 가늠해 보기 위해서였다. 그러나 어머니는 여전히 표정 없는 얼굴을 하고 있었다. 우리는 거기 앉아 몇 초간 서로를 쳐다보았다. 어머니는 얼음처럼 냉담했지만, 창피한 짓을 벌였다고 내게 소리를 지르거나 나를 비난하지 않았다는 사실은 어머니에게 감사해야 했다.

"내가 래리 킹한테 장애가 있는 사람들과 일한다고 했던 거 기억나요? 사실 그게 내 일에서 가장 보람 있는 부분 가운데 하나예요. 그런 사람들이랑 지금처럼 그렇게 일을 잘할 수 있는 건 엄마 덕분이에요."

"내 덕분이라고?"

"네, 엄마 덕분이죠. 옆집에 살던 그레타 기억하세요?"

그레타는 발달이 지체된 여자아이였다. 어머니는 이 여자아이를 늘 존중하고 배려해 주었다. 한번은 내가 집에 돌아와 보니 12살 난 그레타가 우리 집 뒷문 계단에 앉아 울고 있었다. 다리에 빨간색의 피가 두 줄로 가느다랗게 흐르고 있었다. 어머니는 그레타를 집 안으로 데리고 들어가 몸을 씻기고 생리대를 주었으며, 그러고 나서는 그녀를 우리 집 식탁에 앉히고 차를 한 잔 끓여 주었다. 그러는 동안 어머니는 따뜻한 말로 그녀를 안심시키면서도 결코 자신의 일을 생색내려 하지 않았다. 그 당시 동네에는 얼굴이 기형인 청년도 한 명 있었다. 그는 우리가 가끔 가던 버스 터미널에서 일했는데, 어머니는 다른 사람에게 하듯 그에게도 똑같이 미소를 지으며 인사를 했다.

"엄마가 그들에게 그렇게 대하는 걸 보고 모든 사람을 존중해야 한다는 걸 배운 거죠. 또 겉으로 보이는 것 이상을 보아야 한다는 것도 배웠구요. 장애를 가진 사람들과 일할 때는 그 점에 대해 많이 생각하게 되어요."

어머니와 나는 서로를 바라보고 있었다. 나는 더 이상 말하지 않을 생각이었다. 이제 침묵을 깨는 건 어머니 몫이 되어야 했다.

"나는 네가 어디서 나왔는지 모르겠구나. 우리 가족의 누구와도 닮지 않지 않았으니." 어머니가 말했다.

이제 어머니는 나를 다른 사람이라고 말하고 있었다. 전에는 그보다 훨씬 나쁜 소리를 들어야 했다. 따뜻하고 포근한 모녀 사이의 대화는 아니었지만, 그래도 진전은 있었다는 생각이 들었다.

***

나는 여전히 어떤 매체에 얼굴을 비추고 어떤 매체는 출연을 피해야 할지 고심하고 있었다. 당시는 '쓰레기 TV 프로그램'이 폭발적으로 증가했던 시기다. 수많은 낮 시간대의 토크쇼는 그날의 가장 충격적이고 가장 자극적인 프로그램의 자리를 차지하기 위해 경쟁을 벌였다. 1년 전 제랄도 리베라는 「제랄도」를 시작하여 이런 경쟁에 뛰어들었다. 이 토크쇼를 본 적이 몇 번 있어, 나는 이 프로그램이 후안무치할 만큼 선정적이라는 걸 알았다. 따라서 「래리 킹 라이브」 출연 뒤 몇 달이 지나 그쪽으로부터 연락이 왔을 때 나는 고민에 빠지지 않을 수 없었다.

마티 클라인은 SFSI와 또 다른 몇몇 단체에서 알게 된 치료사다. 그가 『당신의 성적 비밀: 언제 지키고, 언제 어떻게 말할까』를 출판한 지 얼마 안 되어 제랄도가 이런 주제를 토크쇼에서 다룰 계획을 세웠다. 몇 년 전 나는 마이클에게 비밀을 고백한 적이 있었다. 이따금 그와의 섹스에서 오르가슴에 도달하지 못하면 절정에 이르기 위해 자위를 한다는 게 그 비밀이었다. 그럴 때면 나는 그의 기분이 상하거나 자존심이 다치지 않도록 그가 잠들기를 기다린 다음 자위를 시작했다. 그 얘기를 했을 때, 그는 전혀 동요하지 않았다. 그는 그게 그다지 대단한 비밀이 아니라고 했다. 그는 내가 잠들었을 것이라고 생각했을 때 사실 그냥 잠든 척했던 것뿐이라고 털어놓았다. 이 얘기를 전에 마티에게 했었는데, 「제랄도」의 프로듀서가 상대방의 비밀을 알게 된 커플이 어디 없는지 물었을 때 그가 나에게 연락해 보라고 했던 것이다.

이 토크쇼에서 심층적인 논의나 토론을 기대할 수 없다는 것은 잘 알고 있었다. 그러나 그럼에도 불구하고 토크쇼는 전국에 중계되는 공론의 장에서 섹스에 대해 공개적으로 얘기를 할 수 있는 기회였다. 나는 자위 때문에 아내와 헤어지게 된 의뢰인 브라이언을 생각했다. 우리가 이런 혹은 저런 성적 습관에 대해 터놓고 얘기한다면, 브라이언과 그의 아내 같은 사람들의 고통을 줄일 수 있을지 모른다는 생각이 들었다. 그래서 나는 세심한 배려 따위는 없을 줄 알면서도 토크쇼를 찍기 위해 마이클과 뉴욕으로 날아갔다. 아버지가 했던 말을 기억하고 있었으므로, 나는 다시 TV에 나가 인터뷰를 할 것이라고 부모님에게 알렸다.

마티 클라인, 마이클, 나 외에, 패널로는 의뢰인들이 주로 유아증 환자들인 성 노동자 한 명, 그리고 신원이 공개되지 않은 이 성 노동자의 의뢰인 한 명, 노출증을 비밀로 감추고 있는 여자 한 명이 출연했다.

누구도 크게 놀라지 않았을 테지만, 패널은 기괴한 쇼에 출연한 변태나 괴짜, 별종 취급을 받았다. 우리는 일반 시청자들을 즐겁게 해줄 동물원의 희한한 동물들이었다. 유아증이 있는 출연자는 칸막이 뒤에 앉아 젖병을 빨고 기저귀를 차는 것이 얼마나 좋은지 얘기했다. 말해 두자면, 유아증 환자는 아기처럼 다룰 때에 흥분하는 사람들이다. 노출증이 있다는 여자는 전화 부스나 또 다른 공공장소에서 섹스를 하는 것을 좋아한다고 밝혔다. 내 얘기는 그들과 비교하면 지루하기 짝이 없을 정도였다. 그들은 정말로 인간의 성적 특징의 가장자리에 걸쳐 있었다. 나는 셰릴 코헨, '몰래 자위하는 여자'에 불과했다. 적어도 그게 관중들에게 내가 누구인지 알려 주기 위해 명판에 씌어 있는 나에 대한 소개였다. 죄책감과 부끄러움 때문에 몰래 자위를 했던 때로부터 수십 년이 지나, 나는 몰래 자위하는 여자로 세상에 등장했다. 그게 약간 재미있었다는 건 인정해야겠다. 초등학교 때의 수녀님들은 뭐라고 할까? 신부님들은 뭐라고 할까? 가족들은 뭐라고 할까? 이 마지막 질문에 대한 대답은 금세 들을 수 있었다.

"태워 버려." 사촌 잔이 녹화해 놓은 비디오테이프를 보여 주었을 때, 사랑하는 나나 할머니는 그렇게 말했다. 토크쇼가 방송에 나가고 나서 일주일 뒤 잔에게 전화했을 때 잔이 그 사실을 알려 주었다. 우리는 할머니의 반응에 함께 웃었다. 하지만 부모님에게 전화를 했을 때는 분위기가 그보다 훨씬 냉랭했다. 부모님은 토크쇼에 관해 한 마디도 하지 않았고, 누구도 감히 그 문제를 물으려 하지 않았다. 나는 몇 달 뒤 동부로 그분들을 방문하기로 되어 있었다. 그때가 되면 부모님은 침묵을 깨거나 아니면 여전히 입을 닫고 있을 것이다. 나는 어느 쪽이 더 걱정스러운지 알 수 없었다.

친구와 지인들 대부분은 토크쇼에 관해 똑같이 편견 없이 의견을 얘기해 주었다. 그들에게 불만이 있었다면, 금기시되던 주제에 대한 논의를 전국에 전파시킬 좋은 기회가 관음증에 관한 한바탕 요란한 소개로 끝나 버려 아쉽다는 것이었다. 그래서 나는 진지한 토론이나 교육을 위한 일말의 노력도 없이 선정적인 면만 부각시키려는 방송에는 더 이상 출연하지 않기로 결심했다.

어머니에게 전화로 얘기했을 때, 어머니의 목소리에서는 분노가 느껴졌다. 래리 킹 토크쇼에 관한 얘기 때 약간 진전을 보았다면, 이제 큰 후퇴가 있는 게 아닌가 하는 생각이 걱정이 들기 시작했다.

드문 일이었지만, 마이클은 나와 함께 부모님을 찾아가 뵙기로 했다. 떠나기로 한 날짜가 가까이 왔을 때, 우리는 몇 가지 여행 물품을 구입해야 했다. 여행 전 토요일 우리는 차를 타고 물건을 사면서 버클리를 돌아다녔다. 차가 정지 신호 앞에서 멈춰 섰을 때, 경찰차가 내가 앉은 쪽으로 바짝 다가와 경적을 울렸다. "왜 저러죠? 우리 아무것도 잘못한 거 없잖아요?" 내가 마이클에게 말했다. 운전석의 경찰이 나에게 창문을 내리라고 손짓했다. 나는 차창을 내리면서 위가 조여드는 기분이었다. 경찰차에는 두 명의 경관이 타고 있었다. 그들은 둘 다 미소를 짓고 있었다. "이봐요. 당신들 두 분 「제랄도」에 나오지 않았어요?" 운전석의 경관이 물었다. "멋졌어요." 그들은 동시에 그렇게 외치고 우리를 향해 엄지를 치켜세웠다. 마이클과 나는 안도의 한숨을 쉬었다. 정말 버클리에서나 있을 수 있는 일이었다. 전국적인 TV 프로그램에서 성적 비밀을 밝혔다고 경찰들이 박수를 쳐주는 곳, 비록 토크쇼 출연이 내 사명의 추구와 정확히 부합하지 않는다고 해도 그 사명을 거의 모든 사람들이 이해해 주는 곳, 나는 그곳을 사랑했다.

마이클과 함께 부모님 집에 도착했을 때, 나는 그 사랑스러운 버클리가 별천지에나 있는 곳임을 깨달았다. 어머니의 반응은 처음부터 서릿발처럼 차가웠다. 어머니는 심지어 우리가 문으로 걸어 들어갈 때 웃음을 짓지도 않았다. 그건 정말 고약한 일이었다. 어머니는 늙어 가고 있었다. 입 주위와 이마에 가는 주름이 새겨져 있었다. 너무 늦기 전에 우리가 화해를 할 수 있을까? 다행히 마이클과 나는 밤에 도착했기 때문에 피곤하다는 핑계로 곧바로 잠자리에 들 수 있었다.

다음 날 아침 식사 때 나는 부모님을 기쁘게 할 만한 주제로 대화를 이끌어 갔다. 나는 제시카와 에릭이 어떻게 지내는지 얘기했고, 마이클은 날씨 얘기에 매달렸다. 우리는 계란 토스트를 재빨리 먹어 치웠고, 식사가 끝난 뒤에는 각자 할 일에 나섰다. 마이클과 나는 아름다운 뉴잉글랜드의 가을 풍경을 감상하기 위해 산책을 나갔다. 오크나무와 단풍나무는 노란색, 오렌지색, 빨간색의 눈부신 조합으로 마치 불이 붙은 듯했다. 우리는 손을 잡고 중심가를 걸었다.

"정말 근사했을 거 같지 않아?" 마이클이 빈정댔다.

"알아요. 토크쇼 때문이에요. 이게 다 「제랄도」 때문이라구요." 내가 말했다.

벌써 토크쇼가 방송된 지 4~5개월이 지났을 무렵이었다. 하지만 어머니는 분노가 아직 풀리지 않았다.

"돌아가면 엄마랑 이 문제를 두고 얘기해 볼 생각이에요. 바늘방석에 앉아 있는 것 같은 이런 상황도 이제 지겨워요. 엄마가 화를 내면, 그걸로 끝이에요."

"좋아. 하지만 나는 그냥 가만있는 게 제일 나을 것 같군." 마이클이 대답했다.

"물론이죠."

상쾌한 가을 공기에는 장작 타는 냄새가 배어 있었다. 그 냄새는 포근하고 편안한 느낌을 주었고 고향을 생각나게 했다. 나는 다른 집으로 돌아가야 하는 거라면 얼마나 좋을까 생각했다.

문으로 들어가자, TV 소리가 들렸다. 응접실을 살며시 들여다보자 어머니가 소파에 앉아 있는 게 보였다. 아버지는 없었다. 아마 잠깐 볼일이 있어 나간 듯했다. 마이클은 나에게 입을 맞추고 부엌으로 갔다.

나는 TV의 볼륨을 줄인 다음 갈색 소파 위의 어머니 옆에 앉았다.

"엄마, 나 엄마가 토크쇼 보고 화난 거 알아요." 내가 말했다.

어머니는 나를 노려보았다.

"내가 거기 나간 건 사람들이 부끄러워하지 않을 일에 더 이상 부끄러워하지 않기를 바라서예요."

어머니는 얼굴이 붉어졌다.

"부끄럽지도 않니? 네가 한 행동이 얼마나 역겨운지 알아?" 어머니가 소리를 질렀다.

나도 이제 화가 났다. 어머니가 아니라 나 자신에 대해서였다. 어머니는 또다시 나를 흥분하게 만들었고, 어머니가 그렇게 하도록 내버려두었다고 생각하니 나 자신이 실망스러웠다.

"아니요, 엄마. 그렇지 않아요. 나는 아무것도 잘못한 게 없어요. 엄마는 그걸 이해해야 해요. 역겨운 건 섹스를 뭔가 불결한 것처럼 대하는 태도예요."

나는 일어나 소파 앞의 바닥에 깔려 있는 양탄자 위를 성큼성큼 걸어갔다.

"이건 네 남편 잘못이야. 마이클이 너를 이렇게 조종하도록 왜 네가 그냥 놔두는지 모르겠다."

이제 나는 화가 난 데 그치지 않았다. 모욕받고 상처까지 받았다. 어머니는 나를 마이클의 노리개 정도로밖에 생각하지 않는 건가? 내가 스스로 생각도 못 하는 바보란 말인가?

"엄마는 틀렸어요. 나를 안다면 엄마가 틀렸다는 걸 알 거예요!"

나는 발소리를 내며 응접실을 나왔다.

"이 집에서 나가자구요!" 나는 마이클에게 외쳤다.

우리는 옷들을 가방에 쑤셔 넣고 소리 내어 닫은 다음 인근 모텔로 떠났다.

마이클과 내가 다음 비행기를 타고 캘리포니아로 돌아가지 않은 단한 가지 이유는 다음 날 나나 할머니를 방문할 계획이었기 때문이다. 할머니는 이제 87세였다. 머리는 희끗희끗했고, 몸 곳곳에 퍼진 관절염으로 걸을 때마다 절뚝거렸다. 하지만 할머니는 예나 다름없이 여전히 재기가 넘쳤다. 할머니는 자기 몫의 고난을 짊어지고 살았지만, 줄곧 인생의 기쁨을 잃어버리지 않았다.

"너니?" 세일럼의 아파트 문을 두드리자 할머니가 물었다. "나예요." 내가 대답했다. 할머니는 문을 열고 두 팔을 넓게 벌렸다. "셰릴!" 할머니가 외쳤다. "할머니!" 나 역시 외치며, 할머니의 사랑스러운 얼굴에 격렬하게 입을 맞추었다. 우리는 포옹을 했고, 내가 할머니를 부축하며 부엌으로 걸어 들어갔다. 할머니는 냉장고에서 파운드케이크를 내왔고, 차를 끓이기 위해 주전자를 불 위에 올려놓았다.

우리는 가족들에 대한 여러 가지 얘기를 나누었다. 할머니는 예전에는 최신 유행으로 옷을 차려 입는 것을 좋아했는데, 이제는 몸매를 잃어버렸다고 농담을 했다. 하지만 그럼에도 할머니는 여전히 그 나이의 다른 여자들보다 훨씬 멋지고 세련되어 보였다. 할머니는 여전히 립스틱을 바르고 가발을 쓰곤 했다. 정말로 내가 떠나던 때와 다름없는 모습이었다. 할머니는 친절하지만 어딘가 맹한 구석이 있는 삼촌에 관한 얘기를 다시 들려주었다. 어느 여름 오후 삼촌은 단풍나무 위에 앉아 너무 크게 자란 가지들을 톱으로 잘라 내고 있었다. 일에 열중한 나머지 삼촌은 자신이 앉아 있는 바로 그 나뭇가지를 잘랐고, 곧 큰소리를 내며 바닥에 떨어졌다! 나나 할머니가 해주는 얘기는 언제 들어도 재미있었고, 다시 듣는 얘기라도 절대 지루하지 않았다.

내가 먼저 얘기하지 않았다면, 할머니는 결코 「제랄도」 얘기를 하지 않았을 것이다. 하지만 나는 그 얘기를 하고 싶었다. 할머니의 생각을 듣고 싶었고, 할머니에게 직접 설명할 수 있는 기회를 얻고 싶었기 때문이다.

나는 케이크를 두 번째로 떠먹은 다음 할머니를 똑바로 쳐다보았다.

"할머니, 내가 TV 토크쇼에 나온 거 보셨다는 거 알아요."

"셰릴, 나는 믿을 수 없었단다." 할머니가 말했다.

"왜요?"

"왜라니? 네가 말한 것들 때문이지. 그건 개인적인 거야. 그런 얘기를 공개적으로 해서는 안 되지."

"아녜요, 할머니. 우리는 얘기할 필요가 있어요. 우리는 성에 관해 더 이상 부끄러워해서는 안 돼요. 그런 걸 더 이상 비밀로 해서는 안 되는 거라구요."

할머니는 케이크를 떠먹었고, 살며시 미소를 지으며 나를 바라보았다.

"나한테 화난 거 아니시죠?" 내가 물었다.

"너한테? 내가 어떻게 그러겠니? 네가 하는 어떤 일도 나를 화나게 할 수 없어. 네가 도랑에 가서 눕는다면, 나는 거기 가서 바로 네 옆에 누울 게다." 할머니가 말했다.

나는 가슴이 터질 것 같았다. 어린아이였을 때 나는 할머니가 내가 어떤 죄를 저질렀는지 알면 나에게 등을 돌릴 거라고 생각했었다. 이제 몰래 자위하는 여자가 되고 나서도 나는 할머니의 사랑이 이렇게 절대적일 줄은 전혀 몰랐던 것이다.

상상을 좇는 남자, 데릭

"그 남자는 내가 지금까지 연결시켜 주었던 의뢰인들과 달라요." 사만다가 말했다. 우리는 1990년 겨울 어느 늦은 오후에 그녀의 사무실에 있었다. 사만다와 나는 지난 몇 년 동안 몇 차례 함께 일해 온 터였다. 나는 그녀의 건너편에 앉아 이 의뢰인이 뭐가 그렇게 다를까 궁금해하고 있었다.

"어떻게요?"

"그는 강박적인 상상에 시달리고 있어요. 그 때문에 결혼과 인생에 실제로 문제를 겪고 있구요."

"어떤 종류의 상상이죠?"

"그가 아이였을 때 겪은 경험에서 비롯된 건데, 그가 8살 무렵이었을 때, 베이비시터가 12살 혹은 13살 난 이웃집 여자아이였대요. 그런데 그 여자아이가 그를 뒷마당의 나무에 묶어 놓고는 손바닥으로 때리거나 춤을 추면서 조롱을 했다는군요."

"어떻게 되었을지 알겠네요." 내가 대답하자, 그녀가 웃었다.

어린 시절의 체험이 성적 취향에 영향을 미치는 것은 흔히 있는 일이었다. 나는 사만다가 말하고 있는 의뢰인 데릭이 바로 그런 경우라고 생각했다.

"데릭은 뭔가에 묶여 있다고 생각할 때 성적 흥분을 느낀대요. 아내에게 그 사실을 말했더니, '구역질 난다'고 했다는군요. 아내는 확실히 그가 원하는 대로 하고 싶어 하지 않아요. 그런데 지금은 그게 그가 가장 큰 흥분을 느끼는 방법이죠."

"아내랑 섹스를 할 수는 있는 건가요?"

"네. 하지만 대개는 그녀를 기쁘게 하기 위해 행위를 하고 있다는 느낌이라는군요. 데릭은 줄곧 자신이 묶여 있는 걸 상상하고 그 때문에 아내에 대해 죄책감을 느끼죠. 내 생각에는, 그의 성적 상상을 실현시켜 준다면, 그가 강박에서 빠져나오는 데 도움이 될 것 같아요."

이런 일은 내가 보통 대리 파트너로서 하는 일이 아니었다. 일반적인 치료 계획에서 벗어나야 한다는 뜻이기도 했다. 나는 완벽하게 편안한 마음이 들지는 않았지만, 어쨌든 사만다의 본능을 신뢰하고 있었고 데릭과의 작업이 안전할 것이라고 판단했다.

사만다와 나는 그와의 작업을 어떻게 이끌어갈지 보다 상세하게 논의했다. 과정 중에 통상적인 훈련은 할 수 있지만, 우리는 무엇보다 강박증을 해소하기 위한 목표로 그의 성적 상상을 실천에 옮기는 데 초점을 맞추어야 했다. 사실 나는 자신이 없었다. 그런 일이 내가 보통 하는 작업의 범위 바깥에 있을 뿐 아니라 내 섹스 취향이 지극히 평범했기 때문이다. 나는 그런 식으로 누군가를 조롱하여 성적으로 흥분시킨다는 게 마음에 내키지 않았다.

내가 그날 사만다의 사무실을 나갈 때, 그녀가 내 연락처를 그에게 알려 주겠다고 했다. 다음 날 그가 전화를 했고, 우리는 약속을 잡았다.

데릭은 40대 중반의 나이였다. 키가 컸고, 갈색 머리에 건장한 체격이었다. 세 아이를 둔 그는 아내 곁에 남기를 바랐고, 그런 간절한 바람은 처음 대화를 나눌 때부터 금방 드러났다.

"아내를 잃고 싶지 않습니다. 특히 이런 일로는요." 그가 말했다.

나는 데릭에게 아내 멜라니와 그의 성적 상상에 관해 어떤 대화를 나누었는지 얘기를 해달라고 부탁했다.

"아내는 섹스를 좋아해요. 자기가 먼저 시작할 때도 많죠. 하지만 음, 내가 관심을 갖고 있는 그런 생각에는 전혀 관심을 보이지 않아요. 자신이 사랑하는 누군가에게 그런 식으로 창피를 줄 수는 없다더군요. 사만다를 만나러 가기 전에 우리는 그 문제 때문에 대판 싸웠어요."

"그게 당신이 치료를 받으러 간 첫 번째 이유인가요?"

"네. 아내가 내 성적 상상을 두고 했던 얘기 때문에 결심을 한 거죠."

나는 데릭에게 그들이 어떻게 싸웠는지 얘기해 달라고 했다.

"아내는 섹스를 원하는데, 나는 흥미가 생기지 않았어요. 무슨 말이냐면, 몸이 묶이는 상상을 하지 않으니 흥분이 되지 않는 거예요. 나는 그러지 않으려고 노력했죠. 나는 머릿속에서 그런 상상을 쫓아내려고 애썼어요. 그녀의 키스에 흥분을 느껴 보려고 했어요. 하지만 아내는 내가 그렇게 하지 못한다는 걸 눈치챘죠."

데릭은 말을 멈추더니 고개를 돌려 옆쪽을 쳐다보았다.

"아내는 정말 화가 났어요. 어디 가서 내 몸을 끈으로 묶어 줄 정부를 구하든지 아니면 돈을 받고 그렇게 해줄 누군가를 찾으라고 말하더군요. 나는 그러고 싶지 않고 그녀를 사랑한다고 말했죠. 아내는 내게 소리 지르기 시작했어요. 그러다니 나더러 구역질 난다고 하더라구요. 진정이 된 다음 사과를 하고 그 말은 진심이 아니었다고 했지만, 나는 아내 말이 맞을지 모르겠다는 생각이 들었죠."

데릭은 기대와 절망 사이의 뭔가를 나타내는 표정으로 나를 응시했다. 그는 자신이 '구역질 나는' 인간이 아니라는 얘기를 듣고 싶었던 것이다.

"인간의 성은 매우 복잡해요. 이따금 어린 시절의 경험이 성인이 되었을 때의 욕망을 결정하기도 하죠."

나는 데릭이 아내와의 섹스에 만족하지 못하기 때문에 다른 행위들을 하지 않을까 하는 생각이 들었다. 그렇게 묻자, 그는 의자의 팔걸이를 쥐어짜듯 움켜쥐더니 고개를 끄덕였다.

"어떤 건가요?"

데릭은 눈을 감은 다음 깊게 숨을 들이마셨다.

그는 아내와 자식들이 집에 없을 때 다락방에 감추어 둔 상자를 꺼낸다고 했다. 상자 안에는 코르셋과 고탄력 스타킹이 들어 있었다. 코르셋은 그의 몸이 겨우 들어갈 수 있을 만큼 작았다. 코르셋을 입고 스타킹을 신으면, 어린 시절 베이비시터에게 묶여 있을 때의 기분이 느껴졌다. 죄어드는 스타킹의 압박에도 불구하고 성기가 커졌는데, 그는 사정을 할 것 같으면 코르셋과 스타킹을 벗었다. 어떤 때는 자위를 했지만,

어떤 때는 아무런 직접적인 자극 없이 사정했다.

"나는 이런 성적 상상 주위로 또 다른 삶을 만들어 놓은 것 같은 기분이에요. 그 때문에 너무 많은 비밀이 생겼어요. 한번은 아내가 아이들을 데리고 주말에 친정에 갔을 때, 차고에서 내내 시간을 보내면서… 음… 기구… 기구를 하나 만들었어요."

"기구요?" 내가 물었다.

"네. 오래전에 만들었죠. 차고에 숨겨 둔 지 꽤 됐어요."

"그걸로 뭘 하는데요?"

"몸을 묶을 수 있는 장치예요. 밧줄도 있어요."

"사용해 본 적이 있나요?"

"아뇨. 하지만… 우리가 같이 사용할 수 있었으면 좋겠어요."

데릭은 다음 세션 때 그 기구를 가져와도 되는지 물었다. 나는 약간 걱정스러웠지만, 기구를 한번 보기로 했다.

데릭과 나는 좀 더 얘기를 나누었다. 그는 자신의 성적 상상에 대해 좀 더 자세히 설명했다. 그는 심지어 자신이 쓴 대본까지 가지고 있다. 그 대본에는 각 연기자들이 무슨 말을 하고 무슨 행동을 할지 상세히 지시되어 있었다. 데릭은 대본을 한번 봐달라고 나에게 부탁했다.

그는 내가 그의 몸을 단단히 묶은 뒤 주위를 빙글빙글 돌아가 그의 성기를 부드럽게 만져주기를 원했다. 하지만 수음을 해주거나 사정을 하게 해서는 안 되었다. 그는 그런 뒤에 섹스를 하고 싶어 했다. 설명이 끝났을 때 나는 그가 무엇을 체험하고 싶은지 생생한 그림을 그릴 수 있었다. 그는 다음 번의 만남 전에 내가 읽어 볼 수 있도록 대본을 두고 가겠다고 했다. 우리는 앞으로 5달 동안 한 달에 한 번씩 만나기로 했다.

***

데릭과의 두 번째 세션을 위해 문을 열었을 때, 나를 반긴 것은 검은 방수 시트에 가려진 약 180센티미터 크기의 기구였다. 나는 대략 90센티미터 사이를 두고 기둥 같은 것이 불룩 튀어나와 있는 것을 알 수 있었다. 그는 양 손으로 그 물건을 안아 들어 사무실 안으로 옮겼다.

"가져왔어요." 그가 말했다.

"그러네요."

우리는 잠시 얘기를 나누었다. 지난 한 달 동안 데릭의 성적 상상은 계속하여 그의 삶으로 침투해 들어왔다. 그는 거리에서 스쳐 지나가는 매력적인 여인들이 혹시 자신을 묶어 주지는 않을까 하는 상상까지 하게 되었다. 한편 멜라니는 그에게서 진전이 보이지 않자 좌절감이 깊어지고 있었다. 그는 그녀와 섹스를 할 때 흥분한 척하기 위해 최선을 다했지만, 자신이 묶여 있다는 상상을 하지 않는 한 사정을 할 수 없었다. 그는 그녀에게는 말하지 않았지만, 첫 번째 세션이 끝난 뒤 두 번째 세션이 있는 오늘을 눈이 빠지게 기다리고 있었다고 했다.

"이제 침실로 갈 준비가 되었나요?" 내가 데릭에게 물었다.

그는 알 수 없는 그 기구를 양 손으로 들더니 침실로 이어지는 복도로 나를 따라왔다. 그는 문으로 기구를 들고 들어가기 위해 몸을 옆으로 돌려야 했다.

나는 데릭에게 옷을 벗으라고 하기 전에 먼저 기구를 덮은 방수 시트를 벗겨 보라고 했다. 그가 방수 시트를 벗기자, 마침내 기구가 그 모습을 드러냈다. 삼나무로 만든 듯한 아름다운 기구였다. 말하자면, 격자무늬 살들에 의해 이어진 두 개의 큰 기둥이었는데, 기둥은 바닥 쪽이 넓었고, 미끄러지지 않도록 고무창이 붙어 있었다. 이 두 개의 기둥을 따라 커다란 금속 고리들이 달려 있었다. 데릭은 가져온 운동 가방에서 흰색 밧줄을 꺼냈다. 그는 밧줄로 금속 고리들을 어떻게 이어 나가는지 보여 주었다.

"이걸 만들려면 분명 많은 생각들을 하고 엄청나게 공을 들였을 것 같아요." 내가 말했다.

"네. 수 년 동안 생각해서 만든 거죠."

우리는 옷을 벗고 스푼 호흡법 과정을 진행했다. 그러고 나서 내가 그에게 몇 가지 이완 운동을 가르쳐 주었다. 이제 평소대로라면 나는 감각 터치를 시작할 준비가 되었는지 물어보았을 테지만, 데릭에게 수십 년 동안 꿈꿔 왔던 상상을 실천할 준비가 되었는지 물어보았다.

"이런 일이 실제로 일어나다니, 믿을 수 없을 지경이에요." 그가 말했다.

나도 마찬가지예요. 나는 생각했다.

나는 걱정이 약간씩 사라지기 시작했다. 그날 아침 대본을 다시 한 번 읽어 보았는데, 대본을 보고 어떻게 행동해야 할지 알게 되었기 때문에 안심이 되었다. 사실 누군가를 조롱하고 놀리는 일은 직업적으로나 사적으로 해본 적이 없는 일이었다. 이런 놀이를 좋아하는 친구들이 있기는 했지만, 어쨌든 나한테는 맞지 않았다. 나는 대본 내용을 생각했고, 속으로 그렇게 준비를 잘해 준 데 대해 데릭에게 감사했다.

데릭은 기구 쪽으로 걸어가 등을 격자무늬 살들에 댔다. 이런 격자무늬 살들은 그의 장딴지 뒤쪽에서 그의 견갑골 바로 위까지 걸쳐 있었다. 나는 밧줄을 주워 들고 왼쪽 맨 아래의 금속 고리에 꿰었다. 데릭은 밧줄이 고리에서 풀려나지 않도록 스퀘어 매듭을 묶는 법을 가르쳐 주었다. 나는 오른쪽으로 가서 역시 맨 아래쪽의 고리에 밧줄을 꿰었다. 그런 다음 밧줄을 두 번째 세트의 고리로 통과시켰고, 세 번째, 네 번째 고리들로 꿰어 나갔다. 밧줄은 이제 데릭의 몸 앞부분에서 지그재그 패턴을 그리고 있었다. "좀 더 세게." 내가 마지막 고리에 밧줄을 꿴 다음 당겨서 매듭을 만들려고 할 때 그가 말했다. 나는 좀 더 세게 밧줄을 잡아당겼고, 그가 미소를 지었다. "바로 그거예요." 그가 말했다.

데릭은 이제 격자무늬 살과 밧줄 사이에 끼어 있었다. 나는 그에게 다음 단계로 들어갈 준비가 되었는지 물었다. 그는 호흡이 가빠졌고, 얼굴과 몸이 빨개졌다.

"예, 예." 그가 숨을 헐떡이며 말했다.

나는 그로부터 90센티미터 정도 떨어져 있었다. 나는 이제 그 주위로 원을 그리며 돌기 시작했다.

"이제 기분이 좋나요?" 내가 물었다. "그러기를 바라요. 왜냐하면 당신을 며칠 동안 거기 그렇게 놔둘 거니까."

한 바퀴씩 돌 때마다 그와의 거리를 조금씩 좁혀갔다. 이제 손을 뻗으면 닿을 정도로 가까워졌다.

나는 손가락들로 가볍게 그의 가슴을 쓸고 지나갔다. 따뜻한 피부 위를 움직일 때 손가락들을 꿈틀꿈틀거렸다. 데릭은 내가 벌거벗은 채로 경중경중 돌아다니는 모습을 보고 있었다. 몇 초간 나는 자의식에 휩싸여 우스꽝스러운 기분이 들었다. 다시 그 순간으로 나 자신을 밀어 넣기 위해 나는 밥과 함께 보낸 긴 밤들에 대해 생각했다. 우리는 서로를 핥고 만지고 애무하고 수음을 해주면서 그 시간들을 보내지 않았는가. 우리는 하룻밤에 세 번이나 네 번 섹스를 했다. 이런 일들을 떠올리자, 나는 다시 몸이 달아올랐고, 불안이나 염려 따위는 사라져 버렸다.

나는 데릭의 젖꼭지를 잡아당겼다. 처음에는 부드럽게, 다음에는 좀 더 세게.

"우후, 그 아래는 지금 어떻게 되고 있는 거죠?" 나는 그의 딱딱해진 성기를 내려다보며 말했다.

데릭은 몇 번 낮게 신음 소리를 냈다.

나는 뒤로 물러나 다시 그의 주위를 돌기 시작했다.

"키스해 줄까요?"

데릭이 고개를 끄덕였다.

나는 입술을 그의 입술에 닿을 정도로 가져갔다가 머리를 뒤로 젖혔다.

"키스를 하려면 그보다는 동작이 빨라야 할걸요." 내가 말했다.

데릭은 숨을 몰아쉬었다. 그의 입술이 붉어져 밝은 체리 빛을 띠었다.

나는 그의 젖꼭지를 입술로 핥은 다음 혀로 그의 가슴과 목을 훑고 지나갔다.

"이건 뭐지?" 나는 그의 성기 끝에서 나온 액체를 손가락으로 닦아내며 물었다.

나는 그 액체를 그의 입술에 발랐다.

"좋아요?"

데릭은 입술을 핥았다.

나는 젖가슴으로 그의 배를 문질렀다.

"흥분하고 있나요?"

그는 손을 성기에 가져다 대려 했지만, 너무 꽉 묶여 있어서 그렇게 하지 못했다.

"또 뭘 하려는 거죠?" 내가 물었다.

나는 그의 주위를 몇 번 더 돌았다.

"잘 알지 못했다면, 당신이 지금 당신의 성기를 만지고 싶어 하는 줄 알았을 거야."

나는 집게손가락으로 그의 성기를 간질였다.

"아, 아 …" 데릭이 신음했다.

"준비되었나요?" 내가 물었다.

그는 고개를 끄덕였고, 나는 맨 위의 밧줄을 풀었다. 첫 번째 고리에서 신속하게 밧줄을 잡아당긴 다음 마지막 고리까지 밧줄을 풀었다. 밧줄은 툭 하는 가벼운 소리를 내며 바닥에 떨어졌다.

그가 내 어깨를 잡고 키스를 했고, 우리는 그러면서 침대로 갔다. 나는 재빨리 콘돔을 그의 성기에 씌웠고, 우리는 함께 누웠다. 곧 그가 내 위로 올라왔고, 섹스를 시작했다. 사정한 뒤, 그는 내 옆에 누워 숨을 헐떡이며 말했다. "고마워요, 고마워요, 고마워요."

나는 데릭에게 팔을 둘렀고, 그가 심호흡을 하도록 이끌었다. 지금은 그에게 중요한 순간이었다. 나는 가능한 한 그를 돕고 정신적으로 지지해 주고 싶었다. 우리가 함께한 작업은 다른 의뢰인들의 경우와 달리 공유된 경험이라고 하기에는 부족했지만, 반면 훨씬 단순하고 평이했다. 육체의 탐구나 피드백의 교환은 없었다. 우리가 함께 있는 것은 데릭이 성적 상상에서 풀려날 수 있도록 그 상상을 실현시키기 위해서였다. 오로지 그게 전부였다.

나머지 4차례의 세션에서 예외 없이 데릭과 나는 그의 성적 상상을 행동에 옮겼다. 하지만 표준적인 과정 때 하는 훈련도 몇 가지 했다. 그와의 작업은 다른 목표에 초점이 맞추어져 있기는 했지만, 그런 훈련은 데릭이 새로운 성적 흥분을 발견하고 개발하는 데 도움이 될 것이라고 생각했다. 나는 데릭의 성적 상상의 산파 역할을 하는 것에 점차 편안해졌고, 그에게서 변화를 보기 시작했을 때는 특히 더 그러했다.

사만다와 나는 그녀의 이론이 결과적으로 맞을지 틀릴지 궁금했다. 데릭은 자신의 성적 상상을 실현하고 나면 강박증에서 풀려날 수 있을까? 구속과 속박에 대한 그의 고착이 사라지고 있다고 그가 처음으로 나에게 보고를 한 것은 4번째 세션 때였다. 그는 그전 세션 때만큼 빠르게 성적 흥분이 일어나지 않는다고 했다. 무엇인가에 묶인다는 생각은 여전히 그를 흥분시켰지만, 전만큼 그의 삶에 스며들지는 않았다. 그는 멜라니와의 섹스를 훨씬 더 즐길 수 있게 되었다. 데릭과의 마지막 세션이 끝나고 나서 사만다와 얘기했을 때, 그녀는 그와 멜라니가 함께 성적 흥분을 일으키는 방법들을 찾기 시작했다고 알려 주었다. 그는 여전히 자신의 성적 상상에 탐닉하지만, 그것이 더 이상 그의 욕망을 독차지하지는 않았다.

데릭과의 작업은 나에게 대리 파트너 요법에 융통성이 필요하다는 점을 일깨워 주었다. 인간의 성은 복잡했고, 일부 의뢰인들은 이전의 치료 계획에서 벗어나는 것이 도움이 되었다. 나는 데릭을 만났을 때 근 20년간 대리 파트너로서 일해 온 터였지만, 이런 식으로 의뢰인과 일하게 될 줄은 상상도 하지 못했다. 데릭의 결과가 매우 좋다는 사실은 나에게 실제 체험의 가치를 상기시켜 주었다. 그것이 평소의 한계를 넘어서는 형태를 띠더라도 말이다. 나는 전통적인 치료와 대리 파트너 요법이 강력한 조합이 될 수 있다는 사실을 다시 한 번 깨달았다.

무슈 리퍼

마이클이 멕에게서 낳은 두 아이는 매년 여름 캘리포니아 북부에서 몇 주 동안 우리와 함께 시간을 보냈다. 이 귀여운 아이들은 제시카와 에릭과 매우 친했고, 나 역시 그 아이들에게 마음을 빼앗겼다. 48살에 부양할 필요가 없는 사랑스러운 두 어린아이를 얻는다는 것은 기쁨이 아닐 수 없었다. 멕에게서 두 번째로 얻은 아이는 아들이었다. 1980년 대 후반에 이르러 두 아이는 멕 없이도 여행할 만한 나이가 되었고, 그래서 여름이 되었을 때 우리와 함께 요세미티 인근 버클리 투올러미 캠프에 갔다. 우리는 평범하지 않은 가족으로, 장거리 도보 여행을 하고, 수영을 하고, 여러 가지 활동을 함께 하며 재미있게 보냈다.

원래는 마이클이 아이들을 보기 위해 정기적으로 북서부로 가곤 했다. 그러다가 큰딸이 4살 반이 되었을 때, 그가 아이가 집에 와도 괜찮냐고 물었고, 나는 거부할 수 없었다. 내가 아무리 마이클에게 화가 났다고 해도, 딸아이에게서 아버지를 만나, 1년에 몇 번뿐이라도 아버지의 일상생활에서 큰 부분을 차지할 수 있는 그런 기회를 빼앗아 가는 것은 정당화될 수 없었다. 나중에는 그의 아들도 오기 시작했다. 나는 곧 그들의 방문을 허락하는 데 그치지 않고 고대하기에 이르렀다.

내 아이들도 어머니가 다른 이 두 명의 동생들과 친해졌다. 아이들에게 그들의 아버지가 다른 여자에게서 아기를 낳았다는 사실을 알려 주는 일은 쉽지 않았다. 마이클의 딸이 태어나고 나서, 어느 날 저녁 우리는 함께 둘러앉았다. 그 자리에서 내가 아이들에게 여동생이 생겼다고 말해 주었다. 아이들이 우선 걱정한 것은 나였다. 나는 그날 가족 모임에서 그답지 않게 침묵으로 일관하고 있던 애들 아버지에게 불만이 있다는 것을 인정했다. 하지만 새로운 아기가 사랑받아야 마땅하다고 강조했다. 나 자신이 아기에게는 전혀 화가 나 있지 않으니, 아기를 미워하지 말라고 아이들에게 일러 주었다. 둘째 아기가 태어났을 때도 아이들이 걱정한 것은 무엇보다 나였다. 제시카와 에릭은 평범하지 않은 가정에서 자라났으므로, 이런 소식을 들었을 때 다른 아이들의 경우만큼 큰 충격을 받지 않았을 것이다. 그들은 사실 멕을 만난 적이 있었고, 몇 차례 마이클과 함께 그녀의 집에 방문하기도 했었다.

내가 아는 한, 멕은 불완전하나마 자신에게는 남편이, 아이들에게는 아버지가 생겨 기뻐했다. 아니면 적어도 그게 내가 나 자신에게 한 말이었다. 마이클도 부정하지 않았다. 하지만 당시 마이클은 멕에 관한 이야기를 내 앞에서 꺼내지 않는 게 좋다는 것을 잘 알고 있었다. 멕은 말싸움을 불러일으킬 수 있는 많은 주제 가운데 하나였다.

우리의 결혼 생활 거의 내내 나는 마이클에게 복잡한 감정을 품고 있었다. 나는 그에게 존경과 사랑을 바쳤으며, 내 내면에서 조용히 사라

나는 분노와 원한에 대해서는 이따금만 주의를 기울였다. 그럴 수밖에 없었다. 나는 마이클을 깊이 사랑했고, 그가 내 남편이라는 데 감사했으므로 그와의 사이가 나빠지는 위험을 감수할 수 없었다. 하지만 그가 두 번째 가족을 만들고 나서 상황이 변했다. 그에 대한 분노는 점차 단단해져 감추기 힘든 경멸로 바뀌었다. 나는 더욱 신랄해지는 내 자신을 느낄 수 있었다. 마음속에 내 결혼뿐 아니라 내 인생까지 파괴할 수 있는 노여움을 키우고 있었던 것이다. 이제는 아주 사소한 자극도 수면 아래 감추어져 있던 독기의 폭발을 불러올 수 있었다.

사실 모든 게 마이클 때문이라고 할 수는 없었다. 나 역시 달라졌다는 데는 의심의 여지가 없었다. 50세를 2~3년 앞두고서 나는 인생의 그 어느 때보다 자신감이 넘쳤고, 자부심이 가득했다. 나는 마이클이 나에게 강요한 모욕보다 더 나은 대접을 받아야 마땅했다. 그의 무분별하고 둔감한 행동과 내가 인생에서 어렵게 얻은 자신감은 마이클을 새로운 눈으로 바라보도록 했다. 나를 사랑하고 지지하는 밥 같은 파트너가 있는 것도 나 자신이 가치 있는 사람이라는 의식을 고취해 주었다. 그는 나를 조건 없이 사랑했고, 그로 인해 나는 나 자신을 달리 보게 되었다.

나는 마이클이 마음에 들지 않는다는 데 넌더리가 났고, 그와, 그를 위해 싸우는 데 지쳐버렸다. 그 없는 인생은 더 이상 사형 선고처럼 보이지 않았다. 사실 이제는 그가 남편으로 없다고 하더라도 잘 지내는 상상을 할 수 있었다. 이런 확신은 너무 늦게 찾아왔을지 모르지만, 일단 찾아온 이상 결코 틀릴 수 없었다. 제시카는 이제 27살이었고, 에릭은 24살이었다. 그들은 스스로 자신들의 삶을 만들어 나가느라 바빴고, 내가 마이클과 결혼한 상태가 아니라고 해도 아버지와의 관계를 지속할 수 있을 터였다.

나는 그와 헤어지는 과정이 쉽지 않을 것임을 잘 알았다. 어쨌거나 마이클은 내 삶에 깊숙이 얽혀 있었다. 나는 인생의 대부분을 그와 함께 보냈다. 나는 그를 바라보며 이제 끝났다고 그에게 말할 수 있을지조차 자신할 수 없었다. 그런 생각을 하자, 눈물이 났다. 우리의 관계는 생명 유지 장치에 의존해 있었으나, 그렇다고 플러그를 뽑아 버리는 일이 쉬운 것은 결코 아니었다.

1992년, 마이클과 나는 내 30번째 고등학교 동창회에 참석하기 위해 보스턴에 갔다. 마이클은 사람들 앞에서는 그가 오랜 세월 공들여 꾸며 온 매력적인 페르소나를 연출했다. 우리가 함께 춤을 출 때, 그는 미소를 지으며 내 눈을 들여다보았다. 누군가 우리를 본 사람이 있다면 아마 우리의 결혼이 인근의 버크셔 산맥만큼 굳건하고 영원할 것이라고 생각했을 것이다. 하지만 그렇다면 그 사람은 우리가 비행기 안에서는 어땠는지 보았어야 했다. 아니면 바로 며칠 전에 마이클이 나에게 이야기하는 것을 무슨 대단한 호의라도 베푸는 양했던 것을 보았어야 했다. 나는 그가 그렇게 쌀쌀맞게 구는 것이 새로 사귄 여자 친구 앤드리아와 관련이 있을 것이라고 짐작했다.

마이클은 앤드리아를 샌프란시스코 성 안내소에서 만났다. SFSI는 그가 멕을 만난 곳이기도 했다. 그들이 이야기를 나누는 것을 처음 보았을 때, 나는 그들이 잠자리를 같이하고 있는 것을 알아차렸다. 그에게 따져 묻자, 그는 굳이 부인하려 하지 않았다. 내가 아와니 호텔에서 그가 나 말고 만나는 여자는 멕이 유일해야 한다고 선언했음에도 그런 짓을 벌인 것이었다. 그는 이제 앤드리아와 멕, 이 두 여자를 곁에 두고 있는 것이다. 내가 아는 한 말이다. 그가 또다시 나를 배신했다는 사실에 나는 상처를 받았다. 하지만 놀랍지는 않았다. 그가 굳이 그 사실을 부인할 필요를 느끼지 않았다는 것은 오히려 다행이었다. 그를 끈덕지게 추궁해서 알아내야 할 수고를 덜었기 때문이다. 그리고 그것은 결혼 생활이 이제 빈껍데기에 불과하다는 것을 보여 주는 또 하나의 증거였다.

버클리로 돌아오는 비행기 안에서 마이클은 나에게 거의 말을 하지 않았다. 머리 위의 짐칸에 내 가방을 올려 달라고 부탁했을 때, 그는 나를 언짢은 표정으로 보더니 내 손에서 가방을 낚아채 갔다. 내 기억에, 집으로 돌아오는 길 내내 우리는 10단어를 넘게 말하지 않았던 것 같다. 마침내 침대에 앉았을 때, 나는 부아가 치밀 대로 치밀었다.

"마이클, 뭐가 문제죠?" 내가 물었다.

"아무 문제도 없어."

"아, 제발요. 우리가 보스턴으로 출발한 뒤로 계속 나를 무시했잖아요."

마이클은 몇 초 동안 뭔가를 생각하는 것처럼 가만있었다.

"뭐가 문제인지 알고 싶어? 나는 앤드리아가 보고 싶어. 우리가 거기가 있는 동안 줄곧 앤드리아가 보고 싶었다구. 누구에겐가, 당신까지 포함해서, 이런 감정을 느껴 본 건 처음이야. 당신에게서 느끼지 못했던 뭔가를 그녀에게서 느낀다구. 앞으로도 다른 누구에게서 그런 감정을 느끼지는 못할 거야."

바로 그거였다. 몇 년 전이라면 나는 아마 무너졌을 것이다. 하지만 지금은 분노가 솟구쳤다.

"일어나요. 지금 당장 침대에서 나가 앤드리아한테 가요. 우리는 더 이상 부부가 아니에요. 나는 더 이상 당신의 아내가 아니라구요. 우리 결혼은 끝이에요."

마이클은 움직이지 않았다.

"나가라구요, 마이클!" 내가 소리 질렀다.

그는 응접실로 뛰쳐나가며, 방문을 소리 나게 닫았다. 나는 침대에서 튕겨 일어나 그가 돌아오지 못하게 방문을 걸어 잠갔다. 나는 잠을 자기에는 너무 화가 나 있었다. 나는 작은 침실을 서성거렸다. 몇 년 전 멕의 편지를 발견했던 서랍을 들여다보았다. 여기서부터 모든 게 시작되었지. 나는 생각했다. 그리고 나서 울기 시작했다. 그것은 슬픔의 눈물이었다. 나는 결혼이 이제 돌이킬 수 없이 명백하게 끝나 버린 것을 슬퍼했다. 새벽 3시쯤 나는 마침내 정신이 희미해지며 짧고 불편한 잠에 빠져들었다.

눈을 떴을 때 알람시계는 5시 15분을 가리키고 있었다. 새벽의 부드러운 빛이 차츰 침실에 스며들었다. 나는 슬펐지만, 한편으로는 안도했다. 이제 모든 게 눈앞에 드러났고, 우리의 관계를 둘러싼 잘못된 희망이나 계속된 의혹은 깨끗이 사라져 버렸기 때문이다. 나는 결혼에 대한 환상을 품고 그와 결혼했고, 마이클을 원래의 그가 아닌, 내가 바라는 모습으로 만들었다. 물론 근사한 순간들도 있었다. 우리는 친절하고 똑똑하며 사랑스러운 두 명의 아이를 함께 키웠다. 나는 일정 정도로 마이클을 늘 사랑할 것이다. 하지만 그와 함께 30년을 산 뒤, 나는 우리의 결혼이 나 자신에게 늘 말하곤 했던 그런 모습이 결코 아니며 마이클은 내가 머릿속에서 창조한 남편이 결코 아니라는 사실을 인정해야 했다. 그것은 환상이었다. 내가 만들어 냈지만, 이제 나는 거기서 벗어나야 했다.

나는 응접실로 나갔다. 마이클은 소파에 앉아 있었다. 그는 발소리를 듣자 고개를 돌려 나를 보았다. 눈 주위가 거뭇했고, 머리는 마치 허리케인이라도 지나간 듯싶었다.

나는 그에게 거의 미안한 마음이 들었으나, 결심을 꺾지 않을 생각이었다.

"셰릴, 어제는 진심이 아니었어. 나는 그냥 당신에게 상처를 주고 싶었던 거야."

"나에게 그렇게 한 사람이라면… 그렇게 오랫동안 함께 살고도 나에게 그런 식으로 말한 사람이라면. 마이클, 나는 이제 더 이상 당신과 살 수 없어요."

나는 창밖으로 마당에 있는 별채를 쳐다보았다. 별채는 우리가 1978년에 집을 샀을 때 딸려 있던 것이었다. 이제 질문은 마이클이 언제 그리로 옮겨 가야 하는 것이었다. 일주일도 안 되어 마이클은 책과 레코드, 옷, 그리고 다른 물건들을 챙겨 뒷마당으로 물러났다.

***

1993년 4월에 이르러, 마이클과 나는 거의 1년간 이웃으로 살고 있었다. 우리 사이에는 일종의 우정이 싹텄다. 밥은 일주일에 며칠씩 묵고 갔고, 앤드리아는 주기적으로 마이클을 찾아와 같이 지냈다. 제시카와 에릭이 오면, 우리는 이제 내가 완전한 소유권을 행사하고 있는 집에 함께 모여 저녁을 먹거나 영화를 보거나 아니면 그냥 빈둥거리며 시간을 보냈다. 나는 마이클과 거리를 두게 되면서 명확하게 깨달았다. 마이클은 원래 결혼 생활에 맞지 않은 사람이라는 것을. 나는 내가 충분히 좋은 사람이 아니기 때문에 그가 나를 사랑할 수 없는 것이라고는 더 이상 믿지 않았다. 대신 나는 그가 늘 자신의 불안감이나 망상들과 싸우고 있었다는 것을 알게 되었다. 이제는 그가 어떤 한 여자를 진실로 사랑할 수 있는지조차 의심스러웠다. 이런 깨달음은 그에게 얼마간 연민을 품게 만들었고, 분노도 가라앉아 그 자리에는 대신 우정이 자라났다.

마이클은 재정적 상황 때문에 뒷마당의 방갈로에서 나가지 못하고 있었다. 별거 심리에서 판사가 그에게 별거 수당을 청구하지 않겠느냐고 나에게 물었을 때 나는 정말로 코웃음을 칠 뻔했다. 그가 청구하지나 않기를 바란답니다. 나는 속으로 생각했다. 그는 내 바람대로 그렇게 하지 않았다. 얼마나마 재산을 분배해야 할 시간이 되었을 때는, 가족의 주 부양자로서 내가 대부분을 차지했고 그가 요구한 것은 거의 없었다. 우리는 이웃이 되어야 한다면 우리 자신의 행복을 위해 그리고 우리의 자식들을 위해 사이좋은 이웃이 되어야 했다.

나는 이때 위에서 거의 끊임없이 느껴지는 통증만 없었다면 기분이 꽤 좋았을 것이다. 통증이 시작되었을 때, 나는 스트레스 탓으로 돌렸다. 고통이 너무 심해 아무것도 먹지 못하는 날들도 있었다. 좀처럼 빠지지 않던 살이 몇 킬로그램이나 빠졌다. 나는 통증이 사라진 뒤에도 계속 이런 식으로만 먹을 수 있다면 50대에도 날씬한 몸매를 유지할 수 있을 거야, 하고 생각했다. 그런데 문제는 통증이 사라지지 않는다는 것이다. 나는 통증 때문에 밤을 샜고, 일도 할 수 없었다. 1993년 7월, 상태가 유독 나빴던 어느 날은 침대에서 나올 수조차 없었고, 거의 물 한 모금도 마시지 못했다. 그 뒤 나는 의사에게 전화를 걸어 즉시 진찰을 받아야 할 것 같다고 알렸다.

"게실염 같군요." 당시 임신 7개월째였던 샌더스 박사가 말했다. 그녀는 항생제를 처방한 다음, 증상이 나아지지 않으면 위장 전문의와의 약속을 잡아 주겠다고 했다.

일주일 뒤에도 여전히 아팠으므로, 나는 샌더스 박사에게 전화를 걸었다. 그녀는 출산 휴가를 갔지만, 간호사가 제드슨 박사의 이름과 전화번호를 알려 주었다. 그는 그 지역 위장 전문의로 그날 오후 다행히 진료를 하고 있었다.

제드슨 박사는 목소리가 부드럽고 태도가 차분하여, 나는 곧 마음이 편안해졌다. 먹고 있는 약으로는 별 차도가 없었기 때문에 나는 게실염이라는 진단에 의문을 품고 있었다. 이 남자가 내 몸에 정말로 무슨 문제가 있는지 밝혀 줄 거야. 나는 그렇게 생각하며 안도했다. 그는 검사를 마친 뒤 CT 촬영이 필요할 것 같다고 얘기했다. 그는 다음 날 아침으로 시간을 잡았다. 나는 내 몸에 무슨 문제가 있는지 알고 싶었지만, 이건 너무 빠른 것 같았다. 의료 행정 절차를 밟는 데 적어도 하루는 걸리지 않을까? 이제 걱정을 해야 하는 걸까? 나는 어디에 가서 신청을 해야 하는지 제드슨 박사에게 물었다. 그는 자신이 이미 다 조치해 놓았으니 염려 말라고 했다. 나는 이제 정말로 걱정이 되었다. 나는 특별대우를 받는 것 같았고, 내가 특별대우를 원하는 것은 이런 상황에서가 아니었다.

나는 밥에게 전화를 했다. 그는 즉시 직장에 연락해 다음 날 출근하지 못한다고 알렸다. 나는 마이클에게도 말했다. 그는 우리와 함께 가겠다고 나섰다. 그는 정말로 나를 염려했다. 어쨌거나 우리는 그동안 함께 살아왔고, 우리 사이에는 아직 유대 관계가 남아 있지 않은가. 나역시 그가 함께 그곳에 가주기를 바랐다는 것을 인정해야겠다. 나는 될수 있는 한 많은 사람들의 격려와 지원을 필요로 했다. 마이클은 신뢰할 만한 남편은 아니라고 해도 든든한 친구가 되어 가고 있었다.

다음 날 우리 셋은 버클리 시내의 한 시설에 당도했다. 나는 친밀한 분위기에서 대화를 나누는 마이클과 밥을 대기실에 놔두고 복도로 간호사를 따라갔다. 내가 들어간 큰 방에는 도넛 모양의 CT 촬영 장치가 놓여 있었다.

나는 촬영 장치에서 튀어나온 관 같은 곳에 누웠다. 기계를 조종하는 사람이 스캐너의 테두리에 녹색 불이 켜지면 호흡을 멈추라고 알려 주었다. CT 촬영 장치의 빈 공간 안으로 미끄러져 들어갈 때, 멀리 떨어진 곳에서 진공청소기를 돌리는 것 같은 소리가 들렸다. 녹색 등이 켜졌으므로, 나는 숨을 참았다. 몇 차례인가 알 수 없는 찰칵 하는 소리가 들린 다음, 녹색 등이 꺼졌다. 일 분 뒤 등이 다시 켜졌고, 찰칵 하는 소리도 다시 들렸다. 이 과정을 대여섯 번 반복했다.

나는 대기실로 돌아와 마이클과 밥 사이에 앉았다. 검사 결과에 그렇게 불안하지 않았다면, 나는 의사에게 나와 함께 있는 두 명의 남자가 누구인지 알려 줄 방법을 어떻게든 찾아냈을 것이다. 밥을 내 미래의 남편으로(르노에서의 결혼식은 법적으로 유효하지 않기 때문에), 마이클을 내 미래의 전 남편으로 소개할 생각을 하니 웃음이 나왔다. 몇 분 후면 지난 2개월간 나를 끈질기게 따라다니며 괴롭혔던 통증 뒤에 무엇이 숨어 있는지 알게 될 터였다. 나는 검사 결과가 두려웠다. 하지만 한편으로 치료를 받아 고통을 없애고 다시 내 삶을 살 수 있기를 고대하고 있었다.

위에 먹구름이 잔뜩 껴 있는 것처럼 보이네. 나는 생각했다. 우리 셋은 검사실 벽 위의 라이트 박스에 끼워 놓은 내 복부 촬영 사진을 들여다보고 있었다. "회색으로 된 여기 이 부분 보이시죠?" 의사가 말했다. "이게 림프계인데, 여기 림프종이 생겼군요. 이게 다 종양이에요." 의사의 얘기를 들었지만, 알아들을 수가 없었다. 림프종은 암이었다. 하지만 내가 암에 걸릴 수는 없었다. 나는 밥을 쳐다보았고, 다음에는 마이클을 쳐다보았다. 그 둘 모두 한 번도 볼 수 없었던 심각한 표정들이었다. 의사는 처방전을 꺼내 종양학 전문의의 이름과 전화번호를 적었다. 그가 처방전을 내게 건넸다. 하지만 나는 그냥 그대로 서 있었다. 결국 밥이 처방전을 받았다. 우리는 말없이 차로 걸어갔다. 밥이 차문을 열어 주어 나는 조수석에 앉았다. 밥은 보통 때는 그렇게 하지 않았다. 나는 정말로 얼마나 심각한 상황이 닥친 것인지 문득 깨달았다.

***

종양학 전문의 레스너 박사는 호리호리한 체격에 온화한 성품의 남자였다. 그의 검은 머리는 관자놀이 쪽이 희끗희끗했고, 목소리는 경쾌했다. 그는 내 심장 바로 아래쪽에서부터 사타구니까지 종양이 나 있다고 설명했다. 종양은 위와 여러 기관에 퍼져 있었다. 내가 음식을 먹기 힘들고 그토록 큰 고통을 느낀 것은 이 때문이었다. 그는 어떻게 치료를 진행할지 판단하기 위해 혈액 검사와 또 다른 검사들을 해보아야 한다고 했다. 우선 부풀어 오른 림프절 조직을 일부 떼어내어 생검을 실시해야 했다. 이를 통해 내 몸에 어떤 림프종이 자라나고 있는 것인지 알 수 있었다. 골수 검사도 받아야 했다. 레스너 박사는 이 모든 검사 결과를 얻은 뒤 다시 얘기하자고 했다.

7월 말의 어느 날 아침, 밥, 마이클, 제시카, 에릭, 나는 마이클의 차에 올라탄 뒤 시내를 가로질러 병원으로 갔다. 나는 수술을 받기 위해 새벽 6시에 그곳에 도착해야 했다. 우리는 모두 잠이 부족해 게슴츠레한 눈을 하고 있었다. 수술은 전신 마취 아래 진행되고, 만사가 순조롭다면 두 시간 이상 걸리지 않을 것이었다. 의사는 내 쇄골 바로 아래를 절개하여 림프절 일부를 추출할 것이라고 했다.

우리가 도착했을 때, 제시카와 에릭은 커피를 마시기 위해 카페테리아로 향했다. 나는 그동안 한 뭉치의 양식을 작성했다. 나는 곧 신원 확인용 팔찌를 착용했고, 파란색의 병원 환자복으로 갈아입었다. 친절한 간호사가 미리 수술에 대해 알려 주었다. 그 뒤 의사가 와서 질문은 없는지 물었다. 사랑하는 가족 한 명 한 명이 나에게 입을 맞추었고, 내가 깨어날 때 곁에 있을 것이라며 나를 안심시켰다. 내가 마지막으로 기억하는 것은, 마취 전문의가 내 코와 입을 마스크로 덮은 뒤, 내가 큰 소리로 열까지 세고 있었다는 것이다.

의식이 돌아왔을 때 내가 처음 느낀 것은 코 밑에 달려 있는 호흡 튜브의 겨우 느껴질 듯 말 듯한 무게였다. 팔에서 정맥 주사선이 뻗어 있었고, 문 밖의 간호사실에서 얘기하는 소리가 희미하게 들려왔다. 침대의 오른쪽 아래에는 의자에 앉은 제시카가 몸을 숙이고 있었다. 팔을 침대에 걸치고, 머리를 양팔 위에 올려놓은 모습이었다. 익살스럽고 엄청나게 똑똑하며 예술가적 기질도 갖고 있는 제시카는 타고난 반항아였다. 나는 제시카의 어머니인 게 더 이상 자랑스러울 수가 없었다.

"제시카, 무슨 일이니, 얘야?"

"무슨 일? 무슨 일이냐구요? 엄마는 지금 병원에 있는 거예요. 암에 걸렸다구요. 엄마는 무슈 리퍼Monsieur Reaper(죽음의 신을 가리킴 — 옮긴이)의 문에 머리를 부딪친 거라구요." 그 아이는 생전 들어보지 못했던 과장된 프랑스 억양으로 무슈를 발음했다.

절개한 부위로 통증이 퍼져나갔다. 꿰맨 실이 당겨지는 느낌이었다.

"웃기지 마." 나는 말하며, 웃음을 멈추기 위해 입을 꼭 다물었다.

나는 나를 사랑하는, 재미있는 가족과 친구들의 격려와 지원으로 무슈 리퍼를 어딘가로 멀리 보내 버릴 수 있기를 바랐다.

죽음의 신이 무엇으로 나를 위협했는가는 수술과 여러 검사 후에 보다 분명해졌다. 내 몸에 생긴 것은 여포성 혼합세포 저등급 림프종이었다. 3기로, 딱 적당한 시기에 발견한 것은 아니지만, 4기나 5기보다는 그래도 덜 끔찍했다. 암은 골수까지 침투하지 않았고, 치료 계획에 따르면 종양이 감소될 확률은 95퍼센트였다. 이런 암의 경우는 생존 확률이 높았다.

내가 듣고 싶었던 것은 바로 그런 말이었다. 진통제를 꾸준히 제공받고 있었지만, 나는 여전히 몸이 굉장히 좋지 않았다. 나는 약해지고, 기력을 잃어 갔다. 여전히 먹지 못했으며, 체중은 13킬로그램이나 빠졌다. 나는 이런 비참한 상황이 계속된다면 차라리 죽고 싶었다. 내 의지는 약해져 가고 있었다. 턱을 다물고 있기조차 힘들 때도 많았다. 머리가 그렇게 무거운 줄은 처음 알았는데, 마치 목 위에 볼링공을 올려놓고 있는 듯한 느낌이었다. 하지만 예후가 긍정적이라니, 얼마나 다행인가.

레스너 박사는 CHOP라는 항암 화학 요법으로 치료를 받을 것이라고 설명했다. CHOP라는 이름은 여기에 쓰이는 4가지 약물, 즉 시클로포스파미드, 하이드록시도노루비신, 온코빈, 프레드니손의 머리글자를 딴 것이었다. 3주 전까지는 들어본 적조차 없었던 약물들이었다. 알 수 없는 그 이름들은 나를 무섭게 했다. 나는 chop(자르다 등의 뜻으로 주로 쓰인다 — 옮긴이)이라는 단어가 두 개의 문자어일 수도 있다는 사실을 몰랐던 때로 돌아가고 싶었다. 하지만 예후가 긍정적이라니, 그래도 얼마나 다행인가.

***

화학 요법이 시작되면 등의 중간 부분까지 오는 머리가 다 빠질 게 분명했다. 나는 머리가 빠지는 기미가 보이면 머리를 밀어 버리기로 결심했다. 통제를 벗어난 내 몸에 대해 어느 정도 권한을 되찾고 싶은 마음에서였다. 나는 또한 다시 건강해지기 위해 모든 노력을 기울일 것이라고 맹세했다. 나에게 이를 위한 에너지를 분노나 원망으로 낭비하는 것은 더 이상 누릴 수 없는 사치였다. 나는 가능한 한 빨리 병에서 회복되는 데 집중해야 했다. 나는 몸이 너무 좋지 않았기 때문에 이미 일을 쉬고 의뢰인들을 돌려보내야 했다. 앞으로 치료를 받는 동안 일을 할 수 없으므로, 모아 둔 얼마 안 되는 돈으로 근근이 생활해야 할 것이다.

나는 가능한 한 최선을 다해 나 자신을 돌볼 것을 다짐했다. 마이클과 나는 몇 년 전에 함께 최면술을 배웠는데, 그가 매일 나에게 최면을 걸어 주기로 했다. 나는 영양 전문가와도 약속을 잡았고, 심리 치료 방문을 두 배로 늘렸다. 예전의 한 의뢰인은 내가 아프다는 소식을 듣고 매번 화학 치료가 끝날 때마다 마사지 치료사가 나를 방문해 줄 수 있도록 주선해 주었다. 밥은 지난 10년간 우체국에 근무하면서 누적해 온 5개월의 휴가 기간을 찾아 썼고, 내 곁을 거의 떠나지 않았다. 제시카와 에릭은 내가 필요하면 언제라도 도우러 올 태세였다. 나의 지지망은 견고하고 신뢰할 만했다. 그것은 사실 거기에 누가 있느냐가 아니라 누가 없느냐 때문이었다.

나는 치료를 진행하면서 부모님에게는 전화를 하지 않기로 마음먹었다. 내가 병을 진단받은 뒤, 마이클이 내 바람과 달리 부모님에게 그 소식을 알렸다. 나는 내가 비참한 상황에 있다는 사실을 부모님이 알기를 바라지 않았다. 캘리포니아로 떠나 마이클과 함께 삶을 시작한 지 거의 30년이 흘렀으나, 부모님은 여전히 나에게 재앙이 닥칠 것을 예상하고 있었다. 나는 그분들의 예상이 틀리지 않았음을 보여 주고 싶지 않았다. 마이클은 부모님이 특유의 무감각한 태도로 소식을 전해 들었으며 상황이 나빠지면 다시 연락해 달라고 했다고 나에게 알려 주었다. 부모님에게서 감정의 분출 따위는 없었다. 캘리포니아로 나를 찾아오기 위한 황급한 여행 계획 따위도 없었다. 그렇다면 나도 좋다. 나도 나를 지지해 주거나 위로해 주거나 편안하게 해주려고 하지 않는 사람은 누구든 피할 것이다. 그게 당분간 부모님과 절연하는 것이라고 해도, 나는 그렇게 하기로 마음먹었다.

화학 치료가 눈앞에 다가오자, 나는 치료에 심신의 모든 에너지를 쏟으려면 다른 사람과 나 자신에게 무엇을 용서해 주어야 할지 따져 보았다. 나 스스로 잘 알다시피, 분노와 원한은 소중한 내적 자원을 급속히 소모시킬 수 있는 기생충이었다. 나는 마이클을 용서하기 위해 노력했고, 그런 그를 참고 살았던 나 자신을 용서하기 위해 노력했다. 머릿속에서 불현듯 분노의 불꽃을 일으키는 기억이 떠오르면, 나는 이제 건강을 되살리는 데 모든 에너지를 쏟아야 한다는 것을 나 자신에게 다시 한 번 상기시켰다. 어떤 날은 그런 말을 나 자신에게 한 차례 말했고, 어떤 날은 거듭 말해야 했다. 암을 진단받기 전이라면, 올리브 가지를 멕에게까지 내민다는 생각은 물 위를 걸으려는 생각만큼이나 터무니없는 것처럼 여겨졌을 것이다. 하지만 이제는 그것이 거의 꼭 필요한 일 같았다. 그래서 화학 요법 치료를 받기 며칠 전 그녀에게 전화를 걸었다.

"셰릴, 당신이에요?" 내가 인사를 건네자 멕이 말했다.

"나예요, 멕."

긴 침묵이 뒤따랐다.

"음, 마이클이 내가… 내가 아프다고 얘기했을 것 같은데. 음, 내 말은, 내 몸에 림프종이 생겼어요. 곧 화학 치료를 시작할 거예요."

"얘기 들었어요, 셰릴. 유감이에요." 멕은 겁먹은 듯한 목소리로 말했다. 어쩌면 그녀는 내가 분노를 풀기 위해 전화를 한 것이라고 생각하는지도 몰랐다. 물론 내가 분노를 풀기 위해 전화를 한 것은 맞지만, 그녀가 생각하는 방법으로는 아니었다.

"멕, 괜찮아요." 내가 말했다.

"고마워요. 뭐라고 말해야 할지 모르겠어요."

"오늘 전화를 한 건, 내가 멕한테 화가 나 있지 않다는 걸 알려 주기 위해서예요. 내가 죽더라도 — 물론 그럴 계획은 없지만 — 내가 멕을 미워하는 채로 죽었다고 생각하지 않기 바라요. 나는 과거에 일어났던 일들을 다 이해해요. 멕은 사람이에요. 우리 모두 사람이죠. 우리는 같은 사람을 사랑했던 거뿐이에요."

"셰릴, 여러 가지로… 여러 가지로 미안해요. 하지만 내가 아이들을 가진 걸 미안하다고 할 수는 없어요."

"나도 그 문제로 사과를 바라지는 않아요. 나도 당신 아이들을 사랑하고 내 인생에서 그 아이들을 볼 수 있다는 게 기쁘니까."

용서는 한 통의 전화로 이루어지지 않는다. 하지만 그게 시작일 수는 있다. 그리고 나는 멕을 믿었다. 그녀는 나에게 상처를 줄 마음이 없었다. 만약 그런 마음이 있다고 해도, 어쨌든 나는 분노를 버리기 위해 최선을 다하고 있었던 것이다. 예외는 없었다.

'예외는 없었다'는 데는 부모님도 포함되어 있었다. 오랫동안 나는 부모님과의 진정한 화해를 꿈꿔 왔다. 싸움을 일으킬 게 뻔한 일들은 입에 담지 않는다는 무언의 합의 이상의 것을 바랐던 것이다. 나는 부모님이 있는 그대로의 나를 인정해 주고 사랑해 주기를 바랐다. 부모님이 스스로 믿는 것을 다시 생각해 보기를 바랐고, 부모님의 성에 대한 태도가 나에게 얼마나 큰 상처를 주었는지 이해하기를 바랐다. 나는 부모님이 나를 다정한 어머니이자 유능한 전문 직업인, 그리고 나아가 훌륭한 딸임을 알아주기를 갈망했다. 하지만 나는 또한 내가 용서에 대한 조건을 정할 처지에 있지 않다는 것을 알았다. 나는 부모님이 무엇을 했든 혹은 하지 않았든 그분들에 대한 분노를 조건 없이 마음에서 쫓아내야 했다. 그리고 나는 마침내 그렇게 하기 위해 노력했다. 그것은 내가 원하는 결말이 아니었으나, 내가 받아들일 수밖에 없는 결말이었다.

밥과 마이클은 첫 번째 항암 치료에 동행하기로 했다. 마이클은 계속하여 친구로서 나를 위해 열심히 노력했고, 나는 그런 그를 기꺼이 받아들였다. '복잡해'라는 말은 요즘에 시도 때도 없이 아무렇게나 쓰이고 있지만, 우리의 관계는 정말로… 복잡했다. 마이클과 나는 본질적으로 함께 성장했다. 또 두 명의 아이를 함께 길렀으며, 함께 삶을 실험했다. 우리 사이에 아무리 큰 혼란과 굴곡이 있다고 해도, 우리가 공유한 역사는 앞으로도 각자의 삶에서 우리가 계속 남아 있게 할 것이다. 내가 끔찍한 병으로 인생 최대의 위험에 직면했을 때, 마이클은 내 곁을 지키고자 했다. 상황이 뒤바뀌었다면, 나 역시 그의 곁에 있었을 것이다. 내 모든 분노와 사랑, 원한, 온화함을 가슴에 품은 채. 그는 처음 세 차례의 화학 치료에 함께 있어 주었다.

"셰릴이 정말…" 막 첫 번째 항암 약물 투입을 하러 가려 할 때 마이클이 밥에게 속삭이는 소리가 들렸다. 그는 나에게 장난스러운 표정을 지어 보였다. 나는 이런 장난을 고맙게 생각했지만, 웃을 기분이 전혀 아니었다.

"아, 맙소사. 제발 그러지 말아요." 내가 말했다.

밥은 다시 사진 잡지로 시선을 돌렸고, 마이클은 창밖을 바라보았다. 나는 내 목숨을 구해 줄 독약을 몸에 투입하려 할 때 그들이 나에 대해 이러니저러니 의견을 나누는 것을 보고 싶지 않았다. 이번을 포함하여, 나는 3주에 한 번씩 모두 여섯 차례 치료를 받기로 되어 있었다. 당시는 8월이었고, 모든 게 순조롭게 진행된다면 크리스마스까지는 치료를 마칠 터였다. 그러면 1994년에 암 없는 삶을 다시 시작할 수 있겠지. 나는 생각했다.

나는 누워서 눈을 감고, 그랜드 캐니언과 유럽을 떠올렸다. 나는 그 두 곳이 그 어느 때보다 간절하게 보고 싶었다. 건강을 되찾으면, 무엇보다 그 두 곳을 여행하기로 마음먹었다. 진부하게 들릴지 모르겠지만, 암에 걸리고 나니 내가 원하는 것을 아무 때나 마음대로 할 만큼 나에게 충분한 시간이 있는 게 아님을 깨달았다. 이제는 게으름이 적이었다.

치료가 진행되면서 나는 여러 가지에 감사했다. 가족과 친구가 리스트의 맨 위에 있었다. 그리고 두 번째는 당시 상대적으로 새로웠던 구토 방지제 조프란이었다. 첫 번째 항암 약물 투입이 끝났을 때, 내 위는 마치 돌아가는 세탁기 통 속 같았다. 입덧 같은 것은 비할 바가 아니었다. 나는 몸 안에 아무것도 남지 않을 때까지 토했고, 몸이 너무 약해져 욕실에서 침실 사이의 6미터 거리를 사실상 남들이 옮겨 줘야 했다. 그 뒤에는 매번 치료를 받기 전에 조프란을 정맥에 주사했고, 그 후에도 필요할 때 알약 형태로 복용했다.

대부분의 시간에 나는 너무 기진맥진하여 병이 낫고 있는 거라고 일부러 나 자신을 일깨워야 했다. 하지만 그런 느낌은 전혀 들지 않았다. 내 의지대로라면 나는 집 밖을 거의 나가지 않았을 것이다. 하지만 가족들이 번갈아 나를 집 밖으로 끌고 나갔다. 나는 아이들이 "엄마 산책시키자."라고 하는 말을 몇 차례 들었다. 그럴 힘만 있다면, 나는 웃었을 것이다. 내가 뭐야? 개야?

밥도 나를 집 밖으로 데리고 나갔다. 한번은 우리가 처음 데이트를 했던 캘리포니아 주립대학교 식물원에 갔다. 길을 따라 걷는 동안 밥이 한 걸음 한 걸음 나를 부축했다. 나는 곧 쉬어야 했기 때문에, 가장 가까운 벤치에 앉았다. 나는 머리를 밥의 어깨에 올려놓았다. 몇 분간 눈을 감았고, 거의 잠이 들었다. 그때 아기가 깔깔거리는 소리가 들려왔다. 나는 고개를 들었고, 아기가 아장아장 걸으며 우리를 향해 오고 있는 것이 보였다. 기쁨에 넘친 표정의 부모가 아기를 쫓아오고 있었다. 아기는 풍성한 갈색 곱슬머리에 밝은 파란색 눈을 하고 있었다. 아기가 흙더미 위를 오르려다가 발을 헛디뎌 미끄러지며 웃음을 터뜨렸다. 아기 엄마가 무릎에서 흙을 털어 주고 통통한 뺨에 입을 맞추었다.

　이제 막 삶을 시작하고 있구나. 나는 아기를 보며 생각했다. 나도 그런 때가 있었다. 아기의 부모 역시 아기와 함께 하는 삶을 막 시작하고 있었다. 나에게도 그런 때가 역시 있었다. 어쩌면 나는 삶의 종착역에 와 있는지도 몰랐다. 나는 나 자신에 대해서는 엄청난 슬픔을 느꼈고, 내 쪽으로 걸어오고 있는 그 가족에 대해서는 무한한 기쁨을 느꼈다. 인생은 얼마나 순식간에 끝나는가. 모든 게 한순간에 끝난다. 나는 눈을 감았다. 내가 우는 걸 밥이 보지 못하게 하기 위해서였다. 나는 내가 지금까지 얼마나 많은 것을 누렸는지 생각해 보았다. 세계 곳곳에서 나보다 젊은 사람들이 죽어 가고 있어. 아이들이 죽고, 아기들도 죽지. 그들은 나비보다 짧은 삶을 살았지. 하지만 나는 멋진 삶을 살았어. 경험들로 가득한 풍요로운 삶이었지. 이 정도면 죽어도 괜찮아. 눈을 떴을 때 이미 그 가족은 보이지 않았다. 잠시 생각에 빠져 있던 사이 사라져 버린 것이다.

　나는 회복remission이라는 말을 좋아하지 않는다. 재발recurrence이라는 단어가 연상되기 때문이다. 나는 나 자신이 치유되었다고 생각하기를 더 좋아한다. 마지막 만났을 때 레스너 박사에게 나는 그렇게 얘기했다. 화학 요법은 과연 효과가 있었고, 나는 삶과 일로 다시 돌아갈 수 있었다. 오랜 세월 동안 마음에 쌓아 온 분노와 원한 역시 모두 사라져 버렸다. 나에게는 나를 사랑하는 남자와 다시 건강해진 몸, 인생에서 중요한 것들에 대한 더 깊은 이해가 있기 때문이다. 50세가 되어, 나는 많은 것을 배웠다. 다음 50년을 훨씬 더 보람되게 살 수 있을 만큼.

섹스와 노년, 에스더

새 천년이 되면서, 내 동료들은 대부분 노년에 들어서거나 가까워지게 되었다. 젊음을 경배했던 세대는 어느새 해서는 안 되는 일 — 즉, 늙는 일 — 을 하고 있었던 것이다. 이것은 우리가 노화하는 육체나 그로 인한 성적 특성의 변화와 타협해야 한다는 것을 뜻했다.

20대 때 댈컨 실드 때문에 끔찍한 경험을 하고 나서, 나는 나팔관에 반흔 조직의 두꺼운 층이 형성되었고 난소가 낭종에 뒤덮여 버렸다. 그래서 40~46세에 이를 제거하는 수술을 세 차례나 받았다. 나는 가능한 한 수술에 저항했고, 완벽한 자궁절제술을 받으라는 의사의 조언을 거부했다. 그런 수술이 내 리비도에 영향을 미치리라는 것을 잘 알고 있었기 때문이다. 의사 한 명이 아이를 가지려는 것도 아닌데 왜 굳이 자궁이 필요하냐고 물었을 때, 그 말은 여자의 성에 대한 그 의사의 충격적인 무지를 드러낸 것이다. 나는 자궁이 없으면 오르가슴을 느끼는 능력이 제한된다고 설명해 주었다. 내 자궁은 아직 완벽하게 건강했는데, 자궁을 없앤다면 질이 짧아지고 이에 따라 필연적으로 성생활에 영향이 미치지 않을 수 없었다. 그 의사는 수술을 받으면 자궁암 걱정을 더이상 할 필요가 없다고 했다. 하지만 나는 예방을 위한 이유로 자궁을 제거할 생각이 전혀 없었다. 나는 그가 예방적 차원에서 고환을 떼어내는 수술에 대해서는 어떻게 생각할지 궁금했다. 그러면 고환암 걱정을 하지 않기 위해 그런 수술을 기꺼이 받으려고 하겠는가?

아무튼 나는 나팔관과 난소를 제거하기 위해 세 차례 수술을 받았고, 이 때문에 내 리비도가 어떤 영향을 받을지 진실로 걱정되었다. 결국 수술로 인해 호르몬 균형이 변하여 이제 리비도가 예전의 그림자 수준에 불과하다는 것을 알게 되었다. 나는 호르몬 대체 요법을 받는 한편 수십 년간 축적해 온 내 성지식을 활용하기로 결심했다. 나는 의사소통과 상상력, 실험을 위한 적극성이 성욕의 온도를 올린다는 사실을 잘 알고 있었다. 내 몸의 자동 온도 조절기가 재설정되었다면, 사고 과정이 더 많은 역할을 해야 한다는 게 내 생각이었다.

성적 에너지가 점화되는 데는 더 오랜 시간이 걸렸다. 또 여전히 오르가슴을 느끼기는 했지만 내 몸을 휩쓸고 지나가는 거대한 파도 같은 느낌은 더 이상 들지 않았다. 나는 마지막 수단에 눈을 돌려야 했다. 바로 내 머리였다. 나는 성적인 기억의 보고 깊은 곳까지 들어갔고, 흥분을 일으키기 위해 상상에 더 많이 의존했다. 나는 성적 특성은 인생에 걸쳐 변화하기 마련이며 나 역시 예외가 될 수 없다는 사실을 스스로에게 일깨웠다. 내가 친구와 의뢰인들에게 수없이 했던 조언을 이제는 내가 받아들여야 할 때가 되었던 것이다. 계속 즐기고, 계속 실험해야 하는 것이다.

***

60대 초반에 나는 한 가지 사건을 통해 나이가 더 들더라도 만족할 만한 섹스를 위해 계속 힘써야겠다는 각성을 하게 되었다. 에스더는 최근에 84살이 된 오랜 친구였다. 그녀와 반세기가 넘게 결혼 생활을 해온 남편 헨리는 이제 치매, 관절염, 그리고 수많은 또 다른 질환과 싸우고 있었고, 성생활에 마침표를 찍은 상태였다. 에스더는 헨리를 사랑하고 아꼈지만, 자신의 성생활을 되살리기로 결심했다.

그녀는 나에게 의뢰인으로 온 게 아니었고, 내 지식의 도움을 구하는 친구로서 나를 찾아왔다.

어느 토요일 그녀가 브런치를 같이 하러 우리 집에 왔다. 우리는 뒷마당에 앉았고, 봄을 맞아 처음으로 핀 꽃을 감상하면서 미모사 차를 마시며 계란과 크루아상을 먹었다. 에스더는 결혼 생활의 대부분 동안에 즐긴 황홀한 섹스를 포기하고 싶지 않다고 설명했다. 그녀는 헨리와의 섹스 때 느낀 오르가슴을 '지진, 하지만 좋은 지진'으로 묘사했다. 그녀는 그런 오르가슴을 다시 느끼고 싶어 했다. 적어도 쾌락과 성적 흥분을 다시 얻고 싶어 했다. 그러나 혼자 힘으로 여기에 도달하는 방법을 알기 위해서는 약간의 도움이 필요했다.

"오늘 그래서 온 거야, 셰릴." 그녀가 말했다. 그녀가 사랑스럽게 생긋 웃자, 입 주위로 주름살들이 모여들었다.

"어떻게 도와줄까요?"

"섹스 토이에 대해 좀 더 알고 싶어. 몇 년 전에 바이브레이터를 써봤어. 하지만 좋지 않더라구. 셰릴, 나랑 숍에 좀 같이 가볼 수 없어?"

"굿 바이브레이션스 말이에요?"

"그래, 거기도 좋아."

나는 정말로 동네마다 굿 바이브레이션스 같은 가게가 하나씩 있기를 바랐다. 이 가게는 섹스 토이나 윤활제, 콘돔, 책, 영화, 게임 등을 파는 곳이었다. 섹스에 대한 긍정적인 원칙에 따라 세워진 이곳에는 섹스 지식이 풍부하고 언제라도 도움을 주는 직원들이 손님들을 환영했다. 1977년 이곳이 문을 열었을 때 얼마나 신이 났었는지 기억한다. 우리에게 마침내 우물쭈물거리거나 부끄러워하지 않고 당당히 드나들 수 있는 멋진 동네 섹스 숍이 생긴 것이다.

에스더와 나는 미모사 차를 다 마시고 여유롭게 식사를 마쳤다. 우리는 다음 날 굿 바이브레이션스에 가기로 약속했다.

***

다음 날 아침 나는 차를 끌고 에스더의 집에 갔다. 그녀는 장밋빛 립스틱을 바르고, 암회색 머리를 뒤로 묶은 모습이었다.

"중요한 날이야." 그녀가 말했다.

우리는 버클리에 있는 가게로 향했다. 운전해 가는 동안, 나는 그녀에게 거기에 어떤 물건들이 있는지 대략적으로 설명해 주었다.

"바이브레이터랑 딜도는 많아요. 집에 가져갈 필요가 있는 건 뭐든 다 있어요. 요즘 질 내 윤활은 어때요? 뭔가 도움이 필요할 것 같다고 생각하지는 않구요?"

"그것도 문제야. 요즘 많이 말랐어."

"괜찮아요. 폐경기 이후에는 많은 여자들이 그러니까. 에스더 나이 정도의 여자들은 대부분 많이 말라요. 가서 한번 보자구요. 내 조언은 몇 가지를 써보고 어느 게 가장 좋은지 보라는 거예요."

나는 모퉁이에 차를 주차시켰고, 에스더가 차 밖으로 나올 수 있도록 도왔다. 우리는 가게로 향했다.

"우와." 에스더가 적갈색 눈을 크게 뜨며 말했다. 우리가 정문으로 들어갔을 때였다.

그녀는 멈춰 서서 커다란 공간을 둘러보았고, 그러다가 몇 명의 손님들이 자신을 돌아서 가게에 들어오는 것을 깨닫고서 정문에서 겨우 몇 발자국 떼었을 뿐이다.

나는 에스더에게 간단히 주변을 설명해 주었다. 딜도, 바이브레이터, 그리고 또 다른 많은 섹스 토이가 공간 한쪽에 전시되어 있었다. 윤활제, 마사지 오일, 그리고 또 다른 여러 물품들은 그 반대쪽에 있었다. 그때 한 직원이 나를 알아보고 인사를 해왔다. 나는 직원을 에스더에게 소개시켜 주며 그녀가 이곳이 처음이라는 사실을 알려 주었다.

"에스더, 환영해요. 뭐든 도움이 필요하면 말씀하세요." 직원이 말했다.

"고마워요." 에스더가 대답했다. 그녀는 여전히 놀람이 다 가시지 않은 기색이었다.

나는 내가 가장 좋아하는 윤활제를 보여 주었고 다른 것들을 써봤을 때는 어땠는지도 알려 주었다. 나는 그녀가 내 말을 제대로 들었는지 잘 몰랐다. 왜냐하면 그녀의 시선은 건너편을 향해 있었기 때문이다. 그곳에는 엄청나게 다양한 딜도와 바이브레이터들이 저 멀리까지 벽에 전시되어 있었다.

"뭐 마음에 드는 거라도 보여요?" 내가 물었다.

"그런 거 같아. 저쪽에 가서 한번 둘러봐야겠어." 그녀가 말했다. 그녀는 지팡이를 쥐고 섹스 토이가 진열되어 있는 곳으로 걸어갔다.

나는 내가 쓸 윤활제, 콘돔, 그리고 또 다른 물건들을 살펴보느라 바빴다. 이런 물건들을 일과 가정을 위해 충분한 양을 쌓아 둘 필요가 있었다. 손바구니에 몇 상자의 콘돔을 넣으면서 고개를 들어보니 에스더가 건너편에서 나를 향해 미소 짓고 있었다. 그녀는 거의 30센티미터나 되는 긴 파란색의 실리콘 딜도를 들고 있었다.

나는 그녀에게로 걸어갔다.

"그게 괜찮은 거 같아요?"

"이거 한번 써보고 싶어, 셰릴. 셰릴은 어떤 걸 좋아해?"

나는 에스더가 손에 쥐고 있는 딜도 크기의 3분의 1만 한 바이브레이터를 오랫동안 써왔다. 하지만 나이가 들면서 포켓 로켓 바이브레이터를 좋아하게 되었다. 이 바이브레이터는 상당히 작아 대략 10센티미터 길이이며 속도가 하나밖에 없지만, 힘이 꽤 좋았다.

"내가 요즘 좋아하는 걸 보여 줄게요." 내가 말했다.

우리는 섹스 토이들이 놓여 있는 선반으로 갔다. 거기에 있는 포켓 로켓 바이브레이터를 내가 손으로 가리켰다.

"여행 가서도 좋아요." 내가 말했다.

"하지만 너무 작은걸."

"음, 자극을 받기 위해 너무 깊이까지 들어갈 필요는 없어요."

"흠… 나는 언제나 큰 남자를 좋아했다구. 헨리도 준비가 되면 엄청 컸지." 에스더가 말했다.

그녀는 자신의 손 안에 있는 거대한 물건을 한번 본 다음 선반 위의 포켓 로켓을 보았다.

"둘 다 해봐야겠군."

"좋은 생각이에요. 두 개로 한번 실험을 해보고 뭐가 더 나은지 보세요."

그녀는 여러 종류의 윤활제를 집어 들었고, 우리는 계산대로 향했다.

에스더와 나는 나가서 간단히 식사를 마쳤고, 내가 그녀를 집에 태워주었다.

그녀가 전화를 해온 것은 그다음 주였다. 나는 그녀의 소감을 들으려고 마구 재촉하지는 않았다.

"어떤가요?" 내가 물었다.

"아, 셰릴. 그거야, 포켓 로켓이야. 내가 크기를 너무 과대평가했나봐. 아니면 내가 달라진 건지도 모르지. 어쨌든 와우, 이제 이게 내 새로운 절친이야."

그녀의 얘기는 내가 20대 초반이었을 때 있었던 한 사건을 떠올리게 했다. 나는 어머니와 할머니와 같이 사는 한 친구 집을 방문했다. 내가 그곳에 갔던 그날 공교롭게도 그녀의 이모할머니도 그곳을 찾아왔다.

두 할머니 자매는 부엌에 앉아 있었다. 응접실에 앉아 있던 나와 내 친구는 그 두 사람의 말을 들을 수 있는 거리에 있었다.

"이제 끝나서 너무 좋아." 한 사람이 하는 말이 들렸다.

"나도야. 그이가 이제 더 이상 원하지 않으니 안심이지." 다른 한 사람이 대답했다.

나는 그들이 섹스에 대해 얘기하는 것임을 알아차렸다. 나와 내 친구는 서로를 쳐다보았다. "우리는 나중에도 결코 저렇게 생각하지 않기를 바라." 내가 말했다.

이제 에스더가 포켓 로켓에 관해 상찬하는 얘기를 들으며, 나는 결코 그렇게 되지 않으리라는 것을 확신했다. 나는 또한 우리 세대, 즉 60년대와 70년대 세계를 뒤집어엎은 우리 세대가 나이 때문에 섹스를 포기하지는 않을 것이라고 확신했다. 늙으면서 몸은 변한다. 하지만 그것은 성과 관련하여 단지 새로운 방법을 찾아야 한다는 것을 의미할 뿐이다. 백발이 된 친구들, 동료들과 함께, 나는 성생활의 에필로그가 아니라 새로운 챕터를 쓰고 있었던 것이다.

여전히 요리 중

"어머님, 지금 당장 이리 오셔야겠어요." 사라는 숨도 제대로 못 쉬고 겨우 말하는 것 같았다. 나는 심장이 심하게 박동 쳤고, 귀와 팔의 혈관이 세차게 뛰는 것을 느낄 수 있었다. 나쁜 소식이 분명했다. "에릭이 죽은 거냐?" 내가 물었다. 내가 상상할 수 있는 한, 그것이 며느리가 전할 수 있는 가장 나쁜 소식이었다. "아니에요, 아니에요. 하지만 어쨌든 어머님, 지금 빨리 이리로 오셔야 해요."

2001년, 내 아들과 며느리, 어린 손자는 뒷마당의 별채에 살고 있었다. 마이클은 몇 년 전 그곳을 비우고 나가 새로운 여자 친구 잰과 함께 살고 있었다.

나는 슬리퍼에 발을 끼우고 나는 듯 뒷문 계단으로 뛰쳐나가 별채로 난 길을 달려갔다. 몸 안에 퍼진 아드레날린으로 다리는 힘이 넘쳤다. 앞문 계단으로 솟구쳐 올라갈 때, 나는 신발 한 짝을 잃어버렸다.

"뭐야? 대체 뭐니?" 내가 사라에게 물었다.

"어머님, 나쁜 소식이 있어요. 아버님이 돌아가셨어요."

"아버님이라니? 누구 아버님 말이냐?" 나는 그게 마이클일 수도 있다는 생각을 하지 못한 채 물었다.

"시아버님이오. 에릭 아버님이오." 그녀가 대답했다.

나는 나무 몽둥이로 머리를 한 대 맞은 듯한 충격을 느꼈다.

"뭐라고? 아, 아, 하느님." 나는 숨이 막혔다.

마이클은 생일을 3일 앞두고 있었다. 2월 3일에 그는 61살이 될 터였다.

"에릭이 집으로 오고 있어요. 제가 그이 직장에다 전화했어요." 며느리가 말했다.

"무슨 일이 있었던 거냐?"

"학교에서 심장마비로 쓰러지셨대요. 잰이 전화했어요. 잰은 지금 병원에 있어요."

마이클은 특수교육 교사로 일하고 있었다. 그가 안정된 직업을 가진 것은 오랜 세월 동안 처음 있는 일이었다. 그는 학생들에게 인기를 누렸고, 대단히 골치 아픈 몇몇 학생들에게서 두드러진 성과를 냈다. 학교 교장은 몇몇 아이들 가운데서 보이는 변화에 눈이 휘둥그레졌다.

어떻게 그가 죽을 수 있단 말인가? 마이클이 이 세상에서 더 이상 걸어 다니지 않을 것이라는 생각은 거의 할 수조차 없었다. 그의 박식과 아이디어, 감정, 열정, 광기는 모두 사라져 버렸다. 나는 그를 다시는 보지 못할 것이다. 마이클, 내 인생을 바꾼 남자는 더 이상 존재하지 않았다. 내가 사랑했고 내가 다시 사랑을 거두어들인 남자, 나를 화나게 한 남자, 나에게 사랑스러운 두 명의 아이를 안겨 준 남자, 나를 웃게 하고,

또 나를 배신했던 남자, 마이클이 죽었다. 그와 다시는 얘기를 나누지 못할 것이다. 어떻게 이럴 수 있을까?

나는 소파에 앉아 머리를 두 손으로 감싸 쥐었다. 나는 신발이 벗겨진 한쪽 발을 내려다보며 마음을 진정시키려고 애썼다.

"믿을 수 없어. 믿을 수 없다구." 나는 사라와 나 자신에게 말했다.

나는 일터에 나가 있는 제시카에게 전화를 해야겠다고 생각하다가 그녀의 가장 친한 친구 엘렌에게 대신 전화했다.

엘렌과 제시카는 자매 같은 절친이었다. 나는 이 슬픈 소식을 제시카에게 알릴 때 그녀가 곁에 있어 주기를 바랐다. 나는 운전할 형편이 아니었기 때문에, 엘렌이 와서 나를 차에 태웠고, 우리는 제시카가 일하고 있는 보석 상점으로 떠났다.

제시카는 우리가 상점에 들어오는 것을 보자 순간 얼굴이 반짝 빛났으나, 내 표정이 눈에 들어오자 금세 얼굴이 어두워졌다.

"무슨 일이 생긴 거죠?" 제시카가 물었다.

"제시카, 딸아, 정말로 슬픈 일이 생겼어. 네 아버지가 돌아가셨단다."

"아, 엄마. 엄마는 괜찮으세요?" 그게 내가 말하고 나서 내 사랑스러운 딸이 나에게 한 첫마디 말이었다.

제시카는 카운터에서 나와 나를 안았다. 나는 딸아이의 불타는 듯한 얼굴을 느꼈다. 제시카의 눈물이 내 셔츠를 적셨다.

"그게 내가 아버지를 마지막으로 보는 거란 사실을 알았다면…" 제시카가 말했다.

우리는 서로에게 팔을 두르고 주차장으로 나왔다. 엘렌이 우리를 집에 데려다 주었다.

나는 밥에게 전화를 했다. 그는 이제 공식적으로 내 남편이 되어 있었다. 1995년, 우리는 50명의 가족과 친구들 앞에서 다시 결혼식을 올렸다. 그는 통화가 끝나자마자 차에 올랐고, 곧 우리 모두는 내 아들이 사는 집의 응접실에 서 있었다.

잰이 이미 시신을 확인했지만, 우리 모두가 병원 시체 안치소에 가보기로 결정했다. 마치 우리 모두가 마이클이 죽었다는 증명을 원하는 것 같았다.

병원에 도착하고 나서 밥은 11개월 된 손녀딸과 함께 로비에 남았고, 우리 나머지는 엘리베이터를 타고 시체 안치소로 내려갔다.

형광등 불빛이 일렬로 세워져 있는 스테인리스 스틸 함을 비추었다. 시체함은 너무 차갑고 너무 비인간적이고 너무 똑같아 보였다. 그곳을 오가는 사람들은 쏟아지는 슬픔을 주체할 줄 몰랐다. 이제 우리 차례였다. 누구나 한 번쯤 겪어야 할 일이지 싶었다.

검시관이 시체함을 하나 꺼냈고, 거기에 마이클이 누워 있었다. 나는 정신을 잃을 것 같은 기분이었다. 혈액이 그의 몸 아래쪽에 몰려 있었고, 그의 귀 밑에 자줏빛 반점이 보였다. 그의 피부는 밀랍처럼 창백했고, 눈은 감겨져 있었다. 영원히.

"아, 아빠." 제시카가 말했다.

나는 나 자신을 위해, 그리고 제시카와 우리 모두를 위해 울었다. 우리는 각자 돌아가며 마이클에게 작별을 고했다. 내 차례가 되었을 때,

나는 바닥에 무릎을 꿇고 그의 입술에 입을 맞추었다. 그리고 그의 얼굴과 가슴을 어루만졌다. 어떻게 이런 일이 일어난 걸까? 나는 생각했다. 하지만 한편으로 이렇게 마음이 흔들려서는 안 된다는 생각이 들며, 죄책감을 느꼈다. 마이클은 더 이상 나의 남편이 아니고 나는 밥이라는 멋진 배우자가 있잖은가. 내가 지금 밥에게 잘못을 저지르고 있는 건 아닐까? 어쨌든 나는 속삭였다. 이렇게 돼서 정말 가슴 아파요, 마이클.

그 뒤 우리는 서로서로 손을 잡고 그곳을 걸어 나왔다.

**

나는 이따금 마이클과 내가 나이가 들고 깨달음을 얻으면서 얼마나 사이좋게 잘 지냈는지 떠올려 본다. 이혼 뒤 마이클은 결혼해서 같이 살던 그 어느 때보다 훨씬 더 솔직하게 자신의 감정과 두려움에 관해 얘기했다. 삶이 나를 넘어뜨렸을 때마다 내가 늘 다시 일어나는 것을 보고 자신이 얼마나 감탄했는지 얘기한 적도 있었다. "나라면 그렇게 못 했을 거야. 나는 나 자신을 보호하기 위해 공처럼 움츠러들었겠지." 그는 또한 자신이 내가 원하는 종류의 그런 친밀감을 결코 줄 수 없었다는 것을 인정했다. "당신은 나를 너무나 열정적으로 사랑했기 때문에, 나는 그게 무서웠다구. 나는 당신의 사랑을 잃을까 봐, 당신을 실망시킬까 봐 두려웠어." 그는 자기 자신을 바꾸기를 원했다. 자신의 두려움에 맞서고, 한 여인을 완전하게 사랑하는 것을 방해하는 장애물을 무너뜨리기를 원했다.

　얼마나 슬픈 일인가. 나는 생각했다. 그에게는 많은 재능이 있었고, 인생에서 그를 사랑하는 많은 여인이 있었다. 하지만 그는 사랑할 수 있는 능력이 없었기 때문에 많은 것들을 놓쳤다. 나는 그가 어떤 면에서는 늘 외로웠다는 것을 그때서야 깨달았다.

　마이클이 죽고 나서 1년 뒤 나는 내 인생에 중대한 영향을 미친 또 한 명을 잃어버렸다. 2002년 어머니가 77세를 일기로 골암으로 세상을 떠난 것이다.

　림프종에서 나은 뒤, 나는 어머니와 결판을 내기로 마음먹었다. 우리가 대화를 나눌 때마다, 가능한 한 긍정적으로 스트레스 없이 살겠다는 내 결심은 매번 시험을 받았다. 우리의 대화는 보통 내가 울거나 분노한 채 끝이 나곤 했다. 앞으로도 계속 건강하게 살려면, 나는 어머니와 접촉할 때마다 끝없이 생겨나는 이런 유해한 감정들을 어떻게든 피해야 했다. 그러기 위해서는 우리의 대화 방식이 바뀌든지 아니면 우리가 서로 연락을 하지 말아야 한다는 게 내 최종적인 판단이었다.

　1995년의 어느 토요일, 나는 우리의 관계를 변화시킬 전화를 한 통 걸었다. "엄마, 나 이제 더 이상 이렇게는 못 살겠어요." 내가 말했다. 며칠 동안 어머니에게 어떻게 말해야 할지 연습을 해둔 터였다. 내 목소리는 확신에 차 있었다. "우리는 변할 필요가 있어요." 내가 덧붙였다. 전화기 반대편에서는 완전한 침묵이 이어지고 있었다. 나는 잠깐 동안 어머니가 전화를 끊은 게 아닌가 했다. 그때 어머니의 한숨 소리가 들렸다. 계속 말해, 나는 속으로 나 자신에게 그렇게 말했다. "우리는 이렇게 서로 속을 긁어 대는 일을 계속할 수는 없어요. 엄마랑 나랑 싸우기만 하잖아요. 우리 각자 건강에도 안 좋은 일이에요. 나는 우리가 과거는 모두 잊어버렸으면 좋겠어요. 엄마는 언제나 제 엄마예요. 하지만이제 나는 엄마가 내 친구가 될 수 있는지 알고 싶어요. 앞으로 얘기할때는 그냥 우리가 현재에만 머물렀으면 좋겠어요. 엄마나 나나 이 세상에서 얼마나 더 살지 누가 알겠어요? 서로에게 화를 내면서 삶을 낭비하지 말자는 거예요. 우리는 과거를 변화시킬 수는 없어요. 그러나 우리 자신을 위해 다른 미래를 만들 수는 있잖아요. 내가 먼저 어머니를용서할게요. 그러니 어머니도 나를 용서해 주세요."

"네가 뭣 때문에 나를 용서한단 말이냐?"

나는 분노가 꿈틀거리는 것을 느꼈다. 나는 과거를 우리 뒤로 흘려보내자고 한 게 나라는 사실을 떠올려야 했다.

"엄마, 거기에 대해서는 말하지 않을래요. 우리 현재만 생각하자구요. 과거로 다시 돌아가지 말자구요. 엄마가 그렇게 할 수 없다면, 이제더 이상 엄마랑 얘기할 수 없어요."

엄마는 조용했다.

"엄마가 정말로 이 문제에 대해 생각해 줬으면 좋겠어요." 내가 말했다.

전화를 끊은 뒤, 나는 이게 어머니랑 나눈 마지막 대화가 될지도 모르겠다고 생각했다. 나는 어머니를 용서하기 위해, 어린 시절 이후로줄곧 떠나지 않았던 분노와 원한에서 벗어나기 위해 노력했다. 나는 전화를 할 때마다 그런 감정을 되살리고 싶지 않았다.

어머니로부터 다시 연락을 받은 것은 일주일 정도 되었을 때였다. 어머니는 몇 년 만에 처음으로 전화를 하는 대신 편지를 보내왔다.

어머니는 우리의 통화가 있고 나서 일요일 아침 미사에 갔을 때도 여전히 분이 풀리지 않았다고 했다. 어머니는 생각했다. 그동안 최선을 다해 열심히 살았건만, 셰릴은 왜 그렇게 나에게 화가 나 있을까? 화를 내야 하는 건 오히려 내가 아닐까? 셰릴의 어린 시절이 정말 그렇게 끔찍했단 말인가? 사실 내가 딸아이에게 뭔가를 원한 적은 한 번도 없지 않은가? 어머니는 신부님이 용서에 관한 설교를 시작했을 때도 여전히 화가 나 있었다. 신부님은 예수 그리스도가 어떻게 용서의 선례를 보여주었는지, 용서로부터 어떻게 치유가 시작되는지 얘기했다. 용서는 우리의 의무이며 나아가 우리의 구원이었다.

설교 중간에 언제부터인가 어머니에게는 나와의 휴전이 가능할 뿐아니라 바람직하기까지 한 것처럼 보이기 시작했다. 어머니는 성당을 나설 무렵에는 내가 한 말을 훨씬 더 깊이 생각하기 시작했다. 오랜 시간이 흘렀고, 어쩌면 이제는 달라질 때가 되었는지도 몰랐다. 어머니는 며칠을 기다렸다가 나에게 편지를 쓰기 시작했다. '네가 제안한 대로 한번 해보고 싶구나.' 어머니가 썼다.

어머니와 나는 마음에 남아 있는 원한과 분노를 잊고 새로운 관계를 만들어 가기로 약속했다. 우리는 얘기를 나눌 때 오로지 현재에만 머물기로 했고, 과거의 상처나 모욕이나 트라우마는 되살리지 않기로 했다. 우리는 논쟁을 불러일으킬 대화 주제는 피하기로 했다. 예전에 나는 어머니에 대한 자잘한 불만을 서슴지 않고 얘기했고, 어머니도 딸로서 나에 대한 불만이 있을 때는 전혀 거리낌 없이 얘기했었다. 하지만 이제 우리는 모두 성인 아닌가. 우리가 이런 앙금을 털고 친구가 될 수 있는 지 알아볼 시간이 된 것이다.

정말 놀랍고도 기쁜 일로, 어머니와 나는 관계를 다시 시작할 수 있었다. 어머니나 나나 우리가 친해진 게 너무 좋았고, 어머니 생애의 마지막 7년 동안 우리의 관계는 계속 친밀해지고 깊어졌다. 어머니는 심지어 자신의 성생활에 관해 나에게 털어놓기까지 했다. 어머니의 얘기를 들어 보니, 아버지는 아주 멋진 연인이었다. 아버지는 늘 어머니가 '만족'할 수 있도록 해주었다는 것이다. 물론 이런 얘기까지 내가 원했던 것은 아니었지만, 여기서 우리의 관계가 얼마나 많이 변했는지 하나의 증거로 볼 수 있다.

믿기 힘들 정도지만, 어머니가 과거의 얘기를 꺼낸 적은 단 한 번뿐이다. 어머니는 자신이 마이클에게 얼마나 화가 났었는지 말했다. 내가 과거는 잊어버리고 현재에 머물자고 하자, 어머니는 반대하지 않고 그렇게 했다. 나는 변하기 위해 기꺼이 노력해 준 어머니에게 고마움을 느꼈다. 분노는 우리 둘에게 습관이 된 터였다. 예전의 패턴과 익숙한 관계 역학을 깨기란 쉽지 않은 일이었지만, 어머니는 그렇게 했다. 2002년 어머니를 잃었을 때, 나는 친구를 잃었던 것이다.

***

2006년은 밥과 내가 삶을 공유한 지 27년째가 되는 해였다. 많은 좋은 시절이 있었고, 얼마간 나쁜 시절도 있었다. 하지만 우리는 언제나 일심동체로 좋은 시절 함께 기쁨을 누렸고, 나쁜 시절 역시 함께 헤쳐 나갔다. 그해 겨울, 인생은 우리를 향해 또 다른 변화구를 던졌다. 내가 암을 떨쳐낸 지 거의 13년이 되었건만, 충격적이게도 암이 재발한 것이다. 이번에는 가슴 쪽이었다.

어느 날 오른쪽 젖꽃판에 작은 멍울을 발견했다. 방사선 전문의는 처음에는 유선乳腺이 막힌 것으로 추측했다. 유방조영상 데이터를 보면 의심스러운 작은 점들을 여러 개 볼 수 있었다. 하지만 암에 관한 얘기는 전혀 없었다. 의사는 6달 뒤 다시 유방조영상 검사를 해보자고 했다. "계속 지켜보자구요." 의사는 그렇게 말했다. 나는 그녀의 판단을 믿고 안심하며 병원 문을 나섰다. 6개월 뒤 예정된 대로 다시 병원을 찾아 검사를 받았을 때, 의사는 아무런 상황 변화가 없으며 계속 주시하면서 6개월에 한 번씩 유방조영상 검사를 받는 게 최선이라고 했다. 나는 다시 한 번 내 앞에 위험 따위는 없다고 확신하며 삶으로 돌아갔다. 그러다가 두 번째 검사를 마치고 나서 며칠 뒤 우연히 오랜 친구이자 같은 대리 파트너 종사자이기도 한 바버라가 전화를 해왔다. 그녀는 우리가 함께 알고 있는 또 다른 바버라가 유방암을 진단받아 소괴절제술을 받았다고 알려 주었다. 전화를 끊자마자 나는 또 한 명의 바버라에게 전화를 걸어 회복은 잘되고 있는지 물었다. 나는 그녀와 한동안 얘기를 나누다가 유방암 증상이 어떤지 물어보았다. "처음에는 유선이 막힌 것 같다고 하더라구." 그녀가 말했다.

다음번 전화는 이블린에게 했다. 그녀 역시 대리 파트너였는데, 몇 년 전 유방절제술을 받았다는 걸 나는 알고 있었다. 내 상황을 설명하자, 그녀는 생각해 보면 당시 내가 얻을 수 있었던 최고의 충고를 해주었다. "유방 생검을 받고 싶다고 해." 일주일이 안 되어 나는 유방 생검과 젖꽃판의 멍울을 검사하기 위한 생검을 받기로 약속을 잡았다.

진찰실로 걸어 들어오는 휘트니 박사는 갸름한 얼굴에 심각한 표정을 짓고 있었다.

"유방암이죠, 그렇죠?" 내가 물었다.

"네, 맞아요."

그녀는 내가 침윤성 유관암이라고 했다. 그녀는 앉아서 무릎에 유방 생검 결과를 펼쳤다.

나는 내 몸에서 떠나 머리 위에서 그 장면을 보고 있는 듯한 기분이 들었다.

"이제 그 멍울 조직을 검사할 거예요. 실험실 분석을 할 거고, 20분이면 결과가 나올 거예요. 누워서 편한 마음으로 계세요. 곧 돌아올게요."

"나는 괜찮아요." 나는 확신 없는 목소리로 말했다.

"셰릴, 당신은 충격을 받았어요. 누워 계세요. 결과가 나오면 필요한 만큼 충분한 시간을 들여서 검토하고, 그다음에 뭘 할지 결정하자구요." 휘트니 박사가 말했다.

나는 누웠다. 그러나 의사가 문을 닫자마자 튕겨 일어나 지갑 안에 있는 핸드폰을 꺼냈다.

나는 친구 조앤의 번호를 눌렀다. "나 암이래. 암…다시." 나는 떨리는 목소리로 말했다.

"될 수 있는 한 이리로 빨리 와." 그녀가 말했다.

전화를 끊은 뒤 이번에는 림프종에 걸렸을 때 나에게 도움을 준 영양 전문가에게 전화를 했다.

"실험실 분석 결과를 모두 나에게 보내 주라고 하세요. 내가 당신을 위해 계획을 짜볼게요. 저번처럼 우리 함께 가는 거예요." 그녀가 말했다. 근심이 깃들었지만 확신에 찬 어조였다.

나는 그렇게 본능적으로 지체 없이 지지망을 가동시키고 있었던 것이다. 나는 다시 한 번 살아남기 위해 할 수 있는 모든 일을 하겠다고 결심했다. 나는 핸드폰을 치우고 진찰대로 돌아와 그 위에 놓여 있던 종이를 깔고 편히 누웠다. 나는 휘트니 박사가 돌아오기 전까지 천천히 그리고 깊이 숨을 들이쉬고 내쉬는 동작을 반복했다.

휘트니 박사는 침생검으로 멍울의 조직을 추출했다. 우리는 곧 가슴에 있는, 이제 더 이상 그 존재를 부인할 수 없는 암을 어떻게 처리할지 논의했다. 멍울의 암은 유방에 있는 암과 동일한 종류의 것으로 밝혀졌는데, 늘 그렇지는 않다고 했다. 나는 유방암이 40종이 넘으며 여자들은 동시에 여러 종류의 유방암에 걸릴 수 있다는 것을 배웠다. 침윤성 유관암은 가장 치료가 잘되는 유방암이었다. 나의 경우 그렇듯이 1기에서 발견되었을 때는 특히 더 그러했다.

"작은 종양의 수로 판단해 볼 때, 절제술을 권하고 싶어요." 휘트니 박사가 말했다.

유방조영상 데이터의 알 수 없는 작은 점들은, 사실 유방의 4분의 1면적에 잔뜩 모여 있는 지름 1밀리미터 크기의 작은 종양들이었던 것이다. 이 종양들은 너무 작기 때문에 휘트니 박사도 처음에는 거의 알아보지 못할 뻔했다고 했다.

"좋아요. 다른 쪽 유방도 검사해야겠죠?"

나는 암이 사라지기를 바랐고, 다른 쪽 유방이 암에 걸렸을지 모르는 가능성도 함께 사라지기를 바랐다. 나는 두 쪽 가슴을 모두 잃을 수 있는 상황이 끔찍했지만, 다시 치료를 받아야 하는 가능성을 줄이고 싶었다. 그 순간에 그런 내 판단은 논리적인 것처럼 보였다.

휘트니 박사는 왼쪽 유방의 암 발생 가능성은 상대적으로 낮으며 오른쪽 유방만 제거하면 될 거라고 나를 안심시켰다. 오른쪽 유방의 제거 술을 할 때 림프절 몇 개를 검사하여 암이 그곳에 전이되었는지 알아볼 것이라고 했다.

나는 이 암이 몇 년 전 걸렸던 림프종과 관련 있는 것이냐고 물었다. 그녀는 단호하게 아니라고 대답했다.

나는 집에 돌아가자마자 제일 먼저 유방암 지지 집단을 찾았다. 전에 림프종을 진단받았을 때도 한 지지 집단에 가입했는데, 치료에 큰 도움이 되었던 것이다.

***

유방 제거술을 받은 것은 2006년 2월이었다. 다행히 암은 림프절로 퍼져 있지 않았고, 화학 요법이나 방사선 치료는 필요하지 않았다. 나는 오른쪽 겨드랑이 밑에 공 모양의 배액 기구를 두 개나 달고 퇴원했다. 나는 매일 그 안에 들어 있는 수액의 양을 체크하며 수액이 줄어드는지 확인해야 했다. 나는 또한 재건술에 쓰일 피부 조직을 만들기 위해 가슴에 수액으로 채워진 연성 플라스틱 확장기를 달고 있었다. 재건술은 4월로 예정되어 있었다. 피부가 수축되는 것을 막기 위해 일주일에 한 번씩 재건외과의를 찾아가 확장기에 수액을 채워 넣었다. 대부분의 시간에 불편함을 느꼈지만, 아픔은 거의 느끼지 못했다. 수술 첫날과 둘째 날을 빼면, 나는 처방해 준 퍼코세트도 복용하지 않았다.

절제술은 내 몸의 이미지에 심각한 영향을 미쳤다. 내가 늘 원했던 봉긋하게 솟은 가슴은 아니더라도 나는 성장하면서 내 가슴을 그대로 받아들이고 사랑하게 되었다. 나는 섹스 중에 상대가 젖꼭지를 빨아 주고 애무하는 것을 매우 좋아했다. 재건술로 젖가슴의 모양은 그런대로 균형을 찾겠지만, 오른쪽 유방의 민감함이 전에 비해 훨씬 떨어질 게 분명했다.

나는 젖가슴이 전부가 아니라는 사실을 나 스스로 상기해야 했다. 마침내 그 말을 한 친구에게 했을 때, 그 사실이 너무나 분명해졌기 때문에 나는 더 이상 그 말을 나 자신에게나 다른 사람에게 할 할 필요가 없어졌다. 어떤 면에서 나는 모델 일을 할 때 발견했던 것을 다시 배워야 했다. 불완전한 육체도 섹시한 몸이 될 수 있다는 것이다. 사실이었다. 민감성이 떨어진 점은 받아들여야겠지만, 쾌락을 누릴 수 있는 방법은 여전히 많았다.

다행히, 밥은 다시 한 번 자신이 헌신적이고 성실한 배우자임을 보여주었다. 암이 림프절로 퍼지지 않았다는 사실을 알았을 때, 그는 나만큼이나 안도했다. 그는 내가 회복되는 동안 나를 돌봐 주었다. 우리의 친밀한 삶은 굳건했다. 그는 종종 자신이 원하는 것은 내가 건강을 되찾는 것이 전부라고 말했다. 반면 그가 상상할 수 있는 가장 끔찍한 것은, 이제 그가 내게 성적 매력을 덜 느낄 것이라고 내가 생각하는 것이라고 했다.

재건술을 앞두고 나는 몸의 변화가 일에 어떤 영향을 미칠지 좀 더 깊이 생각하기 시작했다. 가장 큰 우려는, 의뢰인과 나와의 상호 작용에서 관심의 초점이 나에게로 옮겨질지 모른다는 것이다. 하지만 관심은 반드시 의뢰인에게로 집중되어야 했다. 의뢰인에게 내가 유방절제술을 받았다는 것을 알려 주어야 한다는 게 내 생각이었다. 왜냐하면 오른쪽 가슴이 왼쪽 가슴과 모양도 다르고 느낌도 다를 것이기 때문이다. 하지만 그 사실로 의뢰인의 주의가 분산되지 않을까 걱정이었다. 하루는 지지 집단 앞에서 그런 고민을 털어놓았다. 집단을 이끄는 심리치료사 중 한 명인 레날디 박사는 유방절제술에 관한 사실을 의뢰인에게 어떤 식으로 알릴 생각이냐고 물었다. 당시 내가 원했던 게 바로 그렇게 함께 얘기를 나누며 계획을 세울 수 있는 기회였다. 나는 과정 초반에는 아무 얘기도 하지 않기로 결정했다. 이때는 의뢰인과 함께 그의 과거와 문제, 목표에 관해 주로 얘기해야 했다. 나는 우리가 침실로 들어갔을 때에 수술에 관한 사실을 밝힐 것이고, 마치 대단치 않은 사실을 말하듯이 할 것이다. 알아야 할 정보 리스트에 있는 또 하나의 항목처럼 말이다. 의뢰인이 내가 수술을 받았다는 사실에 지나치게 신경 쓰지 않기를 바란다면, 내가 먼저 그렇게 행동해야 했다.

나에게는 그처럼 쉽게 대답할 수 없는 또 하나의 문제가 있었다. 나는 거울 훈련을 할 때 내 가슴에 대해 어떻게 얘기해야 할지 고민되었다. 암은 내 몸의 이야기에서 중요한 일부가 되었다. 림프종은 훨씬 끔찍한 병이었고 건강을 되찾기가 훨씬 힘들었지만, 병이 나은 뒤에는 몸의 외형에 어떤 흔적도 남지 않았다. 하지만 이제 나는 의뢰인과 함께 전신 거울 앞에 서 있을 때 두 젖가슴이 왜 차이가 나는지 말해야 했다. 나는 어떤 말로 설명을 해야 할지 도저히 생각나지 않았지만, 몸이 완치되는 동안에 알게 될 것 같은 느낌이 들었다.

***

나는 유방재건술 때문에 병원에 하룻밤도 지낼 필요가 없었다. 젖가슴이 균형 있게 보이도록, 의사는 왼쪽 가슴을 올리고 젖꼭지를 약간 위로 이동시켰다. 오른쪽 젖가슴에는 실리콘 임플란트가 들어갔다.

수술이 성공적이었다는 것을 깨닫는 데는 오랜 시간이 걸리지 않았다. 브래지어와 블라우스 아래서 두 젖가슴은 똑같아 보였고 전혀 티가 나지 않았다. 하지만 옷을 벗으면, 두드러지지는 않다고 해도 차이가 분명하게 드러났다. 더욱 곤란한 것은 민감한 감각이 사라졌다는 것이다. 새로운 오른쪽 젖가슴은 희미한 감각이 남아 있기는 했지만, 그게 다였다. 완치 후, 나는 미적인 판단에 따라 주위 조직에서 유두를 만들어야 할지 말지 결정해야 했다. 나는 유두 없는 새로운 유방에 만족했기 때문에, 그 수술은 하지 않기로 했다.

장애가 있는 사람들과의 작업에서 얻은 많은 교훈 가운데 하나는 한계에 집착하지 않고 느끼고 경험할 수 있는 것에 집중하는 것이 얼마나 중요한가 하는 것이다. 어디서 어떻게 쾌락을 느껴야 하는가에 대한 선입관을 버리고 실제로 쾌락을 느낄 수 있는 곳에 주의를 집중하는 훈련을 받으면, 사람들은 자신에게 성적으로 반응하지 않는 부위가 있다는 사실도 때때로 잊어버리곤 한다. 나는 장애가 있는 의뢰인들이 성적 감각에 눈뜨고 나서 종종 그 사실에 놀라고 기뻐하는 모습을 보아 왔다. 이제는 내가 그런 얼마간의 지혜를 나 자신에게 적용해야 할 때가 되었다. 나는 이제 민감한 두 개의 젖가슴을 갖고 있지 못했다. 하지만 나에게는 여전히 한쪽이 있었다. 그리고 침실에서의 성생활을 새롭게 개척하는 데 전혀 꺼림이 없는 배우자가 있었다. 얼마나 풍요로운 경험이었는지 모른다.

***

스코트는 내가 암을 판정받은 지 5개월 뒤 일로 되돌아와 처음 만난 의뢰인이었다. 그는 예전에 성기가 너무 작다고 걱정하다가 성기 확대라는 극단적인 조치를 취하기로 결심했다. 한 의사가 주사 주입법으로 시술을 해주었는데, 여기서 문제가 생겼다. 성기가 커지지는 않고 모양이 약간 변해 버렸던 것이다. 우리가 작업할 때 내 몸에 관한 문제로 주의를 돌리는 것은 분명 그에게 가장 필요치 않은 일처럼 생각되었다.

나는 유방절제술에 관한 언급을 일찍 하지 않는다는 계획을 밀고 나갔다. 초반에는 어쨌든 우리가 함께 하는 작업에서 그가 우선이라는 것이 분명히 드러나야 했다. 우리가 옷을 벗었을 때, 내가 그에게 수술에 관해 말하며 내 젖가슴을 느껴 보라고 권했다. 스코트는 내 오른쪽 젖가슴을 손으로 감싸더니 지그시 움켜쥐었다. 그는 왼쪽 젖가슴에도 똑같이 했다. "오른쪽이 약간 더 딱딱하네요." 그가 말했다. "넵. 재건술이란 게 아직 완벽하지 않거든요." 그런 다음 우리는 그의 문제에 대해 얘기하기 시작했고, 유방절제술에 관해서는 다시 얘기가 나오지 않았다.

나는 다시 한 번 간단하고 솔직한 대화의 가치를 배웠고, 성이라는 엄청난 문제에 관해 제대로 인식하는 것이 얼마나 중요한가 깨달았다. 의뢰인이 마침내 대리 파트너를 찾아올 때는 자기 자신의 문제를 어떻게든 해결하기 위해서였다. 따라서 한쪽으로 약간 기울어져 있는 가슴은 그들과의 작업에서 전혀 문제가 되지 않았다.

스코트와의 세 번째 세션에서 거울 훈련을 해야 할 때가 되었다. 내 가슴에 관한 얘기는 겨우 어렴풋이 생각해 두었던 터인데, 그 자리에서 얘기가 저절로 완전한 형태를 갖추었다. 나는 거울에 비친 내 모습을 보며 이렇게 간단히 말했다. "나는 유방암에 걸렸었어요. 하지만 운 좋게도 암을 초기에 발견했죠. 어쨌든 그 뒤 오른쪽 젖가슴을 제거하고 재건술을 받아야 했고, 그래서 오른쪽 젖가슴이 왼쪽 젖가슴만큼 민감하지 않아요. 하지만 그렇더라도 나는 오른쪽 젖가슴이 똑같은 관심을 받기를 바라요."

***

일은 계속 번창했다. 하지만 나이가 들면서 어떤 육체적인 도전에 직면하게 된 것은 사실이다. 나는 이제 처음 대리 파트너로 일할 때만큼 몸이 유연하거나 행동이 빠르지 않았다. 반면 나에게는 의지할 만한 거의 40년간의 경험이 있었고, 젊은 여자가 갖지 못한 상당한 수준의 전문 지식과 민감성, 통찰력이 있었다. 이 분야에서는 이미 내 평판이 확립되어 있어, 샌프란시스코 만 지역 그리고 또 다른 지역에서까지 많은 치료사들이 의뢰인들에게 나를 소개시켜 주었다. 이 공동체에서 내 입지가 어느 정도 확고하고 또 대리 파트너가 부족한 상황은 내게 의뢰인들이 끊이지 않도록 했다. 에이즈 때문에 대리 파트너 종사자들은 대거 일을 그만둔 상태였다. 나는 이따금 에이즈가 생겨나지 않았다면 대리 파트너라는 직업이 오늘날 어떻게 되었을까 궁금하다.

돌아보면 나는 풍요롭고 보람된 경력을 밟아 왔고, 그뿐 아니라 나에게는 아직도 나를 찾는 의뢰인들이 있었다. 이 일을 참으로 오래 해왔지만, 나이를 문제로 삼은 의뢰인은 단 한 명뿐이었다. 그는 나를 '영계'가 아니라고 했다. 그와 나는 사실 순조롭게 작업을 벌였다. 내가 여자를 꾀려면 그런 말은 마음속에 그냥 담아 두고 있는 게 좋을 거라고 말한 뒤였다. 사실 그 자신도 거의 젊은이라고 할 수 없었다.

간혹 의뢰인들은 과정이 완료된 뒤에도 전화를 해왔다. 격려를 받기 위해서거나 아니면 그간 생겨난 질문에 대한 답을 듣기 위해서였다. 그들은 또한 감사의 표시를 하거나 우리가 함께한 시간을 되돌아보기 위해 카드나 이메일을 보내왔다. 1990년에는, 마크 오브라이언이 「더 선」지에 '대리 파트너를 만났을 때'라는 글을 발표했다. 그는 저널리스트이자 시인으로서 그와 같은 재능을 가진 누군가만이 할 수 있는 방식으로 우리가 함께한 작업을 상세하게 묘사했다. 나는 감동을 받았고, 로스앤젤레스를 기반으로 하는 시나리오작가이자 영화감독인 벤 르윈도 마찬가지였다.

2007년 벤 르윈이 중요한 재정적 지원자이기도 한 자신의 오랜 친구와 함께 나를 찾아왔다. 벤은 마크처럼 아이 때 소아마비를 앓아 팔꿈치목발과 다리 보조기를 하고 걸었는데, 그게 그가 마크의 이야기에 깊이 공명한 주된 이유였다고 나는 확신한다. 벤은 또 다른 프로젝트들 사이에서 마크의 기사와 우리의 인터뷰를 토대로 시나리오 작업에 들어갔다. 그는 이따금 내가 검토하고 확인할 수 있도록 원고를 보내왔다. 하지만 그 뒤로 아무런 연락도 없이 오랜 시간이 흘러가 버렸다.

벤의 바쁜 스케줄과 영화계의 변덕스러운 성격을 생각해 보면, 프로젝트는 엎어진 것처럼 보였다. 그러다가 2010년 보스턴으로 가족들을 방문하고 나서 집으로 돌아왔을 때, 나는 식탁 위에서 나를 기다리고 있던 우편물 가운데서 커다란 봉투 하나를 발견했다. 나는 봉투를 뜯어보고서, 시나리오 작업이 끝났으며 영화 제목은 우선 「대리 파트너 Surrogate」로 정해졌다는 사실을 알게 되었다.

그 뒤로 믿을 수 없는 행운의 연속이 시작되었다. 영화가 더 많은 자금을 지원받아, 벤은 영화에 출연할 세 명의 재능 있는 배우를 확보할 수 있었다. 존 혹스가 마크 역에 캐스팅되었다. 흥분하지 않을 수 없는 일이었다. 나는 「데드우드」, 「윈터스 본」, 「퍼펙트 스톰」 그리고 또 다른 여러 영화에 출연한 그를 매우 좋아했다. 카멜레온 같은 이 배우가 예전의 그 의뢰인을 어떻게 연기할지 보고 싶어 거의 견딜 수가 없을 지경이었다. 그 가치를 헤아릴 수조차 없는 배우 윌리엄 H. 머시가 마크의 성직자이자 신뢰하는 친구 역할을 하기로 정해졌다. 대리 파트너 역은 몇 명의 여배우가 고려되고 있었다.

스크린에서 나를 누가 연기하게 될지 알게 된 것은 차 안에서였다. "헬렌 헌트가 당신을 연기하게 될 거예요." 나는 심장이 세차게 뛰었다. 나는 그때 가속 페달에서 발을 떼었던 게 분명하다. 왜냐하면 차가 거의 정지했다는 것을 곧 깨달았기 때문이다. 나는 너무 놀라 운전을 하고 있다는 것도 거의 잊어버렸던 것이다. 사고 내기 전에 어서 차를 세워. 나는 그렇게 생각했고, 차를 길가에 세웠다. "헬렌 헌트라구요?" 나는 휴대폰에다 더듬거리며 말했다. "네, 맞아요." 아카데미상 수상 경력의 헬렌 헌트, 진정한 스타이자 아름다우며 많은 존경을 받는 이 여배우가 나를 연기할 것이라고 했다. 이게 정말인가?

벤은 또한 내가 영화의 자문 역할을 해줄 수 있는지 물었다. 영화 촬영은 2011년 5월 시작된다고 했다. 자문역을 맡으면, 두 주연 배우와 함께 일하고 될 것이고, 촬영장에도 가게 될 터였다. 나는 집으로 도착하자마자 로스앤젤레스로 날아갈 계획을 세웠다.

＊＊＊

나는 늘 영화를 사랑했다. 1950년대에 성장하는 동안, 나는 거의 매주 토요일 고향에 있는 극장에 가곤 했다. 당시는 인터넷에 접속할 수도, 영화 제작에 관한 책을 살 수도 없었기 때문에, 할리우드 꿈 공장의 내부는 일반 대중에게는 알 수 없는 신비와도 같았다. 성인이 되어서도 나는 스크린의 마법에 넋을 잃었지만, 영화를 어떻게 만드는지는 거의 모르고 있었다. 그런 사정은 촬영장에서 영화의 출연 배우 그리고 제작진과 함께하고 어울리면서 달라졌다. 영화에 들어가는 시간, 일, 에너지의 양은 엄청났다. 내가 금세 깨달은 사실 하나는 훌륭한 연기를 위해서는 얼마나 많은 호기심과 생각이 필요한가 하는 것이다. 헬렌 헌트와 존 혹스는 나와, 내 일, 그리고 마크에 관해 수없이 예리한 질문을 던졌다. 그들은 아주 자잘한 세부 사실까지 파고들었고, 자기 자신을 이야기 속에 녹아들게 했다.

헬렌 헌트는 내가 로스앤젤레스로 간 지 얼마 안 되었을 때 나를 점심 식사에 초대했다. 우리는 산타 모니카에서 만났다. 내가 테이블에 앉아 기다리고 있는데, 그녀가 레스토랑 창문을 지나가는 게 보였다. 나는 또다시 꿈을 꾸고 있는 것 같은 기분이었다. 헬렌은 나에 대해 그리고 내 일에 대해 정말로 관심이 아주 많았기 때문에, 나는 테이블 건너편에 명성과 성공을 함께 거머쥔 여배우가 앉아 있다는 불안감에서 금세 벗어날 수 있었다. 그녀는 우리의 대화 대부분을 녹음했고, 내 말의 억양이나 리듬에 주의를 기울였다. 그다음 날 나는 그녀의 집으로 가서 옷을 다 갖추어 입은 채로 있는 그녀의 파트너를 상대로 감각 터치를 시연해 보였다.

존 혹스는 나를 만났을 때, 아카데미상을 수상한, 마크 오브라이언에 관한 단편 다큐멘터리「숨쉬기 수업Breathing Lessons」을 이미 20번 가까이 본 뒤였다. 존이 나에게 처음 한 말 가운데 하나는, 마크가 인생에서 보여 준 용기에 자신이 크게 감동받고 영감을 얻었다는 것이다. 그는 연기로 그를 기리고 싶어 했다. 존은 손에 넣을 수 있는 마크의 모든 글들을 읽고 있는 중이었고, 마크가 했던 식으로 마우스 스틱으로 타자를 치는 법까지 이미 익힌 터였다. 나는 세트장에서 존이 마크를 연기하는 것을 처음 보았을 때를 결코 잊지 못할 것이다. 압도적이었다. 존이 녹아 마크로 변해 버린 것만 같았다. 그곳에 헤드폰을 끼고 앉아 존이 마크의 숨 가쁜 소리로 말하는 대사를 들으면서, 나는 오싹한 느낌이 들었다.

이 특별한 시간에 슬퍼할 일이 단 한 가지 있었다. 그것은 마크가 영화 제작 과정을 보기 위해 그곳에 오지 못한다는 것이다. 그는 1999년 소아마비후 증후군으로 숨을 거두었다. 나는 그가 여기 있었다면 이 과정 전체에 즐거워했을 것임을 잘 알고 있었고, 종종 그가 제작진에게 어떤 조언을 했을까를 생각해 보았다. 내가 영화에서 가장 좋았던 많은 것 가운데 하나는 벤과 존이 마크의 재치를 아주 잘 포착했다는 것이다. 우리의 영혼이 육신이 죽은 뒤에도 살아 있는 게 사실이라면, 마크는 저 위에서 영화의 유머에 배꼽을 잡고 낄낄거렸을 것이라고 확신한다.

한동안은 정말 매일같이 좋은 일이 일어나는 것 같았다. 2011년

11월에 나는 이른 크리스마스 선물을 받았다. 다름 아니라 영화가 선댄스 영화제에 출품되었다는 소식이었다. 2012년 1월 23일 시사회가 잡혔는데, 주최 측에서 나를 시사회에 초청했다. 나는 세계에서 가장 영예로운 영화제에 참석하게 된 것이었다.

나는 사촌이자 절친인 수잔에게 전화를 했다. 그녀가 기뻐서 너무 크게 소리를 지르는 통에 나는 전화기를 귀에서 떼어야 했다. 나는 전화기를 작은 테이블 위에 올려놓고 스피커 모드로 전환한 뒤 그녀에게 밥과 나와 함께 유타에 가지 않겠느냐고 물었다.

다음 날 나는 여행에서 입을 뭔가 특별한 옷을 찾기 위해 고급품을 취급하는 중고 가게 몇 군데에 들렀다. 마침내 나는 구슬 장식이 달린 화려한 기모노 스타일의 상의와 하의를 발견했다. 이런 옷을 다른 어디서 입었을까? 나는 궁금했다. 그곳이 어딘지는 알 수 없었지만, 어쨌든 그 옷이 선댄스에 있었을 것 같지는 않았다.

영화제가 개막되기 전 토요일 우리는 심한 눈보라가 치는 가운데 유타에 도착했다. 다음 날 우리는 선댄스 영화제를 알리는 현수막을 곳곳에서 볼 수 있는 매력적인 파크 시티 거리를 걸어 다녔다. 사람들은 흥분으로 들떠 있었고, 매체가 총출동해 있었다. '선댄스 영화제'라는 문구가 시내에 모여 있는 영화관들의 입구를 장식하고 있었다. CNN은 영화 시사회 다음 날 인터뷰를 하자고 나에게 요청했다.

기억해 보면, 내가 이번 시사회만큼 시간을 들여 준비한 행사는 최근 없었던 것 같다. 나는 초조하고 흥분되었다. 영화의 클립을 본 적은 있지만, 완전히 마무리된 영화를 보는 것은 처음이었다. 영화는 넓게 펼

처져 있는 에클레스 극장에서 상영되었다. 영화관에 도착했을 때, 우리는 따로 영화 관계자들을 위해 마련된 공간으로 안내되었다. 벤 르윈, 헬렌 헌트, 존 혹스, 윌리엄 H. 머시, 그리고 또 다른 출연 배우들, 제작진이 관객이 가득 들어찬 극장 한가운데 앉아 있었다. 영화가 시작될 때, 나는 밥의 손을 꽉 쥐었다. 나는 여전히 이런 일이 실제로 일어난다는 것이 믿겨지지가 않았던 것이다.

「대리 파트너」는 내가 바랄 수 있었던 모든 것이었다. 통렬하고 예리하고 재미있었으며, 훌륭한 연기를 보여 주었다. 영화에서 무엇보다 마음에 들었던 한 가지는 내 직업을 사려 깊게 그렸다는 것이었다. 대리파트너 직업의 복잡성과 도전, 보람 그리고 대리 파트너와 의뢰인 사이에 형성되는 독특한 관계를 더 잘 보여 줄 수는 없었을 것이라는 게 내 생각이다. 장애가 있는 등장인물의 성 문제가 그렇게 솔직하고 우아하게 다루어진 것도 나로서는 거의 처음 본 것 같았다. 영화가 전할 수 있는 이상의 것을 바라는 것일지 모르지만, 나는 장애가 있는 사람들이 영화를 보고 나왔을 때, 그들에게도 다른 누군가와 다름없이 성을 탐구하고 향유할 권리가 있다는 사실이 이 영화를 통해 알려지고 인정받고 일깨워졌다고 느끼기를 바랐다.

행운은 계속 이어졌다. 영화가 폭스 서치라이트에 팔린 데다, 드라마 부문에서 앙상블 연기로 심사위원 특별상을 수상하고, 관객상까지 거머쥐었던 것이다. 영화가 끝나자, 많은 사람들이 나를 만나고 싶어 했고, 또 나를 따뜻하게 대해 주었다. 나는 그들에게 감동받았다. 호텔로 돌아왔을 때, 나는 제시카에게 전화를 걸었다. 제시카는 내 얘기를 듣고 거의 나만큼이나 흥분했다. 몇 시간 뒤에도 나는 여전히 전화를 하고 있었다. 하지만 결국에는 잠이 들었고, 그날 하루 내가 현실에서 누렸던 꿈은 그렇게 막을 내렸다.

***

버클리로 돌아온 나는 그간 쌓인 먼지를 털어 내고 일과 생활로 돌아갔다. 최근 매우 큰일들이 일어난 터라, 나는 처음 대리 파트너 일을 시작했을 당시의 나를 상상하기조차 힘들었다. 나는 그때 혼란과 두려움을 품은 어린 여자에 불과했다. 나는 비밀과 수치의 짐에 짓눌린 황폐한 미래가 나를 기다리고 있을 것이라고 걱정했다. 또 비인간적인 기준에 나 자신을 맞추기 위해 오래도록 실패가 뻔한 노력을 계속해야 할 것이라고 생각했는데, 나는 당시 그런 기준에 들지 못하는 사람은 나 한 사람뿐일 거라고 확신하고 있었던 것이다. 돌아보면, 내 인생은 불가능할 만큼 이리저리 휘어지고 구부러진 길 같다. 종종 내가 다른 시대에 태어났다면, 마이클을 만나지 못했다면, 대리 파트너라는 직업에 대해 듣지 못했다면 내 인생이 어떻게 흘러왔을까 궁금해진다. 한 가지는 확실하다. 내가 알고 있는 나라는 사람은 존재하지 못했으리라는 것이다.

70세에 가까워지면서, 내가 얼마나 인생에 고마워해야 하며 내가 얼마나 운이 좋았는지 점점 더 분명하게 깨닫게 된다. 멋진 직업을 찾고, 많은 총명하고 모험적이며 따뜻한 마음의 소유자들에게 둘러싸여 지낼 수 있었던 것은 정말 행운이다. 나의 개인적인 성혁명은 마침 우리 문화의 성혁명과 시기적으로 딱 들어맞았고, 많은 점에서 그 때문에 가능했다. 나는 자신들의 성적 특성을 적극적으로 받아들인 여성들을 위해 보다 안전한 사회를 만들어 준 개척자들, 반란자들, 몽상가들에게 영원히 감사한다. 나는 수백 명의 의뢰인을 만났지만, 지금도 여전히 사람들이 보다 충분히 자신의 성을 표현하고 즐길 수 있게 돕는 일 말고 내 인생에서 하고 싶은 다른 어떤 일을 생각할 수 없다. 성에 대한 혼란은 여전히 우리 문화에 만연해 있다. 세계 곳곳에 촉수를 펼친 매체는 성에 대한 오해, 왜곡, 거짓을 퍼뜨리고 있고, 한편으로 정치 세력들은 성교육과 성적 자유를 여전히 위협하고 있다. 내가 함께 일했던 남자와 여자들은 자신들의 성과 갈등을 겪고 있던 단지 얼마 안 되는 사람들이었을 뿐이다. 내 경력을 되돌아보고 내가 어떻게 의뢰인들이 더 건강하고 더 행복한 성생활을 영위할 수 있도록 도와주었는지 생각하면 아직도 뿌듯하다.

사랑과 지지를 아끼지 않는 가족에게 둘러싸여 있었다는 것은, 내가 직업과 사생활 모두에서 두 배의 행복을 선물받았다는 것을 의미한다. 밥과 나는 우리 인생의 거의 반을 공유했다. 사랑이 매일같이 새롭게 얻어 내야 하는 무엇인가가 아니라는 사실을 내가 깨달은 것은 밥 덕분이었다. 사랑은 조건 없이 주고 또 받을 수 있는 것이다. 사랑이 충만한 배우자 관계는 개인을 원래보다 더 나은 사람으로 만들어 준다. 삶을 고양시켜 주는 동시에 그 기반을 더 단단히 다져 준다. 내가 이 사실을 아는 것은 밥으로 인해서다. 그에 대한 나의 사랑은 이루 헤아릴 수 없다. 내 자식들은 자신감 있고 배려심 가득한 성인으로 자라나 성공적인 삶을 살고 있다. 마이클과 나는 아이들이 사랑과 지지, 격려, 조언으로 풍요로운 어린 시절을 보낼 수 있게 노력했다. 우리는 함께 그 아이들이 지금의 그들이 될 수 있는 토대를 마련해 주었던 것이다. 내가 대리 파트너 경력보다 자랑스러워하는 일은 이게 유일하다.

　매체는 그 어느 때보다 나를 많이 찾고 있다. 나는 여전히 매체에서 대리 파트너가 매춘부와는 어떻게 다른지 설명해 달라는 요구를 받곤 한다. 나중에 제목이 「세션Sessions」으로 바뀐 그 영화(우리나라 제목은 「세션: 이 남자가 사랑하는 법」이다 — 옮긴이)를 보면서, 나는 일반 대중이 영화를 통해 그 차이를 분명히 알 수 있을까 하는 의문이 들었다. 그렇다고 해도 그다지 걱정하지는 않는데, 둘을 혼동하는 것보다 더 나쁜 일도 있을 수 있기 때문이다. 어쨌든 매춘부와 대리 파트너를 구분하는 것은 중요하다. 사람들이 이해하기 어려워할 때, 나는 이제는 고인이 된 사랑하는 친구 스티븐 브라운의 요리사에 관한 비유에 자주 의지한다. 여기서 다시 한 번 그 비유를 말하자면, 매춘부를 만나는 것은 레스토랑에 가는 것과 같고, 대리 파트너를 만나는 것은 요리 학교에 가는 것과 같다는 것이다. 나는 이제 68살이다. 하지만 아직 요리 학교에 있다. 말해 두자면, 나는 아직 앞치마를 벗을 생각이 없다.

감사의 말

책을 쓴다는 것은 언제나 한 팀의 노력이 필요한 일이다. 뛰어난 전문가들로 이루어진 팀의 일원이 될 수 있었던 것은 그야말로 우리에겐 행운이었다. 이들이 없었다면 이 책은 한낱 꿈에 그치고 말았을 것이다. 셰릴과 로나, 우리 두 사람은 찰리 윈턴, 리즈 파커, 마렌 팍스, 켈리 윈턴, 조디 해머월드와 카운터포인트 출판사의 모든 스태프 분들께 이 프로젝트에 열과 성을 다해 주신 데 감사의 마음을 전하고 싶다. 우리의 편집자 브루크 워너는 이 책을 읽기 쉽고, 생생하고, 전문성을 지닌 책으로 만들어 준 일등 공신이다. 귀중한 지침을 제공해 준 출판 컨설턴트 브래드 부닌에게도 감사드린다. 마지막으로 우리를 한데 모아 준 데이비드 콜에게 깊은 감사의 마음을 전한다.

셰릴이: 조건 없는 사랑을 베풀어 주신 우리 할머니 나나 푸르니에게 감사드리고 싶다. 어머니와 딸이 친구가 될 수도 있다는 것을 이해해 주신 어머니. 충족한 삶을 사는 데 필요한 놀라운 유머 감각을 지니신

아버지. 내 인생의 절대적인 사랑, 우리 아이들. 심판하는 마음 없이 여러 해 동안 지원을 아끼지 않은 사랑하는 내 친구들. 조건 없는 사랑을 어떻게 받아들여야 하는지 가르쳐 준 나의 남편, 밥. 그가 아니었으면 캘리포니아로 이사 와 내 인생에 심원한 영향을 끼친 그 직업을 찾지 못했을 마이클 폴 코헨. 내 이야기를 이해해 주고 그 이야기를 글로 옮기는 것을 대가의 솜씨로 도와준 로나 가라노. 이들 모두에게 나의 영원한 감사를 바친다.

로나가: 끝없는 지원과 조건 없는 사랑을 베풀어 준 가족에게 감사의 마음을 전하고 싶다. 공동저자인 셰릴 코헨 그린에게도 감사를 표하고자 한다. 그녀의 이야기를 글로 쓰고, 그녀의 현명하고 연민이 넘치며 너그러운 영혼이 종이 위에서 생명을 갖도록 하는 데 도움을 줄 수 있었던 것은 내게 크나큰 영광이었다. 내 인생의 연인인 나의 파트너 피터 핸델에게 끝으로, 그러나 끝이 아닌, 가슴 가득한 감사를 전한다.

다섯 세대. 시계방향으로: 아버지, 할머니(나의 나나 푸르니에), 할머니의 어머니(증조할머니),
그리고 나를 안고 계시는 할머니의 어머니의 어머니(고조할머니). 1944년 후반.

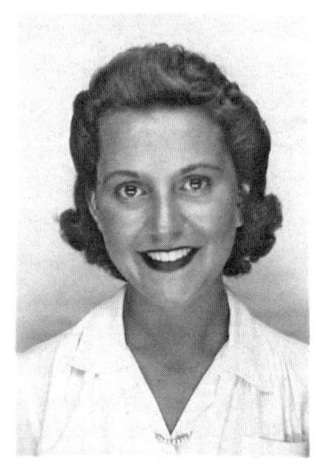

〈시계 방향으로〉
열아홉 살 때의 어머니. 1943년 12월.
스물두 살 때의 아버지. 1943년.
8개월 때의 저자. 1945년.

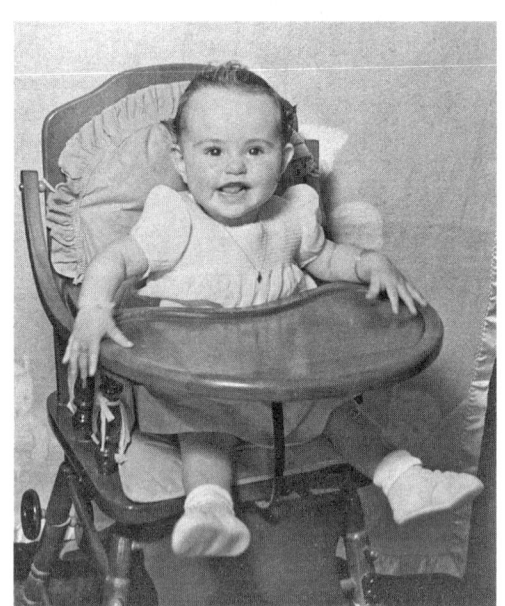

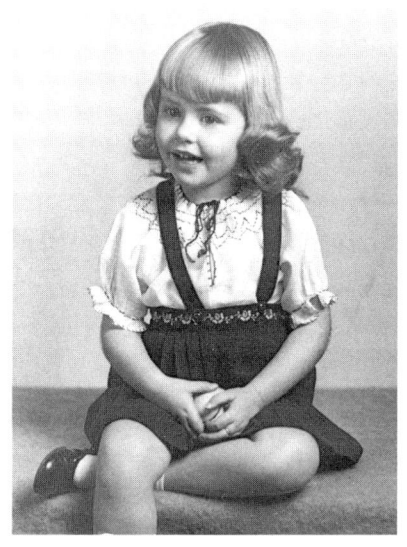

〈시계 방향으로〉
세 살 때의 저자. 1947년.
열두 살 때의 저자와 두 살 된 동생 피터,
그리고 열 살 된 동생 데이비드.
열일곱 살 때의 저자. 세일럼 고등학교의 졸업앨범 사진.
열세 살 때의 저자. 성모 마리아 무염시태 초등학교 졸업 사진.

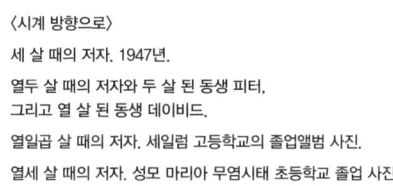

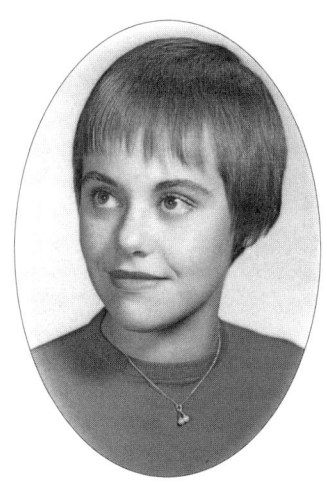

〈시계 방향으로〉
마이클과 저자. 1964년 초.
결혼식 날 저자와 어머니.
1964년 8월 22일.
제시카와 저자. 1969년 여름.

〈위〉에릭과 저자. 1970년 5월.

〈아래〉마이클, 에릭, 제시카, 그리고 저자.
1971년 여름.

〈위〉 대리 파트너 일을 시작한 해인 1973년의 저자.
〈아래〉 캘리포니아 대학 식물원에서 가진
첫 번째 데이트 때의 밥.

〈위〉 저자의 동생 데이비드의 치대 졸업식.
부모님과 동생 피터와 함께. 1980년.
〈가운데〉 1주년 기념일 때의 밥과 저자. 1982년 10월.
〈아래〉 어머니와 저자. 1983년.

〈위〉 마이클과 저자. 1983년.

〈가운데〉 제시카, 할머니 나나 푸르니에, 저자.
1984년 여름.

〈아래〉요세미티 국립공원의 시에라 고지대를
하이킹하는 저자. 1992년 9월.

〈위〉저자. 1993년 초.

〈가운데 좌〉림프종 치료를 위한 첫 번째 화학 치료를 받은 지 일주일 뒤 제시카의 도움을 받아 저자의 탐스러운 머리를 밀어 버리는 동생 피터. 1993년 8월.

〈가운데 우〉여섯 번에 걸친 화학 치료의 중간 지점. 결과가 어떨지는 아직 확실하지 않은 상황.

〈아래〉약간 낙관적이 된 저자.

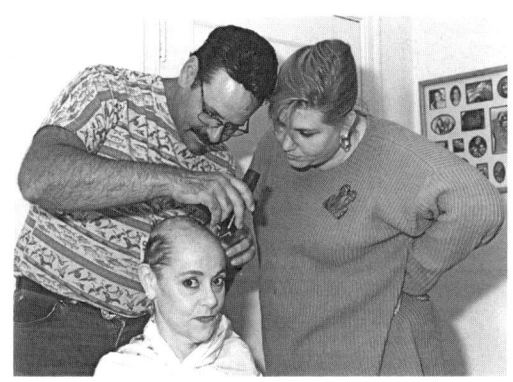

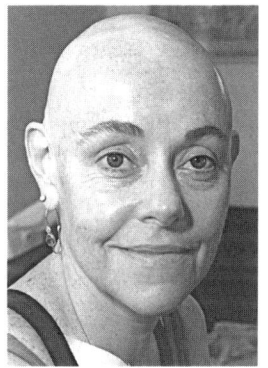

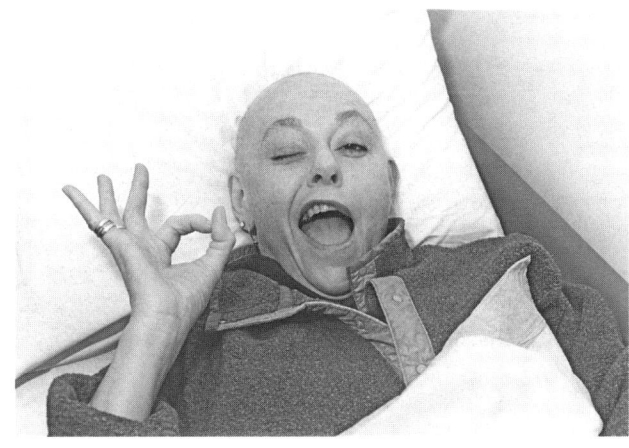

〈위〉 캘리포니아 노바토 시에서 열린 1993년 르네상스 페어에서
죽음의 신에게 손가락질하는 저자. 두 번째 화학 치료 뒤.

〈아래〉 화학치료가 모두 끝나고 제일 좋아하는 가재로
이를 자축하는 저자.

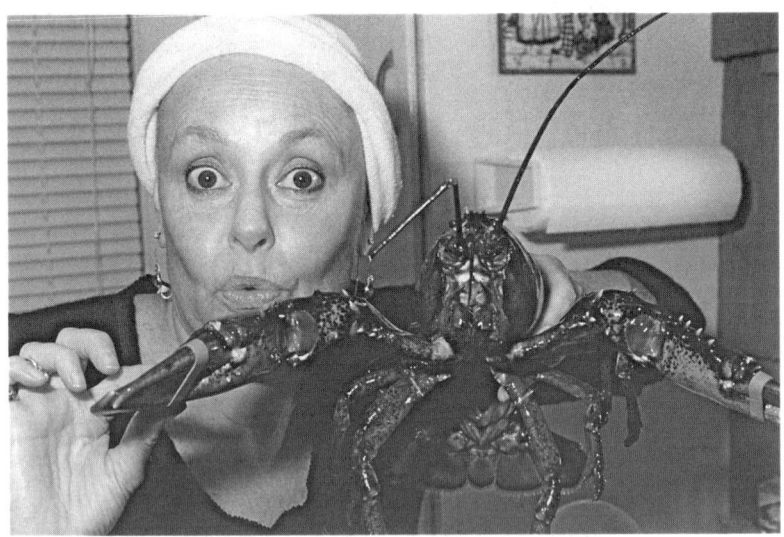

〈시계 방향으로〉
밥과 저자는 다시 결혼했다. 이번에는 진짜로. 1995년 4월 22일.
여든여덟이신 아버지와 저자. 2009년 6월.
동생 데이비드(왼쪽), 피터, 저자. 2010년 10월.

〈위〉 영화 「대리 파트너」(후에 「더 세션」으로 개칭)를 위한 뒤풀이 식장에서 벤 르윈, 밥, 저자. 2011년 6월 8일.
〈아래〉 헬렌 헌트와 저자. 2011년 6월 8일.

〈위〉존 혹스와 저자. 2011년 6월 8일.

〈아래〉유타 주의 선댄스 필름 페스티벌의
「대리 파트너」 시사회 뒤 열린 파티에서
사촌 수잔과 저자. 2012년 1월 23일.

〈위〉 토말스 베이에서 열리는 연례 가족 굴 파티에 참석한 밥과 저자. 2011년 10월.
〈아래 좌〉 마지막 세션이 끝나고 마크 오브라이언이 저자에게 써준 카드.
〈아래 우〉 마크 오브라이언이 1998년 보내 준 크리스마스 카드. 그는 소아마비후 증후군으로 1999년 7월 4일 사망했다.

5-29-86

CHERYL,
THANKYOU FOR
ALL YOU'VE
DONE FOR ME.
MARK

Joy to the World
LOVE
MARK

거의 반세기를 같이한 나의 절친, 마샤수 코헨. 2004년.

옮긴이 이병무

서울대 동양사학과를 졸업하고 십 년간의 편집자 생활을 거쳐 지금은 번역과 책 만드는 일을 하고 있다. 옮긴 책으로는 『알라산의 사자들』, 『끊어지지 않는 사슬: 2천7백만 노예들에 침묵하는 세계』가 있다.

옮긴이 조윤정

전문 번역가. 『피의 기록, 스탈린그라드 전투』, 『잡식동물의 딜레마』, 『모던 타임스』 등 40권이 넘는 책을 우리말로 옮겼다.

한 번 해도 될까요? —섹션, 이 남자가 사랑하는 법

지은이 셰릴 코헨 그린, 로나 가라노   **옮긴이** 이병무, 조윤정

디자인 김무열

발행일 2013년 1월 20일 초판 1쇄

발행처 다반   **발행인** 노승현   **주소** 서울시 금천구 가산동 470-5 에이스테크노타워 10차 1003호
전화번호 02-868-4979   **팩스** 02-868-4978   **이메일** davanbook@naver.com
출판등록 제2011-08호 (2011년 1월 20일)

다반 – 일상의 책
일상다반사(日常茶飯事)에서 착안한 「다반」은 사람에게 중요한 밥과 차에 책의 의미를 더하여, 사람의 삶에서
늘 필요한 책을 만들자는 취지로 2011년 1월 20일 설립되었습니다. 「다반」에서는 여러분의 참신한 기획과
소중한 옥고를 항상 기다리고 있습니다.